죽음의 로그인

죽음의 로그인

우샤오러
장편소설

강초아 옮김

위즈덤하우스

목차

1

열세 살 천신한(陳信瀚)은 '장래에 종사하고 싶은 직업'을 쓰라는 작문 주제를 받았을 때 망설임 없이 이렇게 썼다.

"저는 아버지를 본받아 미국에서 유학할 것입니다. 유학을 마친 뒤에는 대기업에 들어가서 아내와 자식이 행복하게 살 수 있도록 해줄 것입니다."

그러나 스물여섯 살이 된 천신한은 오로지 '콱 죽어버리자' 하는 생각만 했다. 그는 자기 인생이 어디서부터 잘못되었는지 이해할 수 없었다. 유사(流沙)에 빠져 천천히 가라앉는 사람처럼, 벗어나려고 발버둥 칠수록 점점 깊이 들어가기만 했다. 빠져나갈 가능성이 0에 수렴한다는 확신을 얻은 후, 천신한은 결심했다. 지금 할 수 있는 유일한 일은 스스로 상황을 종료하는 것뿐이다.

그는 호텔 예약 사이트에서 적당한 장소를 검색했다. 얼리버드 혜택을 알려주는 팝업 광고에 정신이 쏠렸다. 나중에 경찰이 그의 예약 기록을 조사하면 이런 사소한 과정까지 언론의 관심을 받게 될까? 세상에서 어떻게 떠들어댈지 상상하던 천신한은 몸서리쳤다. 그것도 잠시뿐, 그는 곧 상상의 나래를 멈추고 현실적인 문제를 이모저모 따져보았다. 지난 몇 달간 자신이 쓴 돈은 전부 부모님이 대주셨다. 300타이완달러(한화 약 13000원)라도 아긴다면 '부모님을 위한 마지막 효도'라고 부를 수 있지 않을까? 그는 부모님이 자식 문제로 얼마나 골머리를 썩이는지 잘 알았다. 집이 아닌 다른 곳에서 결행하기로 마음먹은 것도 부모님께 더는 폐를 끼치고 싶지 않았기 때문이다. 요 몇 년 집값이 꽤 올랐다. 천신한 때문에 동네 부동산 가격이 떨어진다면 부모님께서 이웃의 비난을 면치 못하실 터였다.

　그뿐 아니라 다른 이유에서도 천신한은 자신의 선택이 마음에 들었다. 소비지상주의가 판치는 시대에 이 호텔처럼 불호 후기로 가득한 곳은 찾기 쉽지 않다. 백 개 가까이 달린 이용 후기가 전부 얼마나 힘든 시간을 보냈는지 토로하는 내용이었다. 방음이 안 된다, 온수가 나오지 않는다, 욕조 배수구에 머리카락이 엉켜 있다, 프런트에 전화했는데 아무도 받지 않는다, 객실에 무료로 제공되는 커피에서 하수구 냄새가 난다……. 시설, 위생, 서비스 등 어느 하나 만족했다는 고객이 없다. 엄청나게 긴 후기도 있었는데, 감정이 듬뿍 담긴 완벽한 묘사부터 논리 정연한 어휘 사용까지 마치 단편소설을 읽는 듯했다.

그 '작가'는 회사에서 지원받은 숙박비가 적어서 이 호텔의 마수에 걸려들었다는 말로 운을 뗐다. 그는 객실 안으로 한 걸음 들어서자마자 카펫 위에 담뱃재가 떨어져 있는 것을 발견했다. 한 걸음 더 들어가니 악취가 몸을 휘감았다. 마치 며칠째 세제를 푼 물에 담겨 있었던 더러운 양말이 자신의 존재를 잊어버린 인간에게 복수하기 위해 온 힘을 다해 뿜어내는 듯한 냄새였다. 벽지는 쭈글쭈글했고 뭔지 모를 시커먼 얼룩도 있었다. 술기운이 싹 달아난 '작가'는 황급히 1층 프런트로 향했다. 마침 호텔 사장이 직접 프런트에 나와 있었다. 사장은 눈썹 하나 까딱하지 않고 검은 수첩을 뒤적이더니 비즈니스 싱글 룸이 두 개 비어 있으니 객실을 업그레이드하라고 대꾸했다. 업그레이드하려면 300타이완달러를 더 내야 한다면서. '작가'는 화가 치솟아 호텔 사장에게 따졌다. 객실 설비가 너무 열악하고 기본적인 위생 수준도 갖추지 못했으니 마땅히 깨끗한 방으로 바꿔줄 의무가 있다! 사장은 어깨를 으쓱이더니 "객실 요금이 얼마였는지 기억하느냐?"고 물었다. '작가'는 사장의 검은 속내를 눈치채지 못하고 성실하게 "600타이완달러요"라고 대답했지만, 곧 현실을 깨닫고 기세등등하던 태도가 수그러들었다. 호텔 사장도 '작가'의 그런 변화를 기민하게 알아차렸다. 사장은 서랍을 열고 100타이완달러 지폐를 꺼내 정확히 여섯 장을 데스크 위에 올려놓았다. 그런 다음 프런트에 비치된 소형 텔레비전으로 시선을 돌렸다.

천신한은 이 단편소설급 후기를 백 번 넘게 읽었다. 읽을수록 확신이 생겼다. 바로 이 호텔이다. 여기서 내 인생의 마지막 일정을 소화하리라. 사장이 이토록 야박한 성격이라고 하니 호텔에서 자살하는 게 큰 민폐라는 생각도 들지 않았다. 천신한은 삶과 죽음을 가르는 경계에 선 지금에 와서도 인간으로서 지켜야 할 도리를 저버리지 않는 자신이 신기했다.

그는 유서를 침대 헤드에 올려놓았다.

내가 왜 자살했는지 궁금하면, 그냥 미쳤다고 생각하세요.

미쳤다.

처음에는 자신이 수년간 겪은 고통을 '미쳤다'는 한마디 말로 정리하는 데 반발심을 느꼈다. 하지만 거듭 심사숙고한 끝에 이렇게 하는 게 맞다고 결정했다. 스무 살 때 교통사고를 당한 후 생긴 이상 현상을 설명하면 어차피 부모님은 '내 아들이 미쳤구나'라는 결론을 내리실 터였다.

천신한은 살금살금 방문 쪽으로 향했다. 조심스럽게 문고리에 손을 얹었다. 마치 달걀을 쥐듯 손에 힘을 세게 주지 않으려 애썼다. 그는 제발 어머니 야오추샹(姚秋香)을 마주치지 않게 해달라고 기도했다. 동틀 무렵까지 게임을 하고 잠자리에 들기 전 화장실에 가려고 방 밖으로 나왔다가 우울한 표정으로 소파에 앉아 있는 야오추샹과 딱 마주쳤던 적이 몇 차례 있었다. 나중에 부모님이 나누는 대화를 건너 듣고서야 어머니가 갱년기에 접어들어 매일 여섯 시간 이상은 잠들지 못한다는 것을 알게 되었다. 그때 야오추상은 자기 불면증을 아들 방에서 들려오는 게임 효과음 탓으로 돌렸다. 아버지 천중우(陳忠武)는 옆에서 멀쩡한 아들이 어쩌다 지금 이런 꼴이 되었는지 모르겠다, 앞날이 창창한 청년에서 집 밖으로 한 발짝도 나가지 않고 부모에게 의존해 살아가는 기생충이 되었다며 푸념했다.

주거니 받거니 대화하던 중 야오추상이 천신한의 방문이 꽉 닫히지 않은 것을 발견했는지 목소리를 낮추며 남편에게 그만하라는 신호를 보냈다. 아들이 들을까 봐 걱정되었던 모양이다.

옛말에 지난 일은 연기처럼 사라진다고 했다. 하지만 천신한의 지난 일은 심판의 불길처럼 덮쳐오는 듯했다.

괜찮아. 오늘만 지나면 모두 마땅히 누려야 할 평화를 얻게 될 거야. 천신한은 마음을 다잡았다.

거실은 비어 있었다. 운이 좋았다. 머릿속으로 동선을 그렸다. 가구에 부딪히지 않으면서 현관까지 가야 한다. 현관문에 설치된 오래된 방충문을 열 때 조심하지 않으면 삐걱거리는 소리가 난다. 방충문 다음 단계가 가장 어려운 관문이다. 튼튼한 철문 두 개를 지나야 한다. 안쪽의 철문은 그럭저럭 소리 없이 열 수 있다. 아래쪽으로 살짝 누르듯이 밀면 된다. 바깥쪽 철문은 쉽지 않다. 아버지는 주무시기 전에 바깥 문에 달린 잠금장치 세 개를 전부 잠그시는데, 잠금장치를 돌릴 때마다 꽤 큰 소리가 나기 때문이다. 잠금장치 세 개를 빠른 속도로 연이어 돌릴까, 아니면 사이사이 좀 시간을 둬서 한 번에 큰 소란이 이는 것을 방지할까?

작전이 개시됐다. 현관까지 가는 길에 쓰레기통에 발을 부딪힌 것만 빼면 순조로웠다. 신발장 앞에서 천신한은 자기 신발을 찾지 못해 몇 초 정도 지체했다. 마지막으로 운동화를 신었던 때가 언제였더라?

최근 가장 멀리 나간 것이 골목 모퉁이를 돌면 나오는 편의점이었다. 허칭옌(何青彥)은 천신한의 집에 놀러 올 때마다 친구를 바깥에 내보내려고 갖은 방법을 썼다.

"네가 뭘 고민하는지 이해해. 그래도 친구로서 이런 모습을 보는 게 얼마나 힘든지 알아? 넌 여기 지박령이라도 된 것 같다고."

허칭옌은 이렇게 말하곤 했다. 천신한은 상념에 빠진 채 운동화를 찾아서 신었다. 발이 꽉 끼었다. 처음에는 의아하게 여겼지만, 생각해보니 최근 살이 꽤 쪘으니까 발바닥도 두툼해졌을 터였다.

방충문은 해결했고 이제 철문이 남았다. 잠금장치를 하나씩 돌릴 때마다 천신한은 숨죽이며 집 안 동정을 살폈고, 괜찮다는 생각이 들면 다음 잠금장치로 넘어갔다. 아무런 문제 없이 잠금장치를 다 풀고 마침내 철문을 열자 마음속에 이유 모를 슬픔이 차올랐다.

'부모님이 내 계획을 알아채고 막아서길 바란 건가?'

자살하기로 한 결정을 후회할까 봐 스스로 겁이 난 천신한은 밖으로 나가자마자 얼른 문을 닫았다.

교통 카드를 꺼내 지하철 개찰구를 지나는데 삑 하고 울리는 소리에 천신한은 또 상념에 잠겼다. 그는 일부러 걸음을 멈춰 알람을 잠시 음미하고 나서 다시 전진했다. 계획은 이제 2부로 접어들었다. 그는 지하철 노선의 끝에서 두 번째 역에 내릴 것이다. 호텔로 가는 길에 저렴한 생활용품점에 들러서 숯불구이용 목탄을 살 것이다. 계산대 점원의 의심을 피할 연막용으로 소시지와 고기, 탄산음료 등 식료품도 같이 살 예정이다. 잠시 후 친구들과 바비큐를 하며 즐거운 시간을 보낼 사람처럼 꾸미는 것이다.

천신한은 머릿속으로 이후의 여정을 시뮬레이션하며 전철에서 내렸다. 전철에서 내리다가 키가 크고 깡마른 남학생과 부딪혔다. 체육복 윗도리를 입고 있는 아이였다. 몸과 몸, 작용과 반작용으로 두 사람은 각자 뒤로 몇 발짝 물러났다. 남학생은 손에 들고 있던 교과서를 떨어뜨렸고, 천신한은 저도 모르게 책 표지에 적힌 것들을 눈에 담았다. 고등학교 3학년 교과서에 검은색 사인펜으로 반과 이름이 적혀 있었다.

학생은 어색한 동작으로 책을 주워 들고 허리를 몇 번이나 숙이면서 작은 소리로 사과했다.

"죄, 죄송합니다."

천신한은 괜찮다는 뜻으로 손을 흔들었다. 다음 순간, 그는 남학생의 뒤로 시커먼 안개가 뭉클뭉클 피어오르는 것을 보았다. 또 시작이다. 머리가 아프다. 관자놀이를 송곳으로 푹 찔린 것 같다.

또 인간 세상에 속하지 않는 장면을 보았다.

남학생은 천신한이 자기를 뚫어져라 쳐다보는 것을 느끼고 당황한 듯 한 번 더 고개를 숙이며 사과한 뒤 뛰다시피 전철에 올라탔다.

천신한은 그 후 어떻게 지하철역을 나가서 생활용품점에 들어왔는지 기억나지 않았다. 그는 정신을 차리려 애쓰며 목록에 적힌 물품을 차근차근 쇼핑 카트에 담았지만, 방금 목격한 장면이 머릿속을 떠나지 않았다. 계획의 실행이 조금 전 일어난 사건 때문에 전부 흐트러졌다. 천신한은 양손에 들린 묵직한 비닐봉지를 내려다보았다. 날짜를 잘못 골랐을까?

그는 방금 본 남학생의 미래가 걱정되었다.

이대로 가만히 있어야 하나? 무언가를 하려 해도 지금 손에 든 물건들은 어쩌지? 천신한은 다시 생활용품점으로 들어갔다. 나왔을 때는 손에 바비큐용 철망 따위를 더 들고 있었다. 그는 휴대전화를 보며 지도 앱이 알려주는 대로 근처 공원을 찾아냈다.

7시 반. 공원에는 사람이 거의 없었다. 하지만 이 동네는 원래 거주 인구가 적은 곳으로, 주말이나 연휴 때나 관광객이 많을 뿐이다. 이곳을 '인생의 종착역'으로 선택한 이유였다. 그는 너무 많은 사람을 놀라게 하고 싶지 않았다.

천신한은 공원 내 정자에 마련된 돌 탁자에 자리를 잡고 바비큐를 준비했다.

모든 준비가 끝난 뒤에야 불을 붙일 라이터를 가지고 오지 않았다는 것을 깨달았다.

정자에서 멀지 않은 벤치에는 체격이 건장하고 무엇인지 모를 물건으로 가득 찬 비닐봉지 여러 개를 주변에 둥글게 세워놓은 중년 남자가 있었다. 그는 천신한이 공원에 들어왔을 때부터 줄곧 시선을 떼지 않았다. 천신한의 일거수일투족이 신기한 모양이었다.

"라이터 있으세요?"

중년 남자가 비닐봉지 중 하나를 열고 라이터를 꺼냈다. 그가 팔을 가볍게 휘두르자 라이터가 멋진 포물선을 그리며 허공을 날았다. 라이터는 정확히 천신한의 발치에 떨어졌다.

라이터를 주운 천신한은 여전히 자기 쪽을 빤히 쳐다보는 아저씨의 시선을 알아차렸다.

"같이 드실래요? 많이 샀거든요."

아저씨가 고개를 끄덕였다.

20분쯤 지난 후 천신한은 잘 익어서 표면이 조금씩 갈라진 소시지를 아저씨에게 건넸다.

"마늘도 드릴까요? 직접 잘라 드셔야겠지만요."

천신한이 옆에 놓인 마늘과 과도를 가리켰다. 아저씨는 엄지 손가락과 집게손가락으로 마늘 한 알을 집어 들고 소시지 한 입, 마늘 한 입 번갈아 먹기 시작했다.

그가 처음으로 입을 열었다. 목소리가 예상외로 부드러웠다.

"잘 먹을게. 괜찮다면 콜라를 마셔도 될까?"

"어어, 네. 그런데 제가 컵을 사 오지 않았어요."

아저씨는 벤치로 돌아가 아까와는 다른 비닐봉지를 열었다. 그 안에서 납작하게 접힌 포일 상자 같은 것을 꺼내더니 과도로 중간을 쓱 그었다. 포일 상자가 그릇 모양으로 바뀌었다. 아저씨가 거기에 콜라를 따라 한 모금 마셨다. 흡족한지 눈이 스르르 가늘어졌다.

"새로 왔나? 아직 어린 것 같은데."

"어어, 아뇨, 아뇨……."

천신한은 당황했다가 곧 그가 말한 의미를 알아차렸다.

"저는 그냥 지나가던 길입니다."

"난 이곳에서 1년 반 정도 살았는데 이런 식으로 지나가는 사람은 한 명도 없었어."

자세히 보니 이 아저씨는 천신한이 처음 생각했던 것처럼 나이가 많지는 않았다. 아마 마흔 조금 넘은 나이가 아닐까 싶었다.

"제가 바비큐가 아니라 다른 용도로 쓰려고 숯을 샀다면 놀라시겠죠?"

아저씨가 고개를 저었다.

"내가 여기서 무슨 일인들 겪어보지 않았겠나? 공원에서 몇 년을 살았던 형님이 있는데, 여기가 바로 그 형님이 자던 자리야. 올해 음력 초이틀인지 초사흘인지, 한밤중에 술에 취한 고등학생들이 불을 질러서 타 죽었다니까."

천신한은 갑자기 자기 주변이 뜨끈뜨끈해지는 것 같은 기분이 들어 무의식적으로 자세를 고쳐 앉았다.

아저씨가 씩 웃으며 말했다.

"죽고 싶었던 거 아니야? 이제 무서워졌나?"

천신한은 아저씨의 놀리는 말투에도 화가 나지 않았다. 자기가 생각해도 우스운 일이었다. 그는 철망 위에서 익어가는 삼겹살을 뒤집으며 말했다.

"그렇게 말씀하셔도 틀리지는 않아요. 누가 진짜 죽고 싶겠어요?"

"물러날 곳이 없다고 생각하겠지만 그렇지가 않아. 내가 예전에 회사 사장님이었다면 믿겠나?"

"어떤 일을 하셨는데요?"

"아무것도."

아저씨는 느긋하게 마늘 한 톨을 새로 까서 입에 넣었다.

천신한은 갑자기 아저씨의 손끝이 깨끗하고 움직임도 나름 우아하다는 점을 깨달았다. 야오추상은 배고플 때의 동작이야말로 그 사람의 가정교육 수준을 판단할 수 있는 기준이라고 말하곤 했다.

"다른 방식으로 말해볼까. 처음에는 나도 뭔가를 하고 있다고 생각했지. 하지만 나중에 보니 전부 가짜, 가짜였단 말이야. 독일의 거래처, 경제부의 인증서, 지룽(基隆) 항구의 세관에 묶여 있다는 화물선이 전부 가짜. 친구는 내가 고향 공장의 업종을 바꾸고 싶어 한다는 걸 잘 알고 있었어. 참으로 정성스럽게 판을 짜서 나를 속였지. 나는 그놈을 믿고 전 재산을 걸었어. 멋지게 성공해서 시대에 뒤떨어진 가족 친지 들의 입을 닫게 해주려고."

잘 익은 삼겹살의 향기가 코 주변을 맴돌았다. 천신한은 고기를 집어 들었다가 또 멈칫했다. 일회용 접시도 빠뜨렸다. 방금 구운 소시지는 꼬챙이가 같이 있었으니 괜찮았다. 고기가 담겨 있던 폴리에틸렌 용기를 흘낏 보았지만 핏물이 배어 있어서 고민스러웠다.

일회용 접시처럼 기본적인 물건을 잊다니?

사실 원래의 계획대로라면 이 식재료를 진짜 구워 먹지는 않았을 터였다. 식재료는 카펫이 깔린 바닥에 놓인 채 침대 위에 누운 시체와 더불어 누군가 와서 자신들을 발견해주기를 기다렸을 것이다.

천신한의 고민을 알아챈 아저씨가 무릎을 짚으며 몸을 일으켰다. 벤치에 갔다 돌아온 그의 손에는 화장지 한 묶음이 들려 있었다.

"나도 이것뿐이로군. 적당히 사용하자고. 손만 데지 않으면 되지."

천신한은 화장지를 잔뜩 뽑아서 여러 번 접은 다음 그 위에

고기를 올려놓았다. 이 화장지가 어디서 났는지 묻지 않으려고
꽤 자제력을 발휘해야 했다. 화장지의 출처를 알고 나면 입맛이
뚝 떨어질 거라는 예감이 들었기 때문이다.

"이런 상황이 되신 건 그 일 때문인가요?"

"절반쯤은 그래. 빚을 갚는 데 전 재산이 들어간 것은 아니었
거든. 작은 아파트가 하나 남았어. 어머니하고 동생이 거기 살고
있고. 명절 때는 나도 집에 가서 식구들하고 같이 지내. 그 덕분에
목숨을 구하기도 했지. 그렇지 않았다면 나도 불타 죽었을지도
모르니까."

무서운 상황을 이야기하면서도 아저씨의 표정은 덤덤했다.

"그러는 젊은이는 사연이 뭐야?"

"저요?"

'그래'라고 말하는 것처럼 아저씨가 한쪽에 놔둔 남은 숯을
가리켰다.

공원에서 처음 만난 사람에게 숨겨왔던 사정을 이야기하게
되리라고 누가 예언했더라면 천신한은 콧방귀만 뀌었을 것이다.
하지만 지금 상황이 점점 그런 방향으로 흘러가고 있었다.

"옷이 오래되어 보이기는 하지만 깨끗하고. 씻을 장소가 있
는 거지?"

"네."

천신한이 콧등을 긁으며 대답했다.

"집에서 사는 건가?"

"아저씨는 식구들한테서 쫓겨나신 거예요?"

"그건 아니야. 어머니와 동생은 나한테 잘해주고, 계속 집에 들어오라고 하지. 내가 그러지 않는 거야. 어머니를 볼 때마다 죄송하니까. 내가 다 망쳤으니까."

"아저씨가 처음 이렇게……."

천신한은 머리가 잘 돌아가지 않는다고 느꼈다. 뭐라고 불러야 할까? 노숙자? 거리 생활자? 천신한은 잠시 더듬거리다가 포기해버렸다.

"제 말은, 힘들지 않으시냐고요."

"무슨 바보 같은 소리야, 당연히 힘들지. 어릴 때 나중에 커서 노숙자가 되겠다는 장래 희망을 품는 사람이 있겠어? 부모님이 애들 겁줄 때 하는 말이잖아. 열심히 공부하지 않으면 커서 넝마주이나 된다고 말이야."

아저씨가 숯불 위에 삼겹살을 한 덩이 더 올려놓았다.

"그렇게 보지 말라고. 나도 공부는 좀 했어. 갑자기 아버지가 돌아가셔서 회사를 이어받아야 하는 게 아니었다면 아마 대학원에 갔을 거야."

천신한은 무릎을 가슴 앞에 모아 끌어안은 자세로 이야기를 들었다. 사실 뭐라고 반응해야 할지 알 수가 없었다. 그가 털어놓은 이야기 중에서 어떤 부분은 천신한과 겹치는 데가 있었다. 천신한 역시 자신이 어른이 되어서도 거머리처럼 부모님의 피를 빨아먹으며 살게 될 줄은 몰랐으니까.

"콱 죽어버리자 하는 생각이 들었던 것도 사실이야. 그런데 인간이란 참 재미있는 존재인 것이……."

아저씨의 목소리가 점점 높아지며 뭔지 모르게 신비로운 기운을 띠었다. 천신한은 다음 말이 궁금해져서 아저씨 쪽으로 몸을 기울였다.

"내가 순식간에 적응하더라니까."

"순식간에요?"

"그래, 진짜야. 순식간이라고 하면 좀 과장한 것일지는 모르겠는데 대충 일주일쯤. 나는 평생 이런 생활을 받아들이지 못할 줄 알았는데, 7일째인가 8일째인가 아침에 눈을 뜨면 알아서 저기 급수대에 가서 세수하고 몸도 닦고 있더군. 내 집처럼 말이지. 내 행동에 나도 놀랐어."

"하지만요……."

천신한이 자기 발아래 땅을 가리키며 말했다.

"이유도 없이 불에 타 죽을 수도 있는데요."

"그럼 돈 많은 사장님, 회장님 들이 아침마다 풀만 먹고 저녁에는 마라톤을 하면서 건강을 지키려고 아등바등 살다가도 결국 암에 걸려 죽는 건 이유가 있나?"

남자가 한숨을 푹 쉬더니 말을 이었다.

"사실 우리는 일면식도 없는 사이이니까 젊은이가 어떤 사람인지 나는 모르지. 하지만 살기 싫어졌던 경험을 놓고 말하자면 내가 자네보다 선배야. 회사가 망하기 1년 전쯤, 나도 바보가 아니니까 이상하다는 걸 알아챘지. 숫자가 맞지 않으니까. 하지만 나는 현실을 부정했어. 친구가 나를 속이는 게 아니라고 믿고 싶었지. 어차피 속을 거라면 10년이든 20년이든 계속 속는 게 좋았을 거라고 생각해. 평생 몰랐다면 가장 좋았겠지.

나는 그때 70평이 넘는 호화로운 주택에서 살고 벤츠를 몰았어. 고객과 밥 한 끼 먹으면 카드로 몇만 타이완달러씩 긁었단 말이야. 하지만 언젠가는 내 눈앞의 모든 것을 빼앗길 거라는 걸 알고 있었지. 마지막 1년 동안 나는 해가 지는 것이 두려웠네. 날이 밝는 것은 더 두려웠지. 위스키와 수면제를 같이 삼켜야 겨우 잠들었어. 의사에게 약을 더 많이 처방해달라고 했지만 약을 더 늘리면 돌연사할지도 모른다더군. 그런데 말이야, 그 말을 듣는데 이상하게도 마음이 놓였어."

아저씨가 입술을 비죽거리더니 말을 이었다.

"엉뚱한 이야기를 했군. 내가 금방 공원에서 사는 데 익숙해졌다고 했지? 거짓말이 아니야. 여기서는 약 한 알 없이도 잠들었지. 아주 잘 잤다고는 할 수 없지만 예전보다는 잘 자. 이제 빚 갚느라 걱정하지 않아도 되고, 더 이상 잃을 것도 없으니까 오히려 편해."

천신한의 시선이 눈앞의 아저씨를 지나 두 사람이 앉으면 딱 맞을 크기의 벤치를 훑었다.

비닐봉지 중 하나에는 갈색 겨울 이불이 들어 있었다. 천신한은 이 아저씨가 좁은 벤치에서 몸을 옹송그리고 깊이 잠든 모습을 머릿속에 그려보았다.

"부모님은 무슨 일을 하시나?"

"아버지는 상장 회사에서 고위 임원이세요. 어머니는 가정주부시고요."

천신한의 어조에는 조금의 기복도 없었다. 다른 사람이었다면 이렇게 담담하게 말하지 못했을 것이다.

스무 살 이전의 천신한은 의심할 바 없이 부모님의 자랑거리였다. 스무 살 이후에는 하루가 다르게 '가족의 수치'에 가까워지고 있다. 집을 방문한 사람들은 대놓고 말하지는 않아도 공부 잘하던 모범생이 어쩌다 이렇게 되었는지 묻고 싶어 했다. 사실 자신의 궁금증을 해결하기 위해 행동에 들어가는 사람도 없지는 않았다.

어느 날 점심 무렵, 천신한은 시끄럽게 문을 두드리는 소리에 깼다. 더불어 에너지 넘치는 여성의 고함도 들려왔다. 천신한, 이리 나와! 큰고모다! 천신한은 마음을 단단히 먹고 문을 살짝 열었다. 그가 무슨 반응을 보이기도 전에 천수즈(陳秀芝)의 양손이 뻗어왔다. 멱살을 잡혀서 거실로 끌려 나온 천신한이 겨우 중심을 잡고 서자, 천수즈는 그를 위아래로 훑어보더니 길게 한숨을 내쉬었다. 고개를 외로 꼬며 야오추상을 쳐다보는 눈빛은 쉽게 '번역'할 수 있었다. 대충 "너희 아들내미 사는 꼴 좀 봐" 정도랄까.

야오추상은 손으로 얼굴만 문지르며 아무 말도 하지 못했다.

천수즈는 공격 목표를 바꿔 천신한을 정조준했다.

"프러포절(proposal) 가져와."

천수즈는 유명한 식품 회사에서 영업부장직을 오래 맡아왔기 때문인지 일상적인 대화에서도 직장에서 쓰는 말투를 쓰곤 했다.

"프러포절? 무슨 프러포절이요?"

"언제까지 집에 처박혀 지낼 생각이니. 지금 바로 액션 플랜(action plan)을 세워라. 네 아빠하고 얘기 끝났다. 그동안 다들 너를 공기처럼 생각하고 아예 없는 사람으로 여기면서 이렇게 사는 꼴을 참아줬다지만 더는 안 되겠다. 이제는 이겨내야 할 때야. 직장을 찾아. 아니면 우리 회사에 지원해. 고모가 네 자리는 마련해줄 수 있어. 넌 똑똑한 애야. 걱정할 것 없다."

천신한은 허벅지 위에 올려둔 양손을 남몰래 움켜쥐었다. 감정적으로는 어머니와 고모가 이렇게 밀어붙이는 것이 진절머리 났다. 하지만 이성적으로는 자신이 반박할 입장이 못 된다는 것을 잘 알았다. 그가 집에서 아무것도 하지 않고 빈둥거린 시간은 너무 길었다. 다른 사람들이 그를 동정하지 않게 될 정도로 길었다.

제삼자의 입장에서 객관적으로 보더라도 그를 이렇게 대하면 안 된다고 말할 사람은 없을 터였다.

천수즈는 조카가 입을 꾹 닫고 있는 것을 보고 계속 말을 이었다.

"전에 같이 일했던 상사에게 큰일이 생긴 것은 우리도 유감스럽게 생각한다. 너에게 트라우마가 생긴 것도 이해해. 세상이 변했고 사람들도 변했으니 예전의 잣대로 설명할 수 없는 일이 많다는 것도 알아. 하지만 고모가 듣기 싫은 소리 좀 할게. 넌 그 사람과 겨우 2년 같이 일했어. 네 반응이 과하다고 생각하지 않니?"

"그만하세요. 절 좀 내버려두시라고요."

천신한은 바닥만 봤다.

"고모한테 버릇없게 무슨 말이니."

야오추샹이 급히 끼어들어 아들을 나무랐다.

"진짜로 무슨 일이 있었는지는 전혀 모르시잖아요."

"그럼 무슨 일이 있었는지 설명해."

천신한의 미간이 꿈틀거렸다. 천수즈의 명령에 그의 정신은 처참했던 그 저녁으로 되돌아갔다. 더 정확하게 말하자면, 그는 한 번도 그 순간에서 벗어나지 못했다. 눈을 감으면 머릿속에 황위샹(黃宥湘)의 마지막 모습이 떠올랐다.

500일이 넘게 흘렀다. 천신한은 매일 질문했다. 왜 아무것도 하지 않았지? 왜 황위샹을 그냥 보냈지? 그날 6시쯤 황위샹이 천신한에게 말을 걸었다. 자기는 곧 퇴근할 거라고. 천신한은 정리하던 물건을 내려놓고 일어섰다. 황위샹을 배웅할 셈으로 몸을 돌렸는데, 그 순간 황위샹의 몸이 시커먼 안개에 반쯤 휘감긴 모습이 보였다. 하려던 말이 목구멍에 걸려서 나오지 않았다. 그는 겁먹은 것처럼 뒷걸음질을 치다가 넘어지고 말았다. 황위샹이 놀라서 천신한의 손목을 잡아주었는데, 그때 그의 눈앞으로 환상인지 뭔지 이상한 화면이 휙 지나갔다. 오래된 비디오테이프처럼 노란빛이 감돌고 지직거리는 화면이었다. 화면 속 땅바닥에 누워 있는 황위샹의 가슴팍에서 붉은 피가 철철 흐르고 있었다. 어떤 여자가 황위샹 옆에 주저앉아서 얼굴을 가리고 흐느끼는 중이었다.

천신한이 정신을 차리자 동료 두 사람이 다가와서 괜찮냐고 물었다. 한 사람은 오랫동안 쪼그려 앉아 있다가 갑자기 일어서면 일시적인 저혈압이 생기기도 한다고 말했다. 황위샹은 다른 사람이 와서 천신한을 챙기자 헬멧을 쓰고 자기 스쿠터 쪽으로 향했다. 천신한이 스쿠터에 시동을 거는 황위샹을 급히 불러 세웠다. 황위샹은 고개를 돌리고 그의 다음 말을 기다렸지만, 그는 어물거리며 쓴웃음만 지었다. 황위샹은 손목시계를 가리키며 말했다. 장을 볼 가게가 문을 닫을 때가 되어서 얼른 가야 한다며, 할 말이 있으면 문자메시지로 이야기하라고, 월요일에 보자고 했다.

스쿠터에 탄 황위샹은 노래를 흥얼거리며 모퉁이를 돌아 시야에서 사라졌다.

천신한은 공포에 질렸다. 동시에 의문스러웠다. 그는 곧바로 허칭옌에게 연락했다. 자기 상태가 더 '악화'된 것은 아닌지 그와 의논하고 싶었다. 천신한은 지금까지 검은 안개만 볼 수 있었다. 안개 외에 영상 같은 것을 본 것은 처음이었다. 그런데 하필 그날 허칭옌은 일본에 출장을 갈 일이 있었다. 3500미터 상공에 있었던 허칭옌은 천신한이 급히 보낸 구조 요청을 놓치고 말았다.

천신한은 자기 눈이 삐었던 것이라고 되뇌며 황위샹에게 아무 일도 없기를 기도했다. 그러나 마음속에는 "넌 한 번도 틀린 적이 없잖아"라는 목소리가 맴돌았다. 식은땀으로 셔츠가 흠뻑 젖었다. 다섯 번째로 허칭옌에게 전화했지만 받지 않았다. 경멸 당해도 좋다는 심정으로 황위샹에게 전화를 걸었지만 역시 통화가 되지 않았다. 두 번, 세 번. 갑자기 전화가 걸려왔다. 몇 시간 전 천신한에게 일시적인 저혈압 이야기를 했던 회사 동료였다. 허둥지둥 전화를 받았더니 떨리는 목소리로 근처에 텔레비전이 있느냐고, 빨리 53번 채널을 보라고 했다.

천신한은 주변을 두리번거리다 앞에 있는 조그만 식당의 벽에 20인치 작은 텔레비전이 걸려 있는 것을 보았다. 텔레비전에서는 만화 채널이 나오고 있었다. 천신한은 급히 식당으로 뛰어 들어갔다. 다짜고짜 한쪽에 놓인 리모컨을 집어 들고 53번, 53번 하고 중얼거리면서 채널을 돌렸다. 시뻘겋고 커다란 글자 '야간 특보'가 눈에 들어왔다. 그리고 앵커의 뉴스 보도가 들렸다. 33세의 황(黃) 씨 여성이 자택 근처에서 칼에 찔리는 사건이 벌어졌습니다. 피해자는 현재 근처 병원으로 옮겨져 치료 중입니다. 범인은 젊은 여성으로, 경찰이 피해자와의 관계를 조사하고 있습니다. 제보에 따르면 범인은 피해자의 남편과 내연 관계일 가능성이 높습니다. 그러고 나서 뉴스 화면이 바뀌었다. 머리가 희끗희끗한 관리인이 어지럽게 손짓을 섞어가며 인터뷰를 했다. 범인이 아파트 단지 안으로 들어올 수 있는 열쇠를 가지고 있었다며 자기 과실이 아니라는 점을 강조했다.

휴대전화가 손에서 미끄러져 추락했다. 통화는 계속 이어지고 있었다.

"위샹 씨 맞죠? 위샹 씨가 사는 동네예요. 아무래도 위샹 씨 같아요."

늦었다. 황위샹이 죽었다. 모든 것이 늦어버렸다.

그날부터 천신한은 황위샹이 살해된 사건을 한순간도 잊지 못했다. 황위샹이 나오는 악몽 때문에 잠드는 것이 두려웠다. 꿈속에서 황위샹이 다가와 말을 붙이며 걱정하지 말라고 한다. 천신한의 심장은 공기가 가득 들어찬 풍선처럼 부푼다. 그는 잔뜩 흥분해서는 황위샹을 붙들고서 집에 돌아가면 안 된다고 외친다. 남편의 내연녀가 당신을 죽이려고 거기서 기다리고 있다고요! 황위샹은 피식 웃으며 힘없이 고개를 젓는다. 다음 순간 황위샹은 피투성이가 된다. 그러면 천신한은 놀라서 잠에서 깼다. 제대로 자지 못하니 일도 할 수 없었다. 몇 달 후 천신한은 10킬로그램 넘게 몸무게가 줄었고, 돈을 벌지 못해 갖고 있던 저축예금을 헐어서 생활하는 바람에 더는 방세도 감당하기 힘들었다. 결국 야오추샹에게 사실을 털어놓는 수밖에 없었다. 당장 남편과 함께 천신한의 자취방으로 달려온 야오추샹은 아들과 종이 상자들, 잡동사니들을 다 같이 싣고 집으로 돌아왔다.

부부는 천신한이 몇 달 정도 의기소침했더라도 곧 원래대로 회복할 거라 믿었다. 아들의 상태가 하루가 다르게 나빠져서 갈수록 직장으로 돌아가는 것을 거부할 거라고는 예상하지 못했다. 천중우는 지금까지 자녀 교육을 아내의 책무라고 여겼다. 그래서 아들이 망가지는 꼴을 보자 뭐라도 해보라고 아내를 재촉해 댔고, 실제로 야오추상은 몇 차례 천신한과 대화를 시도했다. 그러나 아무 소용이 없었다.

그리하여 다음 타자인 천수즈가 온 것이다.

천신한은 입을 꾹 다물고 바닥만 노려보았다. 그런 아들을 보며 마음이 약해진 야오추상은 고모에게 좋은 말로 타이르라고 부탁했지만, 천수즈는 오히려 야오추상을 향해 포문을 열었다. 천신한이 이런 지경에 이른 것은 어머니인 야오추상의 책임이 제일 크다는 것이었다. 용돈을 끊으면 천신한이 어쩔 수 없이 방 밖으로 나와서 자력갱생하지 않았겠느냐고도 했다. 천신한은 두 사람의 의견이 갈린 틈을 타서 얼른 방으로 돌아와 문을 잠가버렸다. 그와 동시에 천수즈의 화난 목소리가 벽을 넘어왔다. 다시는 너희 일에 끼어들지 않겠다, 아들내미를 이런 식으로밖에 키우지 못하겠다면 나도 어쩔 수 없다! 고함의 끄트머리에 철문이 쾅 하고 닫히는 소리가 뒤따랐다. 천신한은 가슴을 쓸어내리며 큰고모가 떠나서 다행이라고 생각했다.

그 순간 방 밖에서 어머니의 낮은 울음소리가 들렸다.

천신한은 의자에 널브러져서 천장만 바라보았다. 가족들이 앞으로의 계획을 내놓으라고 닦달하는데 그 소원을 들어주지 않을 이유가 없다. 이 모든 것을 끝내면 다들 천신한의 앞날을 걱정하며 시간을 낭비하지도 않을 터였다.

천신한 자신도 포함해서 말이다. 그 역시 더는 자신을 위해 낭비하고 싶지 않았다.

"이상으로 보고를 마칩니다."

줄곧 땅바닥에 머물던 천신한의 시선이 아저씨의 얼굴로 돌아왔다.

"그럼 나는 어때? 내게서도 검은 안개가 보이나?"

"없어요."

"원래부터 볼 수 있었어?"

"아니요. 스무 살에 교통사고가 나서 잠시 혼수상태에 빠졌었어요. 깨어난 뒤로 보이기 시작했어요."

"사실대로 말한 것 맞지?"

"못 믿겠으면 믿지 마세요."

"화내지 말고 들어봐. 난 초능력을 가진 사람들을 동경해. 하지만 자네의…… 그런 건 초능력이라기보다 저주라고 해야 할 것 같아. 힘들게 살았겠지? 내 친척 중에도 귀신을 보는 '음양안(陰陽眼)'이라는 것을 지닌 사람이 있었는데, 같이 외출하면 목적지까지 가기도 전에 끝없이 뭘 봤다면서 무서운 말을 해댔어. 내가 기억하는 일화 중에 제일 인상 깊은 건 이거야. 그 사람은 여행업에 종사했는데, 어느 날 나한테 같이 여행 상품의 사전 답사를 가자고 하더군. 함께 가던 중에 경관이 멋진 지점에서 차를 세웠지. 갑자기 내 친척이 뭘 봤는지 움직임을 딱 멈추더니 나무 한 그루를 가리켰어. 몸이 절반만 남은 사람이 나무 아래에 떨어져 있다는 거야. 예전에 어떤 사람이 그 나무에 목매달아 죽었는데 너무 오랫동안 발견되지 않아서 시신이 부패하는 바람에 반 토막 난 몸이 땅에 떨어진 모양이라고 했어. 주변 마을에 물어보니까 진짜로 그런 일이 있었대. 생각만 해도 소름이 돋아. 날 봐, 닭살이 다 올라왔잖아."

팔뚝을 문지르는 아저씨는 겁먹은 작은 동물 같았다.

"아저씨 친척은 무섭지 않으셨답니까?"

"처음에는 무서웠지만 나중에는 어차피 사람이 변해서 된 건데 뭐가 무섭나 하는 생각이 들더래."

"그 말도 맞군요."

천신한은 한 시간 전에 부딪힌 그 남학생을 떠올렸다.

아직 살아 있을까? 아니면 이미 일을 당했나.

"부모님께 말씀드릴 생각은 없어?"

"네, 지금은 친구 한 명에게만 사실대로 말했어요. 그 친구 말고는 누구에게도 말하지 않았죠. 부모님께도요. 너무 황당한 일이잖아요. 부모님이 제 말을 믿으신다고 해도 뭘 어떻게 해주실 수 있겠어요? 절 데리고 병원에 가시는 거 말고."

천신한이 자조했다.

"적어도 당신 아들이 일부러 집에만 처박혀 있는 건 아니라는 것을 알게 되시겠지."

"너무 늦었어요. 부모님이 더 화를 내실지도 모르죠. 제가 일하기 싫어서 어처구니없는 핑계를 댄다고 생각하신다면요."

"그러면 내가 제안을 하나 할 테니까 잠시 자살 생각을 넣어 둬. 내가 자네라면 말이야, 역시 문밖으로 나가지 않고 집에서만 지냈을 것 같아. 내 말이 무슨 뜻인지 알겠나? 내가 하고 싶은 말은, 자네가 잘못하지 않았다는 거야."

그 말을 듣자 천신한은 눈시울이 뜨거워졌다. 고개를 숙이고 숯불 위에 놓인 소시지를 뒤집는 척하면서 힘껏 눈물을 참았다.

누구도 그 말을 해준 사람이 없었다.

허칭옌도 언젠가 한번은 천신한이 별것 아닌 일에 너무 겁을 먹는다고 했다.

"이 사회는 일하지 않고 생산력이 없는 사람을 용납하지 않아요."

"내가 하찮아 보이지?"

"예전이라면 그랬을지도 모르지만 지금은 아니에요."

천신한은 솔직하게 대답했다.

"그래, 바로 그거야. 목표가 없고 큰 뜻이 없다고 남에게 폐를 끼치는 것도 아니잖아. 반대로 한 사람의 야심 때문에 여러 사람이 짓밟히는 일이 얼마나 많아? 나는 회사 사장도 해봤으니까 잘 안다고."

"전 부모님께 폐를 끼치고 있어요."

"부모님께서 아들이 스스로 목숨을 끊는 걸 더 바라실 거란 말인가?"

무엇인지 모를 뜨거운 기운으로 목부터 귀까지 달아올랐다.

"거봐, 자네도 다 알고 있으면서. 이따가 얌전히 집으로 돌아가서 지금까지 그랬던 것처럼 지내. 자네 부모님이 일하지 않는 아들에게 화를 내시겠지만, 맹세컨대 아들이 시체가 되는 것은 더 보기 싫어하실 거야. 설명하기 어려운 건 설명하지 않아도 돼. 지금은 인터넷이 발달한 시대잖나? 집에서도 돈을 벌 방법은 많아. 일단 그런 방법을 찾아보고, 아무래도 찾지 못하겠으면 그때 가서 다시 숯에 불을 피워."

천신한은 꿀꺽꿀꺽 콜라를 마시는 아저씨를 멍하니 쳐다보았다. 머릿속에 흐릿하게 떠오르는 생각이 있었다.

예전의 그는 '운명'이라는 말을 믿지 않았다. 입버릇처럼 운명을 들먹이는 사람은 자기 자신에 대한 믿음을 포기한 거라고 여겼다. 그러나 지금 이 순간, 그는 운명을 믿고 싶었다. 삶을 끝내기로 한 오늘 지하철에서는 남학생을 마주쳤고, 이어서 공원에 와서 아저씨를 만났다. 그 과정이 하나하나 전부 우연이 아닌 것 같았다. 운명의 장난이 아니라면 생존 본능이 여기까지 그를 데려왔는지도 모른다.

죽고 싶은 걸까, 아니면 자신감이 부족한 걸까?

이런 초능력을 지니고 산다는 것을 어떻게 받아들여야 할까?

휴대전화가 울렸다. 천신한은 부모님이 걱정에 휩싸여 전화했을 거라 생각했지만 발신자는 허칭옌이었다.

"오늘 휴가를 냈는데 오후에 너희 집으로 갈까?"

"그래. 몇 시에?"

천신한이 계산해보니 지금 집으로 돌아가면 아예 외출하지 않은 척할 수 있을 것 같았다.

"아저씨, 저는 이만 갈게요."

"남은 것들은 어떻게 할 건가? 내 친구들에게 나눠줘도 될까? 혼자서 맛있게 먹으면 미안해서 말이야."

"그럼요."

천신한은 바짓단에 묻은 흙먼지를 툭툭 털고 몸을 일으켰다. 그는 공원 출구 쪽으로 향하다가 뒤를 돌아보았다.

"아저씨, 제가 한 말을 증명할 수 있느냐고 물으셨죠? 오늘 저녁의 뉴스를 유심히 들어보세요. 아니면 내일 아침 뉴스를요. 고등학교 3학년 학생의 사망 소식이 나올 거예요. 그 학생의 성은 쉬(許)예요. 말씀 언(言) 자와 낮 오(午) 자가 합쳐진 그 글자요."

허칭옌은 포장을 찢고 아몬드와 말린 멸치를 집어서 입안에 쏙 넣었다.

"야, 무슨 생각을 그렇게 해?"

천신한은 막 '위그드라실(Yggdrasil)'에 접속한 참이다.

"왜 그렇게 묻는데?"

"방금 네 표정이 엄청나게 웃겼어. 비장하던데? 1년 전인가도 그런 표정이었지."

"언제?"

"정확하게는 기억나지 않는데, 그날 내가 휴가여서 오후 두세 시쯤 여기 왔던 날이야. 네가 평소하곤 다르게 아주 진지했어. 뭔가 무서운 일이라도 생각하고 있는 것처럼. 맞아, 그날 다른 일도 있었는데. 그건 기억이 생생해. 내가 너희 집에 오기 전에 먼저 전화를 했는데, 그때 바람 소리 같은 게 들리더라고. 네가 집이 아니라 밖에 있는 것처럼 말이야."

허칭옌은 실소하며 고개를 흔들었다.

"잠깐 그런 생각이 들었는데 그게 가능한 일이냐."

게임 데이터가 로딩되는 동안 천신한은 허칭옌의 잘생긴 얼굴을 바라보았다.

왜 그랬는지 몰라도 천신한도 갑자기 뭔가를 떠올렸다.

허칭옌과 언제부터 이렇게 친해졌더라? 천신한은 눈을 가늘게 뜨며 생각에 잠겼다. 이상하게도 잘 떠오르지 않았다. 아주 오래전부터 이 녀석을 알고 지냈던 것 같은데, 어느 시기의 친구인지는 생각나지 않는 것이었다. 초등학교던가? 중학교? 아니면 고등학교인가.

눈 안쪽이 타는 듯이 아팠다. 마치 무언가 그의 주의력을 흐트러뜨리려는 듯했다.

교통사고 이후던가? 지금 허칭옌은 자신의 상황을 알고 있는 유일한 사람이 되었다. 다른 친구들은 다 어디로 갔지? 사실 정확하게 말해서 허칭옌이 유일한 것은 아니었다. 천신한이 제일 먼저 이 문제를 상의한 사람은 의사였다. 의사의 반응에 천신한은 안심하는 한편 무엇에도 비할 수 없을 만큼 실망했다. 두꺼운 안경알 뒤에 잠기운이 덕지덕지 붙은 눈이 보였다. 의사는 CT 촬영에서도 전혀 이상 징후가 보이지 않는다며 단호하게 설명했다. 천신한이 말한 것처럼 "종종 검은 안개가 사람들을 따라다닌다" 면 그의 직관적인 판단으로는 심리적인 요인에 의한 증상이기 십상이며 수술 혹은 검사로 얻을 수 있는 효과는 제한적이라고도 했다. 필요하다면 자신이 정신과에 진료 의뢰서를 써주겠다면서도 종교적으로 신앙에 도움을 청하는 것도 반대하지 않는다고 했다.

의사가 병실을 나간 후에 간호사는 천신한의 상처를 드레싱해주면서 아무렇지도 않게 수다를 떨었다. 얼마 전에 어떤 할아버지 환자도 그랬다는 것이었다. 오랫동안 병상에 누워 지냈던 분인데 가끔 천장을 가리키면서 밤늦게까지 누군가와 대화를 나누는 것처럼 혼잣말을 하곤 했단다. 가족들이 용하다는 도사를 병원에 데려와서는 할아버지의 혼을 다시 불러들이는 의식을 치른다며 흰쌀을 병실 여기저기에 뿌려댔다고 했다. 의식이 끝난 후에 청소하느라 정말 힘들었다고.

천신한이 물었다. 효과가 있었어요? 주근깨 가득한 얼굴의 간호사는 애매한 미소를 지으며 어깨를 으쓱했다. 며칠 뒤에 할아버지의 병세가 갑자기 나빠져서 금방 세상을 떠나셨어요. 그래도 그 며칠 동안은 평안하게 주무셨죠.

간호사의 말을 들은 천신한은 한참 고민했다. 몇 시간 후에 허칭옌이 병문안을 왔을 때, 천신한은 자신이 정신적으로 몹시 약해졌다고 느낀다며 언제든지 죽을지도 모른다고 했다. 허칭옌이 왜 그러느냐고 묻자 천신한은 분위기에 휩쓸려 다 말해버리고 말았다.

"교통사고 이후에 다른 사람들은 보지 못하는 것을 보게 된 것 같아."

간호사의 반응에 비하면 허칭옌의 반응이 천신한의 예상에 좀 더 들어맞았다. 그는 신기해하면서 꼬치꼬치 캐물었다. 순간적으로 천신한은 논문 디펜스에서 교수단의 질문에 답변하는 대학원생이 된 것 같은 착각에 빠지기도 했다. 그 안개는 어떤 검은색인가? 빛이 투과되는가? 아하, 인간의 신체가 안개에 가려지는 거군. 그렇다면 그 장면이 무서운가? 그런 장면을 자주 보게 되는가?

검은 안개에 휩싸인 사람들은 어떤 특징이 있는가?

마지막 질문이 천신한을 완전히 새로운 영역으로 데려갔다.

맨 처음 사람의 몸에 검은 안개가 뭉클거리는 것을 보았을 때 천신한은 온 힘을 다해 눈을 깜빡였다. 수차례 눈을 깜빡였지만 검은 안개는 그 중년 여성에게서 사라지지 않았다. 그 여성은 빠른 걸음으로 엘리베이터에 탔고, 천신한은 그 사람을 다시 보지 못했다.

천신한은 혼수상태에서 깨어난 지 며칠 되지 않은 상태여서 그 일을 사고 이후의 일시적인 후유증으로 여겼다.

이틀 뒤 의사가 천신한에게 병원에 있는 편의점에 다녀오라고 권유했다. 근육과 관절을 움직여 버릇해야 몸에 자극을 줄 수 있다는 것이었다. 야오추샹이 고집을 부려서 아들과 같이 편의점에 갔다. 천신한은 과자 몇 봉지와 카페라테 한 잔, 벽돌처럼 두꺼운 추리소설 한 권을 샀다. 의사가 한동안 상태를 지켜본 뒤에 퇴원 시기를 결정하자고 했으니 시간을 보낼 도구가 필요했다. 두 사람이 병실로 돌아오는 길에 로비의 의자에 앉아 있는 할아버지 옆을 지나쳤다. 천신한은 시야 한쪽에 들어온 할아버지에게서 이상한 것을 보았다. 불안한 마음으로 할아버지 쪽으로 시선을 돌렸고 곧이어 천신한의 몸이 부들부들 떨렸다. 검은 안개가 할아버지의 등을 타고 오르는 중이었다. 검은 안개는 마치 생명체처럼 장난치듯 커졌다 작아졌다 하는데, 할아버지는 안개를 전혀 느끼지 못하는 듯했다. 할아버지의 표정은 우울했다. 옆에는 딸인지 며느리인지 모를 중년 여성이 서서 격한 어조로 뭐라고 말하고 있었다. 천신한은 흥분한 여성의 말을 겨우 몇 마디만 알아들었다. 적극적으로 치료를 받으셔야 한다, 이렇게 포기하시면 안 된다. 할아버지는 입을 꾹 다문 채 먼 곳만 바라보고 있었다. 검은 안개는 산봉우리를 휘감아 흐르는 구름처럼 할아버지의 어깨를 넘어 가슴 쪽으로 움직이고 있었다.

야오추샹이 천신한의 어깨를 흔들며 괜찮냐고 물었다. 정신이 들자 어머니가 긴장한 눈빛으로 자신을 살피는 것을 알 수 있었다. 그는 그 할아버지를 가리키며 물었다. 저 할아버지 몸에서 뭐가 보여요? 야오추샹은 아들의 손가락이 가리키는 쪽으로 고개를 돌리고 그 노인을 바라보았다. 목도리잖니. 그 말을 들은 천신한은 낙담했다. 야오추샹은 긴장하며 반문했다. 그럼 너는 저 할아버지 목도리가 무슨 색으로 보여? 천신한은 투덜거리면서도 어머니가 자기를 바보로 여기는 것은 싫어서 대답했다. 녹색요.

야오추샹이 안도의 한숨을 쉬었다. 네가 대답하지 못했으면 의사 선생님더러 네 머리를 다시 검사해달라고 했을 거야.

천신한은 고민에 빠진 얼굴로 야오추샹과 같이 병실로 돌아왔다. 그날 저녁, 바라지 않았던 세 번째가 시작됐다.

야오추샹은 직접 끓인 농어탕을 아들이 전부 마시는 것을 확인하고서야 집으로 돌아갔다. 밤 9시, 새로 산 소설을 반쯤 읽은 천신한은 병실을 나섰다. 당직 중인 간호사가 데스크 너머로 고개를 내밀었다. 어디를 가느냐는 질문이 눈빛에서 묻어 나왔다. 천신한은 웃으며 좀 걸어야 잠이 올 것 같다고 말했다. 내내 누워만 있었더니 밤에 오히려 정신이 말똥말똥해진다고 말이다. 간호사는 잠깐 고민하더니 나가도 된다고 고개를 끄덕여주었다.

천신한은 병원 1층의 로비로 내려왔다.

창밖은 어두웠고, 병원 내부는 낮과 다름없이 사람들이 오가느라 분주했다.

　수납 창구 앞에는 사람들이 줄지어 서 있었다. 플라스틱 의자에도 삼삼오오 앉아서 기다리는 환자 가족들이 보였다. 로비에 있는 사람들의 연령대는 다양했다. 천신한은 빈자리를 찾아 엉덩이를 붙였다. 눈앞에서 움직이는 사람들을 보며 자신이 어떻게 병원에 왔는지를 떠올렸다. 머릿속에는 드문드문 조각난 영상만 있을 뿐이다. 연속적이지 않고 시간이 극히 짧아서 영상이라기보다 사진 같았다. 그는 침대에서 벌떡 일어났다. 휴대전화 화면에는 버튼을 눌러 꺼버린 알람이 주르륵 나열되어 있었다. 늦잠을 잔 것이다. 햇빛이 비쳐 들어와서 눈앞이 흐릿하게 보이던 것도, 신호등에서 초록색 사람 모양이 점점 빠르게 달리던 것도 기억났다.

　그 후에 일어난 일은 어머니가 말씀해주셨다. 어머니 역시 목격자가 진술한 내용을 들은 것이었다. 천신한은 급하게 우회전하던 포르쉐와 부딪혔다. 그는 타고 있던 스쿠터에서 떨어져, 누군가 내던진 타이어처럼 허공에서 몇 바퀴 회전한 다음 바닥과 충돌했다. 다행히 헬멧이 충격 대부분을 흡수한 덕분에 왼쪽 손목이 골절되고 허벅지, 무릎, 한쪽 얼굴에 크게 타박상을 입은 것 말고 머리 부분에는 경미한 뇌진탕 증상뿐 큰 문제는 없었다. 천신한은 운이 좋았다는 것을 잘 알았다. 이 정도의 교통사고를 당하고도 며칠 만에 스스로 움직일 수 있을 만큼 운동 능력을 회복하는 경우는 많지 않았다.

　그는 눈을 감고, 낮에 읽던 추리소설 속 세계로 들어갔다. 작가는 죽은 사람의 배우자에게 혐의가 돌아가게 하려고 애쓰는 중이었지만 띠지에 '마지막 페이지를 보기 전에는 절대 결말을 예측할 수 없다'는 문구가 쓰여 있는 점을 보면 쉽게 믿어서는 안될 듯했다. 작가가 유도하는 대로 끌려가고 싶지 않은 반발심도 있었다. 천신한은 플라스틱 의자가 삐걱거리는 소리를 듣고 눈을 떴다. 대학생으로 보이는 여자가 천신한의 맞은편에 앉았다. 핑크 베이지 색 보온 통을 품에 안은 여학생은 검은 머리카락으로 눈을 반쯤 가리고 있었다. 불안한지 앉은 자세를 두어 번 고치는 그는 피곤에 찌든 것처럼 보였다. 어두운 안개가 새처럼 가느다란 몸을 빈틈없이 감싸고 있었다. 천신한은 자기 머릿속에 의사가 찾아내지 못한 핏덩이가 있는 게 아닌지 의심스러웠다. 그는 곧장 시선을 돌리고 병실로 돌아갔다. 침대에 누워서 환상이 사라지기를 기다렸다.

다시 허칭옌의 질문으로 돌아가자. 그 사람들에게 공통된 특징이 있는가?

천신한은 전혀 짐작할 수 없었다. 남자도 있었고 여자도 있었으며 늙은이도 천신한 또래의 젊은이도 있었다.

허칭옌이 위로했다. 깊게 생각하지 마, 며칠 안정하면 괜찮아질 거야.

그의 말은 실현되지 않았다. 천신한은 계속 보았다. 병원에서 마주친 낯선 사람들과 아주 친하지는 않은 친구들에게서.

천신한은 그 과정을 거치며 자신의 삶이 조금씩 원래의 궤도에서 벗어나 절대로 예정된 목적지에 도달하지 못할 것을 느꼈다.

마지막에 그는 어느 역에서 내리게 될까?

알 수 없다. 천신한은 판단의 기준을 잃어버렸다.

모든 것이 다 처음이었고, 이 상황을 정의할 이름조차 없었다.

2

    게임에 순조롭게 로그인했다. 캐릭터가 중앙도시에 나타났다. 천신한은 잠시 생각하다가 어제 새로 들어온 길드원을 데리고 예배당 앞에서 양치기에서 성직자로 전직하는 퀘스트를 완료했다는 것을 기억해냈다.

    길드에는 더 많은 성직자가 필요했다.

    MMORPG(Massively Multiplayer Online Role-Playing Game)에서 가장 전형적인 직업 분류는 딜러, 탱커, 서포터다. 이름만 들어도 대충 어떤 일을 하는지 추측할 수 있다.

    딜러는 공격을 담당하며 몬스터의 생명력을 소모한다. 탱커는 몬스터의 공격을 막아내는 역할이다. 서포터는 현장의 상황에 따라 임기응변하면서 다른 플레이어의 체력이나 생명력을 회복시켜주는 등 파티 플레이어가 순조롭게 움직일 수 있도록 돕는다.

위그드라실은 역사가 오래된 게임이다. 한때 타이완 게임계를 평정했던 적도 있지만, 나중에 점점 더 많은 게임이 출시되면서 이용자가 분산되었다.

현재 고정적으로 위그드라실에 접속하는 온라인 플레이어는 약 1만 명 정도다.

천신한의 게임 내 아이디는 둥촨(東泉)이다. 캐릭터를 만들 때 마침 야오추샹이 사 온 수이젠바오(水煎包)+를 먹고 있었는데, 어머니가 그날따라 가게에서 같이 주는 둥촨 브랜드의 매운 소스를 잊고 챙겨 오지 않았다.

그 소스야말로 야오추샹이 자주 가는 수이젠바오 가게의 핵심이었다. 한마디로 말해서 잠깐의 방심으로 형주(荊州)++를 잃은 격이었다.

그래서 천신한은 자신의 캐릭터 이름을 둥촨으로 지었다.

오늘은 무엇을 하면 좋을까. 그 순간 낯선 계정에게서 메시지가 왔다.

무천(牧塵) 지금도 파편을 수집하는 퀘스트를 받으시나요?

천신한은 다른 사람들이 이해하지 못할 사고의 과정을 거쳐

+ 동그랗게 빚은 만두를 기름을 두른 팬에 구워서 노릇노릇하게 익힌 음식.
++ 《삼국지》에 나오는 지명. 위, 촉, 오 삼국이 전부 노리는 전략적 요충지다.

간단한 수익 모델을 만들었다. 게임에서 돈을 버는 것이다.

위그드라실은 플레이어끼리 개인적으로 화폐와 아이템을 거래 및 교환하는 것이 가능했다. 8개월 전, 천신한은 몬스터를 잡고 나서 룬 문자 양피지를 하나 얻었다. 모든 몬스터가 룬 문자를 드롭할 가능성이 있지만 확률은 0.1퍼센트에서 0.01퍼센트까지 다달랐다. 룬 문자의 효과와 가치도 각각 달랐다. 천신한이 그날 얻은 룬 문자는 고급 치유 속성을 지닌 것이었고, '각인' 시스템을 통해 무기에 룬 문자를 장착하면 치유 속성의 스킬 효율이 30퍼센트 정도 올라간다. 룬 문자는 인기 있는 아이템이어서 시장 가격이 항상 상위권이었다. 며칠 후 잘 아는 플레이어가 6천 타이완달러(한화 약 25만 원)을 내고 룬 문자 양피지를 사 갔다. 천신한은 햇빛을 받으며 현금인출기에서 파란색 지폐 여섯 장을 꺼냈다. 이유 없이 현기증이 났다. 그 순간 두 세계 사이에 남들은 모르는 연결 통로가 생겼다.

위그드라실에서 보낸 신호를 현실에서도 받을 수 있다.

반대도 가능하다.

어느 방향의 신호가 더 눈부시고 어지러울까?

자신이 방금 무의식적으로 '현실'이라는 단어를 사용했다는 것을 깨달은 천신한은 곧장 한 사람을 떠올렸다.

그 사람은 수많은 질문을 남겨주었다.

위그드라실이 가상의 세계라고 말할 수 있을까? 그 안에서 너와 함께 행동하고 교류했던 캐릭터 중에 피와 살로 이뤄진 인류가 아닌 사람이 있었나? 우리는 단지 오랫동안 존재해온 '그 세계'를 표현할 충분한 형용사를 아직 찾아내지 못했을 뿐인 게 아닐까?

머릿속에 그 사람의 모습이 떠오르기 전에 천신한은 그만 생각을 멈추라고 자신을 다그쳤다. 아직 그 사람을 생각할 준비가 되지 않았다. 그때는 그 사람이 멀쩡한 사회의 뼈대 안에 구더기처럼 기생해서 사회의 성과를 공짜로 누리며 산다고 생각했다.

그러나 지난 몇 년간 천신한은 그 사람을 비하할 권리를 철저하게 상실했다.

천신한 역시 인간에서 한 걸음씩 퇴화하여 구더기가 되었으니까.

첫 번째 거래로 물꼬를 트니 두 번째는 쉬웠다. 천신한은 금방 자신에게 적합한 거래 방식을 찾아냈다. 그는 '대리 퀘스트'의 방식으로 다른 플레이어와 교류했다. 얻게 되는 수입은 생활비에 충당했고, 일부는 게임 내 장비의 등급을 높이는 데 썼다. 장비가 좋아야 어렵고 희귀한 자원이 많은 맵+을 탐험할 수 있기 때문이다.

공원에서 우연히 만난 낯선 아저씨 덕분에 죽으려는 마음을 접은 후, 천신한은 '살아남는다'는 결말로 연결할 수 있는 다른 경로를 고민했다. 게임에 비유하자면 '리셋'이 불가능한 설정일

+ map. 본래 '지도'라는 뜻의 영어 단어로, 게임에서는 플레이어들이 활동하는 각각의 '구역'을 의미한다.

경우 플레이어가 자신의 잘못된 선택에 어떻게 대처할지 고민하는 것과 같았다. 천신한은 몇 날 며칠 머리를 싸매고 고민했지만 해답을 찾지 못했다. 그러다가 돌연 그날의 게임 아이템 거래가 영감을 주었다. 부모님의 지원에만 기대어 사는 것이 아니라 경제적으로 부분적인 독립을 이룬다면, 그렇다면 집 밖으로 나가지 않는 생활을 하더라도 그 전처럼 용서받지 못할 죄는 아닐 터였다. 천신한은 그렇게 하면 조금이라도 마음 편히 지낼 수 있으리라고 생각했다.

이 방법을 다른 누구와 의논한 적도 없고 천중우와 야오추상이 동의할지도 확실하지 않았다.

부모님이 물어보면 그때 가서 대응하자. 천신한은 벼랑 끝을 걷는 심정으로 가진 용기를 전부 끌어냈다.

둥촨　누구?

우천　내 친구가 당신 도움을 받은 적이 있어서요. 칭겅(青耕)이라고 하는 사상가 클래스인데. 기억나요?

둥촨　그 사람이 나를 추천한 겁니까?

우천　맞아요. 금액이 합리적이고 시간도 잘 지킨다고 해서.

둥촨　아직 퀘스트 받습니다. 무슨 클래스예요?

우천　나도 사상가예요.

둥촨　악몽의 과학자를 잡고 싶은 거죠…….

둥촨　악몽의 과학자는 데미지가 제일 높아요. 한 방에 10만이 넘는데.

무천 하지만 당신은 둥환이잖아요. 사상가 클래스에서 모르는 사람
    이 없는.

둥환 좋습니다. 언제 할까요?

무천 오늘 휴가라서 그런데, 바로 시작해도 돼요?

둥환 계약금을 내 계좌로 보내주세요. 입금 확인하면 바로 시작합
    니다.

위그드라실의 세계는 열세 개의 도시로 구성되는데, 도시마다 역사와 성향이 다르다. 플레이어는 '전생(轉生)'을 두 번 거친다. 100레벨까지 올리면 자동으로 전생 퀘스트를 받는다. 퀘스트를 전부 달성하면 중앙도시를 수호하는 세계수(世界樹) 위그드라실과 대화할 수 있다. 이 대화를 통해서 전생한다. 경험치를 계속 쌓아서 200레벨이 되면 '악몽의 전생' 퀘스트가 시작된다. 퀘스트 이름만 봐도 난이도를 짐작할 수 있겠지만, 많은 플레이어들에게 이 퀘스트는 좌절과 헛수고의 다른 이름이라고 불렸다. 하지만 악몽의 전생 퀘스트야말로 위그드라실 세계관 중 디자인이나 음향 효과는 물론 맵과 전투 방식 등이 가장 매력적인 콘텐츠라는 데 누구나 동의했다. 아주 노련한 플레이어도 이 퀘스트에서는 긴장할 수밖에 없었다.

악몽의 전생 퀘스트 중에서도 가장 어렵다고 알려진 콘텐츠가 '황혼의 도서관'에 가서 파편 열 개를 수집하는 일이었다. 천신한의 캐릭터인 둥환의 경우에는 과학자 파편을 열 개 찾아내

서 중앙도시의 흐베르겔미르 샘으로 가져갔고, 거기서 '과학자의 심장'을 합성할 수 있었다. 이 심장을 가지고 위그드라실 앞에 나아가면 '과학자의 심장을 받아들이겠느냐'는 질문이 뜬다. 그때 '예'를 선택하면 플레이어가 정식으로 2차 전생을 하게 된다. 이때 플레이어의 각종 능력치가 크게 강화된다. 여기서 더 경험치를 쌓으면 게임 내 최고 레벨인 300레벨이 된다. 300레벨은 위그드라실 플레이어의 궁극적인 목표이며, 300레벨이 되어야만 상고시대의 신기(神器) 등급인 장비를 쓸 수 있다. 재미있는 일화로, 어떤 플레이어가 겨우 구한 과학자의 심장을 가지고 위그드라실과 대화를 할 때 일부러 '아니요'를 선택한 적이 있었다. 그 순간 심장은 부서졌다고 한다. 그 플레이어도 딱히 손해를 본 것은 아니었는데, 왜냐하면 자신의 경험담을 인터넷에 올려서 대단한 명성을 얻었기 때문이다.

천신한은 그 플레이어를 조금도 부러워하지 않았다. 자기가 더 유명했으니까.

둥촨은 악몽의 전생 퀘스트에서 서버 최초로 과학자 클래스로 전생한 플레이어다.

이 빛나는 업적에 대해 설명하자면 천신한이 위그드라실 게임에서 가장 의지하는 두 플레이어 펜리르(Fenrir)와 다아시(Darcy)를 언급하지 않을 수 없다. 공원에서 아저씨를 만나고 돌아온 날로부터 얼마 후에 펜리르와 다아시를 알게 되었다. 세 사람은 레벨도 비슷했고 몇 차례 파티 사냥을 한 경험도 있었다. 서로 잘 맞는다고 느낀 셋은 180대 레벨에서 200레벨까지 같이 움직여서 동시에 악몽의 전생 퀘스트를 받았다. 그들은 황혼의 도서관에 처박혀서 한 달을 고생하고서야 셋 다 전생할 수 있는 수량의 파편을 모을 수 있었다. 그 한 달 동안 세 사람은 명확한 분업 체계를 만들어 최고의 효율로 게임을 했다.

로열나이트 클래스인 펜리르는 생명력이 높았다. 다른 플레이어에게서 아주 희귀한 룬 문자 '드워프의 축복'을 구매해서 자신의 갑옷에 각인한 뒤로 생명력과 방어력이 더 올라갔다. 그가 탱커로서 전위에 섰다. 천신한은 황혼의 도서관에 등장하는 몬스터의 공격 패턴과 출현 위치를 금방 알아냈다. 천신한의 지시에 따라 펜리르가 전진하거나 후퇴하면서 전투를 하는 식이었다.

다아시의 클래스는 대주교로 서포터 역할을 한다. 그는 전투 방식에 관해 이러쿵저러쿵 의견을 내는 편이 아니었다. 대부분은 상황에 따라 임기응변으로 후방 지원을 했다. 황혼의 도서관에서는 한 시간마다 딱 한 마리의 '악몽' 계열 몬스터가 나왔다. 그 몬스터를 찾아서 쓰러뜨리면 심장 파편이 드롭되는데, 그 확률은 겨우 10퍼센트에 불과했다. 그중에서도 천신한에게 필요한 악몽의 과학자 파편을 가진 몬스터는 플레이어들 사이에서 특별히 힘든 몬스터라고 해서 '마왕 중의 마왕'으로 불렸다. 세 사람은 몇 번이나 악몽의 과학자의 강력한 스킬 '핵 연쇄 반응'에 당해 전멸했다.

펜리르와 다아시가 열 개의 파편을 다 모으고 나서도 천신한의 수집 진도는 며칠째 네 개에 머물러 있었다. 천신한이 두 사람에게 먼저 전생 퀘스트를 완료하라고 권했지만 펜리르와 다아시는 거듭 거절하면서 동환을 기다리겠다는 의리를 보여줬다. 어느 날 저녁, 세 사람이 모였을 때 다아시가 제안했다. 곧바로 황혼의 도서관에 진입하지 말고 미리 전략을 세운 뒤 시뮬레이션을 해보자는 것이었다. 펜리르도 동의했다. 그는 그들이 전멸하게 되는 이유를 이렇게 분석했다. 황혼의 도서관에는 등급이 높은 몬스터가 많이 모여 있기 때문에 세 사람은 한데 뭉쳐 다니는 전략을 차용하고 있었다. 그래야 강한 몬스터를 만나도 각개격파당하지 않고 사냥에 성공할 가능성이 커지기 때문이다. 그런데 핵 연쇄 반응이라는 스킬은 하필이면 광역 공격인 데다 살상력이 높아서 셋이 같이 있다가 한 방에 죽어버리기 때문에 전멸 특급열차나 다름없다는 것이었다.

방법을 찾지 못한 세 사람이 잠시 침묵을 지켰다. 그때 다아시가 새로운 정보를 꺼냈다. 악몽의 과학자는 핵 연쇄 반응 스킬을 쓴 다음에 약 3초 정도 움직임이 제한된다는 것이었다. 이런 현상은 이미 여러 플레이어가 목격했다고 한다. 며칠 전에도 누가 그 단계에 들어간 악몽의 과학자에게 '몬스터 관찰' 스킬을 썼더니 마법 방어력이 3분의 1 정도로 줄어든 것을 발견했단다. 그 말을 들은 천신한이 입을 열었다. 지금까지는 운에 모든 걸 맡겼다. 악몽의 과학자가 핵 연쇄 반응을 쓰지 않으면 다행이고 쓰면 끝나는 게임이었다. 그런데 그 반대로 해본 적은 없지 않느냐. 말하자면 정면 대응을 하자는 말이다. 펜리르와 다아시가 당황했다. 펜리르는 웃으면서 말했다. 너하고 다아시의 생명력 수치로는 어려울 텐데. 나야 로열나이트라서 생명력이 10만이니 겨우 살아남는 거지. 천신한이 그 말을 받아서 설명했다. 맞아, 넌 살아남을 거야. 그러니까 그 상태에서 생명력이 차오르는 걸 기다리지 말고 바로 아이템을 써서 나를 부활시켜. 그러면 내가 '별의 죽음' 스킬을 쓸게. 단일 스킬로는 공격력이 최고인 마법이지. 그걸 3초 이내에 쓰면 악몽의 과학자가 지닌 마법 방어력이 회복되기 전이니까 아마도 일격에 죽이는 것이 가능할 거야.

헤드셋 너머로 다아시의 감탄사가 들려왔다. 될 것 같아, 해보자!

나중에 증명된 바에 따르면 그 방법은 정말로 효과가 있었다. 그들은 하루에 파편 하나 정도의 성공률을 보였고, 곧 퀘스트를 완수했다.

천신한은 세 캐릭터가 어깨를 나란히 한 채 짙푸르고 무성한 세계수 앞에 서서 오래전 사라진 심장을 끼우는 장면을 모니터로 지켜보았다.

끓어오르는 감정에 얼굴이 뜨끈뜨끈했다.

천신한의 친구들은 대부분 그를 잊었다.

생일, 새해 등 의미 있는 날에 받던 안부 인사가 해마다 줄어들었다. 친구들을 원망하지는 않는다. 먼저 버린 사람은 자신이었다. 퇴원한 뒤 대학으로 돌아갔지만 그놈의 '이상 현상'은 건강이 완전히 회복된 뒤에도 사라지지 않았다. 오히려 익숙한 얼굴들을 통해 이상 현상이 어떤 때에 나타나는지 그 규칙을 조금씩 알아차리게 되었다. 정답을 찾아냈을 무렵 천신한은 다른 사람들과 즐겁게 웃으며 지낼 자격을 박탈당했다고 느꼈다. 그의 눈에 비친 사람들은 언제든 구조가 필요한 난민으로 변할 수 있는 존재였다. 천신한은 기숙사 방을 나와 강의실로 가는 짧은 시간에도 끝나지 않을 공포를 느꼈다. 그는 점점 강의가 끝난 후의 모임에 참석하는 것을 거부했고, 조별 과제를 위한 토론에도 불참했다. 이어서 자연스럽게 뭉쳐 다니던 친구들 무리에서도 멀어졌다. 그저 다른 대학에 다니는 허칭옌하고만 우정을 유지했다. 대학 졸업식 날에는 억지로 이유를 꾸며대서 학교에 와서 꽃다발을 전해주겠다는 부모님을 오지 못하게 했다. 그는 혼자 기숙사 화장실 변기 위에 앉아서 졸업식이 끝나기만을 기다렸다.

천신한은 종종 자신이 이미 죽은 것은 아닐지 의심했다. 야오추상과 허칭옌 외에는 진심으로 그가 살아 있음을 믿어주는 사람이 없다고 느꼈다. 다른 이들은 살아 있는 천신한을 지켜보는 것보다 앞날이 창창한 스무 살 청년이 차바퀴에 깔려 죽었다며 슬퍼하는 쪽을 더 선호하는 듯 보였다.

그는 게임 안에서 새로 태어났고, 펜리르와 다이시를 만나 동료가 되었다. 그들은 천신한의 과거에 대해 아무것도 몰랐다. 세 사람은 언제나 온라인 세계에서만 만났다. 이 모든 것은 공원의 그 노숙자 아저씨 덕분이다.

천신한은 자세를 바르게 하고서 "우리 모두 '전생'한 것을 축하합니다"라고 입력한 후 발송 버튼을 눌렀다.

세 사람이 생각해낸 계획은 얼마 지나지 않아 '최초의 과학자 탄생'이라는 소식으로 서버 전체에 알려졌다. 천신한의 뒤를 이어 악몽의 전생 퀘스트를 시작한 사상가 클래스의 플레이어들은 전부 동일한 방법을 써서 악몽의 과학자를 퇴치했다. 천신한은 블로그를 만들어 풍부한 시각 자료를 동원해 황혼의 도서관 공략법을 올렸다. 블로그 방문자 수가 한 달 사이에 백만을 넘었다. 게임 안에서 그냥 걸어가기만 해도 플레이어들이 일부러 다가와서 말을 걸었고, 유명한 등촨과 함께 스크린숏을 찍고 싶어 했다. 천신한은 위그드라실 플레이어 사이에서 '대신(大神)'+으로 불렸다.

펜리르가 반쯤 농담으로 이런 말을 한 적도 있었다. 대신님, 특허를 신청했어야 하는 거 아닐까? 그 방법을 사용하는 사람에게 1인당 100타이완달러(한화 약 4천 원)씩만 받아도 부자가 될 거야.

천신한에게 의미가 있었던 것은 다른 측면이었다. 그는 타인에게 존경받는다는 감각이 너무도 그리웠다. 교통사고 이전, 그가 별 어려움 없이 모의고사 시험지의 답안을 죽죽 써 내려갔던

+ 중국어권 인터넷 용어로 실력이 뛰어나거나 유명한 사람을 가리킨다.

때로 돌아간 것만 같았다. 펜리르의 말은 그에게 새로운 아이디어도 제공했다. 지식은 돈이 된다. 플레이어 중에는 상세한 공략법을 알려줘도 그대로 따라 하지 못하는 사람이 있다. 룬 문자를 거래하는 것이 가능하다면 그가 가진 기술 역시 거래할 수 있지 않을까?

천신한은 부엌에 갔다가 허칭옌 앞으로 돌아왔다. 왼손에 든 머그잔에는 물이 90퍼센트 정도 차 있었고, 오른손에는 스포츠 음료 캔이 들려 있었다. 이후 세 시간 동안 천신한은 의자에서 일어나지 못한다. 그는 '고객'을 데리고 퀘스트를 깨는 데 온 신경을 쏟아야 하기 때문이다. 그가 의뢰를 하는 플레이어를 고객이라고 부르는 것은 그 단어에서 상징적으로 떠오르는 자신의 전공 때문일 것이다. 천신한이 받는 의뢰의 수는 적잖았다. 그는 의뢰를 처리하는 전체 절차도 꼼꼼하게 정해놓았다. 우선 침대에서 베개를 가져와 등 뒤에 받친다. 인간은 집중해야 할 때 금방 갈증을 느끼므로 물과 스포츠 음료를 충분히 준비해두어야 편안하게 일을 할 수 있다.

휴대전화에서 띵 하는 소리가 울렸다. 낯선 계좌에서 3천 타이완달러(한화 약 13만 원)가 들어왔다. 천신한은 무천에게 계좌번호 끝에서 다섯 자리 숫자를 물어봤고, 방금 그 계좌와 같다는 것을 확인받았다. 업무 시작이다. 천신한은 심호흡을 한 뒤 무천에게 황혼의 도서관에서 주의해야 할 내용을 전달했다.

눈 깜빡할 사이에 세 시간이 흘렀다. 무천은 좋아서 어쩔 줄 몰라 하며 감사 인사를 전했다.

천신한이 몸을 뒤로 뉘며 양손을 깍지 껴서 뒤통수를 받쳤다.

"너, '성냥' 기억나?"

허칭옌이 천신한의 옆얼굴을 바라보며 조용히 질문했다. 천신한이 움찔했다.

"갑자기 그 녀석은 왜?"

"난 종종 그 친구를 생각해. 넌 안 그래? 스무 살 때 만났던 사람이라기에는 좀 특별했잖아."

"별로 생각나지 않던데. 연락이 끊긴 지 오래돼서 다 잊었어."

천신한이 낯빛도 바꾸지 않고 거짓말을 했다.

사실 그는 매일 그 녀석을 생각한다.

솔직히 말해서 천신한과 성냥이 같이 지낸 시간은 2년이 채 되지 않는다. 엄격한 의미에서 대단한 우정을 쌓은 것도 아니었다. 어린 시절에 꾼 꿈은 판타지적 요소가 강했지만 나이가 들수록 꿈속 등장인물이 현실에서 아는 인물로 대체된다. 성냥은 천신한이 꿈에서 자주 만나는 사람이다. 꿈속 배경은 대부분 대학 기숙사 방이다. 꿈에서 그와 성냥은 대화하지 않는다. 천신한은 조용히 자기 의자를 끌어다 성냥 옆에 앉아 그를 지켜본다. 성냥은 컴퓨터 모니터에서 눈을 떼지 않고 마우스를 빠르게 놀리고 있다. 눈앞의 성냥은 어디에 살고 있을까? 천신한은 꿈속에서도 그런 생각을 했다. 게임 속의 성냥은 그저 성냥의 '아바타'일까?

반대로 성냥이 게임 속에 살고 있다고 한다면 보통 사람의 눈에 비치는 성냥이야말로 아바타일지도 모른다.

성냥의 본명은 이미 잊어버렸다. 누가 성냥을 본명으로 불러준 적이 있는지도 기억나지 않는다.

대학 입학 후 기숙사에 들어간 첫날, 천신한은 바닥에 쪼그리고 앉아서 짐을 정리하고 있었다. 그때 눈앞에 거대한 신발 한 쌍이 나타났다. 낮은 목소리가 머리 위에서 울렸다. 저기, 좀 지나가도 될까요? 천신한이 고개를 들었지만 한참 시선을 올려다봐야 말을 건 사람의 눈을 볼 수 있었다. 그의 첫인상은 키가 무척 크다는 것이었다. 최소 180센티미터, 아니 185센티미터는 되는 것 같았다.

뺨과 턱에는 이리저리 여드름이 나서 전체적으로 물러터진 베리류 과일 같은 인상이었다. 천신한은 앞으로 룸메이트로 지낼 친구의 외모에 약간의 동정심을 품으며 그가 지나갈 수 있게 옆으로 조금 움직였다.

그날 밤 같은 방을 쓰는 네 사람이 모여서 자기소개를 했다. 성냥이 마지막이었는데, 두 가지만 이야기하고 짧게 끝냈다. 하나는 자신이 졸업한 고등학교 이름이었고, 다른 하나는 자기를 성냥이라고 불러달라는 것이었다. 그는 초등학교 때 이미 170센티미터를 넘었다고 했다. 키가 멈추지 않고 계속 자라는데 체중은 별로 늘지 않아서 몸이 길어지는 만큼 말라갔단다. 꼭 성냥처럼. 자기소개를 마친 그가 가늘고 긴 팔뚝을 내밀었는데, 과연 성냥을 닮았다.

천신한이 물었다. 너는 고등학교도 T시에서 다닌 거야? 성냥이 고개를 끄덕이며 대답했다. 원래 T시에 살았어. 천신한이 또 물었다. T시 사람인데 기숙사에 들어올 수 있어? 성냥이 묘한 표정으로 천신한을 바라보더니 더는 대답하지 않았다. 그는 책상 쪽으로 몸을 돌리고는 상자에서 키보드와 마우스를 꺼내 정리했다.

성냥이 아래층 욕실로 샤워를 하러 간 뒤, 또 다른 룸메이트 위안쩌(元澤)가 천신한에게 다가와 말을 붙였다. 성냥은 분명히 다른 지역에 사는 친척의 호적에 이름을 올렸을 거라고, 많이들 그렇게 한다고. 천신한은 생각했다. 그건 기숙사 정원 제한 조건을 악용한 것 아닌가? 그래서 성냥에 대한 첫인상이 좋지 않았다.

기숙사 공간은 3차원적으로 보면 4분면으로 구성되었다. 각 면에는 벽에 붙은 2층 침대가 하나씩 놓여 있고, 침대 아래는 책상과 책꽂이다. 기숙사에 배정된 네 사람의 일상적 활동은 대부분 아래에서 이루어졌고 휴식 혹은 수면을 취할 때만 위로 올라가는 식이었다. 공과 사의 경계도 이에 따라 형성되었다. 방의 아래 공간은 거실과 비슷해 개인의 일거수일투족이 언제나 다른 사람의 시선에 드러나 있었다. 위쪽 공간은 침실인 셈인데, 모기장을 두르면 사생활 보호에 훨씬 도움이 된다.

성냥은 어디서 났는지 모를 천으로 자기 침대의 밑판을 둘렀다. 커튼처럼 책상을 싹 가린 것이다. 다른 친구들은 그가 안에서 키보드를 두드리거나 마우스를 움직이는 소리만 들을 수 있었고 구체적으로 뭘 하는지는 알지 못했다. 책상을 가린 커튼은 방해를 받고 싶지 않다고 천명하는 성냥의 선언문과 같았다.

성냥, 천신한, 위안쩌 외에 나머지 한 명은 개강 2주째에 선배와 연애를 시작하더니 곧 선배의 자취방에서 동거하다시피 한 유령 룸메이트였다. 그는 가끔 기숙사에 들러서 물건을 챙겨 가거나 잠깐 쉬다 갈 뿐이었다.

다른 방에서는 친구들끼리 밤마다 마작을 할 정도로 친하게 지낸다는데 이 방에서는 한 명은 증발한 상태고 또 한 명은 매일 커튼 안에서 게임만 한다고 위안쩌는 천신한에게 불평을 늘어놓았다. 허칭옌이 처음으로 천신한의 기숙사에 놀러 온 날, 그가 눈으로 방을 훑어보며 자기 기숙사의 구조와 비교하던 때에 마침 성냥이 커튼을 열고 나왔다. 나중에 허칭옌은 슬쩍 본 성냥의 컴퓨터 본체와 마우스, 모니터 등이 전부 최고급 장비였다고 말했다.

성냥은 말수가 적었는데, 오로지 게임에 관해 이야기할 때만 갑자기 혀를 되찾은 사람처럼 물 흐르듯 힘차게 이야기를 이어가곤 했다. 대학에 온 뒤로 천신한은 고등학생 때 상상했던 것과는 달리 주변 사람들과 편안하고 친밀하게 지내지 못하고 있었다. 같은 과에서 분위기를 주도하는 몇몇 친구들은 매일 노래방에 간다거나 자전거를 타고 나들이를 갔다. 천신한도 두어 번 그런 모임에 참석했지만 자신과 그들 사이에는 투명한 벽이 있는 것처럼 느꼈다. 그는 다들 아무렇지 않게 시사 문제를 떠들어대는 것을 좋아하지 않았다. 특히 그들이 앞으로 어떻게 살 것인지 대략 밑

그림을 그리고 있는 것처럼 구는 게 싫었다.

대학 1학년이 끝나갈 무렵, 뒤늦게 자신의 상태가 흔히 말하는 '부적응'이라는 것을 알아차렸다. 그 사실을 깨달은 천신한은 조금 당황했지만, 여름방학에 두 달 정도 고향에 내려갔다 오면 또래 친구들과의 거리를 좁히고 자기 마음에 누적되고 있는 우울한 그림자도 사라질 거라고 믿었다. 그러나 그의 생각과 달리 9월이 되어 2학년이 시작되자 기숙사 방의 군데군데 녹슨 의자에 앉아서 멍하니 시간을 보내는 일이 점점 더 잦아졌다. 더욱 놀랍게도 그가 지금까지 비판적으로 바라보았던 룸메이트인 성냥이 천신한의 불안을 해결해주었다.

어느 날 성냥이 커튼을 걷고 나오다 천신한과 눈이 마주쳤다. 천신한은 깜짝 놀라서 순간적으로 아무 말도 하지 못했다. 의외로 성냥이 먼저 대화를 시도했다. 너도 대학 생활이 재미없어? 다들 가식적인데 진심인 척 위장하고 있잖아. 성냥의 말은 천신한이 차마 입 밖에 내지 못했던 생각 그대로였다. 그는 고개를 돌리고서 자기 슬리퍼만 빤히 쳐다보았지만 마음속으로는 '그렇게 티가 나나?'라고 생각했다. 성냥이 다시 물었다. 나하고 같이 게임 할래? 천신한의 직감은 그러면 안 된다고 속삭였지만 입은 반대로 좋다는 말을 내뱉었다. 천신한은 2학년 2학기 내내 강의가 없는 시간을 성냥과 더불어 게임 위그드라실 안에서 보냈다.

성냥은 천신한에게 게임이 일종의 예술이라는 것을 가르쳐주었다.

그는 성냥의 시선이 빠른 속도로 움직이며 모니터 위에 나타난 모든 정보를 게걸스럽게 흡수하는 것을 바라보곤 했다. 시선의 이동과 동시에 마우스도 성냥의 판단에 따라 움직였다. 옆에서 지켜보는 입장에서는 성냥의 눈과 뇌, 손 사이에서 정보가 전달되는 시간이 거의 0에 가까워 보였고, 셋을 합하면 1이 되는 듯했다. 성냥은 머리가 좋았다. 새로 업데이트된 거대한 게임 맵도 두세 번만 훑으면 바로 익숙해졌고, 무슨 의미인지 아리송한 퀘스트를 받아도 어렵지 않게 해결 방법을 찾아냈다. 다른 사람들은 여전히 실마리를 찾지 못하는 상황에서 NPC[+]가 한 말을 분석해 숨은 단서를 찾아내고 퀘스트를 진행할 키워드를 끌어냈다. 천신한은 성냥의 열 손가락이 악기를 연주하는 것처럼 키보드 위를 누비는 것을 가만히 감상하곤 했다. 성냥은 키보드 자판의 위치를 너무도 잘 알고 있었으며 모든 스킬의 사용 대기 시간이 얼마인지, 추가 효과는 무엇인지 등을 전부 꿰고 있었다. 캐릭터의 거침없는 움직임과 멈추지 않는 음향 효과까지 더해지면 게임은 곧 성냥만의 교향곡 연주처럼 느껴졌다.

예술. 몹시 저평가되고 있는 예술. 게임의 개발자는 그 안에 자신들의 메시지를 숨겨놓았고, 플레이어는 여러 난관을 뚫고서

[+] Non-Player Character의 줄임말로, 게임 안에서 플레이어가 직접 조종할 수 없는 캐릭터를 가리킨다. 게임의 진행을 위하여 플레이어에게 정보나 퀘스트 등을 제공하는 역할을 한다.

개발자와 동일한 수준의 복잡한 대뇌 활동을 보여주어야 했다.

이것이 천신한이 반년간 성냥을 관찰한 결론이었다.

지하철역 근처의 좁은 골목에 위치한 작고 그다지 위생적으로 보이지 않는 일본식 음식점에서 성냥과 같이 저녁을 먹은 적이 있었다. 성냥은 이 가게의 단골로 보였다. 주인 아주머니가 친근하게 인사를 하면서 오늘도 특제 라멘을 먹을 거냐고 물었다. 성냥은 그렇다고 대답했고, 천신한 역시 같은 걸로 달라고 말했다. 주문한 라멘이 나왔을 때 천신한은 자기 눈을 믿을 수 없었다. 커다란 그릇에 가득 담긴 라멘에는 만두가 열다섯 개나 들어 있었다. 성냥은 천신한의 맞은편에 앉아 비닐 포장된 나무젓가락을 뜯었다. 그는 아주 천천히, 우아하다고 할 만한 속도로 식사를 했다. 너무 빠르거나 느리지 않게 라멘을 다 먹고 그릇 바닥이 보일 정도로 국물 한 방울까지 남김없이 마셨다. 천신한이 다 먹지 못해 반쯤 남긴 만두도 자기 그릇에 가져가서 깡그리 먹어치웠다.

천신한이 물었다. 혹시 체질 문제야? 이렇게 많이 먹는데 엄청나게 말랐잖아.

성냥의 얼굴에 미소가 떠올랐다.

게임이 잘 풀릴 때면 성냥도 가끔 웃었다. 하지만 그런 웃음에 의기양양함이 섞여 있다면, 이번처럼 단순하면서도 무언가 재미있다고 느껴서 짓는 미소는 또 다른 분위기로 다가왔다. 전자는 은근하지만 위협적이기도 했는데, 후자는 보는 사람도 같이 웃게 했다. 성냥이 웃자 울퉁불퉁한 여드름 자국이 퍼졌다. 성냥은 사실 단정하게 생긴 얼굴이었다. 입가를 닦은 성냥은 하루에 한 끼만 먹기 때문에 그렇다고 설명했다.

그는 촘촘하게 짠 일과를 영위하고 있었다. 오전 10시쯤 일어나서 위그드라실에 접속한다. 그때는 두뇌의 활성도가 30에서 40퍼센트고 몸이 무거울 때라서 기계적인 퀘스트를 수행하는 게 좋다. 오후가 되면 밖에 나가 식사를 하고 늦어도 5시 전에 기숙사로 돌아온다. 잠깐 낮잠을 자고 일어나서 간단하게 스트레칭 운동을 한다. 그런 다음 다시 위그드라실에 접속하는데, 이때의 몸 상태가 가장 좋다. 포만감이 심하거나 허기지지도 않고, 머리도 맑다. 그래서 어렵고 긴 시간을 플레이해야 하는 퀘스트를 수행하기 적합하다. 새벽 두세 시가 되면 신체가 다시 피로한 상태로 접어든다. 대신 정신은 말똥말똥하기 때문에 이럴 때 게임 플레이어들이 모여 있는 인터넷 게시판 등에 가서 질문하는 사람들에게 답변을 단다.

성냥이 천신한에게 몇 시냐고 물었다. 오후 4시라고 대답해주자 흡족한 듯 고개를 끄덕였다. 그는 거리 오락실 기계에서 손안에 들어오는 휴대용 게임기를 거쳐 대형 MMORPG 게임에 이르기까지 각각의 게임에 자신만의 철학이 있었다.

성냥은 사람들이 게임에 마음을 빼앗기는 이유를 비일상적인 공간을 제공하기 때문이라고 여겼다. 게임을 하는 사람들은 스포츠 선수와 비슷하게 타고난 소질과 밤낮 없는 훈련, 거듭된 모방과 교정, 상승세를 탈 때의 운 등에 기대어 성장한다. 성냥은 자기 머리를 가리키며 이렇게 말했다. 사람들은 게임을 많이 하면 머리가 나빠진다, 바보가 된다면서 난리를 치지만 그건 완전히 틀린 소리야. 게임은 대부분 여기, 우리의 머리에서 일어나는 일이라고. 감각기관이 모니터의 자극을 받아들여 대뇌로 전달하고 화면을 형성하지. 대뇌는 형성된 화면을 분석해서 지령을 내려. 이 지령이 신경계의 전달 과정을 거쳐서 신체의 운동기관에 이르면 손가락 근육이 뇌의 명령에 상응하는 키보드 자판을 누르는 거야. 이 과정이 순식간에 일어나. 게임은 갈수록 허용 오차가 점점 줄어들어. 거의 0에 수렴하지. 다시 말해서 게임을 할 때 너는 완벽해야만 하는 거야.

그런 생각을 전제로 하기 때문인지 성냥은 '과금 플레이어'를 경멸했다. 현실의 돈으로 높은 등급의 장비나 캐릭터를 사는 것은 게임의 순수성을 해치는 일이라는 것이었다. 그런 사람은 플레이어라고 볼 수 없으며 시험에서 부정행위를 하는 사람과 동급이라고 했다. 성냥은 그들을 게임의 본질을 우회하는 '회피자'라고 불렀다. 성냥이 생각하는 게임의 본질은 플레이어끼리 각자의 지혜와 능력을 보여주는 겨룸의 장이었다. 과금 플레이어는 금지된 약물로 도핑을 해서 좋은 성적을 거두는 스포츠 선수와 같아서 승부를 무의미한 것으로 만들며, 인간이 게임을 통해 즐거움을 얻는 의의도 훼손한다는 것이었다.

성냥은 드물게 흥분하여 입을 크게 벌리면서 역설했다. 올림픽 금메달리스트가 도핑했다면 그 경기를 관람한 게 무슨 의미가 있겠어?

천신한은 미간을 살짝 찡그리며 엉뚱한 생각을 했다. 이럴 때 성냥의 논리를 반박해서 승리한다면 꽤 만족감이 클 것 같았다.

"말로 나를 이기는 건 별 의미가 없을걸."

천신한의 머릿속에 들어갔다 나오기라도 한 것처럼 성냥이 툭 내뱉었다.

"성취감이 있을 것 같은데."

"그런 성취감이 뭐라고."

"왜 그렇게 말해?"

"현실의 너에게는 나보다 나은 점이 엄청나게 많잖아. 게임을 빼면 나는 아무것도 아니니까."

"그렇게까지 말할 건 없잖아."

"오해하지 마. 나는 별로 부끄럽지 않거든."

"어?"

천신한은 믿기 어렵다는 표정을 지었다.

"천신한, 난 진지해. 나한테는 그래. 인생이란 내가 할 일 없을 때 잠깐 관심을 쏟는 일일 뿐이야. 중간에 포기해버린 게임 같은 거지. 그러니까 인생이라는 무료한 게임에서 내가 어떤 모습인지, 어떤 성취를 거두는지 따위에는 신경 쓰지 않아. 하지만 네가 나와 같은 부류가 아닌 것도 알지. 너는 현실의 '인생'에 신경을 쓰는 사람이야. 내 말이 무슨 뜻인지 너도 이해할 날이 올 거야."

그때 늘 무표정하던 성냥의 얼굴에 순간적으로 활기가 돌았다.

2학년 2학기가 절반쯤 지나갔을 때 천신한은 학과 배구 팀에 들어갔다. 그는 고등학교 때 상당히 이름을 날렸던 배구 선수였는데 대학에 온 뒤로 배구에 소홀했다. 어느 날 한 선배가 천신한의 배구 실력에 눈독을 들였다. 선배는 학과 배구 팀에 와서 분위기를 살펴보고 괜찮다면 가입하라고 권했다. 처음에는 선배의 적극적인 권유가 부담스러웠는데, 팀에 들어간 뒤에는 좀 더 빨리 가입하지 않은 것이 후회될 정도였다. 학과 배구 팀은 편안한 인간관계의 거리를 잘 유지했다. 팀원들에게 공동의 취미와 목표가 있었기에 자연스러운 대화가 끊이지 않았다. 나중에는 교내 배구 대회를 대비한 강도 높은 훈련을 하느라 한 달 동안 매일 밤 10시 반에 체육관이 문을 닫을 때까지 팀원들과 시간을 보냈다. 훈련이 끝나면 다들 자전거에 올라타고 팀장의 말을 기다렸다. 그가 야식으로 더우화(豆花)+를 먹을지 융허더우장(永和豆漿)++을 먹을지 결정하면 10여 명의 팀원이 줄지어 웃고 떠들면서 식당으로 향했다. 천신한은 그때 확실히 깨달았다. 그가 대학 1학년 때 그토록 힘들었던 것은 '이것'이 부족했기 때문이라는 사실을.

소속감. 자신이 한 무리의 사람들과 더불어 같은 시간 같은 장소에 존재할 수 있다는 믿음.

+ 연두부에 각종 토핑을 넣어 먹는 요리.

++ 더우장은 콩을 갈아 만든 중국식 콩국이며, 융허더우장은 타이완 전역에 체인점을 낸 인기 있는 더우장 브랜드다.

'이것'을 얻은 그는 하루가 다르게 성냥에 대한 반감이 커져가는 것을 느꼈다. 이 감정의 습격은 맹렬하고도 낯설었다. 분명히 얼마 전까지 매일 밤 성냥과 위그드라실의 세계를 배회하며 행동을 함께했는데.

천신한은 자신을 나쁜 사람으로 여기고 싶지 않았기 때문에 배구 대회와 뒤풀이 모임까지 다 끝난 후에 자신이 성냥에게 가지는 악감정을 찬찬히 생각해보기로 했다. 그는 어떤 방식으로 성냥과 '작별'해야 하는지도 몰랐다. 그저 더는 같이 놀고 싶지 않았다.

사실 천신한은 일찌감치 행동으로 표현했다. 그동안 성냥과 같이 게임을 하던 저녁 시간을 배구 팀에서 보냈으니까 말이다. 기숙사로 돌아오면 배구를 하며 흘린 땀을 씻어내곤 바로 잠들었다. 그러다가 새벽 네다섯 시쯤 일어나서 과제나 시험공부를 했다. 그때는 성냥이 막 잠잘 준비를 하는 시간대다. 성냥은 아무것도 묻지 않았다. 그 사실이 가시가 되어 천신한의 양심을 콕콕 찔렀다. 성냥은 게임을 계속할 것인지도 묻지 않았다. 더 성장하지도 않고 마치지 못한 퀘스트가 쌓여 있는 채로 어느 시점에 봉인된 천신한의 게임 캐릭터처럼, 성냥도 그곳에 남겨진 셈이었다.

천신한은 희미하지만 성냥이 미리 예언했던 말을 떠올렸다. 넌 나와 달라.

다시 1년이 흘렀다. 성냥의 예언 중 뒷부분이 실현되었다.

그가 퇴학당한 것이다.

예전에 천신한은 교양 수업에서 성냥과 같은 과인 친구를 만난 적이 있었다. 성냥의 이름을 들은 그 친구는 어색해하면서도 얕잡아 보는 듯한 묘한 눈빛을 띠었다. 퇴학 소식을 들은 후 짐을 챙기는 성냥을 지켜보며 위안쩌에게서 부분적인 정보를 더 얻을 수 있었다. 성냥은 게임을 너무 탐닉한 나머지 처음 '21'⁺의 교훈을 기억하지 못하고 이번 학기에도 '21'을 받았다는 것이다. 교칙에 따라 성냥은 이 대학을 떠나야만 했다.

성냥은 어떠한 구제 신청도 하지 않고서 남들은 가지지 못해 안달인 명문대 학적을 포기했다.

비가 내려 조금 서늘했던 어느 날, 성냥의 부모님이 고가의 외제 차를 타고 캠퍼스에 들어섰다. 성냥의 대학 생활은 정말 제한적이어서 종이 상자 몇 개에 모든 짐이 담겼다. 천신한은 쓰레기통에서 성냥이 어떤 사람인지를 상징하는 커튼을 발견했다. 성냥의 어머니는 가느다란 금색 테를 두른 안경을 쓰고 전통적인 지식인의 품격을 흩뿌리는 분이었다. 천신한은 다급하게 기억을 더듬었다. 성냥이 자기 가족에 대해 언급한 적이 있었던가? 아니, 단 한 번도 없었다.

그 우아한 중년 여성이 성냥의 책상 의자에 앉았다. 실내에 들어오며 벗은 외투를 품에 안고서 차가운 표정으로 천신한과 위

⁺ 정해진 필수 학점을 2분의 1 이하로 이수했을 경우 주어지는 학사 경고. '21'을 두 번 받으면 퇴학이다.

안쩌를 노려보았다. 실내 공기가 그 여성이 있는 곳에서 이유 없이 묵직해졌다. 압력을 받은 공기는 핵을 형성했고 천신한 주변의 공기는 순식간에 희박해졌다.

성냥의 어머니가 입술을 오므렸다가 성냥의 책상을 가리키며 물었다. 목이 멘 듯한 목소리가 흘러나왔다. 우리 아들이 여기서 게임을 했나요? 강의에도 가지 않고, 그게 맞아요? 천신한은 위안쩌를 흘낏 쳐다보았다가 보일 듯 말 듯 고개를 끄덕였다. 그 애가 강의를 들으러 가지 않는데도 친구들은 아무 말도 하지 않았어요? 천신한은 말문이 막혔다.

여자의 왼쪽 눈에서 눈물 한 방울이 떨어졌다. 천신한과 위안쩌를 번갈아 쳐다보던 성냥의 어머니가 벌떡 일어서더니 나가버렸다. 얼마 후 온몸이 땀투성이인 성냥이 기숙사 방에 돌아왔다. 룸메이트 둘이 난처한 표정으로 자신을 빤히 쳐다보는 것을 보고도 그는 말이 없었다. 그저 영어로 된 책이 가득 담긴 종이 상자를 쌓아 들고 방을 나섰다. 상자가 무거워서 그랬는지, 아니면 성냥의 자세가 워낙 좋지 않아서 그랬는지, 그의 등이 잔뜩 굽어 있었다.

성냥이 한 발 한 발 아래층으로 내려갔다. 그의 가늘고 긴 그림자가 멀어지는 것을 지켜보며 천신한은 스스로에게 질문했다. 지금이라도 성냥을 쫓아 내려가야 하지 않을까? 적어도 잘 가라는 인사를, 아니면 미안하다는 사과를 해야 하지 않을까? 하지만 성냥은 둘 중 어떤 말도 원하지 않을 거라는 걸 천신한은 확신했다.

성냥 어머니의 눈물 한 방울이 천신한의 마음속에 두려움을 만들고 죄책감을 심었다. 아무리 늦게 기숙사에 돌아와도 커튼 너머 성냥의 모습이 어떤지 상상할 수 있었다. 원시시대 동굴 생활을 하던 인류처럼 웅크린 자세로, 선조들이 불씨를 지키던 것처럼 두 눈은 모니터에 고정하고 있었을 터였다. 가끔 동굴 밖으로 나오는 성냥과 마주치기도 했다. 그럴 때마다 눈도 귀도 정신없이 바쁜 그 세계로 천신한이 돌아오기를 기대하는 성냥의 마음을 느낄 수 있었다.

천신한은 잘못한 것이 없다. 그 점은 스스로 잘 알고 있다.

게임이란 것은 결국 언젠가는 로그아웃해야 하지 않던가?

"네 기숙사에 놀러 갔을 때 그 친구의 인상이 강렬했지."

허칭옌은 한참 적절한 단어를 고르다가 말을 이었다.

"그 대학에 합격한 사람은 천재거나 괴물이야. 성냥이 그렇게 게임을 하는 것을 봐도 나는 걱정하지 않았지. 무슨 이유에서인지 그 친구도 너처럼 특별히 노력하지 않아도 시험 성적을 발표할 때면 당연한 듯이 상위권에 있는 녀석이라고 생각했어. 너희들은 같은 종류의 인간이라고 말이야. 절대 밑으로 떨어지지 않는 놈들."

허칭옌이 묘사하는 방식은 천신한을 불편하게 했다.

불편함의 원인이 허칭옌의 말 속에서 '너희'와 '우리'를 구분해 선을 긋기 때문인지, 아니면 그가 구차하게도 계속 고민하고 있는 다른 문제 때문인지 헷갈렸다. 후자의 '문제'란 지금의 그는 밑으로 떨어진 상태인가 하는 것이다.

모니터 한쪽에 떠오른 메시지가 천신한을 구해주었다.

시리(夕梨)다.

> 시리　샤오촨(小泉)⁺, 있어? 나 좀 도와줘.
>
> 시리　갑작스럽지만 내가 요즘 고민이 있거든. 게임 메시지로 말하기는 좀 그래.
>
> 시리　나 좀 만나줄래? 내가 널 찾아갈게.

메시지 마지막 줄을 본 천신한은 어릴 적에 갑자기 하늘에서 떨어진 손바닥만 한 빨간 벽돌에 맞아 쓰러졌던 일을 떠올렸다. 하늘이 빙빙 돌았다. 아픈 머리를 더듬더듬 만졌다가 손에 묻은 시뻘건 피를 보고는 심장박동과 호흡이 엄청나게 빨라졌다.

그는 지금 어디선가 날아온 벽돌에 얻어맞은 기분이었다.

두 세계를 연결하는 통로가 천신한이 깊게 잠든 틈을 타서 몰래 넓어지기라도 했는지, 이번에 통로 사이를 오가는 존재는 돈이나 기억, 경험 따위가 아니라 그가 매일 생각하는 여자애였다.

⁺ 중국어권에서는 친한 사람의 이름에 샤오(小)를 붙여 부르곤 한다. 여기서는 천신한의 게임 아이디인 '둥촨'을 친근하게 부르는 것이다.

71

그리고 천신한은 동굴을 개방하면 되돌릴 수 없다는 것을 알고 있었다.

둥촨 꼭 만나서 해야 하는 얘기야?

시리 이건 정말로 직접 만나야 할 수 있는 이야기야. 괜찮다고 해줘.
(우는 얼굴)

둥촨 아니, 그게…… 좀 곤란한데.

시리 그럴더라도 샤오촨이 거절하지 않았으면 좋겠어.

둥촨 다른 선택지는 없어?

시리 이지선다형이야. 1번, 나를 만난다. 2번, 나를 만난다.

폭풍은 이 가벼워 보이는 메시지에서 시작되었다.

한 번 더 메시지를 받으면 천신한은 생각할 틈도 없이 시리의 요청을 들어줄 것이다.

시리니까.

천신한은 지금 자기 상태가 누군가를 좋아하기에 적합하다고 생각하지 않았다.

하지만 '좋아함'이라는 것은 그 사람에게 홀리는 것이니 좋아하느냐 아니냐만 따질 뿐 적합하냐 아니냐를 따지지 않는다.

천신한은 두 번 연애 감정을 품은 적이 있다. 한 번은 고등학생 때로, 앞자리에 앉은 여학생에게 빠졌다. 그 여자애는 동그란 눈과 토끼처럼 귀여운 앞니를 지녀서 친구들이 다들 '토끼'라고 불렀다. 토끼의 가늘고 뽀얀 목과 부드럽게 흩날리는 머리카락에서 번지는 향기에 천신한은 눈앞이 어질어질하곤 했다. 아쉽게도 토끼는 공부를 잘하지 못했다. 선생님은 반 친구들이 전부 보는 앞에서 그 애에게 그냥 보통반[+]으로 가는 것이 어떠냐고 묻기도 했다.

토끼는 얼굴이 빨갛게 달아올라 쭈뼛거리며 고개를 저었고, 선생님은 다시 권하지 않았다.

나중에는 모든 반 친구들이 그 애를 볼 때마다 저도 모르게 그때의 질문을 떠올리게 되었고 동정심과 애틋함을 동시에 느꼈다. 천신한은 누구에게도 자신의 마음을 알리지 않았다. 그저 배구 경기를 할 때 몰래 토끼를 도와준다거나 선생님 지시로 시험 답안지를 채점할 때 토끼의 것을 슬쩍 고쳐서 조금이라도 더 점수를 받을 수 있게 해주었다. 고등학교 3학년 여름방학 때, 천신한은 어느 대학 합격자 명단에서 토끼를 찾아냈다. 그 명단을 보고 나자 앞으로는 그 여자애를 완전히 잊어야겠다고 스스로 다짐했다.

두 번째는 대학 배구 팀에서였다. 토끼를 생각나게 하는 후배 여학생이 있었던 것이다. 이 후배가 토끼보다 나은 점은 천신한과 같은 대학 같은 과에 다닌다는 사실이었다. 천신한은 더 이상 두 사람의 수준이 동등한지 아닌지를 고민할 필요가 없었다. 한

[+] 타이완 학교에서는 성적 우수 학급과 보통 학급을 따로 운영한다.

번은 같이 야식을 먹고 나서 후배가 좀 더 같이 있자며 그를 붙잡았다. 두 사람은 후배의 8평짜리 자취방에서 조심스럽게, 소리를 최대한 죽이며 사랑을 나눴다. 후배는 친구들과 같이 방 세 개짜리 집을 빌려서 공동생활을 하고 있었다. 벽이 얇아서 옆방의 여학생이 전화 통화를 하는 소리가 다 들렸다. 천신한은 몸을 흔들면서 젊은 여성의 연애 고민을 아주 적나라하게 들을 수 있었다.

그 후로 천신한은 자주 후배의 방에서 밤을 보냈다. 매번 관계를 가진 것은 아니고 어떨 때는 밤새 공포 영화를 같이 보기도 했다.

천신한은 후배에게 우리가 사귀는 게 맞느냐고 물었다. 후배는 얼버무리며 되물었다. 콜라 한 캔 더 마실래? 한 상자나 샀거든. 그 후에 천신한은 후배가 자신을 사랑한다는 증거를 찾으려 애썼다. 교통사고를 겪은 뒤로는 배구 팀의 팀장인 선배가 가져온 카드 한구석에서만 후배의 안부 인사를 보게 된 적절한 이유를 찾아 자신을 설득하려 했다. 천신한은 팀장에게 완전히 회복하는 데 적어도 반년이 걸릴 거라고 하는 의사의 말을 전했다. 팀장은 고개를 끄덕끄덕하면서 아쉬운 목소리로 대답했다. 그렇다면 다음 경기 때는 네가 출전할 수 없겠구나. 팀장은 돌아가기 직전에 갑자기 생각난 듯이 시선을 창밖으로 던지며 말했다. 아, 맞다, 나 후배랑 사귀기로 했어.

이후로 자신의 눈이 이상 현상을 본다는 것을 확인하고 나서 더는 누군가를 좋아할 수 없었다.

74

남들이 잘 모르는 희귀한 고질병을 앓는 것 같았다. 천신한은 종종 눈을 감아야만 했다. 자기 눈이 때와 장소를 가리지 않고 '비밀'을 파헤쳐 보여주는 것을 막아야 했다. 허칭옌에게 고백했을 때를 떠올려보면, 이런 사실을 털어놓았을 때 돌아올 반응은 가장 먼저 불신일 것이고 이어서는 자신을 죽음의 상징처럼 보는 것일 터였다.

첫 번째 반응보다는 두 번째 반응에 대한 우려 때문에 천신한은 인간관계를 회피하게 되었다. 좋아하는 여자가 자신과 같은 능력을 가지고 있다고 가정해보자. 나는 아마도 예전에 토끼에게 그랬던 것처럼 둘 사이에 아무것도 없을 때 일찌감치 마침표를 찍어버리려 하지 않을까? 천신한은 종종 그런 질문을 스스로 던지곤 했다.

이런 저주받은 눈깔이라니, 사신(死神)의 의지가 확장된 것처럼 보이지 않을까? 이토록 죽음이 가까이에 있는 사람을 살아 있는 존재 중에 누가 무서워하지 않을까. 이 눈이 아무것도 보지 못하고 침묵을 지킨다 해도 사람들은 불길하다고 느낄 터였다.

이것이 바로 천신한이 시리를 좋아한다고 깨달은 후로 짜증스럽기도 하고 즐겁기도 했던 이유였다. 헤드셋을 통해 처음 시리의 목소리를 듣는 순간 천신한은 저도 모르게 사랑에 빠졌던 듯했다.

❖ ❖❖❖ ❖

세 사람이 같이 황혼의 도서관을 정복한 후 위그드라실의 플레이어 사이에서 열렬한 반응이 돌아왔다. 그것이 펜리르를 자극한 모양이었다.

하루는 그가 천신한과 다아시를 불러서 자신들이 속한 길드 '환절중당(幻絕中堂)'을 개혁하고 싶다고 했다. 좀 더 정확하게 말해서 펜리르는 길드전을 하고 싶어 했다. 게임 위그드라실에는 여섯 개의 시크릿 맵이 있다. 특수한 아이템인 '고양이의 발소리', '여인의 수염', '산의 뿌리', '물고기의 호흡', '곰의 근육', '새의 타액' 중 하나를 소지해야 시크릿 맵에 진입하는 지하 통로가 열린다.

이 아이템들을 얻는 방법은 단 하나, 수요일 저녁 8시에서 9시 30분 사이에 열리는 길드전이다. 시크릿 맵에는 일반 맵에 등장하지 않는 특수한 몬스터가 잔뜩 있다. 그놈들을 잡으면 희귀한 룬 문자뿐 아니라 상고시대 신의 무기를 만들 수 있는 재료를 얻을 수 있다.

펜리르는 게임에 이렇게나 많은 시간을 투자했으니 마땅히 길드전 승리를 노려야 한다고 주장했다.

그가 작성해온 영입 명단에는 중간 규모 길드에 속한 실력 좋은 플레이어가 대부분 포함되어 있었다. 펜리르가 벌써 몇몇 플레이어에게는 의중을 떠봤는데 대부분 긍정적인 반응이었다고 했다. 만약 펜리르가 계획한 대로 새로운 길드원을 영입한다면 기존 멤버의 3분의 1을 내보내야 할 상황이었다. 펜리르의 주장은 천신한의 피를 끓게 했지만 시리가 퇴출 멤버에 속할까 봐 걱정스럽기도 했다. 시리는 게임보다는 사람들과 교류하는 것을 더 즐기는 플레이어였다. 천신한은 주교 클래스인 시리의 캐릭터를 데리고 퀘스트를 진행해서 레벨 업을 할 수 있게 도와주겠다고 여러 차례 제안했지만 시리는 건성으로 대답하고 지나갔다. 자신은 게임에서 대화를 나누는 것이 더 재미있다면서 말이다. 며칠 후 펜리르가 정식으로 공표한 길드원 명단에 놀랍게도 시리가 포함되어 있었다. 천신한은 그 이유를 여러모로 따져보았는데, 가장 합리적인 설명은 시리가 길드의 오래된 멤버이기 때문에 펜리르의 마음이 약해졌을 거라는 것뿐이었다.

둥촨 남자 친구는 어쩌고?

시리 그 사람이 완전히 내 남자 친구는 아니야. 샤오촨, 화났어?

둥촨 화난 거 아니야.

시리 화난 거 맞는데 왜 아니라고 해?

시리가 누군가를 마음에 두고 있다는 사실은 목소리를 듣고서 알아낸 정보였다.

우선 시리의 말수가 줄어들었다. 말을 걸면 답은 곧장 오는데, 메시지의 길이가 짧았다. 고민에 빠진 젊은 여자라는 분위기

가 풀풀 났다. 천신한은 언젠가 다른 플레이어들이 다들 로그아
웃한 깊은 밤에 시리에게 슬쩍 말을 걸었다. 시리는 한참 침묵했
다. 천신한이 시리가 말없이 대화창에서 나간 것이 아닌가 생각
할 즈음, 헤드셋 너머로 물기 어린 목소리가 들렸다. 꼭 물속에서
기포가 톡 터지는 것 같은 목소리였다. 시리는 일부러 지나가듯
물었다. 샤오촨, 어떤 사람이 말이야, 너한테 정말로 관심이 있다
면 아무리 바빠도 시간을 내서 이야기를 들어주려고 하겠지?

다정하고 착한 시리도 이렇게 연애 문제로 고민할 때가 있다
니, 천신한은 마음이 무거웠다.

시리의 질문에 대답해줘야 하나? 너무 진지하게 대답하면 시
리가 연애 중인지 아닌지 고민하는 자기 마음을 들키지 않을까?
한동안 망설이다가 천신한은 요령 있게 화제를 돌리기로 했다.
학교 친구 얘기야? 시리가 대답했다. 아니야.

천신한은 더 묻지 않았지만 이름 하나가 그의 머릿속에 툭 떠
올랐다.

황(黃).

환절중당 길드에 계급 개념이 있다면 1인자는 당연히 펜리르
일 것이다. 그리고 천신한과 다아시가 나란히 2인자의 자리에 오
를 터다. 그렇다면 황은 아마도 길드의 3인자라고 할 수 있겠다.
천신한은 펜리르, 다아시와 같이 길드원이 위그드라실에 쏟아부
은 금액을 대충 계산해본 적이 있다. 결론만 말하자면 황과 펜리
르는 적어도 수백만 타이완달러를 썼을 것이라는 생각이 들었다.

천신한은 황에 대한 질투심을 억누르기 힘들었다. 그가 봐도 황은 시리를 좋아한다. 황이 위그드라실에 접속하는 패턴을 자세히 관찰하기도 했는데, 대부분 저녁 8시에서 9시에 로그인해서 가장 먼저 하는 일이 시리를 찾는 것이었다. 시리가 로그아웃 상태면 황은 눈에 띄게 게임에 흥미가 떨어지곤 했다.

황이 시리에게 딴마음을 품고 있는 게 분명했다. 말하지 않아도 알 수 있을 정도였다.

그 사람을 경계하는 데는 또 다른 이유가 있었다. 황은 상당히 신비로운 인물이었다.

황은 어릴 때 성대를 다쳐서 발음이 정확하지 못하다고 했다. 그래서 게임에서 대화할 때 대부분 문자로 메시지를 전송하는 방식을 썼다. 간혹 음성 채팅을 연결하더라도 그가 마이크를 쓰는 일은 없었다. 황은 절대로 자신의 개인적인 정보를 드러내지 않았다. 천신한은 황이 드문드문 대답한 내용을 조합해서 모호하기 짝이 없는 프로필을 정리했다. 추측하기로 황은 상당한 재력가의 2세 같았다. 돈을 쓰는 데 거리낌이 없었고 휴일에 민감하지 않은 것을 보면 직장이 없는 듯했기 때문이다. 길드원들이 심각한 월요일 증후군을 보일 때도 황은 공감하지 못했다. 그런 주제로는 할 말이 없는 사람처럼 말이다.

특히 나이를 무슨 대단한 비밀처럼 드러내지 않으려 했다. 사실 나이는 다른 플레이어들이 제일 쉽게 알려주는 개인정보인데 황은 항상 '일급기밀'이라는 말로 대응했다. 딱 한 번 어느 길드원이 좋아하는 가수의 콘서트 티켓을 샀다는 말을 꺼냈을 때, 황이 자기 친구가 음반사에서 일하고 있어서 항상 네 장의 초대권을 받았다는 이야기를 한 적이 있었다. 천신한은 그 대화를 통해서 황의 나이가 처음 예상했던 것보다 스무 살은 많겠다고 생각했다. 아마도 30대 후반이나 40대 초반일 것이다. 음악 취향은 청년기에 형성된다. 다시 말해서 좋아하는 가수를 통해서 출생 연대를 짐작한다면 80에서 90퍼센트는 들어맞는다는 소리다. 그의 나이를 생각하면 시리에 대한 끈질긴 짝사랑을 더 참기 힘들었다.

황은 시리의 아버지뻘일지도 모른다.

천신한은 시리가 보낸 메시지를 응시하다가 바람결에 화가 쓸려나가는 것을 느꼈다.

지금 음성 채팅 상태였다면 시리의 목소리는 무척 시무룩했을 것이다.

그리고 천신한은 지금처럼 뻣뻣하게 굴지 못하고 마음에도 없는 소리를 내뱉었겠지. 아니야, 내가 너한테 왜 화를 내겠어.

"허칭옌, 모레가 토요일인데 별일 없지? 나랑 같이 인터넷 친구를 만나러 가지 않을래?"

천신한이 컴퓨터 앞에 앉은 채 고개만 돌려서 허칭옌에게 물었다.

허칭옌의 눈에 재미있는 건수를 물었다는 듯한 짓궂은 빛이 번쩍였다.

"인터넷 친구, 시리?"

"어떻게 알았어?"

"그 애가 아니면 네가 방 밖으로 나가려고나 하겠냐?"

"그래."

천신한은 이실직고하기로 마음을 먹었다. 얼른 이 고민을 해결하고 싶었기 때문이다.

"너한테 같이 가자고 하는 데는 이유가 있어. 시리 앞에서 네가 둥촨인 척을 해줘야 하거든. 그러니까 네가 내 이름으로 약속 장소에 나가는 거지."

"왜?"

"왜냐하면……."

천신한의 목소리가 점점 기어들어갔다.

"내가 '전통산업'+의 회사원이라고 말했거든."

허칭옌이 잠시 머뭇거리다 물었다.

"네가, 내 행세를 했다고?"

"맞아. 미안하다."

천신한은 키보드 위에 놓인 통통한 자기 손을 바라보면서 허칭옌이 더 깊이 질문하지 않기를 바랐다. 하지만 허칭옌은 한숨을 깊게 내쉬더니 결국 입을 열었다.

"그렇더라도 내가 직접 나갈 필요는 없잖아?"

+ 과거 타이완의 주력 산업이었지만 지금은 젊은이들에게 크게 인기 있는 직종이 아닌 방직, 타이어 등의 제조업을 말한다.

"있어."

"내가 하는 업무가 어떤 건지 너도 잘 알고 있잖냐. 그리고 시리는 아직 대학생이니까 회사 생활 같은 건 잘 모를 거야."

그 말인즉 시리 앞에서 전통산업의 역군 이미지를 연기하는 것은 어려운 일이 아니라는 뜻이다.

"그건 그런데. 내가 한 가지 더 말할 게 있다. 시리가 예전에 내 얼굴이 궁금하다고 해서, 네 사진을 보내줬어."

다음 순간 허칭옌의 입꼬리에 걸려 있던 웃음기가 얼어붙었다. 축축한 공기가 차가운 유리 표면에 닿아서 응결되듯이.

3

천신한은 홀로 방에 앉아서 집에 돌아가려고 일어서던 허칭옌의 모습을 생각했다.

문고리에 손을 올리고 뒤를 돌아보던 녀석은 입을 열려다가 도로 다물었다. 하려던 말을 목구멍 안쪽으로 밀어 넣는 모양새였다. 하지만 눈빛이 언어를 대신해 의미를 전달했다.

천신한은 생각했다. 성냥은 퇴학 이후에 어떻게 지냈을까?

다른 대학에 갔을까? 아니면 커튼을 칠 필요가 없는 세상으로 후퇴했을까?

성냥을 생각할 때면 곧이어 마음속 가장 깊은 곳에서 스멀스멀 올라오는 공포를 맞닥뜨린다. 나는 성냥보다 더 먼 곳으로 와버린 것이 아닐까? 내 부모님께서 성냥의 어머니가 그러셨던 것처럼 원망 어린 눈빛으로 아무 성취도 이루지 못한 나를 쳐다보지는 않을까?

야오추샹은 여전히 아들을 따뜻하게 대했다. 매일 저녁 식사 시간이면 들리는 어머니의 권유를 거절하기도 어려웠다. 같이 저녁밥을 먹는 일이 어머니의 마지노선이라는 점을 천신한 역시 은연중에 눈치채고 있었다. 하지만 시간이 흐를수록 천신한은 저녁 식탁에 오가는 대화의 행간에서 부모님이 어떤 징조를 찾아내려 애쓰고 있다는 것을 알아차렸다. 부모님은 아들의 행동이나 말을 토대로 어떤 생각을 하고 있는지 짐작하고 또 예측하고 싶어 했다. 다시 일하러 나갈 생각은 있을까? 사회생활을 회피하는 아들의 이런 나날이 언젠가는 끝이 나려나? 이 녀석은 정말 이대로 아무것도 하지 않으면서 살 작정인가?

만약 누군가 먼저 입을 열고 표면적인 평화를 박살 냈다면 세 사람은 끝없이 이어지는 추측에서 해방될 수 있었을 것이다. 그러나 천신한의 입장에서 볼 때 다행이면서 동시에 고통스럽게도 가족 모두가 방 안에 떡하니 자리 잡은 흰 코끼리 한 마리를 보고도 못 본 척, 아예 존재하지 않는 척했다.

부모님이 모두 잠든 한밤중이 천신한에게는 활동 시간이다.

큰 소음을 내지 않는다는 전제 아래 부모님과 집의 사용 범위를 잠시 바꾸는 것이다. 부모님은 침실로 퇴거하고, 그는 자유롭게 거실과 서재, 베란다 등을 오가거나 냉장고를 열 수도 있었다. 야오추샹은 아들이 좋아하는 유제품, 푸딩, 전자레인지에 데워 먹는 닭갈비나 피자 등을 정기적으로 사다가 냉장고를 채워두었다.

부모님 손에 끌려 고향으로 내려온 뒤, 많은 이들이 천신한의 방문을 열고 들어와 한두 마디씩 했다. 같은 방에 있을 때의 광경은 이러했다. 그와 상대방 사이에 침묵이 가로놓여 있다. 이어서 공간이 요동치면서 가늘게 파문이 생긴다. 파문은 상대방이 쏟아내는 말의 빠르기, 분노의 확대 정도에 따라 격렬하게 요동친다. 천신한은 그 사람들이 방을 떠난 뒤 몇 시간이 지나고도 그들이 남겨놓은 불만스러움을 느낄 수 있었다. 한때는 자신이 입을 꾹 닫고 자기 마음의 방문만 잘 지키면 된다고 여겼다. 하지만 그런 대응 방식은 힘들기만 하고 효과가 없다는 것을 금세 깨달았다. 그저 듣기만 하는 것이니 괜찮을 줄 알았다. 하지만 상대방이 하려는 말이 무엇인지 정확히 알아들을 수만 있어도 그의 가슴속 방문은 자연히 열리곤 했다. 그러면 그 사람은 들어오라고 하지 않았는데도 성큼성큼 들어와서 제멋대로 마음속 방의 가구를 걷어차거나 배치 상태를 바꾸려들었다.

다른 사람과 대화를 나누고 이해받고 싶은 갈망을 철저히 끊어내야 했다.

자기 자신을 완전히 가두는 것만이 나를 보호하는 길이었다.

다른 생각을 하지 않고 현재에 집중하면, 공기의 파문이 그의 부름에 답하듯 밀림 속 오래된 샘처럼 차차 고요해진다. 이어서 마음의 방문도 새로 생명력을 얻어 조금씩 조금씩 움직여 결국에는 완전히 닫힌다. 그런 다음 천신한은 조심스럽게 마음속 방을 정리해서 원래대로 돌려놓는다. 이런 훈련을 거듭할수록 악몽이 줄어들었다. 천신한은 자신을 심판하는 일을 멈춰야 했고, 그러려면 더욱 철저하게 고립되어야 가능했다.

시리의 존재는 이런 상태에 틈을 내고 그 사이로 강렬한 빛을 뿌렸다. 눈부셨다.

그는 제대로 대응을 하지 못했고 거의 눈이 멀어버렸다. 그래서 어쩔 수 없이 타인의 껍데기를 쓰고 시리와 대화해야 했다.

정체성이라는 것은 한번 정해지고 나면 되돌릴 수가 없다.

인터넷상에서는 어떤 정체성이든 만들 수 있다.

할 마음만 있다면 현실 세계의 나와는 완전히 다른 아바타를 생성할 수 있다.

모든 이용자가 인정하지 않으려 하는 사실이다. 인터넷에서 한 사람의 이미지란 그 자신이 제공한 정보를 조합하여 만들어진다. 그 과정의 어느 단계에서든 교묘한 수정과 생략만으로 자신의 이미지를 실제와 다르게 만들 수 있다. 비어 있는 정보는 상대방이 상상력을 이용해서 채워 넣기 때문에 목적을 쉽게 이룰 수 있다. 이것은 사기꾼의 비결 중 하나다. 사기극에 당하는 사람이 직접 거짓말의 시나리오를 쓰는 데 참여하도록 유도하는 것이다. 그러면 절대 빠져나오지 못한다.

두 사람은 약속 시각보다 한 시간 먼저 카페에 도착했다.

다행히 허칭옌은 천신한의 권유로 짧게나마 위그드라실을 플레이한 적이 있었다. 심지어 환절중당 길드에도 몇 달 소속되어 있었다. 그 경험이 시리의 신뢰도를 높여주는 데 한몫할 것이다.

10분이 남았을 때 천신한은 다시 한번 작전을 점검했다. 허칭옌은 천신한의 목소리를 30에서 50퍼센트까지 흉내 낼 수 있다고 장담했지만 말을 많이 하면 들킬 위험이 높아진다. 그래서 최대한 말을 줄이고 시리가 왜 만나자고 했는지 알아내는 데 집중한다. 만약 시리가 황을 언급하면 집중적으로 캐묻는다. 시리와 황의 관계를 확실히 알아내는 것이 제일 좋다.

허칭옌은 피곤한 기색으로 물었다. 황은 또 누구야? 천신한은 커피를 휘휘 저으며 내키지 않는 듯 대답했다. 이상한 인간.

그렇게 대답한 천신한은 탁자에 푹 엎드렸다. 허칭옌이 짜증스럽게 그를 흔들어댔다.

"야, 왜 그래?"

"너무 오랜만에 외출해서 무서워."

시리를 처음 본 순간 천신한은 몽롱해졌다. 비치는 햇빛처럼 밝게 빛나는 것을 본 기분이었다.

시리는 사진보다 더 예뻤다. 오밀조밀한 이목구비가 뽀얀 얼굴에 균형 있게 자리 잡았다. 올려 묶은 긴 머리에는 커다란 파란색 리본이 매달려 있어서 앙증맞은 얼굴이 돋보였다. 데님 반바지가 채 가리지 못한 길고 하얀 다리에 조명이 반사되어 광택이

났다. 시리의 피부는 도자기 인형처럼 새하얬다.

시리가 의자를 빼서 허칭옌 맞은편에 앉았다.

"다행이야, 샤오촨이 사진과 똑같이 생겨서. 나는 조금 걱정했거든."

천신한은 고개를 숙이고 뜨거운 커피를 홀짝였다.

웃는 듯 마는 듯한 허칭옌의 시선이 천신한의 머리통에 내리꽂혔다.

허칭옌은 미리 세운 계획대로 탁자에 놓인 메뉴판을 가리키며 시리에게 음료를 고르라고 눈짓했다.

시리는 한참 고민한 끝에 핫초코를 골랐다. 허칭옌이 처음으로 입을 열었다.

"내가 가서 주문할게. 이건 내가 살 테니까. 뭔가 더 먹겠어? 조각 케이크를 시킬까?"

시리는 고개를 저으며 흐릿한 미소로 고맙다고 말했다.

허칭옌이 주문하러 간 사이, 시리의 발랄한 기운은 사라지고 그 자리에 우울함이 들어왔다.

천신한은 자기가 시리 쪽을 쳐다보고 있는 것을 들키지 않도록 가리고 있는 휴대전화의 위치를 조정했다. 시리는 주문대 앞에 서 있는 허칭옌을 쳐다봤다. 이마, 광대, 턱 순서로 시선이 움직이는 동안 시리의 한 손은 턱 밑을 받치고 다른 손은 탁자 위에 불규칙한 선을 그렸다. 한참 그러고 있던 시리는 이내 거리가 내다보이는 유리창 쪽으로 고개를 돌렸다. 시리의 눈빛에 고민과 망설임이 묻어났다.

천신한은 시리가 두 주먹을 꼭 쥐는 모습을 지켜봤다.

몹시 긴장한 듯했다. 사실 시리는 연약한 여성이니 오늘 허칭 옌이 나쁜 마음을 먹는다면 피할 수가 없을 것이다.

시리는 왜 미지의 환경에 자신을 내던지는 걸까? 나쁜 사람을 만나는 게 두렵지 않을까?

천신한의 마음에 원인 모를 긴장감이 차올랐다.

허칭옌이 트레이를 탁자에 내려놓았다. 핫초코가 담긴 머그잔 옆에는 딸기 생크림 케이크 한 조각이 놓여 있었다.

그가 케이크를 시리 앞으로 밀어주었다. 고개를 갸웃거리는 시리는 허칭옌의 설명을 기다리는 듯했다. 허칭옌이 피식 웃으며 말했다.

"핫초코와 케이크를 같이 시키면 할인해준다고 해서."

시리가 아무 생각 없이 케이크 위에 얹힌 딸기를 콕 찍어서 허칭옌에게 내밀었다.

"샤오촨도 먹어."

흰 손목, 빨간 딸기, 남보랏빛 혈관의 맥동이 젊은 여성의 향기를 품고 훅 들이닥쳤다.

허칭옌은 길게 한숨을 쉬었다. 청춘 드라마의 한 장면이 예고도 없이 추가되었지만 그의 몫이 아니라는 것을 암시하는 듯한 태도였다.

허칭옌은 손가락으로 딸기를 집어서 입에 넣었다. 결국 참지 못하고 풋 하고 웃음이 새어 나왔다.

딸기가 없어진 플라스틱 포크를 그대로 든 채 시리가 물었다.

"샤오촨, 왜 웃어?"

"아무것도 아니야. 갑자기 우습기도 하고 안타깝기도 한 일이 하나 생각나서."

그건 당연하게도 천신한을 놀리는 말이었다.

허칭옌은 목을 가다듬고 나서 말했다.

"이제 만났으니까 무슨 일인지 말해봐."

고개를 든 시리의 눈이 액체처럼 찰랑찰랑 흔들렸다. 다시 보니 얇게 눈물이 차오른 것이었다. 시리가 눈물을 참으려는 듯 고개를 흔들며 눈을 깜빡거렸다.

"만약에 내가 사실대로 말하면 샤오촨이 화를 낼까?"

"상황에 따라 다르겠지만, 심각한 일이 아니라면 화낼 것까지야 없지."

"샤오촨을 만나자고 한 이유는 특별한 건 아니야. 그냥 샤오촨을 한번쯤 보고 싶었어."

천신한과 허칭옌이 약속이나 한 듯 동시에 등을 똑바로 폈다. 표정도 경직되었다.

시리가 빠른 속도로 말을 쏟아냈다. 그렇게 하지 않으면 침묵과 하소연 사이에서 길을 잃을 것 같았던 모양이다.

"나 요즘 위그드라실을 그만둘까 고민 중인데, 한번쯤은 게임에서 사귄 친구와 직접 얼굴을 보고 이야기를 나눠보고 싶었어. 샤오촨은 1년 넘게 내 고민을 잘 들어줬으니까. 왜 그런지 모르겠지만, 나는 현실에서 친구 운이 없어. 그래서 샤오촨과 나눈 우정이 무척 소중해. 진짜야."

시리의 촉촉한 눈빛이 허칭옌의 두 눈을 꼼짝달싹 못 하게 붙잡았다.

"정말 고마워. 사정이 있어서 며칠 후면 새로운 곳에 가서 다시 시작할 거야. 아마 게임에 접속하기 어려울 것 같아. 그러니까 샤오촨과 만나는 것도 이번이 처음이자 마지막이야. 이렇게 이기적으로 굴어서 미안해……."

시리가 또 눈을 빠르게 깜빡거렸다. 들이쉬고 내쉬는 숨도 조금 가빠졌다.

"하지만 샤오촨, 나는 우리가 만날 수 있어서 정말 다행이라고 생각해. 온라인과는 완전히 다르잖아."

당황한 허칭옌이 손으로 머리카락을 헤집으며 눈에 띄지 않게 천신한 쪽을 노려보았다.

천신한이 탁자를 가볍게 두 번 두들겼다. 그런 다음 일어서서 카페 밖으로 나갔다. 미리 정해둔 암호였다. 돌발 상황이 벌어지면 잠깐 자리를 비우고 대책을 논의하기로 했었다.

이제 허칭옌의 눈에 비친 시리의 예쁜 얼굴은 케이크 위에 얇게 바른 아이싱처럼 보였다. 건드리기 겁나고 언제든 녹아서 공기 중으로 사라질지 모르는 설탕.

"천신한, 이걸 어쩌라는 거야. 난 더는 못 해."

얼굴이며 귓불이 벌겋게 된 허칭옌이 초조하게 말을 쏟아냈다.

"너희 두 사람이 게임에서 얼마나 많은 이야기를 나눴는지는 모르겠다. 하지만 너도 느끼겠지, 쟤는 진심으로 말하고 있어. 연기해서는 나올 수 없는 태도야. 가서 솔직하게 말해. 미안하다고 사과하고, 네가 진짜 샤오촨이라고 해. 내 역할은 여기까지다. 이건 우리가 예상한 범위를 넘어섰어. 더는 못 해. 그런 눈빛으로 쳐다보는데 내가 사기꾼이 된 것 같았다고."

"네 말처럼 간단한 게 아니야."

천신한이 한참 우물쭈물하더니 겨우 한마디를 내뱉었다.

"뭐가 복잡한데? 쟤가 너한테 돈이라도 빌려달라고 할까 봐서 그래?"

그 순간 허칭옌이 갑자기 뭔가 깨달은 듯한 표정으로 말했다.

"그럴 가능성도 있겠다. 찬찬히 생각해보니 방금 한 말도 좀 이상하네."

"시리를 그런 식으로 생각하라는 뜻은 아니었어."

"인터넷에서 알게 된 사람이잖아. 조심해서 나쁠 건 없지."

천신한은 그 말에 생각이 복잡해졌다. 인터넷 세계를 기이하고 위험한 곳으로 묘사하는 시선을 점점 더 참기 힘들었다. 사람들은 인터넷 세계를 현실의 위조품이자 한 단계 낮은 지하 공간처럼 취급하곤 했다. 인터넷에서 일어나는 감정적인 교류는 영원히 인정받지 못할 것 같았다. 하지만 천신한은 시리와 주고받은 대화 기록을 전부 보관하고 있다. 셀 수 없이 많은 밤, 그는 대화 기록을 처음부터 다시 읽곤 했다. 그 기록은 때로는 튀어 나가고 때로는 멈춰서 움직이지 않는 천신한의 의식을 담은 책과 같았다. 다만 한 가지 분명한 것은 그 책의 두 주인공이 진심으로 서로에게 관심을 쏟고 있다는 사실이다.

허칭옌은 아무 말도 하지 않는 천신한을 보며 심호흡하고서 입을 뗐다.

"너희 사촌 형 일은 다 잊었냐?"

"사촌 형?"

허칭옌이 눈을 꽉 감고 마른세수를 했다. 다시 눈을 떴을 때는 피곤한 기색이 역력했다.

"저번에 온라인 게임 같은 걸 이야기할 때였나, 네가 갑자기 사촌 형 얘기를 꺼냈잖아."

허칭옌은 말을 멈추고 천신한의 표정을 살폈다. 여전히 이해 못 하겠다는 그의 얼굴을 보고는 어쩔 수 없이 다시 말을 이었다.

"네가 초등학교 5학년인지 6학년일 때 사촌 형이 너랑 같이 막 출시된 온라인 게임을 시작했다고 그랬지. 게임을 한 지 며칠도 안 되어서 형이 여자 캐릭터로 플레이하고 있는 것을 알게 됐다며. 심지어 '인터넷 서방님'도 있었고. 사촌 형이 너더러 게임을 할 때 자기에게는 '누나'라고 부르고 그 서방님은 '매형'이라고 부르라고 시켰다며. 기억 안 나?"

"이제 기억이 나."

"너희 사촌 형이 나쁜 사람이라는 이야기를 하려는 게 아니야. 그렇지만 그것도 일종의 사기잖아? 뭔가 좀 이상하단 말이야. 시리가 그렇게 애를 써서 너를 불러낸 것도, 지금 무슨 의도인지 모를 말을 하는 것도. 그러니 내가 시리를 보면서 너희 사촌 형을 연상한 거야."

허칭옌이 고개를 모로 기울였다. 자기 추론을 어떻게 증명해야 할지 고민스러운 듯했다.

"시리한테 나쁜 의도가 없어 보이기는 해. 나이도 어리고, 연기를 하는 느낌도 아니었어. 어휴, 나도 뭐가 뭔지 모르겠다. 내가 너무 의심이 많은지도 모르지. 하지만 신중하게 행동해서 나쁠 건 없다고 봐."

"시리에게 꿍꿍이가 있는지 없는지는 몰라도, 일단 내가 더 나쁜 놈처럼 보이지 않겠냐."

허칭옌의 얼굴에서 웃음기가 사라졌다. 그 표정을 본 천신한이 쓴웃음을 지었다.

"나는 네 신분을 도용했어. 안정적인 직장에 다니는 외모도 나쁘지 않은 젊은 남자인 척 거짓말을 했다고. 나는 정말로 사기를 친 거야. 너까지 사기극에 끌어들였고. 너는 내 친구니까 내 편을 들고 내 걱정을 해주지만, 우리가 전혀 모르는 사이라면 어떨 것 같아? 시리는 어리고 세상 물정도 모르는 대학생이야. 그리고 나는 전형적인 뚱보 '오타쿠'지. 직업도 없이 집에서 게임만 하면서 부모님께 빌붙어 사는 놈. 나쁜 의도로 접근할 거라면 내가 더 어울리지 않겠어?"

"네 말이 맞다. 그래, 좋다 이거야. 내가 뭘 어쩌면 되는데?"

"카페로 돌아가서 작별 인사를 하고 나와. 그 뒤는 내가 알아서 할게. 시리의 목적이 뭐든 그 애한테 솔직하게 다 말하려고 해. 시리가 깜짝 놀라서 도망갈지도 모르지. 내가 시리에게 속을까 봐 걱정하지는 말고."

천신한은 조심스럽게 의자를 빼낸 뒤 앉았다.

휴대전화를 쳐다보며 시리는 수심에 잠긴 표정을 짓고 있었다. 시리의 가느다란 손가락이 액정 화면 위에서 이리저리 움직였다.

전화벨 소리가 울렸다. 시리는 주변을 둘러본 다음 조심스럽게 전화를 받았다. 여보세요. 시리의 목소리는 허칭옌과 대화를 하던 때에 비해 훨씬 낮고 가늘었다. 겨우 목소리를 짜낸 듯 희미한 떨림이 묻어 있는 목소리였다. 시리는 자기가 다시 전화하겠다고 말했고, 상대방은 그 대답이 마음에 들지 않는 눈치였다. 시리가 몇 번이고 미안하다고 사과했다. 천신한은 저도 모르게 통화 상대가 누구인지 궁금해졌다. 시리가 왜 저렇게까지 비위를 맞추는 걸까?

번뜩 떠오르는 기억이 있었다. 시리가 얼마 전에 연애 고민을 털어놓았던 것이 생각났다. 설마 시리가 게임을 그만두겠다고 하는 것도 남자 친구 때문일까? 그럴 가능성이 높다. 천신한과 시리는 인터넷에서 빈번하게 대화를 나눈다. 남자 친구라면 천신한이 시리의 세상에서 사라지기를 바랄 것이다. 그런 마음은 이해할 수 있다. 그렇게 생각하자 휴대전화를 붙잡고 조그만 목소리로 통화하는 시리의 말투에 조금쯤 애교가 섞여 있는 것처럼 느껴졌다. 천신한은 급격하게 기분이 가라앉았다. 그때 마음의 준비를 마쳤는지 허칭옌이 자리로 돌아왔다. 시리는 다급하게 전화를 끊고 얼른 미소를 띠었다. 그 표정은 허칭옌에게 왜 그렇게 오래 나가 있었느냐고 묻는 것 같았다.

허칭옌은 어물어물 고맙다는 말을 전했다. 떠난다는 것을 직접 알려줘서 고맙고 게임에서 더 이상 시리를 만나지 못하게 된다니 아쉽지만 이미 그렇게 결정했다면 마음을 다해 앞으로의 길을 축복하겠다 등등.

허칭옌은 말을 마치기 전에 천신한이 앉은 쪽으로 시선을 던졌고, 천신한이 고개를 끄덕여주었다.

시리가 머그잔을 꽉 움켜쥐었다. 그렇게 하면 용기가 나는 모양이다.

"한 가지 더 말할 게 있어."

천신한과 허칭옌 둘이 동시에 숨을 들이켰다.

시리의 진짜 모습이 드디어 밝혀지는 걸까?

"나는 줄곧 샤오촨을 속였어."

시리의 몸이 조금씩 떨리고 있었다.

"대학생이라는 건 거짓말이야. 고등학교를 졸업한 뒤로 더는 진학하지 않았어. 우리 집 사정이 좀 복잡하다고 말한 적 있었지? 나는 정상적인 가정에서 누리는 행복을 가져보지 못했어. 고등학교 3학년 때 아빠와 그 여자가 너무 눈치를 줘서 어쩔 수 없이 집을 나왔지. 학교도 가다 말다 하는 바람에 졸업을 못 할 뻔하기도 했고. 대학 입학시험을 보긴 했는데 등록은 하지 않았어. 나 같은 사람이 공부를 해서 뭘 하나 싶었거든.

　낮에 접속하지 않으면 수업을 듣느라 그런 줄 알았겠지만 사실 그때 난 아르바이트를 하고 있었어. 스스로 일해서 먹고살아야 하니까. 게임 친구들에게 사실대로 말하려고도 했는데, 거짓말이 길어지니까 나 자신도 속이게 되더라. 대학은 가지 않았지만 나도 공부는 하고 있다고 말이야. 샤오촨, 내가 예전에 기숙사 룸메이트에게 괴롭힘을 당했다고 말했던 건 사실 가게의 다른 아르바이트생이 나를 따돌린 거였어. 그런데 샤오촨이 얼른 사감 선생에게 알려라, 다른 방으로 바꿀 수 없는지 알아보라거나 조언해줬잖아. 대학에 다니는 동안은 학생회에서 보호를 받을 수 있지만 사회에 나가면 더 힘들다고 그랬지. 샤오촨이 그렇게 말해줘서 고마운 한편 정말 미안했어. 샤오촨은 항상 나를 챙겨줬는데 정작 나는 이렇게 많은 거짓말을 했으니까. 오늘 직접 만나게 되면 사실을 다 말하고 싶었어. 고마워, 샤오촨. 나는 어릴 때부터 쉽게 미움을 받았어. 샤오촨은 내가 만난 사람 중에 가장 착한 사람이야. 나를 잊지 말아줘."

　심리적인 이유로 인한 착각인지 모르겠지만, 시리가 말할 때마다 얼굴이 조금씩 창백해졌다.

시리가 사실을 털어놓을수록 그 존재가 점점 희미해지는 듯했다.

허칭옌은 모터사이클 주차장 앞에 서서 시리가 기차역 쪽으로 멀어지는 것을 바라보았다.

자그마한 몸, 땅을 제대로 딛지 못하는 듯한 발걸음, 방관자의 입장에서 봐도 안타까운 마음이 생기지 않을 수 없는 모습이었다.

천신한이 허칭옌 곁으로 다가왔다. 그의 시선을 따라가니 시리의 뒷모습에 닿았다.

"아직도 시리가 나쁜 속셈으로 접근했다고 생각해?"

"그 말은 취소할게. 불쌍한 애야. 갑자기…… 저 애를 동정하게 됐어."

"먼저 돌아가."

"너는 시리에게 가보게?"

"응."

"내가 같이 가지 않아도 되겠어? 대화가 끝날 때까지 기다려줄게."

"고마운데, 그러면 더 부담돼."

"알았어. 그럼 먼저 가볼게. 나중에 연락해라."

시리의 발걸음이 느려졌다. 신호등의 초록불은 아직 충분한 시간이 남았는데도 시리는 멈춰 섰다.

천신한도 걸음을 멈추고 신발 끈을 다시 묶었다. 그래야 시리와 같이 다음 보행 신호를 기다려도 자연스러우리라. 시리와 천신한의 거리는 10미터에 조금 못 미쳤다. 천신한은 너무 긴장한 나머지 고개를 돌려서 바쁘게 발을 놀리는 사람들만 쳐다보았다.

벨소리가 다시 울렸다. 시리는 조금 기다렸다가 전화를 받았다.

다시 초록불이 켜졌다. 시리가 조금씩 앞으로 나아갔다.

"여보세요. 네. 이제 들어가요. 옷을 좀 샀어요. 친구 목소리를 들려달라고요? 벌써 헤어졌는걸요. 친구네 집에서 데리러 오셨거든요. 당연히 말하지 않았죠. 누구한테도 말하지 않았어요."

말투로 미뤄보면 시리가 지금 통화하는 사람은 카페에 있을 때 전화했던 사람이 분명했다.

전화를 끊은 시리가 주머니에 휴대전화를 넣고서 좌우를 살폈다. 천신한은 속도를 늦추고 고개를 숙였다. 시리의 시선이 닿는 것을 피하려는 것이었다. 이제 두 블록만 지나가면 역이다. 보행 신호는 겨우 10초 정도 남았다. 시리가 뛰기 시작했다. 천신한은 당황했다. 지금 따라 뛰면 시리를 뒤쫓는다는 것을 들킬 것 같았다. 시리는 별똥별이 튀듯 건널목의 희고 검은 선을 밟고 경쾌하게 달렸다. 옷자락이 흔들리면서 희고 가느다란 허리가 살짝 드러났다.

방금 시리에게 직접 들은 이야기가 아니었더라면 거리에서 즐겁게 웃고 떠드는 소녀들과 다를 게 없어 보였다.

시리는 모퉁이를 돌아서 사람들 틈으로 사라졌다.

천신한은 망설였다. 지금 시리 앞에 나타나도 될까? 지금은 이렇게 지나가는 게 좋지 않나.

오늘 바로 자신의 가면을 벗어던지면 시리가 받아들이기 힘들어할지도 몰라. 천신한은 정신을 차리기 위해 얼굴을 마구 문질렀다. 귓가에 누군지 모를 목소리가 들렸다. 또 방으로 도망가고 싶어?

이런 너에게 시리의 진실한 우정을 받을 자격이 있을 거라고 생각해?

시리는 정직하고자 노력했다. 그런데 너는 보잘것없는 자존심을 지키는 데만 관심이 있다. 너는 너무 나약하다. 천신한은 씁쓸한 웃음을 지으며 마음속으로 수천 번 되뇌었던 말을 생각했다.

다른 사람과 대화를 나누고 이해받고 싶은 갈망을 철저히 끊어내라.

자기 자신을 완전히 가두는 것만이 나를 보호하는 길이다.

천신한은 이런 다짐 덕분에 위로를 받기도 했지만, 한편으로 자신이 조그마한 상처나 공격도 견뎌내지 못하는 놈이라고 스스로 믿어버리는 결과를 낳았다.

이제는 달라져야 해, 천신한.

저 불쌍한 여자애 앞에서 좀 더 어른처럼 굴어.

천신한은 시리를 따라잡으려고 뛰었다. 이제 확실히 결심했다. 반드시 사과하고, 용서를 빌고, 시리가 당장 용서해주지 않더라도 그 애의 마음에 그늘이 남지 않을 때까지 계속 미안하다고 하자. 천신한은 헐떡이며 매표소에 도착했다. 개찰구를 지나 인파를 헤치며 어디로 가야 할지 두리번거리다가 겨우 건너편 플랫폼에 서 있는 시리를 발견했다. 동시에 우렁찬 경적이 울렸고, 곧 바퀴가 철로를 긁는 날카로운 소리도 들렸다. 철도원이 팔을 휘두르며 안전선 안으로 물러서라는 신호를 보냈다. 시리는 손에 쥔 기차표를 내려다보았다가 고개를 들어 역에 진입하는 열차를 확인했다. 한 걸음 앞으로 나서는 것을 보니 점점 가까워지는 저 열차를 탈 예정인 것 같았다.

천신한은 플랫폼으로 향하는 지하도를 내달렸다. 희미한 노란색 조명이 깜빡이는 지하도를 미친 듯이 달려서 플랫폼에 올라섰다. 시리는 막 열차에 타려고 발을 올린 상태였다. 천신한의 무릎이 체중의 압력을 견디지 못해 통증을 호소했다. 마음만은 가볍게 날아가고 싶었지만 아직 10미터가 남아 있었다. 내가 뒤쫓던 뭔가를 잡아채는 데 성공한 마지막 순간이 언제였더라?

천신한은 고개를 치켜들었다. 곧 성공하리라는 기쁨은 산산조각이 났다.

이상 현상.

검은 안개 몇 가닥이 시리의 머리카락 안에서 구물구물 기어나왔다. 안개는 허공에서 춤을 추듯 빙글빙글 원을 그렸다. 천신한은 눈을 껌뻑였다. 눈을 감았다 뜨면 검은 안개가 사라질 것처럼. 하지만 검은 안개는 뱀처럼 영활하게 움직이며 시리를 휘감왔다가 가슴으로 들어가서 등 쪽으로 빠져나왔다. 안개는 그렇게 몇 번이나 시리의 상체를 꿰뚫으며 조금도 사라지지 않았다.

열차 안에서 사람들은 다들 휴대전화를 들여다보거나 대화를 나누고 있었다. 잠을 청하거나 앞 좌석 등받이를 멍하니 바라보기도 했다.

시리가 주머니에서 휴대전화를 꺼냈다. 누구와 통화하는 걸까?

문이 닫혔다.

열차가 한 량씩 역을 빠져나갔다. 천신한과 시리의 거리도 멀어졌다. 2미터, 3미터…… 천신한의 두 눈이 갈급한 듯 시리의 모습을 따라 움직였다. 방금 자신이 본 것이 그저 잠깐의 착시 현상일 뿐이었다는 것을 확인하고 싶었다.

'기대'라는 거대한 그물로 현실을 붙잡았지만 현실은 날카롭게 그물을 찢고 나왔다.

다급한 심장박동이 고막을 두드렸다. 귀 안에서 얼굴을 따라 타는 듯한 통증이 내달렸다. 천신한은 이를 악물고 중얼거렸다. 왜 방 밖으로 나온 거야? 이것 봐, 또 상처받았잖아.

게임에서는 아이템을 꾹 누르면 순식간에 안전하게 '부활 지점'으로 돌아간다.

천신한은 손바닥에 얼굴을 파묻고 몸 안에서 터져 나오려 하는 비명을 막으려 애썼다.

부활 지점으로 돌아가고 싶다.

다시 시작하고 싶다.

오늘의 외출 기록을 삭제하고 싶다.

◆ ◆ːː◆ ◆

차가운 콜라 캔이 이마에 닿자 놀라서 벌떡 몸을 일으킨 천신한이 허칭옌을 죽일 듯 노려보았다.

"뭐야?"

"그런 몰골로 침대에 자빠져 있으면 문제가 해결돼? 걔한테 먼저 연락해봐."

"메신저가 로그아웃 상태야."

"전화해."

"나한테 전화번호가 있을 거라 생각해? 요즘 세상에선 보이스 피싱 아니면 대출 상담이나 전화로 연락한다고."

"게임은? 위그드라실에 접속해서 찾아봐."

"찾아서 뭐라고 말해? 시리에게 넌 곧……."

천신한은 말을 도로 삼켰다. 그 말은 입 밖에 낼 수 없었다.

생각에도 혼백이 있어서 소리라는 실체를 부여하면 그 순간 생명을 갖고 살아나는 것 같다.

"하지만 넌 틀린 적이 없잖아."

그 말이 가시처럼 천신한을 찔렀다. 컴퓨터 모니터에 나타난 검색 기록은 1년 전 그와 부딪혔던 고등학생의 사망 소식을 보여주고 있었다. 성이 쉬(許) 씨였던 그 학생은 영어 시험에 늦어서 급하게 길을 건너다가 마주 오는 버스에 치였다. 그 자리에서 머리가 깨져 뇌수가 흘러나왔고, 가까운 병원으로 옮겨졌지만 30분 만에 사망 판정을 받았다. 기사에는 감시카메라 영상이 같이 실려 있었는데, 청소년기의 연약한 몸뚱이가 몇 톤이나 될 무거운 차체에 부딪혀서 솜뭉치처럼 날아가는 모습이 적나라하게 찍혔다. 천신한은 그 영상을 몇 번이나 다시 보았다. 어린 시절 전등 스위치로 장난을 치던 생각이 났다. 밝아졌다, 어두워졌다.

1초 전, 사람이 있다. 1초 후, 사람이 없다.

왜 이 기사를 찾아보았을까? 천신한도 정확한 이유를 댈 수 없었다. 방에 숨어서 사람들과 만나지 않으면 자신의 '결함'을 치료할 수 있을 거라는 환상이라도 가졌던 걸까? 딱 한 번이라도 좋으니 자기가 본 것이 틀렸기를 바랐다.

천신한은 컴퓨터 앞에 앉아서 위그드라실에 접속했다.

그의 캐릭터는 도서관 앞에 있다. 길드 시스템을 열어보니 시리의 캐릭터가 온라인 상태였다. 천신한은 도시로 돌아가는 귀환권을 써서 길드 주둔지에 도착했다. 시리는 벚나무 아래에 앉아 있었다. 꽃잎이 춤추듯 흩날렸고, 시리의 캐릭터는 꼼짝도 하지 않았다.

허칭옌이 모니터를 가리키며 물었다.

"지금 온라인 상태인데 자리를 비웠나? 어떻게 말을 걸지?"

천신한이 '불꽃놀이'를 클릭했다. 두 사람의 머리 위로 불꽃이 팡팡 터졌다.

이건 두 사람 사이의 암묵적인 약속이었다. 불꽃놀이의 음향 효과가 들리면 상대방이 찾고 있다는 뜻이었다.

"아직 집에 도착하지 않았나 보다."

"그래. 그러면 시간 낭비하지 말고 이야기를 좀 하자. 이번에는 뭔가 이상하다……. 지금까지와는 다르게……."

허칭옌이 손가락으로 관자놀이를 꾹꾹 누르며 말했다.

"뭐가 다른데?"

"시리가 카페에 있을 때는 아무것도 못 봤어, 그렇지?"

"맞아."

천신한은 저도 모르게 호흡을 멈췄다. 허칭옌이 하려는 말을 그도 알아차린 것이다.

"그 후에 너 혼자 시리에게 갔을 때도 그건 보이지 않았어, 맞아?"

허칭옌은 눈이 멀어 아무것도 보지 못하는 사람처럼 '이상 현상'을 제멋대로 '그것'이라고 부르고 있었다.

"맞아. 그때도 없었어."

천신한이 말을 이어받아서 설명했다.

"길을 건너느라고 시리가 빨리 걸었어. 그때 잠깐 놓쳤지. 기차역에 도착해서 맞은편 플랫폼에 서 있는 시리를 발견했는데…… 분명히 그때도 없었어. 내가 지하도를 지나서…… 계단을 뛰어 올라갔을 때, 그때 나타났어."

"원래는 없었는데 시간이 흐른 후에 갑자기 생겼다. 이상해.

전에도 이런 적 있냐?"

침묵이 게의 집게발처럼 천신한을 아프게 옥죄었다.

이 질문에 대답하려면 지금까지 안개를 목격한 상황을 하나씩 복기해야 했다. 머릿속에 여러 개의 화면이 스쳐갔다. 병원에서 가족에게 고집을 부리던 노인, 보온 통을 안고 혼자 앉아 있던 여자. 대학에 돌아간 뒤에는? 등산 계획을 세우며 즐거워하던 선배는 이틀 뒤에 산비탈에서 미끄러져 추락했다. 그는 깊은 산속에서 서서히 체온을 잃었을 것이다.

파생금융상품을 강의하던 교수님도 있었다. 교수님의 사인에 대해서는 의견이 분분했다. 하지만 어느 선배가 들려준 이야기에 따르면 동짓날에 먹은 완자탕 때문이었다. 교수님은 완자가 목에 걸려 질식했는데, 그때 사모님은 진공청소기를 돌리고 있어서 교수님의 목소리를 듣지 못했다고 한다. 사모님이 너무 심하게 자책해서 다들 사인을 숨기기로 약속했다는 것이다.

선배의 죽음, 교수님의 죽음. 동기생들이 쓴 추모 글이 학교 커뮤니티 여기저기를 떠돌았다. 추모 글이란 다른 사람들이 한바탕 눈물을 흘릴 수 있는 분위기를 형성하기 위한 용도로 제공하는 것인지도 모른다. 천신한은 단 하나도 클릭하지 않았다. 대신 그는 죽음을 연구했다. 확률, 원인, 도시와 시골의 통계 등등. 새벽녘에 천신한은 결론을 내렸다. 죽음은 어디에나 있다. 사람들은 태풍, 지진, 비행기 사고 등에서 요행히 살아남은 이들의 사연에 열광한다. 하지만 살아남은 자들은 극히 일부에 불과하다. 매년 수만 명이 질병으로 죽고, 수천 명이 사고로 죽는다. 인간이라면 누구나 죽는다는 사실을 분명히 알면서도, 그 일이 언제 어디서든 벌어질 수 있음을 알면서도, 사람들은 죽음이라는 확정된 사실을 철저히 무시하며 살아간다. 아무렇지 않게 침대에서 몸을 뒤척이고, 세수와 양치질을 하고, 무거운 가방을 들고서 흔들리는 버스나 전철에 몸을 싣는다. 낯선 사람을 만나서 마음을 나누고, 계획에 따라 집을 사고 아이를 낳는다.

그들은 어떻게 그런 일을 할 수 있는가? 그들은 보지 못하기 때문이다. 그것이 천신한의 결론이었다. 인간이라는 존재는 1 아니면 0이다. 그런데 사람들은 1이 0으로 바뀌는 과정을 눈으로 보지 못한다. 누군가 전등 스위치에 손을 올려놓고서 언제든지 밝은 빛을 없애버릴 수 있는 그 순간을 목도하지 않는다. 그래서 별일 아니라는 듯 살아가는 것이다.

선배와는 두 번 정도 만났을 뿐 친분이 깊지 않았다. 교수님의 경우는 좀 달랐다. 천신한은 교수님이 학생에게 질문을 던진 후 대답할 때까지 인자한 표정으로 기다려주던 눈빛을 기억하고 있다. 시간이 얼마나 걸리든 괜찮으니 자기 생각을 말하면 된다고 격려해주는 듯한 눈빛이었다. 정부 기관에서 오랫동안 요직을 지낸 분인데 그런 따뜻한 눈빛을 유지하신다는 게 놀라웠다. 그날 천신한은 보았다. 몇 번이나 확인했지만, 그는 확실히 보았다.

그가 한 경험은 검은 안개에서 죽음을 연상하기에 충분했다. 천신한은 수업이 끝나고도 강의실에서 미적거렸다. 교수님은 심장이 좋지 않으셨다. 수업을 마치면 잠시 쉬면서 체력을 회복한 뒤 복도로 나가시곤 했다. 교수님이 고개를 숙이고서 어질러진 강의 자료를 정리하셨다. 천신한은 검은 기운이 교수님의 몸에서 피어올랐다가 사라지기를 반복하는 것을 지켜보았다. 교수님이 그의 시선을 눈치챈 듯, 고개를 들고 물으셨다. 자네, 왜 그러나? 천신한은 대답하지 않았다. 교수님이 다시 물으셨다. 대학원 진학에 관해 궁금한 게 있나? 추천서가 필요하면 이야기하게. 천신한은 고개를 저었다. 교수님께 다음에 뵙겠습니다 하고 인사도 드렸다. 기숙사로 돌아가는 길에 보슬비가 오락가락했다. 천신한은 주차장 건물에 들어가 비를 그으며 생각했다. 심장이겠지? 그렇다면 어쩔 수 없는 거 아닐까? 교수님은 그동안 풍요로운 인생을 꾸려오셨으니까. 천신한은 그렇게 스스로 설득했다. 교수님이 목이 막혀 돌아가셨다는 것을 알았을 때, 한 가지 생각이 그의 심장을 단단히 옭아맸다. 이렇게는 살 수 없어. 언젠가 미쳐버릴 거야.

천신한은 연습을 시작했다. 고개를 숙이고, 시선은 땅바닥에 고정한다. 절대로 눈앞의 30제곱센티미터 넓이 정사각형 바깥으로 시선을 돌리지 않는다. 그의 시선은 시각장애인에게 길을 알려주는 지팡이처럼 땅바닥 위를 배회했다. 함부로 시선을 위로 들어 올리지 않았다. 부상이 다 나은 뒤에도 배구 팀에 돌아가지 않았다. 주변 사람들이 좋은 마음에서 안부를 물어도 그는 들은 척도 하지 않았다. 그는 대학 졸업 후 대학원에 진학하려던 계획을 버렸다. 캠퍼스라는 긴밀한 인간관계에 더 머무르면, 그는 곧

'여섯 단계 분리 이론(Six Degrees of Separation)'+에 목이 졸려 죽을지도 몰랐다.

대학 졸업 후 천신한은 중고등학교 시절 기흉 발작 때문에 받았던 경미한 수술 이력으로 인해 병역 면제를 받았다. 허칭옌의 소개로 이틀 일하고 이틀 쉬는 야간 업무를 시작했다. 회사에서는 직원이 근무시간에 수다 떠는 것을 금지했고, 화장실에 가는 횟수도 제한했다. 급여는 적었지만 야간 수당을 더하면 그나마 체면치레는 되는 수준이었다.

천신한이 대학원에 가지 않겠다고 선언했을 때 집안에서는 난리가 났다. 천중우는 화를 참지 못하고 오래전부터 유학 자금으로 저축했던 통장을 아들의 얼굴에 집어 던졌을 정도였다. 그는 천신한에게 "네가 뭔데 나의 오랜 계획을 짓밟느냐"고 호통을 쳤다. 그 후 1년 동안 아버지와 아들은 원수처럼 지냈다. 그나마 천신한이 매달 버는 수입의 절반을 야오추샹에게 꼬박꼬박 보내면서부터 집안 유일한 여성의 성화에 못 이긴 두 사람은 얼굴을 마주치면 두어 마디 대화를 나누는 정도가 되었다.

야오추샹 역시 천신한의 학력이 대학 졸업에서 멈추는 것을 인정하지 못했다. 갖은 방법을 동원해 대학원에 가지 않으려는 이유를 말하라고 난리였다. 천신한은 사회 경험을 쌓고 싶다는 핑계로 겨우 어머니를 물러서게 할 수 있었다. 야오추샹은 마지

+ 서로 모르는 사람이라도 여섯 단계의 연결고리만 거치면 이어질 수 있다는 사회 이론.

못해 허락했다. 천신한에게 2년의 기한을 주면서 늦어도 스물네 살이 되면 정상 궤도로 돌아와야 한다고 했다.

'정상 궤도'라는 말에 천신한은 황당함을 느꼈지만 어머니와 더 논쟁할 기력이 없었다. 2년. 적어도 2년간은 많은 사람과 접촉하지 않고 조용히 숨어 지낼 수 있었다. 천신한은 한때 이대로 흘러가는 컨베이어 벨트만 바라보면서 순조롭게 살아갈 수 있을지 모른다는 착각을 했다. 황위샹의 비극적인 죽음이 닥쳐올 때까지는 말이다.

기억이 겹겹이 구겨진 채로 머릿속을 떠돌았다.

"그날 점심때 황위샹이 과일을 먹어보라고 줬어. 연한 노란색에 달콤한 맛이 나는 과일이었지. 고향에서 과수원을 한다면서 새로 개발하는 품종을 맛보라고 가져오곤 했거든. 과일을 먹고 나서 맛이 어떤지 이야기해달라고 했어. 나도 과일을 먹으면서 이러쿵저러쿵 평을 해줬는데, 그때는 분명히 없었어."

"그런데 퇴근할 때가 되니까 그게 보였다는 거지."

"맞아."

검은 안개에 휩싸인 황위샹을 생각하면 뇌에 전기 자극이라도 받은 것처럼 찌르는 듯한 통증이 일었다.

판도라의 상자를 열지 말라고 누군가 막고 있는 것 같았다.

"먼저 확인해야 할 것이 있어."

허칭옌이 담담한 표정을 얼굴에 덧씌우며 말했다.

"넌 이 능력에 대해 이해하고 싶어? 네가 이런 괴이쩍은 능력을 얻고 싶지 않은 것은 잘 알아. 벗어나고 싶어 하는 것도 알지만, 사랑니도 아닌데 마음대로 뽑을 수도 없잖아. 한 발짝 물러서서 생각해보자. 어디다 도움을 청하고 싶어도 우리는 개념조차 정리가 안 돼 있어. 그렇지? 지금은 두 가지 선택지만 남았어."

허칭옌이 손가락을 두 개 펼쳐서 천신한의 코앞 1센티미터까지 들이밀었다.

"첫째, 아무것도 하지 않고 시리의 연락을 기다린다. 둘째, 분석해본다. 지금까지 네가 목격한 사례를……. 음, 사례라는 용어가 딱 맞는 것은 아니지만 당장은 다른 말이 생각나질 않네."

"분석한다고?"

"그래. 분석. 분석하는 게 도움이 될지는 알 수 없지만. 물론 더 근본적인 문제도 있지. 분석 가능한 현상인가 하는 것. 어쩌면 애초에 규칙이라곤 없는지도 모르잖아. 신이 너에게 장난을 치는 것뿐일지도. 어쨌거나 나는 제삼자고 아무것도 못 봐. 네가 설명하는 것만 듣는 입장이야. 솔직하게 말하면, 난 네가 교통사고 이후에 머리를 다쳐서 망상을 보는 거라고 생각했어. 나중에 네가 몇 번이고 증명했듯 너는 볼 수 있고, 그게 뭐든 한 사람의 생사에 관련된 거지. 정확하게는 죽음에 관련된 거지만. 한 가지 생각해 봐야 할 가능성은 검은 안개가 제공하는 여러 가지 정보 중에 과거의 네가 그냥 지나친 것은 없느냐 하는 건데. 내 기억으로는 황위상 때만…… 맞지? 그거 말고 다른 것까지 본 건?"

천신한은 고개를 들어 벽시계를 쳐다보았다.

시침이 규칙적으로 앞을 향해 나아가고 있었다. 다른 이유는 없이, 오로지 시침이기 때문에. 전진하는 것이 시침의 설정이기 때문이다.

인간의 설정은 왜 이렇게 복잡할까?

"네가 하려는 말이 뭔지 알겠어. 맞아, 그때는 사인까지 볼 수 있었지."

눈앞의 단서들을 게임 속 일이라고 생각해보자. 플레이어가 새 퀘스트를 진행할 때는 우선 NPC가 제공하는 정보를 분석해야 한다. 그런 다음 어느 맵으로 갈지 계획하고, 적당한 캐릭터를 찾아서 다음 단계의 정보를 얻어야 한다.

이런 과정을 반복해서 앞을 가로막은 문을 열 수 있는 열쇠를 손에 넣는 것이다.

다음에 기다리고 있는 것이 무엇일까? 그건 각자 탐색해서 추측할 수밖에 없다.

게임에서 플레이어는 행동해야 한다. 행동하지 않으면 반복되는 전투에서 대단치 않은 자극을 얻을 뿐이다. 정체된 성장과 레벨이 계속되다 보면 언젠가 게임에서조차 현실의 평범함을 복제하고 있다는 사실을 깨닫는다. 그럴 때 어떤 사람들은 손을 털고 게임을 떠나 현실 세계로 돌아간다. 현실에는 괴로움도 있지만 그만큼 얻는 것도 있기 때문이다. 힘들게 공부해서 성적을 얻고, 사장의 악다구니를 참으면 월급이 나온다. 상사 대신 잘못을 뒤집어쓴 대가로 승진하기도 한다.

"그래, 넌 사인도 볼 수 있었어."

허칭옌의 사기가 올라갔다. 그가 맹렬하게 고개를 끄덕이며 말을 이었다.

"네 예전 상사의 사례를 다시 생각해보니 두 가지 방면에서 토론해볼 수 있을 듯해. 하나는 그것이 나타나는 시간. 괜찮다면 그걸 '시그널'이라고 부를게. 너는 한 사람의 사망 시그널을 볼 수 있어. 일단은 그렇게 부르기로 하자. 어쨌거나 네 예전 상사의 시그널은 시리와 같은 종류야. 너와 마주친 후 시간이 좀 지나서 발생했어."

"맞아."

"두 번째는 네가 시그널 외에 죽음의 원인도 볼 수 있다는 건데."

허칭옌이 손을 자기 가슴에 얹었다. 여기까지 상황을 정리하고 보니 저도 모르게 압박감이 느껴지는 모양이다.

"그때를 제외하면 죽음의 원인을 본 적은 없어. 딱 한 번인데 의미가 있을까?"

"잘 생각해봐. 황위샹 때와 다른 때의 가장 큰 차이가 뭐였지?"

"나와의 친분이 가장 깊었지."

"좋아, 그것도 고려해야겠다. 너와 관계가 가까우면 시그널의 내용에 영향을 줄 수 있다. 다른 건?"

"음, 그리고……. 황위샹의 경우에는 타살이었어. 병원에서 본 사람들이나 선배, 교수님은 병이나 추락, 음식이 목에 걸려서 사망했으니까 전부 공통점이 있지."

허칭옌이 불안한 듯 앉은 자세를 고치며 말을 받았다.

"그 사람들의 사인에는 외부적 요인의 개입이 없다."

"만약 시그널이 갑자기 나타나는 것이……."

시선을 마주친 천신한과 허칭옌은 서로의 눈 속에서 공포를 읽어낼 수 있었다.

4

컴퓨터에서 '불꽃놀이' 음향 효과가 울렸다.

천신한은 얼른 모니터 앞으로 돌아갔다. 시리의 캐릭터가 둥
촨 주변을 빙글빙글 돌고 있었다. 그건 시리가 애교를 부릴 때 자
주 사용하는 동작이다.

천신한의 목울대가 꿈틀거렸다. 몇 번이나 침을 삼키며 비장
하게 키보드를 두드렸다.

시리 **하이!**

둥촨 **집에 들어갔어?**

귀에 물이 들어간 것처럼 윙윙거리는 이명이 들렸다. 천신한
은 긴장한 나머지 눈앞이 빙빙 도는 듯했다.

시리가 살아 있다.

아니, 위기가 해결되었다는 보장은 없다. 아직 일이 벌어지지 않은 것일 수 있다.

다행이라는 생각보다 두려움이 더 컸다. 조만간 아끼는 사람을 두 번째로 잃을지 모른다.

나약한 놈, 또 도피하려는 거지. 그렇지?

황위상 때도 그랬어. 상습범.

천신한의 마음속에서 온갖 잡음이 떠들어댔다.

시리 응. 몇 분 전에 도착. 샤오촨이 사준 핫초코가 아직도 든든해.

둥촨 지금 혼자 있어?

시리 응. 그건 왜?

둥촨 누군가 곁에 있으면 좋겠다. 안색이 좀 창백해 보이더라.

시리 샤오촨, 나한테 화난 거 아니지?

둥촨 내가 왜 화를 내?

시리 내가 거짓말을 했으니까.

둥촨 괜찮아. 이해해. 그리고 언젠가 네가 대학에 갈지도 모르잖아.

시리 나한테 실망했을까?

둥촨 전혀. 난 다 이해해.

둥촨 그런데 좀 궁금해서 말이야. 게임을 그만두겠다는 결정은……
     네가 좋아하는 사람 때문이야?

시리 아니라고 하면 믿을 거야?

둥촨　그 사람 때문인 게 맞구나.

시리　샤오촨이 생각하는 그런 거 아니야. 정확하게 말하자면 그 사람에게 영향을 받은 건 맞지만 내가 스스로 결정한 거지.

시리　나는 늘 환상 속에서 사는 기분이었거든. 그 사람이 내 눈을 뜨게 해줬어.

둥촨　눈을 뜨면 게임을 할 수 없는 건가?

시리　게임은 문제의 일부일 뿐.

시리　중요한 건 진짜 자신의 모습을 정면으로 마주하는 일이야.

둥촨　지금의 너는 진짜가 아니다?

시리　진짜냐 아니냐의 문제도 아니야. 인정받지 못하는 건 고통스러운 일이니까.

둥촨　그 사람은 네가 게임하는 것을 인정하지 않아?

시리　설명해도 샤오촨은 모를 거야. 더 자세히 말하지 못하는 걸 이해해줘.

둥촨　그 사람과 자주 만나?

시리　샤오촨, 오늘따라 질문이 많네?

둥촨　그 남자와 사귀면서 행복한지 확인하고 싶은 거야.

시리　행복해.

둥촨　믿기 어려워. 오늘 네가 그 남자랑 통화하는 걸 어쩌다 들었는데, 많이 주눅 들어 있다고 느꼈어.

시리　샤오촨이 괜한 생각을 하는 거야. 난 주눅 들지 않았는걸.

둥촨　그러면 네가 오늘 그 사람과 통화한 건 맞구나.

시리 **샤오촨, 질투해?**

둥촨 **아니야. 내 말 좀 들어봐. 남자가 너를 더 신경 쓰게 만드는 법**
　　　을 알려주려는 거라고.

"어쩌다 연애 상담이 된 거냐? 시리를 구하는 데 집중해야 하
는 거 아냐?"

허칭옌이 의아한 듯 물었다.

"시리가 사귀는 사람이 위험인물인 것 같아서 그래."

천신한이 오늘 오후에 엿들은 시리의 통화 내용을 설명했다.

"그래서…… 그 남자가 시리에게 무슨 짓을 할 것 같다?"

"나도 모르지. 지금 이렇게 하는 게 무슨 소용인지도 모르겠
는걸……. 미지수인 요소가 너무 많아."

"저 여자애가 너한테 얼마나 중요해?"

"무척. 지난 1년 동안 나하고 가장 많이 대화한 사람이란 말
이야."

"알았어. 앞으로 무슨 일을 하든 너를 위해서가 아니라 시리
를 위해서다, 이거잖아. 너는 예전 상사에게 일어난 일만으로도
충분히 길게 후회했으니까, 똑같은 일이 저 여자애에게도 일어나
지 않기를 바라겠지. 넌 나보다 똑똑한 녀석이야. 잘 생각해봐. 만
약 이게 게임에서 일어난 일이라면 어떨까? 드래곤이 공주를 납
치했다면, 넌 어떻게 할 건데?"

118

시리 남자가 나에게 더 신경 쓰도록?

둥촨 그 사람에게 인정받고 싶잖아. 안 그래?

시리 그럴지도.

시리 샤오촨은 그걸 어떻게 알았어? 그렇게 표가 많이 나?

둥촨 난 너보다 몇 년 먼저 사회생활을 시작했으니까 눈치가 빠른
거야.

시리 알았어. 샤오촨에게는 말해도 되겠지.

시리 그 사람하고 대화할 때마다 왜 그런지 모르겠지만 내가 너무
바보처럼 느껴져.

둥촨 그럼 내가 시키는 대로 해봐. 지금 휴대전화 전원을 꺼. 적어도
스물네 시간은 그 사람의 연락을 받지 마.

시리 그렇게 하면 그 사람이 나를 더 싫어하게 될 것 같은데.

둥촨 날 믿어.

시리 안 되겠어. 그 사람이 화낼까 봐 무서워.

둥촨 화를 내기야 하겠지. 하지만 그 사람의 마음속에서 네 자리가
더 커질 거야.

시리 어째서?

둥촨 넌 남자를 몰라. 남자들은 시키는 대로 하면 할수록 너를 쉽게
생각해.

시리 그 사람도 비슷하게 말한 적이 있어. 나한테 주관이 부족하다
고, 남들이 뭐라고 하면 그대로 따라가는 사람이라고 그랬거든.

둥촨 그 사람이 뭐라고 하든지 무조건 고개를 끄덕이면 그 사람을

숭배하는 것처럼 보이잖아.

시리 나랑 그 사람이랑 같이 있는 걸 본 적이 있어?

둥촨 아니. 아까도 말했듯이 나이를 먹으면 자연스럽게 알게 되는 게 있더라고.

시리 그럼 그 사람이 한 말이 맞는 거네. 나더러 무슨 생각을 하는지 다 보인다고 그랬어. 내가 어떻게 해야 하지?

시리 어쩌면 아무것도 못 할지도? 그 사람이 그러는데, 인간의 본질은 변하지 않는대.

둥촨 그 사람하고 언제 또 만나기로 했어?

시리 곧⋯⋯.

둥촨 우선 문자메시지를 보내. 오늘은 너무 피곤하니까 저녁 약속을 취소하자고.

시리 꼭 그렇게 해야 할까?

둥촨 그 사람이 너를 더 신경 써줬으면 좋겠지? 중요하게 여겨줬으면 하는 거잖아?

시리 알았어⋯⋯. 메시지를 보낼게.

둥촨 그리고 아예 전화를 꺼버려. 그 사람이 전화를 걸면 넌 분명 마음이 약해질 것 같다.

시리 샤오촨, 신내림이라도 받았어? 정말로 그 사람한테서 전화가 왔어.

둥촨 그 사람이 너희 집 주소를 알아?

시리 아니. 항상 내가 그 사람이 있는 곳으로 갔거든. 내가 사는 곳은 너무 외진 데라 오기 힘들다고 해서.

시리   전화가 또 왔어. 이번에도 받지 마?

둥환   응. 얼른 전원을 꺼.

천신한이 의자 등받이에 기댔다. 긴장한 탓인지 어깨가 딱딱하게 뭉쳤다.

시리는 지금 안전한 곳에 있다. 시리가 주소를 알려주지 않는 한, 그 남자는 당장 시리를 찾아오지 못한다. 앞으로도 시리와 그 남자의 연락을 끊어놓은 채 시간을 끌어야 한다. 동시에 허칭엔과 상의해서 좀 더 주도면밀한 대책을 세워야 할 것 같았다.

천신한이 마른세수를 했다. 시리는 꼭두각시 인형 같았다. 누군가 옆에서 조종하지 않으면 움직이지 못한다. 지금은 인형을 조종하는 줄 끝을 천신한이 쥐고 있다. 천신한은 자기 손을 내려다보았다. 안개와 관련된 사건에 처음으로 개입했다. 이게 어떤 결과를 가져올까? 만약 게임 퀘스트를 진행하는 중이라고 가정하면, 지금 가장 큰 문제는 시간이 부족하다는 점이다. 게임 설계자의 생각을 귀납적으로 추측할 시간이 없었다.

게임 플레이어가 추구하는 목표는 대개 비슷하다. 게임에 푹 빠져서 설계자가 게임을 만들었던 사고의 흐름을 하나씩 복원하는 것. 등급이 높은 플레이어 중에는 이런 방식으로 앞으로 게임이 어떻게 진행될지 미래를 예언하는 사람도 있다.

현 상황은 모호하다. 그 '시그널'이 천신한 개인의 환상이라면 지금까지 일어난 사건은 전부 터무니없는 우연의 일치가 된다. 그렇다면 지금 이런 행동 때문에 더욱더 견디기 힘든 악몽으로 빠져들지는 않을까?

시리에게 얼마 후에 죽을지 모른다고 직접 말해주면 어떤 결과로 이어질까?

이 문제는 두드러기와 비슷하다. 두드러기가 일어나지 않으면 아무렇지도 않은데, 일단 일어나고 나면 몸 구석구석 편한 곳이 없다.

동환 퀘스트 진행할래? 며칠 전에 발데르의 비보를 해결할 생각이라고 했지?

'발데르의 비보'는 황혼의 도서관으로 진입하기 위한 사전 퀘스트다. 200레벨이 되어야 받을 수 있다. 시리는 몬스터를 잡아 레벨을 올리는 데 관심이 없었다. 그래서 다른 사람들에게 오랫동안 놀림을 당하기도 했다. 시리는 지난주에야 200레벨에 도달했다. 황은 곧바로 시리에게 발데르의 비보를 해결할 수 있게 도와주겠다고 제안했지만 시리가 완곡하게 거절했다. 발데르의 비보를 완료하고 나면 이어서 황혼의 도서관에 데려가겠다고 할 텐데, 게임 난도를 갑자기 높이고 싶지 않다는 것이 이유였다.

시리 좋아. 게임을 그만두기 전에 친구들이 오매불망 사랑하는 황혼의 도서관을 구경하는 것도 좋을 것 같아.

둥환 약속해, 한동안 퀘스트를 해결하는 데 집중한다고. 그 사람 생각은 하지 말기.

시리 샤오촨이 시키는 대로 하면 도움이 되겠지?

시리 그 사람이 나를 전과 다르게 봐주면 좋겠어.

[게임 설명]

'발데르의 비보'에서 플레이어는 오딘의 아내 프리가의 부탁으로 저승에 내려갑니다. 아름다운 소녀 모드구드가 지키는 다리를 건너 거대한 문을 지나면 망자의 전당이 나옵니다. 그곳에서 플레이어는 발데르와 그의 아내를 만납니다. 두 사람은 창백하고 생기라고는 없는 모습입니다. 또한 플레이어는 절반은 아름다운 여성이지만 절반은 시체인 로키의 딸 헬을 만납니다. 한쪽 눈은 호수처럼 푸른데 다른 쪽 눈은 움푹 패여 있습니다. 망자의 땅을 다스리는 헬은 플레이어에게 발데르의 죽음을 슬퍼하며 울어주는 생명체를 찾으라고 요구합니다. 그렇지 않으면 발데르는 영원히 저승에 머물러야 합니다. 헬의 노랫소리가 플레이어에게 얼른 일곱 개 마을을 돌며 정해진 물건을 찾아내 그들의 목소리를 수집해야 한다는 사실을 일깨웁니다.

시리 게임 설명을 읽어봤어. 재미있겠다. 이제 저승으로 가야 해?

천신한은 조금 후회했다. 급한 마음에 귀찮은 퀘스트를 권하고 말았다. 퀘스트를 끝낼 때까지 서너 시간 정도 시리를 확실히 붙잡아둘 수 있는 것은 좋지만, 퀘스트를 하는 시간 대부분을 어두침침한 저승에서 돌아다녀야 하고 나오는 몬스터도 대부분 징그럽고 팔다리 잘린 놈들이었다는 것을 깜빡했다.

게다가 시리의 앞날이 어떨지 알 수 없는 지금 저승을 방문한다는 것이 불길하게 느껴졌다. 그러나 시리는 퀘스트가 꽤 마음에 드는 눈치였다. 그의 좋은 기분을 망치고 싶지 않았던 천신한은 마음을 다잡고 시리와 같이 움직이며 더 많은 정보를 수집해보기로 했다.

만약 시리가 죽는다면, 또한 사인이 황위상 때와 같이 인위적인 개입으로 인한 것이라면, 확률이 극히 낮은 무차별 살인은 제쳐놓아도 될 것이다. 시리에게 위해를 가할 놈은 분명히 시리의 생활 반경 내에 존재한다. 현재 천신한은 시리의 연애 상대에 초점을 맞추고 있지만, 연인이 아닌 다른 인물이 시리에게 살의를 품지 말라는 법은 없다.

동찬 평소에 누구랑 자주 놀아? 그러니까 현실에서.

시리 현실? 나는 친구가 딱 한 명이라서.

동찬 한 명뿐이야?

시리 말했잖아. 나는 친구를 사귀는 재능이 없어서 고등학교 때는 반에서 왕따당했어.

동환 왕따?

시리 그런 것도 따돌림이라고 불러도 될지 모르겠네. 어쨌든 여자애
들이 뭉쳐서 나만 빼놓고 놀았어. 다른 친구들에게도 나한테
말 걸지 말라고 하고.

동환 왜 그런 짓을 하는 거지?

시리 따돌림당한 사람한테 그런 질문을 하는 건 잘못됐어. 이유를
알았다면 그런 일을 당하지 않았겠지?

동환 그건 그렇지.

동환 네 친구는 어떤 사람이야?

시리 정직하고 착한 애야. 공부도 잘하고 운동도 잘해. 친구들과도
잘 지내고.

시리 나하고는 중학교 때 2년 동안 같은 반이었고 나중에 같은 고등
학교에 갔어.

동환 여자?

시리 응.

시리 따돌림당하는 몇 달 내내 수업이 끝나면 그 애 반에 쪼르르 가
서 숨었어. 나를 받아주고 위로해준 친구야.

동환 그 친구는 너희 집 주소를 알아?

시리 알지. 이 집을 소개해준 사람이 그 애 엄마야. 가끔 먹을 거 사
서 놀러 와.

동환 오늘 밤에도 놀러 올까?

시리 안 될 거야. 지금 독일어 시험을 준비 중인데, 엄청 어렵대.

시리   샤오촨, 발데르를 구할 수 있을까?

둥촨   이따가 헬과 대화를 하면 결과를 알게 될 거야.

시리   위그드라실의 스토리가 이상하다고 생각한 적 없어?

둥촨   어떻게 이상한데?

시리   해피엔드가 없잖아. 지난주에 황이랑 같이 '아스가르드 성벽의 유래'라는 퀘스트를 해결했는데 그 이야기도 그랬어.

둥촨   그 퀘스트의 결말은 좋지 않나? 성벽을 완성했으니까.

시리   맞아. 그렇지만 성벽을 쌓은 거인은 죽임을 당했잖아. 잊어버렸어?

둥촨   그건 거인이 신들을 공격하려고 해서 그런 거지.

시리   신들이 먼저 반칙을 했는데? 거인이 화낼 만했어.

둥촨   애초에 자기들이 거인이라는 사실을 숨겼으니까 동정할 가치가 없어.

시리   내 말은 이 게임에 등장하는 이야기가 다 이상하다는 거야. 아니, 잔인하다고 해야 맞겠다. 등장인물들이 다 죽어버리니까.

둥촨   이 게임의 스토리는 북유럽신화에서 차용했어.

시리   그래서?

둥촨   북유럽신화는 잔인하기로 유명한 이야기거든. 수많은 신이 마지막 전쟁인 라그나로크에서 죽는다는 예언도 있고.

시리   왜 그리스신화를 참고하지 않았을까? 역사 수업을 들을 때 선생님이 그러셨거든. 그리스 신들은 유쾌하고 인간과 많이 닮았대.

둥촨   이유는 모르겠지만⋯⋯. 그리스신화는 아는 사람이 많으니까 게임을 플레이할 때 신선하지 않을까 봐 그랬을지도.

시리 내 생각엔 헬이 발데르를 데려가지 못하게 할 것 같아.

둥환 왜?

시리 신들이 마지막 전쟁에서 다 죽는다며? 발데르도 언젠가는 죽을 테니까.

시리 발데르가 불쌍해. 나쁜 짓을 한 것도 아닌데 여러 신과 헤어지잖아.

시리 오늘은 여기까지 하자.

둥환 어? 왜 그래?

시리 졸려. 오늘 샤오촨을 만나러 가느라고 어젯밤에 잘 못 잤어.

둥환 남은 퀘스트는 어떻게 해?

시리 내일 일어나서 얘기해. 헬과 프리가가 어디 있는지 아니까 나 혼자 가서 퀘스트 보상을 받으면 돼.

둥환 내일은 내가 널 만나러 갈게. 어때?

시리 아하하! 샤오촨은 이상해. 만났을 때는 엄청 차갑더니 인터넷에서는 다른 사람이 되네?

둥환 차가워? 그랬나?

시리 이유를 말해줄 수 있어? 내일 왜 나를 만나고 싶은 거야?

"내일도 시리에게 시그널이 보이는지 확인하려고?"
허칭옌이 물었다.
"그래, 이게 제일 좋은 방법이야."

"시그널이 보이면?"

천신한이 머뭇거리며 눈을 이리저리 굴렸다.

"그러면 어쩔 수 없이 다가가서……."

"다가가?"

"황위샹이 넘어진 나를 잡아줬을 때, 시그널 중 일부가 나에게 파고들었어. 그런 다음에……."

"그 사람이 죽는 순간의 모습을 봤다."

"게다가 그, 그……."

"범인."

허칭옌이 천신한의 말을 끝맺어주었다. 친구가 더 이상의 부담감은 견디기 힘들 것을 알아챈 듯했다.

"응." 천신한이 조금 헐떡이며 말을 이었다.

"나는 범인을 봤어."

"그러니까, 이번에 시리를 만나면 혹시……."

천신한은 더 말하지 않고 다음 계획을 행동으로 보여주었다.

둥촨 응, 내일. 중요한 얘기가 있어.

시리 지금 말하면 안 돼? 궁금하다.

둥촨 그건 안 돼. 이건 직접 만나서 해야 하는 이야기야. 오늘처럼.

시리 알았어.

둥촨 네가 사는 지역으로 갈까?

시리 내일? 그렇게 급하게? 내일은 다른 일이 있어.

둥촨 그 사람을 만날 생각은 아니지?

시리 잘 모르겠어…….

둥촨 왜 그렇게 바보같이 굴어.

시리 오늘 못 만났는데 내일도?

둥촨 그럼. 내일도 만나면 안 돼.

시리 그 사람이 나한테 좀 더 신경 쓰게 하려고 나도 이렇게 힘들어
     야 한단 말이야? 이렇게 하는 게 정말 도움이 될까?

둥촨 다시 말하지만, 내일도 안 돼.

시리 어째서?

둥촨 내일 나랑 먼저 만나자. 우선 나하고 이야기를 한 다음에 그 사
     람을 만난다고 약속해.

시리 나한테 할 이야기가 뭔지 말해주지 않으면 약속 안 해.

둥촨 좋아.

둥촨 너를 고민하게 만드는 사람, 누군지 알 것 같거든.

시리 넌 절대 모를걸.

시리 그 사람이 너에게 말해준 게 아니라면.

둥촨 그 사람이 나한테 무슨 말을 했는지 알고 싶으면 내일 만나서
     얘기하자.

시리 알았어.

시리가 주소를 보내주었다. 검색해보니 평점이 좋은 미국식
햄버거 가게였다.

아침 10시 반. 시리가 이 시각을 고른 이유는 '그 사람'과 오후에 만날 예정이기 때문일 것이다. 말하자면 시리는 내일 무슨 일이 있어도 그를 만날 생각인 모양이다.

내일이라고 하지만 시침이 12시를 넘어갔으니 사실은 '오늘'인 셈이다.

기차역 플랫폼에서 시리가 멀어지는 것을 봤을 때가 오후 5시를 조금 넘은 시각이었다.

일곱 시간이 지났지만 시리는 아직 살아 있다.

시리 몰래 찾아봤는데, 발데르는 역시 죽는 거구나.

둥촨 보상을 받으러 헬을 찾아가면 이유를 설명해줄 거야.

둥촨 황혼의 도서관에 가기 전에 발데르의 비보 퀘스트를 설정해둔 덴 깊은 의미가 있어.

둥촨 발데르는 빛을 상징해. 그가 죽었으니 황혼이 멀지 않은 거지.

시리 하지만 발데르는 행복하겠지.

둥촨 영원히 저승에 머물러야 하는데 어떻게 행복해?

시리 모든 신이 그가 죽을까 봐 걱정했잖아. 그리고 정말로 죽으니까 다들 슬퍼해줘.

시리 나한테는 그게 행복이야.

시리가 로그아웃했다.

천신한이 어깨를 축 늘어뜨렸다. 눈 안쪽이 말로 표현하기 힘들 만큼 아파서 눈꺼풀 위를 거듭 문질렀다.

"천신한, 시리가 만나려는 사람이 누군지 아는 거야?"

"추측일 뿐이야. 하지만 시리의 반응을 보면 맞는 것 같아."

"누군데?"

"특별히 주의해야 한다고 했던 황. 난 그 사람을 좋아할 수가 없어."

천신한은 뜨문뜨문 쉬어가며 이야기를 계속했다. 그는 현재 진행형으로 허공을 떠다니는 생각들을 붙잡아서 입 밖으로 꺼내는 과정을 통해 자신의 추론에 살을 붙여나가는 중이었다.

"여러 건의 타살 사건을 분석해봤는데 범인은 대부분 아는 사람이더라. 동기는 대개 치정 아니면 돈, 원한 세 가지."

허칭옌이 고개를 끄덕였다.

"합리적인 생각이네. 최근 몇 년간 이유도 없이 길에서 처음 보는 사람을 찔러 죽이는 일이 생기기도 했지만 그건 소수니까. 그렇지 않다면 무차별 살인 사건이 벌어질 때마다 온 나라가 시끌시끌할 이유도 없을 테고."

"어떻게 봐도 시리는 외롭게 지내는 것 같지? 자주 연락하는 사람도 없고. 그 나이대 여자라면 온종일 친구들과 딱 붙어 지내는 거 아니야? 그런데 시리는 무슨 일이든 인터넷에 접속해서 답을 찾으려고 해."

"현실 친구가 딱 한 명이라고 해서 깜짝 놀랐어. 고등학교 때 반에서 여학생들 그룹이 어떻게 움직이는지 자세히 살펴본 적은 없지만 시리처럼 예쁜 애는 일반적으로 인기가 있을 텐데."

"그건 나중에 토론하고, 지금 급한 건 시리가 누구를 만나러 가는지 알아내는 거야. 시리에게 현실에서 주로 누구를 만나서 노느냐고 했을 때 친구가 한 명뿐이라고 했지. 여자고. 그 남자는 계산에 넣지 않았어. 그 말은 여러 가지로 해석할 수 있어. 그 남자는 연인 관계라고 생각해서 그 사람을 만나는 것을 같이 논다는 개념으로 표현하지 않는 것일 수 있어. 나는 시리와 거의 매일 대화하는데, 그 남자와 가까워진 건 최근 반년 사이인 것 같아. 반년 사이에 시리의 성격이 많이 변했거든. 종알종알 떠드는 것을 좋아했던 시리가 최근 반년, 좀 더 정확하게는 요 몇 달 사이에 점점 말수가 줄었어. 고민도 많아 보이고. 나하고 일대일 대화를 하는 경우가 늘었는데 그때마다 연애 문제 같은 걸 상담하곤 했어. 하지만 내가 시리한테 연애를 하는 거냐고 물으면 그렇다 아니다 대답하지 않더라고. 뭐랄까, 시리도 어떻게 해야 할지 모르는 관계라는 느낌이었어."

"치밀하게 관찰했구나."

"나는 시리를 좋아해. 딱 봐도 그렇지? 좋아하니까 이런 사소한 것들에 신경이 쓰이지 않을 수 없었어."

"그럼 너는 그 애가……."

허칭옌이 뭐라고 말을 하려다 말았다. 그의 눈빛에 걱정스러운 마음이 드러났다.

하지만 천신한은 고개를 돌려버렸다. 그는 허칭옌의 동정을 받아줄 마음이 없었다.

"난 시리가 대학생이 아닐 거라고 의심한 적이 한 번도 없었어. 요즘 시대에는 고등학교를 졸업한 뒤 대학에 가지 않는 사람이 더 적잖아. 그래서 시리를 고민하게 하는 연애 상대가 학교에서 만난 사람일 줄 알았지. 너나 나나 대학을 다녀봤으니 잘 알지만, 대학이란 곳은 공부보다는 연애를 하기에 더 좋은 환경이니까. 오늘 시리를 만나서 대학생이 아니라는 것을 들었어. 그렇다면 재미있는 질문을 던질 수밖에. 시리는 그 남자를 어디서 만났나?"

"인터넷. 나는 시리를 잘 모르지만 다른 답안이 있을 것이라고 생각할 수가 없네."

"내 생각도 그래. 시리는 그와 온라인에서 즐겁게 대화를 나눴고, 오늘처럼 밖에서 만나자고 약속을 했겠지. 스파크가 튀고, 발전해서……. 뭐라고 정의하면 좋은지 모를 관계가 된 거야."

"왜 황이라고 생각해?"

"시리는 위그드라실에서 보내는 시간이 길어. 애인이 자신은 관심도 없는 게임에서 하루의 대부분을 보내는 것을 받아줄 사람은 없지 않겠냐? 그리고 이유를 딱 집어 말하기는 어렵지만 오후에 시리를 만났을 때 느낌이……."

"느낌이?"

"아니야. 내가 오늘 너무 피곤했나 보다. 생각이 엉키네."

"내일 나도 같이 갈게."

"거래처와 약속은?"

"없어."

"너도 시리가 걱정되나 보구나."

"아니, 그게 아니라……."

허칭옌은 단박에 부정했다.

"물론 시리의 상황이 상황이니만큼 마음 쓰이는 것은 사실이지. 하지만 난 그 애를 잘 모르잖아. 오늘에서야 조금 알게 된 거고. 내가 걱정하는 건 너야."

"나? 날 걱정할 게 뭐 있다고."

"황위상 때도 너는 큰 충격을 받았어. 이번에도 혹시……."

허칭옌이 또 말하다 말고 입을 닫았다.

오늘 밤은 이런 일이 너무 잦아서 짜증스러울 정도다.

천신한은 고개를 숙이고 발끝을 노려보았다. 지금 치솟는 짜증 나는 감정이 무엇 때문인지 찬찬히 따져볼 기력이 없었다. 가볍게 눈을 감았다. 성냥의 얼굴이 어른거렸다. 방금 허칭옌과 주고받은 대화가 학창 시절의 즐거운 기억을 떠올리게 했다. 책상에 구부정하게 앉아서 누구보다도 빠른 속도로 답안 작성을 마쳤고, 점수는 항상 대다수 동급생보다 좋았던 때.

두뇌에서 시험과 게임을 다루는 영역은 같을 것이다. 문제에서 정보를 수집하고, 논리적인 사고 과정을 거쳐 법칙에 맞는 서사를 순서에 맞게 구성하고, 여러 선택지 중에서 혼란스러운 것은 배제한다. 이런 과정을 지나면 가장 신뢰할 수 있는 답을 도출하게 된다. 그럴 때 천신한은 몸 안에서 아드레날린이 분출하는 느낌을 받았다. 갈수록 성냥의 의견에 동의하게 된다. 게임과 게임 바깥의 세계 사이에 존재하는 경계선이란 망상에 불과하다. 그건 낯선 것을 대할 때 흔히 나타나는 인류의 편견이다.

허칭옌의 말은 이 세계의 플러그를 뽑아버린 것 같은 효과를 가져왔다. 모니터에서 빛이 사라지면서 모든 연출이 생명력을 잃었다.

몇 시간 전, 기차역 플랫폼에서 오열했던 자신을 떠올렸다.

둥촨은 어렵기로 유명한 맵을 하나씩 하나씩 정복했다.

천신한은 방 밖으로 나가면 금세 정신이 붕괴될 수 있는 녀석으로 보인다.

지금의 이 인지 부조화는 그 자신이 만들어낸 것이었다.

"난 혼자 가려고 해."

딱딱한 물체가 목구멍을 막고 있는 것 같아서 천신한은 목을 주물렀다. 그러면 좀 편해질 것 같았다.

"걱정해줘서 고마워. 하지만 이 일은 내가 직접 해야만 해."

"그래, 그렇게 하자. 연락해라."

허칭옌이 방을 나가면서 문이 조금 열려 있었던 모양이다. 천신한은 거실에서 어머니가 허칭옌을 살뜰히 챙기는 목소리를 들었다. 냉장고에 친구가 보내준 수입 체리가 있으니 좀 가져가라는 이야기였다. 허칭옌은 완곡하게 거절했지만 결국 야오추샹의 집념을 이기지 못하고 감사 인사를 하며 체리가 담긴 작은 상자를 받아 들었다. 야오추샹은 밤이 깊었으니 조심해서 귀가하라는 인사도 빠뜨리지 않았다.

철문이 닫혔다. 커다란 집에 텔레비전 속 예능 프로그램에서 흘러나오는 잡다한 대화와 웃음소리만 남았다.

어머니가 허칭옌을 대할 때마다 왜 그렇게 목소리를 낮추고 부드럽게 말씀하시는지 예전에는 잘 몰랐다.

뜨듯한 액체가 코에서 흘러내려 입술을 적셨다. 손등으로 쓱 닦아내고 보니 뻘건 피가 묻어났다.

한 방울, 두 방울, 코피가 미백색 상의에 떨어져 잔뜩 성난 붉은색 꽃처럼 번졌다.

천신한은 휴지로 콧구멍을 틀어막았다. 30분이 지나고 휴지를 빼냈지만 코에서는 여전히 흐린 분홍색 액체가 묻어 나왔다. 하루 종일 너무 신경을 곤두세워서 그렇다고 생각했다. 깨끗한 옷으로 갈아입은 후 모니터를 끄고 침대에 누웠다. 생각이 복잡해서 뒤척일 줄 알았는데, 웬걸 다음 순간 눈을 떴을 때는 방 안에 휴대전화 알람 소리가 시끄럽게 울리고 있었다. 비몽사몽 중에 칠팔 년 전 유행했던 노래가 울리는 것을 들은 천신한은 자신이 여전히 대학생이고 기숙사 방에서 자고 있다는 착각을 했다. 아침 8시 강의에 늦지 않게 준비해야지 하는 생각도 했다. 그러다 방문을 두드리는 소리에 정신이 들었다. 야오추샹이 무슨 일이 있느냐고 불안하게 물었다. 천신한은 알람을 끄고 소리쳤다. 저 괜찮아요!

문밖이 다시금 고요해졌다.

천신한은 침대에 걸터앉아서 조금 전 스치듯 지나간 착각을 되새김질했다.

대학에 갓 들어갔던 열여덟 살부터 교통사고를 당하기 전 스무 살까지는 하루하루가 봄과 같았다.

그때는 눈뜨는 것이 의미 있는 일이었다. 자신을 또 다른 공간으로 이동시키고, 앉고, 다른 사람들의 이야기를 듣고, 강의와 강의 사이의 쉬는 시간 10분 동안 교내 매점에서 아이스크림과 만두를 사 먹었다. 그렇게 사도 겨우 30타이완달러(한화 약 1300원)였다. 하루는 규칙과 일정으로 꽉 차 있었다. 종종 내가 인생에서 어떤 단계에 와 있는지 고민하기도 했으나 고민이 뭉쳐서 방황이 되는 경우는 드물었다. 학기마다 학사 일정은 촘촘하게 짜여 있었고, 시간과 시간 사이를 어떤 생활로 메꿔야 할지 고민하지 않았다. 지금처럼 모니터가 꺼지고 스피커가 잠잠해져도 세상 만물이 조용해지면서 저도 모르게 무서운 생각들이 머릿속을 어지럽히는 일은 없었다.

아니다.

이렇게 자기 비하하는 생각에 잠겨 있으면 안 된다. 적어도 오늘만큼은 안 된다.

천신한은 방문을 살짝 위로 들어 올리면서 문고리를 돌렸다. 부모님에게 외출한다는 것을 알리고 싶지 않았다.

어제도 외출했기 때문에 분명히 부모님의 주의를 끌었을 것이다.

욕실 문손잡이를 잡는 순간 아버지의 낮은 목소리가 들렸다. 천신한은 오늘이 일요일이라는 것을 벼락같이 깨달았다. 천중우가 일주일 중 유일하게 조깅하러 나가지 않고 집에서 뜨거운 커피와 신문을 읽으며 느긋하게 아침 시간을 보내는 날이었다.

"자오친(照欽) 쪽에서 물어보더군. 공장에 작업자가 부족하다고 하니 아들에게 거기 가서 도와줄 생각이 있는지 물어봐."

"신한이가 거기 가서 무슨 일을 해?"

야오추상이 더욱 목소리를 낮췄다.

"자오친이 직접 일을 가르치겠다고 했어. 신한은 똑똑하니까 금방 일을 익힐 거고. 업무 프로세스도 간단하다고 하니까. 베트남에서 온 작업자들은 말도 통하지 않는데 며칠 시범을 보이면 잘 따라 한다고 해."

"애가 거기서 일하고 싶어 할 거라고 생각해?"

"그러니까 물어보라잖아. 신한이 하고 싶으냐 아니냐는 중요하지 않아, 무조건 일을 해야지."

"왜 당신이 직접 이야기하지 않는 거야?"

"난 그 애에게 할 말이 없어."

"할 말이 없다? 천중우, 신한이는 당신 아들이라고!"

"정말 그렇게 생각해?"

천신한은 뒤로 두 발짝 물러나 자기 방으로 후퇴했다.

차가운 기운이 척추를 따라 흘렀다. 아버지는 차치하고 어머니조차도 자기편이라는 믿음이 없었다.

"당연하지!"

"그러면 당신이 가서 말 좀 해. 손이 없어, 발이 없어, 학력이 부족해? 왜 저렇게 살아야 하느냔 말이야. 매일, 온종일, 방에 처박혀서 밤낮없이 게임만 하잖아! 쟤한테 조금이라도 수치심이 있다면 저렇게 살겠어?"

"나라고 애를 붙잡고 이야기해보지 않았겠어? 요즘 애들한테는 각자의 스트레스가 있는 거야, 질책하기보다는 이해하고……."

"이해? 내가 저 애를 이해하지 않는다고?"

천중우의 말투가 빨라졌다.

"이해하지 않았으면 지난 몇 년을 어떻게 버텨왔겠어? 당신은 나한테 아들을 이해해라, 세대가 다르니 문제도 다르다 그러는데 입장을 바꿔서 생각해봐. 저 애는 우리를 이해하고 있을까? 난 저만한 나이에 직장 다니며 내 앞가림 다 하고, 집안에 생활비도 보태고, 동생들 공부도 시켰어! 저 애한테 나처럼 하라는 것도 아니잖아? 아버지와 어머니에게 걱정 끼치지 말고 독립하라는 것뿐이야. 자기 생활은 자기가 책임져야지. 그게 과한 요구란 말이야?"

"여보, 조금만 더 시간을 주자. 신한이도 곧 정신 차릴 거야."

"시간을 더? 신한이가 지금 저렇게 된 건 우리가 자식 교육에 실패했다는 거야. 겁도 없이 자기 인생을 낭비하고 사는 건 자기가 무엇을 얼마나 책임져야 하는지 인식하지 못하기 때문이지. 밀린 방세는 우리가 일찌감치 갚아줬고, 수도 요금이니 전기 요금이니 가스 요금 등등 다 우리가 내주고 있다고. 쟤가 가장 많이 쓰는 인터넷은 또 어떻고? 고지서가 오면 우리가 가져가서 지불하는 게 습관이 되었잖아."

야오추샹이 다시 침묵했다.

천신한은 길게 숨을 들이마셨다. 그러나 그렇게 마신 산소가 팔다리로는 전달되지 않는 것인지 손끝이 얼음처럼 차가웠다.

이성적으로 보자면, 부모님이 자신에 대해 상의하는 상황을 여러 번 시뮬레이션해왔다. 감정적으로 보자면, 자신도 이렇게 충격을 받게 될 줄은 몰랐다. 그는 정육점에 걸린 고깃덩이가 되어 질과 무게를 평가받는 기분이었다.

"당신은 집에만 있으니 다른 사람들이 뭐라고 하는지 듣지 않아도 되겠지. 안 좋은 소리를 듣더라도 잠깐 참으면 지나갈 거고."

천중우가 다시 입을 열었을 때는 좀 더 원망스러운 어조였다.

"나는 달라, 일을 하는 사람이잖아. 매번 '아드님은 무슨 일을 하십니까' 하고 질문을 받을 때마다 쥐구멍에라도 들어가고 싶은 심정이야. 곧 예순이 되는데 은퇴하고 말년을 편안히 살아야 할

나이에, 체면을 지키는 것조차 어렵게 됐어."

"그런 사람들에게 일일이 대답해줄 의무는 없어."

"말이야 쉽지. 현실이 어디 그런가? 이 문제를 진지하게 대하
긴 하는 거야? 어쨌든 나는 결심했어. 녀석이 나가든지 내가 나가
든지 둘 중 하나야."

"그게 무슨 말도 안 되는 소리야."

"당신, 아직도 모르겠어? 나는 야근할 일도 없는데 회사에서
시간을 죽이다 들어와. 게다가 점점 더 늦게 퇴근해. 왜 그러겠
어? 집에 와서 보면 아들이란 놈이 자지 않으면 게임을 하고 있으
니까 그 꼴을 볼 바에야 차라리 회사에 혼자 있는 거야."

"그런 식으로 나와 신한이를 포기한 걸 합리화하는구나."

"꼭 그렇게 말해야겠어? 난 단지 숨 쉴 공간이 필요한 거야.
당신도 생각을 해봐, 내가 올해 몇 살이야? 평생 가족을 위해 고
생했는데 나이 들어서도 다른 사람 눈치를 보며 살아야겠어?"

"그럼 나는? 숨 쉴 곳이 필요 없을 것 같아?"

야오추샹은 이제 목소리를 낮추려는 노력조차 하지 않았다.

"그래, 당신 말이 맞아. 나는 집에 있지. 당신이 말하는 그 잘
난 직장이라는 게 없으니까. 그렇다고 해서 내가 받는 스트레스
가 당신보다 적다고 할 수 있어? 당신 아버지, 어머니, 누나까지
사흘이 멀다 하고 전화해서는 신한이가 일은 하고 있느냐고 물
어. 아니라고 대답하면 들으라는 듯이 한숨을 쉰다고. 나한테 어
떻하느냐고 물으면서 이상한 게 붙은 거면 도사를 불러다 살을

풀어야 하지 않겠냐던데? 어떨 때는 내가 애를 너무 오냐오냐 키워서 이렇게 된 거라고 해."

야오추상은 더는 물러설 곳이 없었다. 코를 훌쩍이며 한 글자 한 글자 또박또박 내뱉었다.

"천중우, 당신은 정말 이기적이야. 당신 기분만 생각하는데, 내 생각은 안 해? 애가 저러는데 내가 뭘 어떻게 해? 애를 데리고 용하다는 도사나 무당을 찾아갈까? 아니면 직장을 찾아줘? 병원에 가서 검사를 받아? 아하, 그럴 게 아니라 당신처럼 '할 말이 없다'는 소리만 툭 던지면 되는 거지, 그러면 오냐오냐 키워서 이렇게 되었다는 소리는 안 듣겠지? 신한이가 나 혼자만의 책임이야? 걔 성이 '천'이야, 아니면 '야오'야?"

"지금까지 왜 그런 말을 하지 않았어?"

"어떻게 말해?"

야오추상이 다시 훌쩍이곤 말을 이었다.

"집안 분위기가 엉망진창인데 이것보다 더 나빠지게 만들라고? 내가 이런 말을 했다면 우리 세 식구가 그 자리에서 헤어지자는 것밖에 더 돼? 나도 곧 병이 날 지경이야. 정신분열이 생길 것 같다고. 당신 아버지와 어머니, 누나가 하는 말이 다르고, 심리학 강의를 들으러 가면 선생님이 하는 말이 다르고, 사람마다 다 자기 말이 옳다는데 누구 말을 믿어야 해?"

"그래, 그러면 선생님은 뭐라고 하는데?"

"선생님은…… 애가 그럴 때는 사회에 대한 자신감이 부족해서 그렇대. 우리가 할 일은 신한이에게 자신감을 심어주는 거야. 당신이 정말로 신한이가 나아지기를 바란다면, 제일 먼저 할 일은 다른 사람들이 그러는 것처럼 아들을 낮잡아 보지 않는 거야."

"낮잡아 본 적 없어."

"있어. 나도 그랬어. 우리 둘 다 아니라고 말 못 해. 선생님이 그러셨어. 소리 내서 말하지 않더라도 표정이나 동작에서 우리가 진짜 어떤 생각을 하는지 다 드러난대. 역지사지라는 말 있잖아. 만약 우리가 신한이 입장이라면, 바깥에서 자신감을 얻지 못한 상황에 집에서까지 부모가 자기를 비하한다고 느끼면 어떤 기분일까? 점점 더 깊숙이 숨지 않을까? 선생님 말씀이 맞는 것 같아. 신한이가 예전에는 그래도 가끔 거실에 나오기도 하고 같이 텔레비전도 봤는데, 지금은 우리가 잘 때만 방 밖으로 나오잖아."

야오추상의 말투는 점점 담담해졌고 그럴수록 그 안에 담긴 슬픔이 잘 드러났다.

"그 선생님이 앞으로 어떻게 하라는 말은 없었어?"

천중우는 아내의 격렬한 반응에 충격을 받았는지 전처럼 기염을 토하듯 말하지 못했다.

"아들에게 말을 걸래. 투명인간처럼 취급하지 말고. 오늘 어떻게 지냈는지 물어보기도 하고."

"집 밖으로 한 발짝도 나가지 않는데 어떻게 지내는지 물을 게 뭐 있담."

"신한이가 게임을 하잖아. 게임에도 좋을 때가 있고 나쁠 때가 있겠지…….”

“그렇게 하면 정말 도움이 될까?”

“천중우, 첫걸음도 떼지 않고서 종점에 도착할 수 있는지 없는지부터 묻지 마.”

야오추샹이 깊은 한숨을 내뱉었다. 자신의 인내심이 전부 닳아버렸다는 선언과도 같은 한숨이었다.

천신한은 방으로 후퇴해 10분 넘게 꼼짝 않고 앉았다가, 다시 조심스럽게 방문을 열었다.

부엌에서 야오추샹이 노래를 흥얼거리고 있었다. 가수 차이친(蔡琴)의 〈마지막 밤(最後一夜)〉이라는 노래였다. 같은 지붕 아래에서 오랜 시간을 보내게 되면서 천신한은 예전에는 몰랐던 어머니의 습관 몇 가지를 알게 되었다. 어머니는 노래를 부르는 것으로 감정을 다스리고 기분을 바꾸곤 했다.

아버지가 외출하셨다.

천신한은 방에서도 아버지가 문을 닫는 커다란 울림을 놓치지 않았다.

부엌에 들어가니 야오추샹이 바구니에 담긴 초록색 채소를 씻고 있었다.

“저 좀 나갔다 올게요. 오후에는 들어올 거예요.”

“어딜 가니?”

고개를 든 야오추샹의 눈가는 퉁퉁 부어 있었고 코부터 뺨까지 불그스름했다.

"친구를 만나러요."

"칭옌이를?"

"아니요. 전에 알던 친구가 보자고 해서요."

"왜 보자는데? 직장을 소개해준다니?"

야오추샹은 손을 멈추지도 않은 채 지나가듯 물었다. 동그랗게 말린 어깨가 그가 숨기고 있는 마음을 보여주는 것 같았다.

'아니다'라고 대답하면 어머니는 천신한이 나간 후에 쓸쓸함을 견디지 못하고 〈마지막 밤〉을 마저 부르실까?

"아직은 모르겠어요. 일단 만나보려고요."

"그렇구나. 그러면 만터우(饅頭)⁺ 좀 찌고 달걀 두 개 부쳐줄 테니 먹고 갈래? 금방 해줄게."

손의 물기를 앞치마에 닦은 야오추샹이 얼른 냉장고 문손잡이를 잡았다.

"아뇨, 지금 나가야 해요. 약속 시각에 늦을 것 같아요."

"그래. 돈은 있니?"

"있어요, 엄마. 걱정하지 마세요. 얼마 전에 게임 아이템을 팔아서 몇만 타이완달러를 벌었다고요."

"그래, 그럼 얼른 가보렴. 친구를 기다리게 하지 말고."

천신한은 괜히 바닥을 툭툭 차며 입술만 오물거렸다. 수많은 말이 그의 머릿속을 스쳐갔다.

+ 밀가루 반죽을 쪄서 만든 음식. 찐빵 혹은 빵과 비슷하며 안에 소가 없다.

어머니께 정말 죄송하다는 말을 하고 싶었다. 하지만 이번에도 아무 말 하지 않는 것을 선택하고 말았다.

그는 자신이 보는 세상을 묘사할 적절한 말을 아직도 찾지 못했다.

"그럼…… 다녀올게요."

천신한이 현관에 앉아서 발을 운동화 안에 욱여넣는데, 야오추샹이 뒤따라와서 물었다.

"오늘 집에 들어올 거니?"

"네."

"저녁은 네가 좋아하는 달걀찜을 할 거니까 꼭 들어와."

조심스럽게 아들의 표정을 살피는 야오추샹의 얼굴에는 결연함과 더불어 거절당할까 봐 두려워하는 마음이 뒤섞여 있었다.

"그럴게요. 고마워요, 엄마."

열차에 탄 천신한은 창가 자리인 데다 옆은 비어 있어서 다행이라고 생각했다.

어제는 허칭옌과 같이 움직였기에 그에게 모든 신경을 집중하면 되었다. 오늘은 혼자 나온 참이라 역에 도착해서 기차표를 사고 개찰구 안으로 들어가기까지 모든 과정에서 눈꺼풀이 바들바들 떨릴 정도로 긴장되었다.

아침부터 부모님의 대화를 들은 것도 그의 정신력을 크게 약화시켰다.

사회의 구속력을 너무 쉽게 생각했다.

부모님과 마주치는 상황을 최대한 피하고 개인적인 지출을 줄인다면 부모님도 결국 자신의 생활 방식을 받아들이시리라 여겼던 것은 역시 너무 순진한 생각이었다. 아무 근거도 없는 말이지만 마음에 스며들면 원망의 양분이 된다. 아버지는 곧 은퇴하실 테니 직장 동료들의 말은 금세 아무 문제도 되지 않을 것이다. 천신한의 마음에 응어리로 남은 것은 조부모님이 어머니에게 가한 압박이었다. 조부모님은 손주 일곱 명 중에서 천신한을 가장 아끼셨다. 그가 외국으로 유학을 간다면 그 비용의 절반은 조부모님이 부담하시겠다고 누누이 말씀하실 정도였다. 그러던 분이 어머니를 찾아와서 책임을 물으신다고 생각하니 천신한은 갑자기 가슴이 답답해졌다.

그는 손바닥을 차창에 대고 거기 비친 자신을 향해 물었다. 다른 사람의 눈에 비친 너는 예전과 다른 사람일까? 질문의 대답이 '그렇다'라면, 지금의 너는 누구인 거지?

천신한은 시리에게 출발했다는 메시지를 보냈다.

1분도 지나기 전에 시리가 답장을 보냈다. 이제 막 일어났다면서 아침 식사로 무엇을 먹을지 고민이라고 했다.

천신한은 이마를 차창에 대고 시리가 메시지 끝에 붙인 웃는 얼굴 이모티콘을 바라보았다. 그의 입술도 이모티콘처럼 얇게 호를 그렸다. 시리가 아직 살아 있다. 그의 능력이 사라졌을까? 아니면 다른 요소가 개입하여 사망 예정이었던 미래가 달라진 걸까?

천신한은 정신이 바짝 들었다. 시리의 귀여운 반응 덕분에 조금 전까지 그를 지배했던 음울한 기분이 사라졌다.

철도에서 규칙적인 리듬을 형성하며 전해지는 흔들림에 천천히, 오랫동안 잠기운이 퍼졌다. 천신한은 저도 모르게 검고 달콤한 꿈나라에 한 발을 걸쳐놓고 있었다. 꿈이 막 시작되려는데 누군가 그의 어깨를 가볍게 흔들었다.

"저기요, 죄송하지만 제 자리에 앉아 계신 것 같은데요."

천신한은 멍하니 눈을 뜨고 쉰 살 정도로 보이는 여성을 올려다보았다. 기차표를 꺼내서 몇 초 정도 생각에 잠겼다가 퍼뜩 고개를 돌려 창밖을 내다보니 플라스틱 표지판에 큰 글씨로 적힌 역명이 보였다. 목적지 이름이었다.

벌떡 일어난 천신한은 열차 문이 닫히기 1초 전에 겨우 플랫폼에 발을 디딜 수 있었다.

역 밖으로 나오자 도색이 얼룩덜룩 벗겨진 낡은 택시가 천신한 앞에 멈췄다. 내키지 않는 마음을 억누르며 택시에 올랐는데, 기사가 이상할 정도로 젊었다. 천신한이 주소를 대자 기사가 고개만 끄덕이는 것으로 알겠다는 표시를 했다.

시리가 사는 H시의 모습은 어수선했다. 도로가 좁은 것은 말할 것도 없고, 길가에는 아무렇게나 주차된 차들이 주르륵 늘어서 있었다. 옆에서는 버스가 참을성 없이 경적을 빵빵 울리며 노란색 중앙선을 넘어 자신의 앞을 막는 스쿠터 두어 대를 쫓아내려 했다.

또 다른 스쿠터가 택시와 버스 사이의 좁은 틈을 뚫고 내달렸다. 스쿠터 뒷자리에 앉은 소녀의 몸을 검은 안개가 휘감고 있었다. 스쿠터는 민첩하게 각종 차량이 뒤엉킨 도로 위를 요리조리 빠져나갔다. 스쿠터를 모는 남자의 허리를 끌어안은 소녀의 몸도 이리저리 휘청거렸다.

"저런 식으로 스쿠터를 모는 건 빨리 죽겠다는 거죠."

택시 기사가 툭 내뱉었다. 천신한은 아무 말도 하지 않았다.

"어린 여자애가 철이 없어서 그렇죠. 폭주족이 교통사고를 내면 언제나 뒷자리에 탄 사람이 제일 참혹하게 죽는데 말이죠."

괜히 목을 쓰다듬던 천신한은 어느 틈에 조그맣게 닭살이 돋은 것을 알아차렸다.

햄버거 가게에 들어가 한 바퀴 둘러보았지만 시리는 보이지 않았다. 천신한은 종업원에게 구석진 자리의 4인 테이블을 달라고 요청했다.

자리에 앉자마자 냅킨을 가져와서 손바닥에 난 땀을 닦았다.

허칭옌의 제안을 거절하지 말았어야 했을까? 자신의 능력을 과대평가한 것 같았다.

햄버거 가게는 거리의 모퉁이에 있었고 길가 쪽은 통유리창이어서 내부 공간이 더 넓고 밝아 보였다. 거리 맞은편에는 유명한 마라탕 가게가 있었다. 천신한은 인터넷에서 맛집 블로그 글을 여러 편 찾아 읽었다. 다들 햄버거 가게의 간판은 눈에 잘 띄지 않으니 마라탕 가게를 기준으로 길을 찾으라고 했다.

그런 생각을 하며 거리를 내다보던 중에 마라탕 가게의 주차장 옆에 서 있는 시리를 발견했다. 건널목에서 보행 신호를 기다리는 듯했다. 헐렁한 연보라색 니트 스웨터에 흰색 데님 반바지를 입었다. 흰색 샌들을 신어서 드러난 앙증맞은 발목이 눈길을 끌었다.

분명히 그 남자를 만나러 가려고 꾸민 것일 터였다.

그 순간, 천신한의 눈이 가늘어졌다. 머릿속에서 경종이 울렸다. 키가 크고 마른 남자가 갑자기 시리 뒤쪽에서 나타났다. 캡 모자를 쓴 그 남자가 시리의 손을 붙잡았다. 표정이 굳어진 시리가 힘껏 남자의 손을 쳐냈다. 시리가 몸을 돌려 남자 쪽을 향해 섰다. 양손을 허리에 올린 자세가 꽤 화가 난 듯 보였다. 남자가 두어 걸음 물러섰다. 천신한 쪽에서는 시리의 얼굴이 보지 않아 그 남자의 표정을 보는 수밖에 없었다. 남자는 얼굴에 상냥한 표정을 덧씌우고 빠르게 입을 놀렸다. 시리는 귀찮은 듯이 손을 내젓고 고개도 흔들었다. 남자가 웃으면서 뭐라고 말하자 시리가 조금 동요하는 듯했다. 시리가 왼손으로 앞머리를 만지작거리며 시선을 떨궜다. 생각에 잠긴 모습이었다.

남자는 가만히 시리를 바라볼 뿐 더 다가가지는 않았다.

10여 미터 떨어진 곳에서 보기에도 그 남자의 행동에는 그다지 악의가 없어 보였다. 이상하게도 천신한의 직감은 '저 남자는 경계할 대상이 아니다'라고 말하고 있었다. 그와 시리는 친한 친구나 친척쯤으로 보였다. 양쪽 다 서로에 대해 어쩔 수 없다고 생각하며 넘어가는 듯한 태도가 느껴졌다. 시리는 오빠가 있다는 말을 한 적이 없다. 하지만 저 남자는 시리가 이야기했던 친구 목록에 속하는 사람 같지도 않았다.

시리가 다시 몸을 돌려 사거리 건널목을 건너려 했다. 하지만 한 걸음을 내딛기도 전에 남자가 다시 앞을 막아섰다. 무슨 일인지 몰라도 그는 포기할 생각이 없어 보였다.

시리가 화를 참는 것처럼 눈을 감고 입술을 꼭 깨물었다.

천신한은 행동해야 할 때라고 느꼈다. 햄버거 가게를 나가서 횡단보도를 성큼성큼 지났다. 시리와의 거리는 이제 10미터 안쪽으로 좁혀졌다. 그때 천신한의 눈이 찢어질 듯 크게 뜨였다.

시그널. 시그널이 아직 있었다. 게다가 어제저녁보다 더 선명하게 보였다.

천신한의 걸음이 느려졌다. 전기 충격이라도 당한 것처럼 머릿속이 새하얗게 물들었다.

잘못 본 것이 아니었다.

밤새 했던 노력이 수포가 되었다.

귀를 찌르는 경적이 사방에서 들려왔다. 정신을 차리고 보니

도로 한복판에 멍하니 서 있었다. 차에서 반쯤 내려서 얼른 꺼지라며 욕을 하는 사람도 있었다.

천신한은 무거운 발걸음으로 시리와 그 남자에게 다가갔다.

시리는 경계하는 눈빛으로 천신한을 피해 남자 쪽으로 몇 걸음 물러섰다. 천신한이 무슨 짓이라도 할까 걱정하는 것 같았다.

가슴 한쪽이 서늘했다. 그와 시리의 첫 만남이 이런 식이어서는 안 된다.

자신의 첫인상을 얼른 바꾸어야 했다.

"시, 시리. 도와줄까?"

"누구세요? 내 게임 아이디는 어떻게 알아요?"

"루이안(瑞安), 아는 사람이야?"

남자도 시리처럼 천신한을 위아래로 훑어보았다.

루이안. 시리의 진짜 이름일까? 남자는 시리와 현실에서 아는 사이인가?

천신한은 본능적으로 지금 이 난처한 상황에서 달아나고 싶어졌다. 하지만 시리의 몸을 반절 넘게 뒤덮은 검은 안개가 마음에 걸려 발길이 떨어지지 않았다. 시리를 이대로 두고 갈 수는 없었다. 천신한이 힘겹게 설명했다.

"나…… 나는 둥촨이야."

시리가 그의 말을 끊었다.

"거짓말하지 마세요. 난 둥촨의 얼굴을 안다고요. 당신, 누구죠? 길드원이에요?"

"내가 둥촨이야. 어젯밤에 같이 발데르 퀘스트를 깼잖아."

"몰래카메라 같은 거예요? 당신하고 둥촨이 짜고 나를 놀리는 건가요? 둥촨이랑 같이 왔으면 어서 나오라고 해요."

천신한은 눈을 꾹 감았다. 얼굴이 파래졌다 하얘졌다 했다. 다음 순간, 천신한이 휴대전화의 잠금을 풀고 사진 갤러리에 들어갔다. 그 안에는 둥촨과 시리가 위그드라실에서 찍은 스크린숏이 저장되어 있었다. 그 사진은 천신한이 무엇보다도 소중하게 여기는 보물이다.

"이거 봐."

처음에 시리는 천신한이 내미는 휴대전화를 받아 들 생각이 없었다. 하지만 천신한의 우울한 표정이 마음에 걸려 결국 휴대전화를 받아서 화면을 넘겨보았다.

그동안 남자는 아무 말도 하지 않고 기다렸다. 이상한 적막이 세 사람 사이에 내려앉았다.

"어제 본 사람이네."

천신한의 갤러리를 살피던 시리가 허칭옌의 사진을 발견했다.

"내 친구야."

"무슨 말이야?"

"내가 둥촨이고, 친구의 사진을 내 프로필에 걸었다고."

"왜 그랬어? 넌 이런 게 재미있어?"

"뭘 물어. 자기보다 친구가 훨씬 잘생겼으니까 그런 거지."

남자가 건들거리며 끼어들었다.

시리는 슬픈 표정으로 천신한을 똑바로 바라보았다.

"그런 거야? 내가 그런 걸 신경 쓴다고 생각해서?"

"일, 일부러 그런 건 아니야."

예전에 남이 이런 변명을 하면 천신한은 속으로 경멸했다.

사람은 동시에 두 가지 색의 감정을 마음에 담지 못한다. 그런데 '일부러 그런 게 아니다'라는 말은 피해자가 자신이 상처를 받았다는 기초적인 사실에 온전히 집중하지 못하게 만든다. 피해자에게 자신의 마음 일부를 쪼개서 새롭게 생겨난 갈등과 불안을 처리하도록 하는 것이다.

일부러 그런 게 아니라고 하는데도 계속 화를 내고 추궁하는 내가 너무 매정한 걸까?

일부러 그런 게 아니면 뭘 어쩌라고? 그렇다고 해서 내가 받은 상처가 줄어드는 것도 아닌데.

이렇게 된다는 것을 알고 있으면서 천신한은 왜 시리에게 교활한 변명을 했을까? 시리에게 '천신한을 싫어한다'는 당연한 권리를 누릴 수 있게 했어야 하지 않나? 머릿속에 무시무시한 생각이 떠올랐다. 아버지 말씀이 맞다. 천신한, 너는 수치심을 모르는 인간이다.

몇 시간 전에도 그랬다. 어머니가 자기 때문에 아버지의 노화를 감당했다는 것을 뻔히 알면서, 어머니께 두어 마디 위로의 말을 건네는 것조차 하지 않았다.

"사진은 그렇다 쳐도 어제 만났을 때도 친구를 불러내? 누군지도 모르는 사람에게 내 비밀을 다 털어놓았다니, 내가 지금 얼마나 부끄러운지 모르겠지? 난 바보처럼 너에게 대학생이라는 거짓말을 했다는 걸 미안해했는데, 너는…….”

“루이안, 이게 바로 내가 하고 싶은 말이야. 인터넷은 위험하다고.”

시리가 남자 쪽을 돌아보며 쏘아붙였다.

“전샹(振翔) 오빠, 좀 조용히 해줄래? 이건 내 일이야. 오빠가 무슨 상관인데? 양양(陽陽)에게도 실망이다. 어떻게 나한테 말도 없이 오빠에게 내 주소를 알려줄 수 있지.”

“양양에게 너무 화내지 마. 내가 여러 번 부탁했는데도 지금까지 거절했었어. 하지만 나중에 너한테 일이 생기니까 겁이 나서 날 부른 거야. 난 어른이고 사회 경험도 있어. 어떻게 해야 하는지 안다고.”

“뭐가 달라? 나를 존중하지 않은 건 똑같아. 내가 직접 도와달라고 했어? 그리고 말이야, 지난번 일로 충분하지 않아? 그때처럼 갑자기 사라지지 않는다는 보장이 있어?”

“사라진 게 아니야, 감독님이 갑자기 편집하자고 해서…….”

“그 결정을 내리기 전에 내가 어떻게 느낄지 생각해보긴 했어? 갑자기 나타나 내 생활을 기록하겠다면서, 출연하기만 하면 방송에도 나가고 레드 카펫에도 세워준다더니 그 약속은 다 어떻게 됐지?”

남자는 난처한 얼굴로 입만 벙긋거렸다. 반박할 여지가 없다는 것을 스스로 잘 알고 있는 모양이었다.

"겨우 용기를 내서 출연하겠다고 한 거였어. 엄마랑 같이 살았던 곳에도 데려갔고, 뭘 묻든지 진지하게 대답했어. 난 당신들을 믿었는데…….."

눈물방울이 시리의 하얀 얼굴 위로 차갑고 습한 흔적을 남기며 굴러떨어졌다.

"난 당신들이 어릴 때 엄마와 같이 지내지 못한 애들의 마음을 정말로 이해해준다고 생각했어. 그래서 우리 집 이야기를 전부 들려준 거야. 내 행동이 아빠 쪽 사람들 귀에 들어가면 나는 맞아 죽을지도 몰라, 알아?"

"루이안, 미안해. 그때 우리가 네 입장을 제대로 살피지 못했어."

"제대로 살피지 못한 게 아니라 살필 생각조차 하지 않은 거지."

시리가 손으로 재빨리 눈물을 훔쳤다.

"다큐멘터리를 절반쯤 찍고는 안 되겠다며 사라졌어. 감독님은 문자메시지로 미안하다, 다음 기회에 보자는 한마디만 남겼지. 양양이 신문 기사를 찾아주지 않았다면 난 내가 버림받은 줄도 몰랐을 거야…….."

"버린 게 아니라……!"

남자가 길게 숨을 들이마신 뒤 다시 입을 뗐다.

"영화 제작은 복잡한 일이야. 여러 방면의 문제가 얽혀 있어.

감독에게는 그 사람만의 고민이 있으니까 내가 감독의 의중을 다 대변할 수 없는 일이지. 하지만 몇 년 동안 나는 시간만 나면 널 불러내서 챙겨주려고 애썼어."

"죄책감을 없애고 싶어서 그런 거잖아."

시리가 얼굴이 빨갛게 될 정도로 소리쳤다. 원망이 깊다는 것과 쉽게 동정을 받고 싶지 않은 마음이 느껴졌다.

"뭐만 하면 인터넷이 위험하다는데 현실은 안전해? 우리 집 사정도 현실이고 전상 오빠와 감독님도 현실인데 결국 어떻게 됐지? 현실이 나를 고통스럽게 하는데 인터넷 탓만 하다니, 그건 진실을 마주할 용기가 없는 거야. 인간이야말로 위험해. 어디든 인간이 있는 곳이면 상처받을 수 있어."

시리의 눈길이 천신한과 남자 사이를 바쁘게 오갔다.

"겉으로만 좋은 사람인 척, 나를 생각해주는 척하는 데 질렸어. 사실은 전부 거짓말쟁이면서."

시리가 뒷걸음질 쳤다. 발끝에 힘을 주며 돌아서려는 모습에 천신한이 급히 앞을 막아섰다.

"시리, 진정해. 너에게 할 말이 있어, 정말 중요한 일이야."

제발 도망가지 마. 세 걸음만 더 좁히면 확실히 볼 수 있는데.

시리가 무표정한 얼굴로 고개를 흔들었다.

"관심 없어. 중요한 일이든 말든 신경 안 써. 둥촨, 너에게 실망했어. 정말로 실망했어. 가까이 오지 마. 더 다가오면 소리를 지를 거야."

천신한이 그대로 얼어붙었다.

시리가 도로 쪽으로 한 걸음 나가며 크게 팔을 휘저었다. 새로 뽑은 듯한 택시 한 대가 뒤쪽에서 울리는 경적을 무시하고 맹렬하게 달려와 시리 앞에 섰다. 시리는 두말없이 차에 몸을 싣고는 쾅 소리가 날 정도로 문을 닫았다.

시리가 고개를 돌려 혐오스럽다는 눈빛으로 쏘아보았다. 그 시선에 천신한은 시리를 막으려는 원동력이 사그라드는 것을 느꼈다.

시그널은 여전히 시리 주변을 맴돌며 꾸불거리고 있었다. 다음 순간 차가 쌩하니 출발했다. 화들짝 정신을 차린 천신한이 마지막 남은 이성을 끌어모아 휴대전화로 택시 번호판을 찍었다.

"우리 둘 다 가망이 없겠군."

남자의 탄식 섞인 목소리가 들렸다.

"주소를 알고 있습니까?"

남자가 눈썹을 치켜세우며 대응했다.

"그건 왜?"

"시리의 주소를 알려주세요. 급한 일입니다. 늦으면 큰일 나요."

"늦으면 어떻게 되는데? 당신은 그다지 좋은 사람으로 보이지 않거든."

남자가 입술 끝을 경박하게 끌어 올리며 조롱하는 듯한 미소를 지었다.

"시리의 태도를 보면 당신이나 나나 다를 게 없던데요."

천신한이 차분하게 반박했다.

"뭐, 만나려던 사람은 가버렸으니 나도 이만 일하러 가야겠네."

"잠깐만요."

남자는 자신에게 꼭 필요한 정보를 알고 있다. 천신한이 주머니에서 신분증을 꺼내 정중하게 설명했다.

"제 소개부터 하겠습니다. 제 이름은 천신한입니다. 친구 사진으로 시리를 속이긴 했지만, 앞으로 할 이야기는 전부 사실입니다. 제발 믿어주세요."

"그거야 당신이 무슨 이야기를 하느냐에 달렸지."

"시리는 지금 폭력적인 성향의 남자와 사귀는 것 같아요."

남자가 진지하게 반응해주기를 바라는 마음에 천신한은 상황을 조금 과장했다.

"루이안은 어떻게 알게 됐어?"

"같은 게임을 합니다. 시리는 게임 아이디예요."

"시리가 그 게임에서 이상한 사람을 만난 것 같던데, 혹시 알고 있어?"

빙고. 이 사람도 시리의 상황을 아예 모르지 않는 모양이다.

"네, 맞습니다. 당신에게 하려는 이야기도 그거예요."

"루이안의 친구한테 들자니 그 사람을 만난 후로 루이안의 행동이 이상해졌다더군."

"루이안은…….."

천신한은 잠시 그 이름이 주는 느낌을 곱씹다가 말을 이었다.

"루이안이 본명이군요?"

"내가 당신을 믿어도 되나? 거짓말을 잘하는 사람 같은데."

"거짓말은 딱 한 가지만 했습니다."

"하지만 전체를 대표하는 거짓말이었지, 아닌가? 자기가 누구인지도 속일 수 있다면 뭔들 속이지 못할까?"

"정확히 말해서 제 외모를 감춘 것뿐이에요. 외모는 저라는 사람을 구성하는 일부일 뿐이고요."

남자의 판단이 옳을지도 모른다. 천신한은 눈 하나 깜짝하지 않고 거짓말을 하는 자신에게 조금 놀라는 중이었다.

사실 외모뿐 아니라 허칭옌의 직업도 도용하지 않았던가.

"그렇다면……. 루이안의 상황에 대해 무엇을 알고 있는지 일단 말해봐."

남자는 고민스러운 표정이었다.

천신한은 시그널을 제외하고 모든 것을 털어놓았다. 지금 그가 알고 있는 사실은 크든 작든 빠짐없이 이야기했다. 천신한의 말을 들으며 남자의 표정은 시시각각 바뀌었다. 미간을 잔뜩 찡그리기도 했고 눈을 커다랗게 뜨기도 했다. 천신한은 자기 말에 신빙성을 더하기 위해서 조금 망설이다가 시리가 고등학교 때 따돌림을 당한 일을 알고 있다는 것도 내비쳤다.

"루이안이 그 정도로 외롭게 지냈을 줄은 몰랐군. 게임에서 만난 인터넷 친구일 뿐인데 당신에게 그런 것까지 다 말해줬다니."

천신한은 남자의 말을 바르게 고쳐주고 싶은 충동을 느꼈지만 꾹 참았다.

정반대다. 게임에서 만난 인터넷 친구이기 때문에 무슨 일이든 다 말할 수 있는 것이다.

"공평하게 하려면 이젠 당신이 누구인지 말할 차례예요."

"아, 나 말이야?"

남자가 눈을 크게 뜨며 자신이 이 대화에서 핵심적인 문제가 될 줄은 몰랐다는 표정을 지었다.

"좋아, 죄지은 것이 없으니까 숨길 것도 없지."

가시 돋친 말투였지만 명함을 건네는 동작은 정중했다.

명함에는 왕전샹(王振翔)이라는 이름과 연락처가 적혀 있었다.

뒷면에는 파란색 글자로 '못 찍으면 죽어 스튜디오'라고 적혀 있었는데, 서체와 디자인이 보기 드문 형태인 게 척 봐도 신경 써서 만든 명함인 것 같았다.

직책은 없었다.

왕전샹은 천신한이 무슨 생각을 하는지 짐작하는 것처럼 회사 이름을 가리키며 말했다.

"2년 전 나와 영화계 친구들이 모여서 세운 회사인데, 직원까지 다 합해서 열 명도 안 돼."

"그래서 당신은…… 감독인가요? 아니면 촬영기사?"

왕전상의 제멋대로인 태도와 세련된 외모 때문에 천신한은 단정적으로 물었다.

"아니, 나는 제작 코디네이터야. 어떤 직업인지 딱 잘라 설명하긴 어려운걸. 간단하게 말하면 드라마나 영화를 만들려면 여러 팀이 협업해야 하는데 그들이 전부 상대방의 고충을 이해하는 게 아니니까 갈등이 있을 때 윤활제 역할을 하는 거야. 나를 시골 마을의 이장님으로 생각하면 편할 거야. 마을에서 벌어지는 온갖 문제를 해결해주고 분쟁도 막아주는 역할이지. 필요하면 청소도 하고, 도시락이 먹을 만한지 아닌지에도 신경 쓰고."

"시리하고는 어떻게 아는 사이죠?"

"둘 다 상대방의 속내를 샅샅이 알고 싶은 건 똑같으니까 카페라도 가서 이야기하자고."

왕전상은 종업원이 따라준 얼음물을 꿀꺽꿀꺽 들이켜고는 빈 컵을 호쾌하게 내려놓았다.

천신한은 포기하지 않고 시리에게 연락했지만 세 번째 전화를 걸고 난 뒤 차단당했다.

"괜찮다면 여기서 점심을 먹을게. 이따가 바로 회의를 하러 가야 하거든."

천신한은 건성으로 고개를 끄덕였다. 그는 지금 어떻게 해야 왕전샹으로부터 시리의 주소를 알아낼 수 있을지만 생각하고 있었다.

"내 조카인 양양이 루이안의 중학교 동창이야. 조카 덕분에 알게 됐지."

"왜 시리, 아니 루이안이 당신에게 화가 난 겁니까?"

시리라는 이름은 역시 위그드라실에 남겨두는 편이 좋겠다. 천신한은 그렇게 생각했다.

"하하하."

왕전샹이 머리를 긁적이며 어색하게 웃었다.

"긴 이야기지만 짧게 할게. 5년 전쯤 나하고 감독 한 명이 다큐멘터리를 기획했어. 청소년기를 거쳐 사회에 막 발을 들이는 시기의 이야기를 담을 계획이었지. 대충 열다섯 살에서 스물두 살 정도?"

천신한이 말을 끊지 않자 왕전샹은 흥이 나는지 덧붙였다.

"드라마를 즐겨 보는 사람은 아닐 것 같지만, 그래도 나하고 그 감독이 같이 만든 드라마 〈죽음은 혼자 부르는 노래〉는 들어 봤을 거야."

천신한이 자세를 고쳐 앉았다. 그가 본 적 있는 드라마였다.

6화짜리 짧은 드라마로, 스토리 전개가 과감하고 빨랐다. 주인공은 30대의 고등학교 여자 선생님이었다. 드라마는 주인공인 선생님이 맡은 반의 평범한 여학생이 학교 옥상에서 투신자살하는 데서 시작한다. 선생님은 여론에 등 떠밀려 제자의 죽음을 조

163

사하게 되었고, 점차 여학생이 어떤 삶을 살았는지 이해하게 된다. 캐릭터가 잘 잡혀서 선생님과 학생 모두 매력적이고 시청자들이 몰입할 수 있는 인물로 그려졌다. 선생님은 사이좋은 것처럼 보이지만 실상은 그렇지 못한 남편과의 관계, 부모님의 악의적인 언행 등으로 괴로워한다. 학생은 현행 교육제도 때문에 자신감을 잃고 합창단의 노래 연습 때에만 자신의 진짜 모습을 살짝 드러낼 수 있었을 뿐이다. 두 사람의 이야기는 대중적으로 큰 공감을 얻었다. 선생님과 학생을 연기한 배우들은 그해에 상도 많이 받았다. 학창 시절의 상처를 위로해주는 드라마라는 평가와 더불어 상투적이지 않고 참신한 제작 기법이 화제였다. 2000년 이후로 방영된 드라마 중에서 손에 꼽는 명작이라고들 했다.

불면증으로 괴로워하던 천신한은 어느 날 밤 우연히 〈당신에게 가장 강렬한 인상을 남긴 드라마〉라는 블로그 글을 클릭했다. 그 글에서 〈죽음은 혼자 부르는 노래〉는 압도적으로 추천을 많이 받은 드라마였다. 천신한은 인터넷에서 방영 링크를 찾아냈고 밤을 새워 드라마를 끝까지 봤다.

"반응을 보니 들어봤나 보네?"

"네."

"드라마는 좋았어?"

"그럭저럭 괜찮았어요."

"미안해. 까딱하면 직업병이 도진다니까. 어쨌거나 그 드라마의 극본을 쓰려고 우리는 일선 학교 선생님과 사회복지사 등의 도움을 받아 고위험군 가정의 청소년을 취재했어."

왕전샹은 잠시 말을 멈추고 어느 정도까지 공개해야 할지를 몇 초 정도 고민했다.

〈죽음은 혼자 부르는 노래〉는 그해 여러 시상식에서 후보에 올랐는데, 취재에 도움을 준 청소년들을 초청해서 레드 카펫에 같이 섰어. 레드 카펫 행사를 여러 번 해봤지만 그날처럼 감동적인 적은 처음이었지. 그게 감독에게 어떤 영감을 줬던 모양이야. 열다섯 살 정도의 청소년을 대상으로 다큐멘터리를 찍겠다더군. 중학교 3학년 때부터 성인이 되어 직장 생활을 시작할 때까지의 여정을 담는 프로젝트였어. 양양이 출연자로 루이안을 추천해줬어."

종업원이 트레이에 담긴 미국식 조식 메뉴를 가져왔다. 바삭하게 구운 베이컨에서 기름진 고기의 냄새가 풍겼다.

작고 동그란 양철통에서 포크를 꺼낸 왕전샹은 김이 폴폴 나는 스크램블드에그를 크게 떠서 입에 넣었다. 상당히 배가 고팠던 모양이다.

"루이안에게 전화해보지 않을래요?"

"지금? 안 받을걸. 귀여운 인상에 속지 마, 걔도 나름대로 성깔이 있는 편이라고."

"당신은 루이안을 꽤 걱정하는 것 같던데요?"

"맞아. 그렇지 않으면 일도 내팽개치고 아침부터 집 앞에서 기다렸겠어?"

천신한은 초조하게 머리를 쓸어 넘겼다. 그와 왕전샹의 걱정은 같은 수준이 아니었다.

왕전샹은 앞으로 시리를 설득할 시간이 많이 남아 있다고 생각하겠지만, 지금 천신한은 마지막 모래 한 알이 막 떨어지려 하는 모래시계를 보는 심정이었다. 그러나 이 자리에 다른 사람이 같이 있다면 왕전샹의 반응에 공감하고, 안달복달하는 천신한을 의심스럽게 여길 터였다.

왕전샹을 설득하는 것은 일단 여기서 멈추고 다른 노선으로 이야기를 이어가야 할 것 같았다.

시리는 택시를 탔다. 천신한이 차 번호를 가지고 있으니 그쪽에서 정보를 얻을 수 있을까? 그 차는 지붕에 이용자들에게 신뢰도 높은 택시 회사의 이름이 적힌 등을 달고 있었다. 천신한은 택시 회사의 고객 센터로 전화를 걸었다. 곧 부드러운 목소리의 여성 상담원이 전화를 받았다. 천신한은 잠시 고민하다가 자기가 휴대전화를 택시 안에 놓고 내렸다고 말했다. 상담원이 차 번호를 기억하느냐고 물었고, 천신한은 물 흐르듯이 답변했다.

1분이 채 지나지 않아서 천신한은 루이안을 태운 택시 기사의 휴대전화 번호를 손에 넣었다.

시리가 떠난 지 30분 정도 흘렀다. 혹시 아직 택시 안에 있다면 기사에게 전화를 거는 것은 반작용만 일으킬 가능성이 컸다. 천신한은 일단 휴대전화를 내려놓았다. 10분 정도 더 기다릴 작정이었다.

잠깐, 택시 기사가 시리에게 위해를 가하면 어쩌지?

아니야, 그럴 가능성은 낮다. 그건 수십 년 전에 횡행했던 범죄 방식이다. 요즘은 어디를 가나 감시카메라가 있고 시리도 휴대전화를 가졌으니 언제든지 도움을 청할 수 있다. 침착하자, 천신한. 너무 당황하면 안 된다.

손으로 입가에 묻은 케첩을 닦으며 왕전샹이 물었다.

"이봐, 그렇게까지 조급해할 이유가 있어?"

"당신이 모르는 게 있어요. 벌써 늦었을지도 모른다고요."

천신한이 우울하게 대답했다.

"뭐가 늦는데?"

"말해주면, 날 도와줄 겁니까?"

"당신이 하는 말에 설득력이 있다면. 당신이나 나나 어린애가 아닌데 무조건 대답할 수는 없지."

"난 루이안이 지금 만나러 가는 사람이, 나쁜 짓을 할 거라고 생각해요. 어쩌면 루이안을 죽일 수도 있어요."

"죽인다고?"

왕전샹이 탁자 너머로 손을 뻗어서 천신한의 팔목을 꽉 움켜잡았다.

"당신, 뭘 알고 있는 거야?"

"일단 놔요. 나하고는 관계가 없는 일이에요."

팔목은 놓아주었지만 왕전샹의 얼굴에는 그에 대한 불신과 의심이 가득했다.

천신한은 욱신거리는 팔목을 돌려보았다.

"귀신을 보는 눈 같은 거 믿습니까?"

"믿어. 내 주변에도 비슷한 사람이 있었거든."

"다행이군요. 내가 그런 눈을 가졌다고 생각하면 됩니다."

천신한이 조금 안도하며 말했다.

"뭘 본 건데? 루이안에게 귀신이 붙었나?"

"아뇨. 좀 더 이해하기 쉬운 방식으로 말하자면, 루이안이 곧 죽을 거라는 사실을 본 거죠."

왕전샹이 고개를 흔들며 어떻게 해야 할지 모르겠다는 듯 낮게 실소했다.

"이봐요, 천신한 씨. 자기가 무슨 말을 하고 있는지 제대로 이해하는 것 맞아?"

"나라고 좋아서 이런 식으로 말하는 것 같아요? 정말 봤다고요!"

"그럼 나는 어때? 내게서도 보여?"

"그랬으면 지금 여기에 당신과 마주 앉아 있지도 않을 겁니다. 심리적으로 압박감이 너무 심하니까요."

"진짜?"

"네."

"좋아."

왕전샹이 얼굴을 두어 번 문지르고 나서 반신반의하는 듯 다시 물었다.

"그걸 어떻게 증명하지?"

"지금 당장 내 능력을 증명할 길은 없죠. 하지만 이렇게 시간만 끌다간 루이안이 첫 번째 증거가 될 겁니다. 일단 내 말을 믿고, 사실인지 아닌지는 나중에 판단하면 어떻습니까?"

"그럼 이제부터 어떻게 할 생각이야?"

"잠깐만요."

택시 기사에게 전화를 걸자 몇 초 후에 연결되었다.

물 흐르는 소리가 들리는 것을 보면 손을 씻는 중인 듯했다. 쉰 목소리가 전화를 받았다. 여보세요. 천신한은 얼른 자기가 방금 태운 손님의 오빠라고 설명했다. 동생이 식구들하고 사소한 일로 싸우고서는 집을 나가서 인터넷에서 만난 친구한테 얹혀살겠다고 했어요. 기사는 우물쭈물하며 물었다. 그래서요? 괜히 자기에게 불똥이 튈까 봐 걱정하는 것이 느껴졌다. 천신한은 어떻게든 이야기에 기름을 치고 양념을 뿌리는 수밖에 없다고 생각했다. 그 인터넷 친구에게 폭행 전과가 있다는 말까지 하고 나서야 택시 기사는 영 내키지 않는 듯한 기색으로 시리가 내린 곳을 알려줬다.

고속철도역.

"고속철을 탔다면 지금 따라가도 이미 늦었겠군요."

천신한이 의자 등받이에 기대며 중얼거렸다.

"거짓말이 엄청 능숙하네? 도대체 무슨 일을 하는 사람이야?"

왕전샹이 놀랍다는 표정을 지었다.

"그건 나중에 이야기하고요, 루이안이 어디에 갔는지 압니까?"

"오후에는 M시에 가서 누굴 만날 거라고 했어. 아마도 우리가 생각하는 그 사람이겠지."

"M시는 범위가 너무 넓은데……. 어느 구(區)인지는 말하지 않았어요?"

"그래. 내 조카가 실수로 말을 흘리지 않았다면 루이안은 그 남자에게 대한 건 말하고 싶지 않은 눈치였어."

"당신 조카가 알까요?"

"물어볼 수는 있지. 하지만 지금 좀 이상한 것 같아."

"어떤 점이 이상하죠?"

"나는 당신을 모르고 당신 말도 못 믿겠어. 그런데 지금 당신은 계속 내게 명령을 내리고 있잖아."

천신한의 눈동자가 잘게 흔들렸다.

왕전상은 가진 정보가 없다. 위그드라실의 플레이어는 누구나 둥촨의 지시를 신뢰하며 따른다. 그들은 둥촨이라는 인물이 쌓아온 '업적'에 대해 여러 차례 들었다. 하지만 천신한 본인에게는 그런 업적이 없다. 그는 완전상에게 명함 한 장도 주지 못했다.

"그럼 지금 병원에 갑시다. 병원에서 어느 환자가 죽을 운명인지 알려줄게요. 오늘 저녁이 지나면, 아무리 늦어도 며칠 내로 그 사람이 죽을 테니까 그 후에는 나를 도와줄 겁니까?"

왕전상이 고개를 기울이며 멍하니 그를 쳐다보았다. 반쯤 먹은 햄버거에서 담황색 소스가 뚝뚝 흘러서 트레이를 적셨다.

천신한은 또 코가 뜨끈해지는 것을 느꼈다. 코피가 날 것 같아서 얼른 고개를 들고 코뼈 위를 꾹꾹 지압했다.

"괜찮아?"

천신한은 종이 냅킨을 한 움큼 집어서 코 아래를 막았다. 목구멍으로 피가 넘어가는 것이 느껴졌다.

"암에 걸려서 남은 시간이 얼마 없습니다."

천신한은 벌겋게 물든 종이 냅킨을 보란 듯이 왕전상 앞에 들이밀었다.

"우리 같은 사람은요, 자연의 법칙을 위배한 존재라서 하늘이 그냥 내버려두지 않거든요. 그러니까 내 말을 좀 믿어요. 시리에게 해코지를 하려는 게 아닙니다. 우리는 게임에서 친구였고…… 시리가 위험에 처하는 걸 두고 볼 수 없을 뿐이에요."

왕전상이 어쩔 수 없다는 듯이 손짓하며 말했다.

"좋아. 물어볼 테니까 좀 기다려."

얼마 후 천신한과 왕전상은 몇 가지 정보를 종합하여 결론을 도출했다.

양양은 시리가 연애하는 사람이 게임 위그드라실의 플레이어가 맞다고 확인해주었다.

현실에서는 반년 전에 처음 만났다. 약속 장소를 정한 것은 시리였고, 지금 천신한과 왕전상이 있는 햄버거 가게였다.

아쉽게도 양양은 그 남자에 관해 아는 것이 별로 없었다. 천신한의 기대에 훨씬 못 미칠 정도였다.

그 남자가 M시에 사는지 아닌지도 몰랐다.

"이상하네. 분명히 제일 친한 친구인데 양양은 아무것도 모르고 있어."

왕전상이 말했다.

천신한은 속으로 한숨을 쉬었다. 왕전상은 자신의 편견을 버릴 생각이 없는 걸까?

누구보다도 친하기 때문에 양양은 고민을 털어놓는 대상이 될 수 없다. 몇 분 전 왕전상은 인터넷에서 만난 친구에게는 마음속 비밀을 말할 리 없다고 굳게 믿었지만 사실상 그렇지 않았듯이, 이것도 마찬가지다.

왕전상은 정말 건전한 사람이구나. 천신한은 자신의 이런 평가가 사실을 있는 그대로 묘사한 것인지 아니면 시기심이 섞인 표현인지 헷갈린다고 생각했다.

전혀 소득이 없지는 않았다. 시리가 양양이 건 전화를 받았고, 기차를 타고 가는 중이라고 말했기 때문이다. 마침 기차가 역으로 진입하는 중이었는지 목소리에 지직거리는 잡음이 섞여 들렸다고 한다. 양양은 왕전상이 시킨 대로 어디로 가느냐고 에둘러 물었는데, 루이안은 갑자기 만나게 된 것이라 정해진 계획이 없다는 말로 다음 질문을 차단해버렸다. 루이안은 차갑게 코웃음을 치면서 둥촨을 원망했다고 한다. 전화 통화 마지막 3분 동안 시리는 주도적으로 말을 쏟아냈는데, 몇 마디 말로 두 사람이 "우연히 마주쳐서 정체를 알게 된" 과정을 정리했다.

시리가 내린 결론은 이랬다. 자신이 몹시 멍청했으며, 오랫동안 거짓말쟁이에게 인생의 조언을 받아왔다는 것이 놀랍다.

양양이 뭐라고 더 말하기도 전에 시리는 화제를 돌렸다. 그래도 이번에는 둥촨이 옳았다. 새벽 서너 시쯤 마침내 자신이 전화를 받았을 때 남자가 왜 약속을 취소했냐고 물었다. 시리는 차분한 척하면서 어쩌다 보니 잠들었을 뿐이라고 대답했다. 남자가 또 물었다. 방금 어디 있었느냐고.

시리는 대답했다. 당연히 집에서 자고 있었지.

남자가 한참 동안 아무 말이 없더니 전에는 들어본 적도 없는 부드러운 말투로 말했단다. 시리가 연락을 받지 않는 몇 시간 동안 깊이 반성했다. 그동안 시리에게 너무 엄격하게 대했던 것 같다. 자신의 요구가 과했다. 시리는 그가 원하는 방향으로 자신을 개선하려고 계속 노력했는데, 그의 기준이 너무 높아서 그런 점을 보지 못했다.

시리는 흥분한 말투로 떠들었다. 어젯밤에는 게임에서 둥촨하고만 플레이했다. 자기 캐릭터가 다른 플레이어에게는 보이지 않도록 설정했기 때문이다. 물론 그 남자도 시리의 캐릭터를 보지 못한다. 시리는 자신의 계책이 성공했다는 사실에 잔뜩 들뜬 것처럼 보였다고 했다. 시리는 몇 번이나 강조했다. 이렇게 즐거운 적은 정말, 너무, 진짜로 오랜만이라고. 시리가 계속 말을 이어나가는 바람에 양양은 끼어들 틈이 없어서 그 사람과 언제 어디서 만나는지 캐내지 못했다.

그러다가 전화가 갑자기 끊겼다.

양양이 두어 번 더 전화를 걸었지만 받지 않았다.

1분 후, 시리가 메시지를 보냈다. 이제 볼일을 보러 가야 해. 양양, 앞으로는 어른들에게 말하면 안 돼.

이 메시지의 효과가 아주 탁월했던 모양이다. 양양이 왕전샹과 나눈 두 번째 통화, 다시 말해 시리와 전화로 무슨 이야기를 했는지 알려줄 때는 처음 왕전샹과 통화할 때와 달리 몇 번이나 한숨을 쉬고 마음이 거북한 것을 드러내며 말끝을 질질 끌었다.

양양은 왕전샹에게 이렇게 묻기도 했다. 외삼촌, 이렇게 하는 게 정말 맞아? 내가 배신자처럼 느껴져.

"양양이…… 조카라고 했죠?"

"맞아. 그게 왜."

왕전샹은 천신한을 흘낏 쳐다보더니 금세 그의 의도를 눈치챘다.

"안 돼. 양양의 전화번호를 알려주는 건 거절. 지금은 아무것도 확실한 게 없어. 조카를 끌어들였다간 누나가 날 죽일걸."

천신한은 잠시 생각에 잠겼다. 결국 방울을 단 놈이 떼는 일도 해야 한다.

"그럼 당신도 루이안에게 전화를 해보세요. 부탁입니다."

천신한은 이렇게 납작 엎드려서 빌었던 적이 없었다.

왕전샹이 어깨를 으쓱거리더니 휴대전화를 꺼냈다. 신호가 대여섯 번 이어졌다.

"말했잖아, 안 받을 거라니까."

"다른 방법은 없을까요?"

"루이안이 반드시 전화를 받을 사람이 있기는 한데."

"누구죠?"

"루이안의 할머니. 하지만 나도 그분이 어디에 사시는지만 알지 전화번호는 몰라."

"할머니가 사는 곳이 어딘데요?"

왕전샹이 말한 곳은 햄버거 가게에서 적어도 차로 세 시간은 걸리는 지역이었다.

"안 되겠군요. 너무 오래 걸려요."

천신한은 더 생각할 것도 없다는 듯 그 방법을 제쳤다.

더 효율적인 방법을 생각해. 다른 방향에서 접근해야 할까? 황의 연락처를 찾아볼까? 황에게 경고하면 시리를 구할 수 있을까? 하지만 두 가지 리스크가 있다. 첫째, 그 남자가 황이 아닐 경우 귀중한 시간을 낭비한 셈이다. 둘째, 황은 개인정보를 절대 알려주지 않는다. 시리를 제외한 길드원 중에서 황에 대해 뭐라도 알고 있는 사람이 있을지 의문이다. 천신한은 한참을 고민하다가 일단 첫 번째 선택지를 지웠다. 너무 소극적인 생각이다. 그렇게 생각하면 할 수 있는 일이 없다. 그렇다면 두 번째는? 여기서 생각만 하느니 게임에 접속해서 길드원들에게 직접 물어보자. 혹시 예상외의 답변을 받을지도 모른다.

"여기 적힌 번호로 전화하면 당신이 받는 거죠."

천신한이 왕전샹의 명함을 빙글빙글 돌렸다.

"이제 어떻게 하려고?"

"양양의 전화번호를 알려줄 수 없다고 하니까 내 나름의 방법을 써야죠."

천신한이 간단히 계획을 설명했다.

왕전샹은 손목시계를 바라보며 말했다.

"회의가 있어서 가야 해. 연락처 좀 줘."

"왜요?"

왕전샹이 어이없다는 듯 웃었다.

"내가 어느 정도는 당신을 믿는다는 뜻으로 이해할 수 있겠지?"

"나를 믿을 생각입니까?"

"당신이 사기꾼일지도 모른다는 의심은 여전하지만, 이런 일을 처음 겪는 건 아니니까."

천신한이 갑자기 말을 끊었다.

"무슨 뜻이죠?"

"당신이야말로 무슨 뜻인데. 왜 소리를 지르고 그래?"

"좀 더 자세히 말하라고요."

천신한이 왕전샹의 팔꿈치를 붙잡으며 잡아먹을 듯 노려보았다.

"그렇게 과장된 반응은 좀 참아줘. 엄청 무섭네."

왕전샹이 목을 움츠리며 팔을 빼냈다.

"어쩔 수 없어요. 난 이 능력 때문에 더는 못 견딜 지경이니까."

그렇게 말하는 순간 코에서 뜨끈한 피가 또 솟구쳤다.

천신한은 종이 냅킨을 또 한 움큼 집어서 코를 막았다. 불꽃놀이처럼 연이어 폭발을 일으킨 코피 덕분에 눈앞이 어질어질하고 귀가 먹먹했다. 지금 누군가가 천신한에게 "당신은 3초 후에 기절합니다"라고 말한다면 믿지 않을 도리가 없을 것이다. 문제는 '어째서'다. 시그널을 처음 본 것도 아닌데, 지금까지 이렇게 격렬한 신체 반응은 없었다.

"알았어, 알았어. 흥분하지 마. 꼭 알아야겠다면 말해줄 테니까. 하지만 지금은 안 돼. 회의가 곧 시작될 거야. 늦었다간 죽은 목숨이야."

왕전샹이 천신한을 한동안 빤히 쳐다보다가 말을 이었다.

"어쨌든 당신이 유일하지 않다는 건 말해줄 수 있어. 내가 어릴 때 알던 동네 아저씬데, 그분도 그랬거든. 그런 걸 느낄 수 있으셨다는 말이야."

왕전샹이 전화를 흘낏 보고 창밖으로 시선을 돌렸다.

"내가 탈 차가 왔네. 또 연락하자고. 나는 하는 일 때문에 이런

저런 상황을 많이 겪었거든. 우리가 또 만날 것 같은 직감이 들어."

"그럼 시리는…….'

"양양더러 다시 연락해보라고 할게. 그것밖에 할 수 있는 게 없겠군. 당신도 루이안을 너무 쉽게 생각하지 말라고."

왕전샹이 캡 모자를 든 손을 흔들며 쓴웃음을 지었다.

그가 가게를 나간 직후 허칭옌이 전화를 했다.

천신한이 상황을 다 설명했다. 시리가 택시를 타고 떠난 것은 자신을 떨쳐버리기 위해서라는 점까지 포함해서 말이다. 천신한은 자기 잘못을 인정했다. 허칭옌이 옳았다. 같은 잘못을 반복하고 말았다. 갑자기 시리 앞에 나타나는 것은 더욱 나쁜 선택이었다. 그러지 않았더라면 시리에게 잘 설명해서 그 남자를 만나는 것을 막았을지도 모른다.

허칭옌이 잠시 침묵하다가 물었다.

"시리에게 있던 시그널은 없어졌어?"

이 질문은 길고 날카로운 송곳처럼 천신한의 심장 바로 근처까지 찔러 들어왔다.

"아니. 오히려…… 더 짙어졌어."

"일단 철수하자. 집으로 갈 거지?"

"여기에 좀 더 있을 생각이야. 시리가 이 가게를 약속 장소로 정했다면 집도 근처일 테니까."

"시리를 기다리겠다고?"

"그래. 이번에는 시리를 화나게 하지 않도록 신중하게 움직여야지. 시리에게 가까이 갈 수 있으면 뭔가 더 볼 수 있을지도 몰라."

전화 저편에서 긴 침묵이 이어졌다. 한참 후 허칭옌이 주저하며 입을 열었다.

"내가 찬물을 끼얹으려고 하는 말은 아닌데……. 이런 생각은 해본 적 없어? 전에 시그널이 보였던 사람들은 얼마나 더 살았지? 하루도 못 갔어. 길어야 이틀. 그 후에 너는 다양한 경로로 그들이 죽었다는 사실을 알게 되고 말이야. 집에 오라고 하는 이유를 알겠어?"

"알았어. 더 말하지 않아도 된다."

천신한은 전화를 끊었다.

물이 든 유리병을 들고 탁자 사이를 돌아다니던 종업원이 천신한의 자리에서 붉게 물든 냅킨 뭉치를 발견했다.

"손님, 괜찮으세요?"

"괜찮습니다."

그 말을 마치기도 전에 더 많은 피가 콧속에서 흘러나왔다. 천신한은 능숙한 손놀림으로 냅킨을 쥐고 코를 막았다.

"계산할게요."

5

천신한은 야오추샹에게 고개를 꾸벅여 인사하고는 바로 거
실을 지나 방으로 들어왔다. 방문을 잠근 뒤 침대에 몸을 던졌다.
자괴감에 휩싸인 채 허칭옌이 말 한마디로 손쉽게 그의 자신감을
깨부순 것을 원망했다.

허칭옌의 말이 맞다. 지금까지 틀린 적이 없었다. 100퍼센트.

어젯밤에 죽지 않았으니 오늘도 피할 수 있다는 것은 천신한
의 근거 없는 바람일 뿐이다.

오늘 시리를 보니 사신의 낫이 점점 가까워지는 것이 확실했
다. 아무리 노력해도 개미가 나무를 흔드는 일일지 모른다.

운명은 고집스러워서 바꾸려고 애를 써도 헛수고일 뿐이다.

이렇게 될 수밖에 없는 걸까?

시리는 발데르의 운명에 대해 이렇게 말했다. 나쁜 짓을 한

것도 아닌데 여러 신들과 헤어지다니 불쌍해.

그리고 황위샹의 운명과도 닮았다.

바람을 피운 건 남편인데 왜 황위샹이 죽어야 한단 말인가?

그날 스쿠터에 탄 뒤 황위샹은 어떤 일을 겪었을까? 천신한이 그날의 살인 사건에 대해 알고 있는 것은 식당 텔레비전으로 본 몇십 초짜리 뉴스가 전부였다. 노란색 폴리스 라인과 어두운 표정의 경찰, 자기 책임이 아니라는 주장을 거듭하던 경비원, 얼굴이 붉으락푸르락한 채 목에 핏대를 세운 목격자 모녀…… 목격자들은 무슨 말을 했을까? 천신한은 욱신거리는 관자놀이를 지압했다. 시야가 팽창하듯 흐릿해졌다가 축소되면서 선명해지기를 반복했다.

젠장, 그날 일을 생각하기 싫어서 계속 피해왔더니 아는 게 없어.

천신한은 컴퓨터 앞에 앉아 검색창에 황위샹이 살았던 지역명을 입력했다. 2초쯤 멈췄다가 마음을 다잡고서 '살인 사건'이라고 검색어를 추가했다. 수백 건의 검색 결과가 튀어나왔다.

그중 하나를 클릭한 순간, 그는 온몸이 뻣뻣하게 굳어서 꼼짝도 할 수 없는 상태가 되었다.

기사 화면의 제일 위에 황위샹과 남편의 결혼사진이 실렸다. 황위샹이 뺨을 남편의 등에 대고 뒤에서 끌어안은 모습이었다. 시선을 아래로 내리깐 황위샹의 얼굴에는 부끄러운 듯한 미소가 걸려 있었다. 남자의 얼굴은 모자이크 처리를 해서 어떤 표정인지 알아볼 수 없었다. 그러나 자기 가슴 앞에 모인 아내의 손가락을 부드럽게 쓰다듬는 모습은 그럭저럭 자연스러워 보였다. 사진 아래쪽에 작은 글씨로 '피해자 황 모 씨가 페이스북에 올린 다정한 결혼사진'이라 적혀 있었다. 시선을 위로 올리니 기사 제목은 '불륜 담판의 파국, 악독한 내연녀의 습격'이다.

조회 수가 10만 가까이 된다.

천신한은 저도 모르게 주먹을 움켜쥐었다. 이것 역시 불공평하다. 이렇게 많은 사람이 황위샹의 인생을 읽고 그가 맞이해야 했던 비극적인 결말을 다 알게 되었는데, 그들은 정작 황위샹이 어떤 사람인지는 모른다. 그들에게 황위샹은 그저 한 사람의 피해자에 지나지 않았다.

인터넷에 존재하는 인간의 흔적은 시간에 있어 완전한 '면역'을 지닌다. 침식, 풍화, 퇴색 그 어느 것도 일어나지 않는다. 100년 후면 기사를 읽은 10만 명의 뼈는 먼지가 되어 사라지겠지만 이 기사는 한 글자 한 글자 조금도 손실되지 않고 건재할 것이다.

참으로 이상한 일이지만, 황위샹의 생전 마지막 한 시간을 복원하려는 천신한은 결국 이런 언론 보도가 남긴 크고 작은 부산물에 의존해야 했다.

그날 황위샹은 해 질 무렵에 시장에 들러 저녁 장을 봤다. 시장에서 30분 정도 머물렀다. 시장 입구에 감시카메라가 있어서 황위샹이 들어갔다 나오는 장면이 확실히 찍혔다. 10여 분 후, 황위샹이 아파트 단지에 도착했다. 경비원과 잠깐 인사를 나누고 소포를 받아서 1층 로비 쪽으로 걸어갔다. 황위상이 살았던 아파트는 300여 세대가 사는 큰 단지여서 내부 시설이 다양했다. E동 전방에는 어린이 놀이터가 있었다. 범인은 그네에 앉아서 황위상을 기다렸다. 그가 나타나자 한 점의 망설임도 없이 다가가서 말을 걸었다. 두 여자가 대화를 나누는 과정은 전부 놀이터의 감시카메라에 찍혔다. 경찰의 발표에 따르면 어떤 신비한 힘이 인도했는지 몰라도 사건 발생 일주일 전에 거주자 민원을 받은 관리위원회가 놀이터에 감시카메라를 설치했다고 한다.

황위상의 당황한 반응을 보면 범인과 그날 처음 만난 것 같았다. 범인은 카메라를 등지고 있어서 표정을 볼 수 없었다. 황위상이 뒤로 물러서다가 급히 자리를 떠나려고 했는데 범인이 그를 붙들고서 무릎까지 꿇었다. 황위상은 고개를 저으며 팔을 세게 휘저어서 범인을 떨쳐냈다. 몸을 돌리고 가려는 순간 범인이 외투 안에서 작은 칼을 꺼내 황위상의 등을 미친 듯이 찔러댔다. 손잡이가 부러질 때까지 계속 찔렀다.

이상의 물증 외에도 천신한은 목격자 모녀의 증언을 찾을 수 있었다. 그들은 1층에 내려와 배달 음식을 기다리던 중이었는데, 놀이터에서 들리는 다투는 소리를 듣고 그쪽으로 다가갔다. 처음 본 것은 여자가 황위상에게 매달려 뭐라고 외치는 모습이었다. 두세 번 듣고서야 여자가 하는 말이 "당신이 놓지 않으면 내가 어떻게 놓아요"라는 것을 알아들었다. 그때는 모녀 두 사람 다 의아했다. 황위상은 그 여자를 붙잡고 있지 않았으니까. 이어서 벌어진 돌발 상황에 모녀는 혼비백산했다. 여자가 돌연 미친 사람처럼 칼을 꺼내 들었기 때문에 놀란 나머지 막지도 도망치지도 못한 채 봉제 인형을 찢듯 황위상을 찌르고 또 찌르는 것을 보고만 있었다. 모녀가 정신을 차렸을 때 황위상은 빨간색과 초록색이 뒤범벅된 놀이터의 고무 바닥에 쓰러져 있었다. 여자는 멍한 눈으로 그 옆에 주저앉았다.

천신한은 황위상 남편을 중심으로 한 기사도 읽었다. 남자가 경찰에 밝힌 바에 따르면 범인과는 업무적으로 처음 만났고 불륜 관계는 2년 정도 유지했다. 갈수록 여자 쪽에서 황위상과 이혼하라거나 자신과 사귀는 것을 공개하라고 요구하는 일이 잦아져서 스트레스가 심했다. 황위상이 사망한 날에는 오후 2시쯤 카페에서 여자를 만났다가 다툼이 벌어졌다. 여자가 주문서를 꺼내놓고 웃으면서 결혼반지를 맞췄다고 말했다. 남자는 여자가 미쳤다고 생각했고 그 자리에서 헤어지자고 했다. 여자가 위협하는데도 불구하고 남자는 자리를 박차고 나왔다. 3시 30분 전후로 여자가 전화를 걸어왔다. 헤어지자는 말은 그냥 한 소리냐고 묻기에 남자는 짜증스러운 기분이 완전히 가시기 전이어서 일부러 상대방을 긁는 소리를 했다. 이미 황위상에게 모든 사실을 털어놓았고, 아내는 남자가 여자와의 관계를 완전히 끊는다면 용서해주겠다는 뜻을 밝혔다고.

남자는 여자가 캐묻는 말을 무시하고 회의가 있다는 핑계로 전화를 일방적으로 끊었다. 그는 여자를 자극하지 말았어야 했다며 후회했다. 여자가 아내를 찾아올 줄도 몰랐고, 심지어 제 손으로 죽일 줄은 더더욱 몰랐다.

천신한의 시선이 그 대목에서 멈췄다. 머릿속을 돌아다니던 생각들이 조금씩 제자리를 찾았다.

그날 점심때부터 해 질 녘까지는 시그널이 나타나지 않았다. 황위상 남편의 증언에 따르면 오후 2시에 범인은 두 사람이 함께 할 수 있을 것이라는 꿈에 빠져 있었다. 3시 30분, 여자의 꿈이 깨졌다. 5시가 조금 넘은 시각에 여자는 황위상 부부가 사는 아파트 단지에 들어왔다. 경비원은 그 여자가 센서 감지로 문을 여는 카드 키를 가지고 있었다고 했다. 그러니 여자의 출입을 막을 이유도 없었다고 말이다.

여자가 놀이터 그네에 앉아서 꽤 긴 시간을 기다렸는데, 언론 보도 중에는 그때의 장면이 찍힌 감시카메라 화면도 있었다. 여자는 휴대전화 화면을 넘겨보기도 하고, 두 다리를 흔들거리기도 하면서 태연하게 시간을 보내는 모습이었다. 그런 여자의 주변을 아파트 주민들이 여러 명 지나갔는데 누구도 의심을 품지 않았다. 나중에 인터뷰를 한 사람들은 입을 모아 특별히 인상에 남지 않았다고 대답했다. 단지에 사는 사람들이 얼마나 많은데 오가는 사람을 다 알겠느냐면서, 젊은 여자가 놀이터 그네에 앉아 휴대전화를 들여다보는 모습은 이상할 게 없었다는 것이었다.

그 여자의 머릿속에 무시무시한 계획이 있는 줄 누군들 상상이나 했을까?

그동안 검은 안개는 황위상의 몸을 구불텅구불텅 타고 올라서…… 무(無)에서 유(有)를 만들어냈다.

그렇다면 시리도 비슷한 상황이 아닐까? 시리에 대한 그 사람의 계획이 정오까지는 맑은 날씨였지만 오후가 되어 열기가 높아지면서 수분이 한 방울 한 방울 증발해 하늘로 올라가 구름이 되었을 것이다.

구름이 끼면 언젠가는 비가 내리겠지?

결국 비는 내릴 것이다.

황위상의 사건 보도를 찾아 읽는 것은 천신한에게는 한 걸음씩 깊은 연못에 들어가는 것과 같았다. 물이 어깨높이에서 찰랑거렸다. 언제 머리끝까지 잠길지 몰랐다. 황위상의 장례식에는 천신한도 참석했었다. 당시 이미 회사에 사직서를 낸 상태였는데, 동료 중에는 장례식에서 만났을 때 사직한 이유가 뭐냐고 물어보는 사람도 있었다. 사람들은 목소리를 낮추어 대화하고, 울고, 서로 껴안았다. 황위상의 언니가 울먹이며 말했다. 동생에게 병원 예약을 하라고 일러주기 위해서 전화를 두 통이나 걸었다. 황위상이 전화를 받지 않아서 조금 있다가 한 번 더 걸었는데 그때는 경찰이 전화를 받았다. 황위상이 언니의 전화를 받았다고 해서 위험을 피할 수 있었으리라는 보장은 없다. 언니도 그 사실을 잘 알지만 적어도 동생이 죽기 전에 마지막으로 몇 마디 나눌 수 있지 않았겠는가.

천신한은 부들부들 떨었다. 이 기억을 어떻게 잊어버렸지?

죄책감으로 가득했는데 황위샹의 언니가 한 말 때문에 사면 받은 기분이었던 것일까? 황위샹은 누구의 전화도 받지 않았다. 얼른 집에 갈 생각뿐이었고 채소와 고기, 과일이 든 무거운 비닐봉지를 두 개나 들고 있었으니까.

황위샹은 운명을 피하지 못하도록 정해져 있었다.

전화벨 소리에 천신한은 정신을 차렸다. 걸려온 전화번호는 낯설었는데, 받고 보니 왕전샹이었다.

"알려줘야 할 것 같아서. 루이안이 접속했어."

"접속이라니 무슨 말입니까?"

"같이 게임하는 사이잖아? 내 조카가 방금 루이안과 전화 통화를 했는데 게임 효과음이 들렸다고 해. 그 애가 당신 전화는 차단했지만 게임에는 차단 기능이 없으니까…… 시리를 찾아보는 건 어때?"

초인종 소리가 벽 너머에서 들려왔다.

천신한은 몇 초 정도 멍하니 바깥 동정을 살폈는데, 방 안에 들어온 사람을 보고는 짜증스럽게 눈을 흘길 수밖에 없었다.

허칭옌은 익숙한 손놀림으로 의자를 빼서 앉았다. 손에는 오는 길에 테이크아웃한 음료를 들고 있었다. 클래식 홍차는 천신한에게 주고 자신은 포도 젤리를 넣은 치즈 밀크티에 빨대를 꽂아서 꼴깍꼴깍 마셨다.

"우리 엄마가 널 이렇게 바로 집에 들인단 말이냐?"

"당연하지."

허칭옌이 천신한을 흘낏 보더니 물었다.

"아버지는 안 계셔?"

허칭옌의 질문에 천신한은 오전에 있었던 말다툼이 떠올랐다. 천중우의 한마디 한마디가 다시금 날카롭게 가슴을 찌르는 듯했다. 천신한은 고개를 저어 스멀스멀 피어오르는 불편한 감정을 날렸다.

"아버지 얘기는 하지 마."

"아……. 오케이. 지금 상황은 어때?"

"일단 위그드라실에 접속하려고 해. 이따가 자세히 설명할게."

"이런 때에도 게임을 한다고?"

"지금은 게임 말고는 할 수 있는 게 없다."

천신한은 맵을 계속 돌아다녔다. 다섯 번째인지 여섯 번째인지 모를 맵에서 시리를 만났다.

시리도 거의 동시에 자기 모니터에서 등찬을 발견한 모양인지 순간 이동 아이템을 썼다. 시리의 캐릭터가 순식간에 획 사라졌다.

천신한은 낙담하는 시간조차 아까웠다. 시리가 게임에서도 자신을 차단하기 전에 얼른 메시지를 보냈다.

둥촨 화내지 마.

시리 사기꾼과는 할 말이 없어.

둥촨 어떻게 하면 용서해줄래?

시리 내가 얼마나 상처받았는지 알아? 아무 일 없었던 것처럼 지낼
    순 없어.

둥촨 그러면 이렇게 하자. 내가 왕비의 관을 선물해줄게. 제발, 용서
    해줘.

시리 왕비의 관 가격이 얼마인지 알고 있는 거야?

왕비의 관은 '시와 술' 퀘스트에서만 등장하는 한정판 아이템
이다. 플레이어의 임무는 꿀술을 아스가르드로 가져오는 것인데,
꿀술은 거인 수퉁의 딸 군로드가 지키고 있다. 군로드는 미모, 용
기, 재치를 겸비한 인물인데, 유일한 약점이 달콤한 말을 들은 적
이 없다는 것이다. 그래서 군로드와 대화할 때 플레이어는 최대
한 부드럽고 다정한 말투를 써서 경계심을 녹여야 한다.

1만 분의 1 확률로 군로드가 소중히 여기는 왕관을 벗어서
내려놓는다. 플레이어는 그 기회를 틈타 왕비의 관을 손에 넣을
수 있다. 시와 술 퀘스트에 걸리는 시간은 대충 열 시간이 넘는다.
군로드가 왕비의 관을 내려놓을 확률은 특히나 낮기 때문에 이
아이템의 가격은 절대 내려오지 않는다. 위그드라실 세계의 에르
메스라고 해도 과언이 아니었다.

동찬 네가 갖고 싶다고 하면 사줄게.

시리 수만 타이완달러짜리 왕비의 관을 사줄 생각도 있으면서 왜 처
     음부터 사실대로 말하지 않은 거야? 그렇게 사는 게 맞다고 생
     각해?

눈앞이 새까매졌다. 눈을 몇 번 감았다 뜨니 코앞에 화장지가
흔들거리고 있었다.

"어이, 이거."

허칭옌이었다.

"또 코피가 났나?"

코밑을 훔치는데 손등에 아무것도 묻어나는 게 없었다.

"코피가 아니라……."

허칭옌은 상당히 놀란 눈치였다.

"너 지금 울고 있어. 내가 이렇게 말해줘야 아냐?"

천신한은 의아한 듯 뺨을 만져보았다. 허칭옌이 말한 그대로,
그는 울고 있었다.

왜 이러지? 황위상의 기억 때문에? 아니면 시리도 얼마 안 가
서 죽을 거라는 두려움에?

아니, 가장 깊고 남에게 털어놓지 못한 고통은 다름이 아니
라…… 자신이 교통사고 이후에 하루도 편할 날 없이 살았다는
사실이었다. 천신한이 보는 인간은 누구도 '살아 있음'의 상태가
아니었다. 그들은 오로지 '아직 죽지 않음'의 형태로 그의 눈앞에

존재했다.

천신한은 코를 훌쩍이며 다시 시리에게 말을 걸었다.

둥촨　집에 들어갔어?

시리　한동안은 나에게 말 걸지 말아줘.

둥촨　백만 번이라도 미안하다고 빌 수 있어. 일단 대답부터 해줘. 집
　　　에 들어갔어?

시리　내가 집에 들어갔는지를 왜 그렇게 집착해?

둥촨　네가 안전하다는 걸 확인하려고.

시리　무슨 자격으로?

시리　왜 나를 속였어? 왜 친구 사진을 너라고 한 거야?

둥촨　내가 솔직하게 대답하면, 너도 내 질문에 대답해줘. 그렇게 하
　　　는 거다?

시리　확답은 못 해. 생각은 해볼게.

둥촨　너를 좋아해서 그랬다고 하면 믿을래?

둥촨　오랫동안 널 좋아했어.

둥촨　하지만 현실의 나는 안정된 직업도 없이 집에 처박혀 있는 놈
　　　이라서 누군가를 좋아할 자격이 없는 것 같았어.

공기가 젤라틴처럼 끈적거렸다. 허칭옌은 차마 못 보겠다는
듯 고개를 돌렸다.

천신한은 친구의 예의 바른 대응에 고마움을 느꼈다. 그는 지

금 단숨에 껍데기를 홀렁 벗어던지고 자기 심장을 있는 그대로 내보인 상태였다.

시리　나를 왜 좋아해?

둥환　사람을 좋아하는 데 이유가 있어? 그냥 좋아하는 거 아니야?

시리　이유를 대봐.

둥환　꼭 그래야 해? 그러면…… 꼭 말해야 한다면, 우리가 오랜 시간을 같이 보냈다는 거…….

시리　오랜 시간을 같이 보냈다?

둥환　지난 몇 년 동안 나하고 가장 많이 대화한 사람이 너야.

시리　다른 여자랑 오랫동안 대화를 했다면 그 애를 좋아했겠네?

둥환　그럴지도 모르지.

둥환　하지만 그런 여자는 없었잖아. 1년 넘게 나랑 대화한 건 너뿐이니까.

시리　난 너를 무슨 이야기든 할 수 있는 좋은 친구라고 생각했어. 너도 알잖아.

둥환　알아.

시리　그런데도 좋아한다고?

둥환　누군가를 좋아하는 건, 그 사람이 나를 좋아하느냐 아니냐 하고는 별개야.

시리　알았어. 난 지금 집에 있어. 이제 만족해?

둥환　며칠만 전에 말했던 그 친구 집에서 지내면 안 돼?

192

시리 왜?

둥촨 묻지 말고 그렇게 해줘.

시리 왜?

둥촨 이유를 말해도 넌 안 믿을 거야.

시리 솔직하게 말하면 믿을게. 또 거짓말을 하면 절대로 다시는 너
랑 말 안 할 거고.

둥촨 알았어, 말할게. 운명을 점친다는 거 믿어?

시리 해본 적은 없는데, 그런 걸 믿는 사람은 많이 봤지.

둥촨 나는 사람들한테서 가까운 미래를 봐.

시리 어디에서? 얼굴? 손?

둥촨 음……. 가장 비슷한 건, 역시 얼굴이려나. 지금 당장 믿는다 안
믿는다를 결정하지 말고 설명을 좀 더 들어봐.

시리 좋아, 말해봐. 내 얼굴에 뭐가 있었는데.

둥촨 넌 조만간 위험해질 거야. 아주 심각한 위험이야. 누군가 너를
해치려고 해.

시리 그건 네가 아닐까?

둥촨 미안해.

시리 농담이야, 내가 뒤끝이 길어. 헤헤헤.

둥촨 널 속인 건 내가 정말 잘못했어.

시리 누가 나를 해칠 건지도 알아?

둥촨 좀 더 가까이에서 봐야 알 수 있어. 오늘은 그럴 기회가 없었지.
네가 화를 많이 냈으니까.

시리 내가 화내는 건 아주 정상이야.

둥환 맞아, 그러니까 나를 한 번만 더 믿어볼래? 친구 집에 가. 한동
      안 혼자 있지 말고.

시리 생각해보고. 졸린다, 내일 다시 얘기해.

시리가 로그아웃했다.

천신한은 긴 한숨을 쉬었다. 잠깐 사이에 온몸의 기력이 다
빠져나간 듯했다.

천신한은 예전에 인터넷에서 마약을 복용한 사람이 환각을
견디다 못해 자기 안구를 빼버렸다는 글을 읽은 적 있다. 지금 그
사람의 광기를 체험하는 기분이었다. 눈이 보여주는 것 때문에
영혼이 짜부라든다면 그 눈을 가지고 있어서 뭘 하겠는가?

에어컨 팬이 돌아가는 소리만 낮게 들렸다.

허칭옌의 손이 허공에서 부드러운 호선을 그리며 천신한의
어깨 위에 내려앉았다.

"겨우 이틀 지났는데, 2주는 지난 것 같아."

천신한이 목멘 소리로 말했다.

"넌 최선을 다했어."

"아니, 아니야. 내가 다 망쳤어. 시리의 태도가 달라졌어. 이

제는 나를 믿지 않아. 내가 한 말도 신경 쓰지 않는 것 같고. 언젠가는 그 애에게 고백하겠지 생각했지만, 이런 방식은 아니었어."

"넌 듣기 싫을지도 모르지만, 내 생각에는 누구도 타인의 인생을 바꿀 수 없어. 내 말 알겠어? 지금 이 모든 것이 정해진 운명이었는지도 몰라. 너는 시리에게 거짓말을 했을 운명이고, 시리는 오늘부터 너를 믿지 않을 운명인 거야. 넌 그 애에게 경고할 운명이지만 그 애는 네 말을 반신반의할 운명이고……. 참, 이걸 어떻게 말해야 하나……."

허칭옌이 일어서서 초조하게 방 안을 걸어 다녔다.

"그러니까……. 그래, 그거다. 이게 전부 게임의 퀘스트 같은 거지. 너는 스토리에 참여하고 있는 것처럼 보이지만 정말 그럴까? 발데르 퀘스트만 해도 그래. 표면적으로는 어젯밤에 너와 시리가 이리 뛰고 저리 뛰면서 대화를 나누고 수수께끼를 풀고 선택지를 골랐지. 많은 일을 하고, 뭔가 결정한 것 같아. 그렇지? 하지만 조금만 깊이 생각해보면 플레이어가 게임 스토리에 무슨 영향을 줄 수 있냐? 네가 어떤 행동을 하건 발데르는 죽어. 중요한 대화는 선택지도 없어서 넌 그냥 '다음' 버튼만 계속 눌러야 하잖아. 시리는 아직 그 퀘스트의 보상을 받으러 가지 않았으니까 그 애의 게임에서 발데르는 죽지 않은 상태지만, 너는 예전에 그 퀘스트를 완료했기 때문에 발데르의 결말이 어떤지 알지. 그러면 여기서 게임을 멈추고 다시는 위그드라실에 접속하지 않는다면 어떨까? 마찬가지로 네가 오늘 만난 그 사람과 다시는 연락하지 않는다면? 시리는 영원히 네 마음속에 살아 있는 거야."

허칭옌은 스스로 생각하기에 가장 아름다운 해답을 내놨다.

"어떻게 게임과 인생을 동일 선상에서 비교하냐? 그건 너무 존중하지 않는…….."

천신한은 순간 자신이 무슨 말을 하려고 했는지 알 수 없었다.

게임을 존중하지 않는다? 인생을 존중하지 않는다? 게임과 인생 중에서 어느 쪽이 위조품이지?

"내가 무슨 말을 하는지 알잖아."

허칭옌이 도로 자리에 앉아서 말을 이었다.

"이유는 모르겠지만 갑자기 비관적인 생각이 들었어. 아마 네가 시리에게 운명을 점친다는 이야기를 해서 그런가 봐."

"왜? 그냥 적당히 둘러댄 거야. 시리에게 '난 네가 죽는 걸 봤어'라고 말할 수는 없잖아."

"내가 얼마 전에 점을 보러 갔다는 이야기를 했던가? 원래는 회사 일을 물어보려고 했는데, 점쟁이가 이것저것 다 말해주더라고."

"그런 이야기는 안 했어."

"점을 본 결과가 좋지 않아서 말하지 않았나 봐."

"점쟁이가 뭐라고 했길래?"

"때가 되면 말해줄게."

허칭옌의 늘씬한 손가락이 이마를 짚었다. 찌푸린 미간을 보니 상당히 피곤한 모양이다.

"내가 하고 싶은 말은, 넌 최선을 다했다는 거야. 황위샹 때도 최선을 다했어. 가장 나쁜, 무엇보다 나쁜 상황이 벌어져도 말이지. 내일 컴퓨터를 켜자마자 시리의 기사를 보게 된다 해도 지난번 그때처럼 너 자신을 원망하지는 마. 난 진심으로 그렇게 생각해. 앞으로 이삼 년만 지나면 우리도 서른 살이야. 나이를 먹을수록 우리는 어떤 것도 바꾸지 못한다는 생각이 들지 않아? 어릴 땐 내가 성실하게 노력하면 다 될 줄 알았어. 하늘의 별도 딸 수 있다고 믿었지. 사회에 나와보니 내 앞가림을 잘하는 것만 해도 온 힘을 쏟아야 가능하더라. 내 말이 수동적으로 들릴지 몰라도 다른 방향에서 생각하면 우리가 스스로를 책임에서 해방할 수 있다는 뜻이기도 해. 오늘 이야기는 여기까지. 잘 자라."

허칭옌이 떠난 뒤 천신한은 방의 불을 껐다.

창밖에 가로등이 하나둘 켜졌다. 원래 계획은 수면제를 두 알 먹고 감각을 마비시켜 깊게 잠드는 것이었는데, 발이 제멋대로 거실로 향했다. 야오추샹이 한 손에는 텔레비전 리모컨을 쥐고 한 손은 배 위에 얹은 채 어두운 표정으로 소파에 앉아 있었다. 아들이 자기 옆에 앉자 야오추샹의 눈썹이 조금 치켜 올라갔다.

"아버지는 안 들어오셨어요?"

"작은아버지 댁에 가서 술을 드시나 보다. 배고프니?"

배가 고프지는 않았다. 하지만 어머니는 지금 더 이상의 거절을 감당하기 힘들 듯했다. 천신한이 고개를 끄덕였다.

20분 후 천신한과 야오추샹이 식탁에 앉았다.

천신한은 접시에 담긴 음식 가짓수를 셌다. 전부 다 그가 특히 좋아하는 것들이었다.

어쩌면 어머니는 오늘 밤에 아버지가 귀가하지 않을 것을 알고 계셨을지도 모르겠다.

야오추샹이 김이 모락모락 나는 쌀밥 위에 달걀찜을 한 숟갈 얹어 아들에게 건넸다.

"오늘 나간 일은 잘됐니?"

천신한은 멈칫했다가 집을 나서기 전에 했던 말을 겨우 떠올리곤 대답했다.

"그럭저럭이요."

야오추샹이 젓가락을 내려놓았다.

"엄마하고 아버지가 괴로워할 일은 하면 안 된다."

"엄마, 무슨 엉뚱한 소리예요?"

"엉뚱한 소리니? 방금, 네가 거실 소파에 앉아서 나를 쳐다보고 있었지?"

"그게 왜요?"

야오추샹이 고개를 흔들었다.

"나도 모르겠구나. 뭐라고 말해야 할지……. 네가 소파에 앉아 있는 모습을 본 지도 오래되었어."

"그랬어요?"

천신한은 기억을 떠올리려고 애썼다.

"그랬지. 넌 점점 더 방에서 나오질 않잖니. 밥 먹을 때도 후

다닥 입에 집어넣고 일어서기 바쁘고. 예전에는 같이 텔레비전을 보거나 이야기도 하곤 했는데 말이다. 왜 달라진 거니? 우리하고 같이 지내는 게 힘들어?"

천신한은 어머니가 자신을 이처럼 세심하게 관찰하고 계신 줄 몰랐다.

야오추샹은 또 다른 난제를 그의 앞에 내놓았다.

"아침에 네 아버지하고 나눈 이야기를 들었지? 그때 널 봤단 다."

천신한은 밥을 먹다 말고 고개를 들어 어머니의 눈을 응시했 다. 침을 삼키느라 목젖이 꿈틀댔다.

"어느 정도는 일부러 듣게 놔뒀어. 이것 좀 보렴."

야오추샹이 자기 머리카락을 보여주었다.

"여기 흰머리가 잔뜩 생겼지? 염색을 해도 자라나는 속도를 감당할 수가 없더구나. 엄마 말은, 머리를 검게 염색해봐야 자신 을 속이는 짓일 뿐이라는 거란다. 의사 선생님 말로는 스트레스 가 심해서 흰머리가 생기는 거래."

야오추샹의 얼굴에 울적하고 슬픈 미소가 떠올랐다.

"샤오한, 엄마가 이런 이야기를 하면 넌 또 방으로 들어가고 싶을까?"

"아니에요."

천신한의 대답에는 힘이 없었다.

"네가 오늘 외출한다고 해서 걱정이 많았어. 친구와 일 이야기를 하러 간 게 아니라 내 친구의 아들처럼 몰래 엉뚱한 짓을 할까 봐. 너한테 전화를 걸까 생각했지만 괜히 스트레스만 더 줄 것 같아서 그만뒀단다. 오후 내내 일이 손에 잡히지 않더구나. 이런 저런 생각을 하면서 네가 집에 오기만 기다렸지. 그러다가 너한테 달걀찜을 해주겠다고 약속한 것이 생각났어. 그 덕분에 겨우 할 일을 찾았지 뭐니.

오늘 집에 들어와서는 한마디도 안 하고 바로 방에 들어갔지. 잠시 후에 칭옌이 왔고. 방문이 닫혀 있는데, 너희들이 무슨 말을 하는지 좀 듣고 싶으면서도, 요즘 내가 듣는 강연마다 선생님들이 그러시더라고, 자녀의 사생활을 존중해야 한다고 말이다. 전문가라면서 아는 게 없어, 그 사람들은. 부모 마음이란 평생 마음 졸이고 걱정하는 거란다. 사실 내가 방문 밖에서 좀 듣긴 했는데, 들어도 소용이 없었어. 너희들이 하는 말을 하나라도 알아들을 수가 있어야지. 그러다가 칭옌이 나가고, 네가 거실로 나와서 내 옆에 앉았지. 깜짝 놀랐단다. 몇 년 동안, 비록 네가 말한 적은 없어도 우리하고 거리를 둔다는 것을 느끼고 있었어. 힘들었지만 마음을 편하게 먹어야 한다고 매번 다짐했지. 아들이 자라서 자기 의견을 가지는 것은 당연한 일이니까. 그래서 말이야, 네가 오랜만에 가까이 앉아서 나를 쳐다보니까……. 그리고 아까 칭옌하고 싸우는 것 같던데……. 그래서 엄마가 좀 무서웠어, 네가 혹시라도…….”

“아니에요, 그런 거.”

"정말이니?"

"정말이에요."

천신한이 딱 잘라 대답했다.

"그러면, 다행이다. 안심할 수 있겠구나."

야오추샹이 가지를 집어서 입에 넣고 천천히 씹었다. 어머니는 고개를 돌리고 필사적으로 콧등을 꾹꾹 눌렀다. 그건 눈물을 그치고 싶을 때 하는 버릇이다.

"샤오한, 절대로 엉뚱한 생각은 하면 안 돼. 나도 아버지도 네 상황이 어떤지 전부 알지 못한다만, 그래도 우리에게 시간을 다오. 너 자신에게도 시간을 주고. 인터넷에서 글을 한 편 읽었는데, 유명한 정신과 의사가 쓴 거래. 그 의사 말이, 요즘 사람들은 서른 살이 지나야 어른이 된대. 그 나이가 되어야 제대로 목표와 방향을 잡을 수 있다고 했어. 넌 이제 스물일곱이잖니, 아직 어려……. 인생에 대해서 급하게 결론을 내리려고 하지 말렴."

"엄마……. 저는……."

"오늘 엄마 말을 오래 들어줘서 고마워. 이제 그만할 테니까, 식기 전에 얼른 먹자."

방에 돌아와서도 천신한의 머릿속에 한동안 이런저런 생각이 꼬리에 꼬리를 물고 떠올랐다.

오늘 무슨 날이지?

주변 사람들이 다들 스위치를 켠 것처럼 연이어 의미심장한 말들을 쏟아냈다. 허칭엔이 말한 것처럼 인생도 게임과 같다면,

모습을 드러내지 않는 설계자가 있을 것이다. 이 모든 것을 직접 기획하고 준비하는 존재. 그렇다면 천신한은 그 존재에게 묻고 싶었다. 신인지 뭔지 모를 당신, 인류의 반응을 보면서 얼마나 즐거우십니까?

검색 엔진에 '왕전샹'이라는 이름을 넣자 흥미로운 링크가 몇 개 튀어나왔다. 동명이인을 걸러내고도 대학 합격자 명단 속 왕전샹의 이름, 그가 가입한 촬영 동아리에 게시한 자기소개, 드라마 종영에 맞춰 쓴 수천 자짜리 긴 감사 글 등이 보였다. 천신한은 그것들을 빠짐없이 읽어보았지만 그다지 큰 소득이 없었다. 다만 인터뷰 기사 몇 편에서 왕전샹의 이름과 같이 언급되는 감독이 있었는데, 그 감독 이름으로 다시 검색했고 몇 년간 준비해온 다큐멘터리가 곧 상영될 거라는 소식을 알게 되었다. 그 기사 말미에는 다큐멘터리를 홍보하는 영상이 첨부되어 있었다.

시리와 왕전샹의 대화에서 몇 번이나 다큐멘터리가 언급되었던 것이 기억났다. 천신한이 마우스 왼쪽 버튼을 클릭하자 영상이 재생되었다. 감독은 두 손을 무릎 위에 얹은 자세였다. 목소리는 천신한이 상상한 것보다도 낮았다. 그는 카메라를 응시하며 반달처럼 눈을 둥글게 휘었다. 친구와 수다 떠는 것 같은 분위기였다. "처음에는 성장기에 어려움을 겪고 있는 청소년 일곱 명을 선정해 촬영했습니다. 중학교 졸업부터 스무 살까지의 인생을 담을 예정이었지요. 3년 정도 촬영했을 때쯤 투자자와 회사 모두 제 기획이 너무 방대하다고 지적했습니다. 프로젝트를 조정하지 않으면 문제가 생길 거라고 충고했죠. 다큐멘터리에 참여한 학생 중에서도 영화가 개봉하면 가족들에게 민폐를 끼치게 될까 봐 포기하고 싶다는 의사를 밝힌 아이가 있었습니다. 그래서 여러 차례 회의를 거쳐 일곱 명에서 세 명으로 인원을 줄인 것이 오늘 여러분들이 보신 버전입니다. 나머지 네 명은 절반쯤 촬영하다가 그만뒀죠. 영화에 나오지는 않지만 그들의 도움에도 깊은 감사를 전합니다."

왕전샹의 이야기는 사실이었다. 양양이 시리를 추천했고, 시리도 한때 이 다큐멘터리의 촬영에 참여했지만 중간에 출연이 무산된 것이다.

천신한은 어젯밤처럼 오늘도 밤새 잠을 이루지 못할 것이라 생각했다.

그러나 눈을 감았다 뜨니 밝은 햇빛이 커튼 아래서 파도처럼 넘실대고 있었다.

천신한은 잠기운이 덕지덕지 붙은 눈으로 위그드라실에 접속부터 했다.

시리의 캐릭터는 로그인 상태였다. 그뿐 아니라 길드 채팅 창에서 다른 플레이어들과 주거니 받거니 수다를 떠는 중이었다. 시리의 농담에 길드원들이 웃음을 터트렸다. 분위기가 아주 화기 애애했다. 짧지만 영원처럼 느껴졌던 1초 동안 천신한은 잠깐 환상에 빠졌다. 그는 시리를 직접 대면한 적이 없다. 검은 안개가 시리의 몸을 휘감아 타고 오르는 꼴을 본 적도 없다. 그건 다 기나긴 악몽일 뿐이다.

이 버전의 이야기는 얼마나 아름다운가. 시리가 혐오와 경멸이 뒤섞인 눈초리로 그를 본 적도 없고, 허칭옌과 어머니는 하고 싶은 말을 편하게 다 할 수 있다. 정말 유쾌하지 않은가.

휴대전화에서 부재중 전화를 알리는 알람과 메시지 수신 알람이 울렸다. 천신한은 망상에서 깨어나 현실로 돌아왔다.

왕전샹이다.

"루이안은 아무 일 없어. 점쟁이님, 본인 건강부터 챙기시길."

그 후 시리는 평소와 똑같았다. 밤새 게임을 하고서 동틀 무렵에 잘 자라는 인사를 한 뒤, 정오가 조금 지나면 다시 게임에 접속했다. 천신한과 조금 어색해진 것을 제외하면 시리의 태도는 전과 조금도 다르지 않았다. 두 사람 모두 그날 저녁에 주고받은 대화 내용을 언급하지 않으려 했다. 천신한은 자기가 권한 대로 양양의 집에서 묵고 있느냐고 시리에게 확인할 엄두가 나지 않았다.

그는 일단 허칭옌의 조언에 따라 제한적으로 관심을 쏟기로 마음먹었다. 반작용에 집어삼켜지는 것을 피하기 위해서 몇 번이나 스스로를 타일렀다.

그러나 시리에게서 시그널을 봤다는 사실을 쉽게 떨치지는 못했다. 천신한은 위그드라실에서 시리와 황이 어떻게 지내는지 자세히 관찰했다. 하루, 이틀, 시간은 흘렀지만 별다른 단서가 없었다. 시리를 대하는 황의 태도는 자상하고 정중했다. 천신한은 최초의 질문으로 돌아가지 않을 수 없었다. 황이 맞을까?

시리의 캐릭터는 바로 눈앞에 있었지만 동시에 머나먼 하늘가에 있는 듯했다.

화요일, 천신한은 참지 못하고 왕전샹에게 메시지를 보냈다. 1분도 지나지 않아서 전화가 왔다.

천신한은 눈썹을 찌푸리며 생각했다. 왜 메시지를 보내지 않는 거지?

전화를 받는 것이 내키지 않았다.

전화 저편에서는 자동차 소리, 고함 등 이런저런 소음으로 시끌시끌했다.

"전화로는 3분이면 해결될 일인데 메시지를 쓰면서 시간을 버리고 싶지 않아. 시리의 주소를 알려달라고 할 셈이라면, 세 글자로 답할게. 불가능. 무슨 문제라도 생기면 내가 감당 못 해."

"잠깐이면 됩니다. 잠깐만 보고 올게요."

"천신한 씨, 대놓고 말할게. 지난 며칠간 생각하면 할수록 이상하더군. 코피를 흘린 게 무슨 대수라고, 내가 왜 당신 말에 휘둘렸을까 싶더란 말이야. 당신이 루이안에게 해코지를 하려는 그 사람일 수도 있잖아?"

"내가 루이안에게 무슨 짓을 한다고요?"

천신한은 왕전샹이 자신을 의심하는 것에 기함했다.

"그래. 내 조카 말로는 게임에서 당신이 루이안을 잘 챙겨줬다고 하더군. 하지만 게임은 게임이고 현실은 현실이야. 루이안은 지금 잘 지내고 있어. 당신이 말한 것처럼 위험한 상황은 전혀 보이지 않아. 세상 사람들이 전부 그 택시 기사처럼 당신 말에 이리저리 휘청댈 거라고 생각하면 오산이야. 여기까지. 우리는 만난 적 없는 셈 치자고."

천신한이 뭐라고 반응하기도 전에 왕전샹은 멋대로 전화를 끊었다.

"그 사람이 널 악당 취급했다고?"

통화 내용을 전해 들은 허칭옌이 피식 웃어버렸다.

"왜 웃어? 나는 미칠 것 같은데."

천신한이 굳은 얼굴을 문질러 풀면서 투덜거렸다.

"집에 처박혀 있느라 부모님께 죄송한 걸 빼면 누구에게도 잘못한 게 없는데. 지금은 뉴스에 나오는 추행범 같은 취급……."

갑자기 말을 멈춘 그가 당황한 목소리를 냈다.

"다른 사람 눈에는 비슷해 보일까? 음……. 객관적으로 말하면 내가 먼저 친구의 사진으로 어린 여자애를 속였지. 그 애와 약속을 잡은 다음에는 질척질척 매달리면서 여자애의 지인에게 '그 애가 곧 죽을지도 모르니까 주소를 좀 알려주세요'라고 한 거잖아."

천신한이 조그맣게 탄식했다.

"세상에! 조금만 생각해봐도 내 행동은 변태 스토커와 다를 게 없어."

"내가 상관없는 주제로 한마디 해도 될까?"

허칭옌이 손을 들고 발언을 요청했다.

"인제 와서 못 할 말이 뭐가 있겠냐."

"천신한, 우리가 지금 어디에 있지?"

천신한이 짜증스럽게 친구를 노려보았다.

"장난해? 우리는 지금 '모스 버거'에 있잖아."

앞에 놓인 음료수 컵과 감자튀김 봉투도 하나씩 들어서 허칭 옌에게 보여주었다.

"이건 홍차고, 이건 감자튀김이야. 됐지?"

"그게 핵심이 아니야. 내가 너와 마지막으로 밖에서 만난 것이 언제지?"

"아, 난 또."

천신한이 작은 목소리로 중얼거렸다.

"요 며칠 집 밖으로 나온 횟수가 지난 2년간의 외출을 전부 합친 것보다 많지."

"네가 여기서 만나자고 하다니, 잘못 들은 줄 알았다."

"시리의 시그널까지 봤는데 더 무서울 게 있어야지."

천신한이 쓸쓸하게 웃으며 대구하자 허칭옌이 말을 받았다.

"심리 치료 방법 중에 '홍수요법'이라는 게 있대."

"그게 뭔데?"

"나도 드라마에서 들은 거야. 여자 주인공이 곤충을 무서워하는데 남자 주인공은 곤충학자거든. 여자는 애인을 서운하게 하지 않으려고 비명이 나올 것 같은 기분을 참아가면서 남자의 곤충 연구실을 방문하곤 했어. 한 번, 두 번, 점점 횟수가 늘어나던 중에 그 여자가 사무실에 나타난 거미를 보고도 아무렇지 않은 자신을 발견한 거야."

"네 말은 시리가 그…… 곤충 연구실 같은 거라고?"

"비슷하지. 극단적인 상황이 되니까 나머지는 별것 아니지 않냐?"

"밖에서 만나자고 한 데는 다른 이유도 있어."

"뭔데?"

"첫째, 위그드라실에 접속하는 시간을 줄이려고. 시리가 로그인 상태여도 로그아웃 상태여도 마음이 어지러워서 안 되겠더라. 둘째, 이제는 내가 밖으로 나올 차례가 되어서."

"네 차례라니?"

천신한은 어제 부모님이 말다툼한 것, 어머니가 속이야기를 털어놓은 것 등을 차근차근 설명했다.

"인터넷에는 '가족이 가장 폭력적인 관계다'라고 말하는 사람이 많아."

천신한은 말하다 말고 고개를 갸웃거렸다. 자기 상황이 정말 그 정도인지 가늠해보는 듯했다.

"그 말은 우리 집 식구 누구에게 갖다 붙여도 다 성립해. 나는 방에 처박혀 있고, 아버지는 회사에 최대한 길게 머무르시지. 어머니는? 하루도 빠짐없이 강연을 들으러 다니셔. 어제 어머니께 그만 나를 포기하시라는 말씀을 드리고 싶었어. 어머니 인생을 믿을 수 없는 선생님의 상담과 강연 같은 데 낭비하지 마시라고 말이야. 그러면 혹시 우리 모두 해탈할 수 있지 않겠냐고. 말이 목구멍까지 올라왔는데 입이 떨어지질 않더라. 어머니의 노력을 깎아내리는 것 같아서."

허칭옌이 진지한 얼굴로 들어주었다.

물방울이 음료수 컵의 표면을 타고 흘러내렸다. 컵 아래 고인 물이 점점 면적을 넓혀갔다.

"어머니도 도망치고 싶으실 거라고 생각해. 그런데 아버지가 더 빨리 도망쳐버린 거지. 어머니는 나 혼자 남게 되는 걸 걱정해서 버티기로 선택하신 것 같아."

천신한은 아직 따끈한 감자튀김을 집어 먹었다. 그는 막 튀긴 감자가 이토록 맛있다는 사실을 거의 잊어버리고 지냈다.

"사람과 사람 사이의 책임은 날 대신할 '대체자'를 잡아 오는 것과 비슷해. 누군가는 짐을 짊어져야 하는데, 재수 없게 걸린 거지."

"하지만 이번엔 시리에게 아무 일도 없었잖아. 전과 달라졌어."

허칭옌이 슬쩍 화제를 돌렸다.

"그건 그래. 어쨌든 왕전샹이라는 인간이 전화를 멋대로 끊은 건 잘못된 거야."

컵에 담겼던 호박색 액체는 이미 사라진 뒤다. 천신한은 빨대로 남은 얼음을 건드리며 마음을 다스리려 애썼다.

"앞으로는 어떻게 할 거야? 조용히 지켜보려고?"

"그러는 수밖에 없지. 아니면…… 변태로 낙인찍혀도 할 말이 없으니까."

"오늘 여기까지 오는 동안에, 봤어?"

"뭘?"

"시그널. 시리 이후로 네 능력이 사라진 건 아닐까?"

천신한이 자세를 고쳐 앉았다. 꿈에서 깬 기분이었다.

"그러고 보니 그런 건 생각해본 적이 없었네."

"정말 사라졌다면 말이야……."

허칭옌이 격려하듯 말을 이었다.

"너도 정상적인 사람으로 돌아갈 수 있지 않겠어?"

천신한이 귀가했을 때 부모님은 거실에 앉아 계셨다. 그를 본 천중우가 어색하게 고개를 끄덕이며 말했다.

"어서 와라."

야오추샹이 팔꿈치로 남편을 슬쩍 찔렀다.

"오늘도 친구와…… 일 이야기를 했니?"

천신한은 허리를 굽히고 신을 벗으려던 동작을 멈췄다. 허칭옌을 만났다고 솔직하게 말할까? 하지만 어머니의 불안한 표정 때문에 거의 다 나온 말을 도로 넣었다.

"네, 일 이야기를 했어요."

그 말을 들은 천중우가 뭐라고 한마디 하려 했으나 야오추샹이 얼른 말리는 바람에 그냥 뻣뻣한 미소만 지었다.

너무 예민해서 신경이 쓰이고 피곤한 사람이 된 것 같아서 천신한은 마음이 불편했다.

어두운 감정이 가슴속에서 용솟음쳤다. 어머니의 기대를 저버리지 말자고 거듭 다짐했지만, 이런 식의 조심스러운 태도는 이전의 소원한 관계보다 더 숨이 막혔다. 결국 천신한은 어머니의 시선을 뒤로하고 빠르게 자기 방으로 들어갔다.

컴퓨터 앞에 앉아서 비밀번호를 절반쯤 입력하다 동작을 멈췄다. 이제는 게임도 안전하게 몸을 숨길 곳이 아니다. 지금으로서는 반대로 게임이 현실보다 더 현실 같았다.

오로지 시리를 만났기 때문에. 그는 직접 두 세계를 잇는 통로를 만든 셈이다.

양쪽의 정보는 끊임없이 서로 영향을 받으며 조정되고, 점차 합치되고 있다.

문을 도로 닫지 않는 한 결국 그렇게 될 것이다.

시리는 자기 쪽의 문을 닫았다. 허칭옌의 조언은 천신한 역시 그렇게 하라는 것이었다.

천신한은 허칭옌이 한 마지막 질문에 대답하지 않았다.

그는 정상적인 사람으로 돌아가고 싶은가?

허칭옌과 부모님을 제외하고, 마지막으로 타인과 눈을 마주친 것은 그를 원망하는 시리였다. 찰나에 불과했지만 전류가 흐른 것처럼 그의 심장이 시커멓게 타버렸다. 인간의 눈이란 정말 무서운 것이다. 평생 죽을 때까지 그 까맣고 물기 어린 것을 이용해서 정보를 송신하려는 시도를 포기하지 않는다.

허칭옌의 그에 대한 인식은 아마도 초기, 다시 말해 능력이 생긴 지 얼마 안 된 때에 머물러 있는 모양이다. 그때 천신한은 불평과 원망으로 가득 차 있으면서 여전히 사람들 틈으로 복귀하고 싶은 바람을 품고 있었다. 사실 천신한은 이미 그런 생각을 버렸다. 시간이 흐른 뒤에는 하루 또 하루 상황을 정확히 바라보게 되었다. 고치처럼 집에 틀어박혀 극히 소수의 사람만 '보면서' 사는 것은 그의 인생에서 가장 자유로운 상태에 근접한 것이었다.

점수와 시험 성적, 경쟁 따위를 생각하지 않아도 된다.

배가 부르고 몸이 따뜻하면 만족한다.

성취감이나 타인과의 연결 같은 것을 추구하려면 게임에서도 가능하다.

만약 다시는 시그널이 보이지 않는다면, 그다음에는 어떻게 해야 할까?

천신한은 등을 대고 누워서 손바닥으로 눈을 꾹 눌렀다. 그는 스스로 질문했다. 어느 쪽 세계가 더 살 만한 가치가 있을까?

❖ ┅❖┅ ❖

다음 날, 천신한의 마음속에 어떤 자리도 차지하지 못한 캐릭터가 메인 스토리를 뒤집었다.

전화를 건 왕전샹은 난처함을 숨기지 않았다.

"내 조카가 반드시 당신하고 통화해야겠다고 해서……."

이어서 왕전샹이 고통을 호소하는 소리가 들렸다. 양양, 그렇게 난리 치지 마. 방금 내 눈을 때렸지 않니.

"안녕하세요. 전 양양이에요. 둥촨 맞죠?"

목소리에도 얼굴이 있다면, 천신한은 직감적으로 양양이 똑똑한 사람이라는 인상을 받았을 것이다.

"네. 맞습니다."

"최근에 위그드라실을 하셨어요?"

"네."

"루이안이 요즘…… 이상하지 않아요?"

"이상하다고요?"

"이모티콘이나 말투가 달라요. 전부 달라졌다고요. 루이안은 사람이 바뀐 것처럼……."

양양이 잠시 말을 멈췄다. 어느 정도로 표현해야 하는지 고민하는 듯했다.

"나랑 대화하는 상대가 루이안이 아니라 딴사람 같아요."

원자폭탄이 터지면 인간이 볼 수 있는 것은 눈부신 빛뿐이라고 했다. 그다음에 다시 눈을 떴을 때는 실명한 상태라고 한다.

천신한 입장에서 양양이 쏟아낸 말이 원자폭탄과 같았다.

뜨겁고 흰 무언가가 눈앞을 빠르게 스쳐 지나갔고, 다시 눈을 뜨자 온통 시커먼 어둠이었다. 입에서 단내가 나고 인중을 따라 따듯한 피가 흘러내려 입술과 턱, 이어서 바지까지 적셨다.

천신한은 휴대전화를 귀에서 떼어냈다. 손가락을 통화를 종료하는 빨간 버튼에 가져갔다.

심장이 무섭도록 뛰고 누군가 귀를 뾰족한 것으로 찌르는 듯했다.

"둥환, 내 말 듣고 있어요? 왜 말이 없어요?"

양양의 가식 없는 물음에 천신한은 조금 정신이 들었다.

양양이 보기에 그는 어떤 사람일까?

양양은 시리와 왕전상에게 전해 들은 정보를 종합해서 천신한이라는 사람을 인식하고 있을 테니 나약하고 거짓말만 하는 나쁜 놈이라고 생각하겠지.

"듣고 있어요. 루이안이 변했다고요."

본명으로 시리를 부르는 것은 천신한에게 다시 한번 두 세계를 잇는 통로에 들어가는 듯한 공포로 다가왔다.

"네, 느끼지 못하셨나요?"

"최근에는 루이안이 저하고 별로 대화하지 않아서요."

"아, 그랬지. 당신이 친구 사진으로 걜 속였죠. 루이안은 그때 정말 화가 많이 났어요. 저한테 한참 원망을 늘어놨거든요."

"그 이야기는 외삼촌한테서 전해 들었습니다."

양양이 지나간 일을 또 꺼내는 것이 불편했다. 천신한은 얼른 화제를 자신이 통제할 수 있는 쪽으로 돌렸다.

"루이안이 왜 이상하다는 거죠? 저한테 연락한 이유는요?"

"루이안이 없어졌거든요."

양양이 두 번째 원자폭탄을 떨어뜨렸다.

"그 애 집에 갔는데 비어 있었어요. 옷장에서 옷도 여러 벌 사라졌고요. 내가 전에 빌렸던 캐리어 가방도 가져갔나 봐요. 제 생각에는……."

양양이 말을 멈췄다. 전화 저편에서 가쁜 숨소리만 들렸다.

양양은 더 말을 잇지 못했지만, 어쩔 줄 모르는 다급한 심정을 느낄 수 있었다.

"양양, 네 생각을 솔직하게 말해줘." 옆에서 왕전샹이 말하는 소리가 들렸다.

"루이안이 혹시……. 걔가, 혹시……."

"천신한 씨, 괜찮다면 만나서 이야기할까요? 이렇게 대화해서는 효율이 안 나와."

천신한이 대답하지 않자 왕전샹이 불편한 어조로 보충 설명했다.

"영화계에서 오래 구르면서 깨달은 건데, 중요한 일일수록 직접 만나서 해야 하더라고. 양양이 하려는 이야기는 사소한 게 아니야. 당신도 느끼고 있잖아?"

천신한은 허칭엔을 불러냈다.

왕전샹이 돌연 그를 비난하고 전화를 뚝 끊어버렸던 때의 모욕감이 여전히 남아 있었기 때문이다. 허칭엔을 데려가는 이유는 표면적으로는 그쪽과 이쪽의 머릿수를 맞추기 위함이었지만, 좀 더 솔직한 이유를 힘겹게 꺼내보자면 지금 천신한에게는 그 친구가 필요했다.

카페 테이블의 절반이 주황색 햇살에 덮였다. 반사광이 강해서 눈을 뜨기 어려웠다. 천신한은 종업원을 불러서 커튼 높이를 조절해달라고 부탁했다. 얼마 후, 얼굴이 벌개진 왕전샹과 양양이 숨을 헐떡이며 나타났다.

"주차할 위치를 찾느라 늦었어. 죄송."

왕전샹이 양양을 떠밀며 빨리 자리에 앉으라고 재촉했다.

첫눈에 보이는 것은 쉽게 지나치기 힘들 만큼 큰 키였다. 양양은 적어도 170센티미터는 될 것 같았다. 양양이 자리에 앉자 천신한은 관찰하던 시선을 얼른 거뒀다. 양양은 귀밑에 맞춰 자른 듯한 단발머리에 테가 동그란 안경을 썼다. 두꺼운 안경알 너머로 눈동자가 반짝였다. 전체적으로 공부를 잘하는 모범생 이미

지였다. 전화 통화할 때 느낀 것과 비슷했다.

천신한은 시리와 양양이 같이 있는 모습을 상상해보았다. 양양의 중성적인 분위기에 가녀린 시리가 더해지면 고등학생들 사이에서 꽤 눈에 띄는 조합이었을 듯했다.

"당신은 사진 속 그 사람이군요."

양양이 허칭옌을 손가락질했다. 고개를 돌려 천신한을 쳐다보며 말을 이었다.

"그러면, 당신이 둥촨이고요."

양양의 시선이 천신한과 허칭옌 사이를 빠르게 오갔다.

"음, 외삼촌 말이 맞군요. 당신을 만나면 왜 친구 사진을 보냈는지 알게 될 거라고 했거든요."

잠시간 어리둥절했던 천신한은 곧 양양이 에둘러 자기 외모를 평가했다는 것을 알아차렸다.

"양양, 그런 얘기는 하지 않기로 했잖아."

왕전상이 조카의 어깨를 툭툭 치며 말했다.

"얼른 용건부터 말해."

"우선 한 가지 물어볼게요."

양양의 까만 눈동자가 천신한을 정면으로 응시했다.

"외삼촌은 당신이 인간의 수명을 볼 수 있다고 하던데, 진짜예요?"

이제 막 스무 살 정도 된 여자애인데 침착한 태도가 전략을 짜는 화이트칼라 직장인처럼 보였다.

"네."

"수명 말고 다른 사정도 알 수 있어요?"

천신한은 잠깐 생각해보고 대답했다.

"불가능할 겁니다."

"알겠어요."

양양이 아쉬워하며 어깨를 늘어뜨렸다.

"외삼촌이 만나기 전에 할 말을 확실히 정해두라고 했어요. 서로 시간을 낭비하지 않게요. 하룻밤 내내 고민했는데 처음부터 이야기하는 게 확실할 것 같아요. 우선 제 소개부터 할게요. 저는 양양이라고 하고, 루이안의……. 역시 시리라고 부르는 게 편할까요? 걔가 제 이야기를 한 적 있어요?"

천신한은 양양의 목소리에서 어떤 기대감 같은 것을 느꼈다.

일단 고개를 끄덕였다.

"루이안과 게임에서 친구…… 한 지 1년 정도 됐죠?"

'친구'라는 단어에서 양양은 말꼬리를 길게 끌었다. 이런 표현이 적절한지 의심하는 투였다.

"비슷합니다."

"학교에서 있었던 일도 이야기했어요?"

"여러 가지 이야기를 했는데, 당신이 말하는 건 따돌림이죠?"

양양이 테이블에 얹은 두 손을 깍지 끼며 기도하는 듯한 손 모양을 만들었다.

"동급생에게 따돌림당했던 건 루이안이 절대로 다른 사람에게 알리지 않는 비밀이었어요. 그런 것도 다 말했다면, 적어도 한 때는 당신을 믿었다는 거군요."

스스로를 설득하려는 듯 양양은 낮은 목소리로 중얼거렸다.

"이 사람을 만나러 온 게 실수는 아니겠지, 루이안……."

양양이 왕전샹을 쳐다보았다. 외삼촌의 의견을 묻는 눈치였는데, 그가 고개를 끄덕이자 다시 이야기를 시작했다.

"지난 토요일에 루이안과 만났죠? 그때 루이안은 당신이 둥 촨인 줄 알았고요."

그렇게 말하며 양양이 허칭옌을 가리켰다.

"루이안은 그날의 만남을 기뻐했어요. 저에게도 여러 번 그이야기를 했죠. 당신이 수줍음을 탄다고 했어요. 고개를 숙이고 자기를 제대로 쳐다보지 못했다면서요. 핫초코와 케이크를 사준 다정한 사람이라면서. 이건 제가 하려는 이야기와 전혀 상관없는 내용이지만, 하지만요, 꼭 말해야겠어요. 당신들의 기만이 루이안의 마음을 정말 아프게 했어요."

양양이 심호흡하고 진짜 주제를 이야기하기 시작했다.

"루이안이 위험해질 거라고 했죠, 그렇죠?"

"정확하게 말하자면 무슨 일이 생길 거라는 신호를 봤어요."

"그날 당신이 본 게 뭔데요?"

양양과 왕전샹은 숨 쉬는 것도 잊은 듯 꼼짝 않고 천신한을 빤히 쳐다보았다.

창밖의 나무 그림자도 흥미진진한 구경을 하듯 살랑거렸지만, 천신한은 목소리가 나오지 않았다.

그날, 무엇을 보았나? 이 질문은 쉽지만 복잡했다.

"말하고 싶지 않다면 말하지 않아도 돼요."

양양이 깔끔하게 그의 고민을 날려버렸다.

"꼭 알아야 하는 건 아니니까요. 그걸 듣는다고 더 행복할 것도 아니고요. 어른들이 만날 그러죠, 모르는 게 약이라고."

양양은 물을 크게 한 모금 머금었다가 꿀꺽 삼켰다. 이어서 자기 뺨을 두어 번 치고 나서 입을 뗐다.

"어쨌든 당신 말이 맞았다고 생각해요. 루이안은 위험에 처했어요. 하지만 지금 당장은 어떤 위험인지 확실히 말할 수가 없어요. 저도 최선을 다했지만 알아내지 못했죠. 우선 저는 루이안과 자주 메신저로 대화해요. 거의 매일 해요. 그래서 걔의 말하는 습관에 익숙하고, 걔도 내가 어느 타이밍에 웃는지까지 다 알아요. 그런데 요 며칠 루이안과 메시지를 주고받는데 뭔가…… 설명할 수 없는 벽 같은 게 느껴졌어요. 겉으로 보기엔 정상이에요. 답장도 금방 와요. 그런데 뭔가……. 뭐라고 해야 하죠? 우리끼리의 불문율, 그런 것이 사라졌어요."

돌아온 반응이 미지근했다. 양양은 고민스러운 듯 앞머리를 만지작거렸다.

"이해하기 어렵다는 건 알아요. 예를 들면 이런 거죠. 저랑 루이안 둘 다 ':)' 이걸 싫어해요. 문장 맨 마지막에 붙이는 건 더 싫고요. 짜증을 돋우는 것도 아니고 뭐야. 나이 든 사람들이나 이걸 웃는 얼굴이라고 생각할 거예요. 우리는 이걸 비웃을 때나 써요. 절대로, 반드시. 우리 둘만의 규칙이랄까?"

양양은 잠시 말을 멈추고 '규칙'이란 단어를 조그맣게 반복했다. 자신이 의미에 맞게 단어를 잘 선택한 건지 신경 쓰는 성격인 것 같았다.

"그런데 얼마 전에 제가 이런 메시지를 보냈어요. '엄마가 저녁밥을 만들겠대. :)' 루이안은 우리 집에 며칠 자고 간 적도 있어서 잘 알아요, 우리 엄마가 일은 잘하는데 요리는 지옥이라는 걸요. 나는 아빠하고 외삼촌이 엄마 요리를 먹어주는 게 진짜 대단하다고 봐요. 그건 그거고, 내가 보낸 메시지의 의미는 분명해요. 먹기 싫다는 거라고요. 그런데 루이안이 이렇게 답을 줬어요. '잘됐네.' 처음에는 절 놀리는 거라고 생각했어요. 그런데 루이안은 내가 보낸 메시지가 무슨 뜻인지 모르는 것 같더라고요. 너무 답답해서, 루이안이 지금 뭘 하는 건가 생각했는데."

양양의 손가락이 빠르게 휴대전화 화면을 터치하더니 천신한에게 내밀었다.

"직접 봐요. 여기서부터 아래로 내리면 돼요."

천신한은 허칭옌과 눈을 마주쳤다가 머뭇거리며 휴대전화를 받아 들었다. 천천히 메신저 창을 내리며 진지하게 살펴봤지만 아무 단서도 없었다. 여자애들끼리 주고받을 만한 평범한 대화였다. 천신한은 퍼뜩 떠오르는 생각에 메신저 창을 거슬러 올라갔다.

그의 손가락이 금세 멈췄다.

찾았다.

루이안 그날 네 외삼촌이 없었으면 안전하게 그 자리를 떠날 수 있었을지도 의문스러워. 실제의 둥환은 딱 봐도 무서운 사람이었어. 폭력을 행사할 것 같은 그런 사람 말이야. 최근에는 게임을 떠나기로 한 것도 예상보다 아쉽지 않다고 생각해. 둥환은 길드에서 인기가 많은 유저라서 내가 그 사람에 대한 일을 말해도 따돌림을 당했던 고등학교 때처럼 아무도 내 편이 되어 주지 않을 거야. 그런 거라면 나도 게임을 그리워할 필요가 없겠지.

메신저 앱을 닫은 천신한이 무표정한 얼굴로 휴대전화를 돌려주었다.

"묻고 싶은 게 있는데, 혹시 다른 속셈이 있어서 나를 불러낸 겁니까?"

"메시지를 다 봤는데도 내 말이 이해 안 돼요? 엄마 말이 맞았어. 디테일을 알아보는 건 여자뿐이라고, 남자는 불가능하다고 그랬지."

양양이 절망적인 표정을 지었다.

"지난 며칠간 루이안과 얘기할 때마다 턱턱 걸려요. 친구로 지낸 지 오래라서 말투, 입버릇, 자주 쓰는 이모티콘에서 아주 사소하게 달라진 것들이 많아요. 생각하고 또 생각하다가 한 가지 떠오른 게 있어요. 제가 메시지를 보내는 사람이 루이안이 아닐 거라고 확신한 이유가 뭔지 아세요?"

양양이 물기 어린 눈으로 작은 동물처럼 긴장한 채 다른 이들을 둘러보았다. 자기 말을 대수롭지 않게 여기면 어쩌나 불안해하는 눈빛이었다. 상처받을 것을 두려워하는 양양의 분위기에 다른 사람들도 전염되었다.

모두 머리를 맞대고 양양이 가리킨 내용을 진지하게 읽었다. 그 메시지를 시리가 보내지 않았다면 다음 문제는 누가 그의 신분을 도용했느냐다. 그 사람의 의도는 무엇일까?

양양의 말을 들었을 때 천신한은 자신을 떠올렸다.

남에게는 평범하고 이상할 것 없는 장면이지만 자신에게는 무시무시한 정보로 접수된다.

시리는 죽을지도 모른다.

자신과 대화하는 사람은 위조품이다.

천신한은 양양을 보며 마음을 정했다. 지금부터 양양이 무슨 말을 하더라도 그를 믿을 생각이었다.

"어제 아침에 너무 의심스러워서 전화를 걸었어요. 다들 아시겠지만 우리 또래는 메시지 보내는 걸 좋아하고 전화는 거의 안 해요. 나이 든 분들은 글자 입력을 어려워하니 전화로 소통하는 거고요."

"야, 잠깐만. 확실히 짚고 넘어가자. 우리는 글자 입력을 어려워하는 게 아니고 의사소통의 효율을 중시하는 거야."

"외삼촌, 내가 말하고 있잖아."

양양이 왕전샹에게 눈을 흘겼다.

"어쨌든 제가 강조하고 싶은 것은 우리는 중요한 순간에만 전화를 한다는 거죠. 루이안이 받지 않아서 몇 번 더 걸었어요. 한참 지나서 저한테 전화를 해주더군요. 루이안은 자주 그래요. 게임에 집중하느라 몇 시간씩 제 연락을 못 보기도 하거든요. 목소리는 루이안이 맞았어요. 목이 좀 쉰 느낌이었는데, 감기에 걸려서 그렇다고 했어요. 같이 병원에 가주겠다고 했는데 싫다고 하더군요. 유행성 독감이라서 전염될 수 있대요. 듣기에는 합리적이죠? 하지만 저는 뭔가 이상하다는 느낌을 떨칠 수가 없었어요. 표현이 틀렸잖아요. 친구가 같이 병원에 가자고 하는데 '싫어'라고 하나요? 보통은 '괜찮아'라고 하겠죠. 말투도 이상했어요. 제 제안을 거절할 때 루이안은 엄청 흥분했어요. 꼭 제가 그 애한테 무슨 짓이라도 한 것처럼요."

얼음물을 벌컥벌컥 들이킨 양양의 눈빛이 불안하게 흔들렸다.

"양양, 넌 좀 쉬어. 외삼촌이 이어서 설명할게."

왕전샹의 시선이 천신한을 향했다.

"먼저 사과부터 할게. 그런 말은 하지 말았어야 했어. 지금도 당신을 완전히 믿는 건 아니야. 현실에 있을 법하지 않은 이야기잖아. 하지만 난 이런 일을 처음 보는 것도 아니거든. 자랑하는 건 아니지만 이쪽 일을 오래 했기 때문에 내 안목을 믿어. 그날 햄버거 가게에서 당신은 거짓말을 하지 않았어. 하지만……."

왕전샹의 어조가 무거워졌다.

"루이안은 안전한 상태였어. 그저 안전한 정도가 아니라 일요일에 집에 돌아와서는 기분이 좋은지 양양과 한참 메시지를 주고받았지. 루이안은 그 남자와 미래에 대한 이야기를 많이 나눴다고 했대. 앞으로 자신의 인생을 정상 궤도로 돌려놓기 위해 노력할 거라면서 말이야. 양양이 대화한 내용을 나에게 전해주었을 땐 나도 만감이 교차하더군…… . 루이안은 자기 감정을 들키지 않으려고 애썼지만, 사실 그 애는 다른 사람들은 다 앞으로 나아가는데 자기만 뒤에 남겨졌다고 느꼈을 거야."

천신한은 허칭옌과 시선을 교환했다. 처음 만났던 날 루이안이 진심으로 사과하던 모습이 떠올랐다.

천신한은 '정상 궤도'라는 말이 다시 나타났다는 사실을 놓치지 않았다. 그는 속으로 슬픔을 삭였다. 만약 게임에서 그와 시리가 모두 가면을 벗었다면, 그랬다면 그들이 같은 두려움을 품고 있었다는 사실을 좀 더 일찍 발견하지 않았을까. 그랬다면 이야기를 나누는 동안 서로의 껍데기를 조심스럽게 바라보는 것이 아니라 좀 더 자유롭게 자신을 표현할 수 있지 않았을까?

"루이안은 게임에서 항상 자기를 대학생이라고 소개했어요. 우리가 공부를 열심히 하라거나 시험 기간에는 접속하지 말라거나 학점이 낮아서 패스하지 못하면 안 된다 같은 잔소리를 했고요. 지난 토요일에 처음 만났을 때 루이안이 사과하더군요. 대학에 다니는 게 아니라고 해서, 저는 깜짝 놀랐습니다."

천신한은 손으로 자기 목을 감싸며 더듬더듬 말했다.

그는 왕전샹이 한 말에 신경이 쓰였다. '난 이런 일을 처음 보는 것도 아니거든.'

"자기가 대학생이라고 했어요?"

양양이 의아한 표정을 지었다.

"네, 게임에서."

천신한이 차분하게 양양의 시선을 받았다.

눈길이 닿은 피부의 온도가 올라가는 듯했다. 작열감이 느껴졌지만 평가당한다는 나쁜 기분은 아니었다.

인간의 시선 중에서도 양양과 같은 종류가 있구나.

양양이 왕전샹의 팔을 쿡 찔렀다.

"우리가 짐작했던 게 맞았어. 루이안은 겉으로만 아무렇지 않은 척했던 거야."

왕전샹은 "그래"라고 대답하곤 화제를 되돌렸다.

"루이안은 대학생이 아니라는 점에 신경을 많이 썼던 게 맞아. 나한테 감독이 자길 포기한 이유가 가출을 한 데다 대학도 가지 못했기 때문이냐고 묻더군. 그런 이유로 자기가 다른 사람보다 부족하다고 생각했던 것 같아. 하지만 그 애가 무슨 생각을 하고 있는지 물어보지도 못했지. 살짝 떠보는 것조차 화를 내면서 화제를 돌리곤 했으니까."

"나하고 삼촌이 미래에 대해 잘 생각하라고 여러 번 말했어요. 낮에는 아르바이트를 하고 저녁에는 게임을 하는 게 정말로

원하던 생활이냐고요. 아무리 말해도 소용이 없었는데, 그 남자가 한 말은 귀담아들은 모양이에요."

"당신이 우리 입장이었더라도 그 남자가 나쁜 놈이라고 믿기는 어려웠을 거야. 얼굴도 본 적이 없지만 루이안에게 신경을 많이 써준다는 것을 느낄 수 있었어. 우리가 하지 못한 일을 그 남자는 설득해냈으니까. 게다가 루이안은 당신이 자기에게 무슨 짓을 할까 봐 겁을 많이 냈다더군. 양양이 그렇게 전해줘서 충동적으로 그렇게 말한 거야."

"그 후로는요?"

천신한이 재우쳐 물었다. 상황을 이해하니 복부에서 이리저리 돌아다니며 그를 괴롭히던 불편감이 조금쯤 나아졌다.

"어제 양양이 나에게 이 일을 상의하기에 내 나름대로 확인하려고 루이안에게 전화를 걸었어. 저녁 8시에서 9시쯤 그 애에게서 전화가 왔는데, 그다음 일은 양양이 말한 것과 비슷해. 우리 누나가 만든 닭국을 가져가겠다고 하니 루이안의 반응이 좀⋯⋯. 처음에는 오지 않아도 된다고 했는데, 내가 마스크를 쓸 거고 닭국은 문 앞에 놓고 가겠다고 했더니 발칵 화를 내는 거야. 자기가 베풀고 싶다는 이유로 상대방에게 필요한지 아닌지 따지지 않는 건 이기적이지 않냐면서."

여기까지 말한 왕전샹이 코를 만지작거리며 다시 말을 이었다.

"이상하다는 생각은 들지 않았어. 루이안이 그런 말로 나를 원망한 게 처음은 아니야. 하지만 양양이 루이안의 반응을 듣더니 얼굴이 새파래져서는 빨리 루이안의 자취방에 가봐야겠다고 난리를 쳤어. 양양하고 우리 누나가 그 집 여벌 열쇠를 가지고 있거든."

"갔더니 루이안이 없었다는 거군요."

"휴대전화 충전기도 가져갔더라고요. 루이안에게 전화를 또 걸었는데, 그때는 바로 받았어요. 집에서 쉬는 중이냐고 물으니까 그렇다고 대답하는 거예요."

탁자에 올려둔 양양의 손이 주먹을 꽉 쥐었다. 이를 악무는지 턱에도 근육이 팽팽하게 당겨져 주름이 생겼다.

천신한은 머릿속으로 양양이 텅 빈 방에 서서 베스트 프렌드가 태연자약하게 거짓말하는 것을 듣고 있는 장면을 상상했다.

"우리가 나와서 엘리베이터를 타려는 데 옆집 세입자를 마주쳤어. 최근에 루이안을 본 적이 있냐니까 월요일 아침에 마지막으로 봤다더군. 낮에는 자기도 직장에 있으니 확실히 모르지만, 저녁에는 확실히 집이 비어 있었다고 해. 벽이 얇아서 옆집 발소리, 머리 말리는 소리, 의자를 빼는 소리 같은 게 다 들리니까. 건물 관리인에게 확인해봤는데 거의 비슷한 이야기를 들었어."

왕전샹이 부연했다.

"월요일 아침에는 루이안 혼자였답니까? 아니면 다른 사람과 같이?"

"혼자. 옆집 사람이 확실하게 기억하더군. 그때가 7시 40분쯤이었고, 건물 입구에서 남자 친구가 데리러 오기를 기다리고 있었는데, 택시 한 대가 앞에 서더래. 얼마 후에 엘리베이터를 타고 내려온 루이안이 딱 봐도 무거워 보이는 여행용 캐리어를 가지고 나왔다고 했어. 택시 기사가 내려서 트렁크에 가방 넣는 걸 도와줘야 할 정도로 무거웠다고."

일요일에 시리는 집으로 돌아간 것이 확실했다. 하룻밤 자고 나서 아침 일찍 집을 나섰다.

시리는 차를 불러서 무거운 가방을 들고 목적지로 향했다. 그렇게 급히 가야 할 이유가 무엇이었을까?

"이웃집 사람이 다른 말은 하지 않았어요?"

"이게 다예요. 그 언니는 루이안에게 호기심이 많았어요. 집주인 아주머니에게 루이안이 무슨 일을 하는지 아느냐고 물어본 적도 있대요. 나이는 어린데 학교도 다니지 않는 것 같고 말을 걸어도 반응이 별로 없어서 궁금하다고 했더니, 주인 아주머니는 방세만 제때 내면 다른 것은 신경 쓰지 않는다고 하셨대요. 그래서 그 언니는 우리를 만나자 루이안에 대해서 이것저것 많이 물어봤어요."

양양의 말투는 대수롭지 않게 들렸지만 이웃 사람과 대화하는 것이 편치는 않았을 것이다.

"한 가지는 확실하군요. 루이안이 거짓말을 했다는 것."

천신한에게 세 사람의 시선이 집중되었다.

"하지만 당신들에게 거짓말을 할 이유가 뭘까요. 어쨌거나 당신들이 루이안에게는 가장 가까운 사람들일 텐데요. 또 다른 문제 하나는 루이안이 어디로 갔느냐는 겁니다."

"그것도 제가 둥촨에게 연락하고 싶었던 이유예요. 외삼촌이 그러던데, 당신은 루이안이 사귀는 사람이 누군지 안다고요. 루이안 때문에 나도 위그드라실을 며칠 정도 플레이했어요. 대학에 가보니 해야 할 것이 너무 많아서 시간을 낼 수 없어졌지만요."

"내가 범인이면 어떡할 겁니까? 루이안이 나를 무시무시하게 묘사했던데요."

"사기꾼이라고 생각한 적 없다고 하면……."

왕전샹과 시선을 교환한 양양이 천신한을 똑바로 바라보았다. 앞으로 이어질 일을 한순간도 놓치지 않으려는 듯했다.

"제가 외삼촌한테 그랬어요. 당신을 만나보고 싶다고요. 딱 한 번만 만나면, 당신과 앞으로도 계속 접촉해야 할지 판단할 수 있다고요."

"지금 저를 만났는데, 결론을 내렸나요?"

"당신들은 두 사람 다 이 일과 관련이 없어요."

아직 어린 나이인데도 양양의 단호한 대답에는 '아마도', '그럴 것이다', '그런 것 같다'는 표현이 없었다.

"시리는 자기 의지로 그 사람을 찾아갔어요. 그런데 당신은…… 죄송하지만 그만한 매력이 없거든요."

천신한은 또 한번 충격에 빠졌다. 지금 조롱을 당한 건가?

양양은 천신한이 정신을 차릴 시간을 주지 않고 말을 계속했다.

"그 이유만은 아니에요. 루이안이 없어진 걸 알고 나서 그 애가 당신을 이야기한 메시지를 여러 번 다시 읽었는데, 그게 정말 루이안이 쓴 건지 확신하지 못하겠더라고요."

"날 이야기한 메시지요?"

"아까 몰래 읽지 않았어요? 스크롤을 위로 몇 번이나 올리는 걸 봤는데."

"네, 몰래 봤습니다. 왜 그 메시지를 루이안이 쓰지 않았다고 생각했죠?"

천신한은 시간을 낭비할 생각이 없었다.

양양이 시무룩한 듯 눈을 내리깔며 대답했다.

"말로 설명하기는 어려워요. 그건 루이안의 평소 말투가 아니었어요. 당신이 꼭 이유를 말하라고 한다면, 그 메시지가 너무 완벽하지 않던가요? 우리가 인터넷에서 대화할 때 그렇게 말을 하나요? 대부분 생각나는 대로 바로 입력하잖아요. 논리나 순서 같은 건 신경 쓰지 않고 짧은 문장을 여러 번에 걸쳐서 나눠 보내면서 상대방이 천천히 자기 생각을 이해하도록 만들어요. 그런데 루이안이 보낸 메시지는 그렇지 않았어요. 작문 숙제나 리포트처럼 확실한 목적이 있는 상태에서 길게 한 문단을 완성한 거였어요. 전 그게 걱정스러워요.

어, 물론 이게 다 제 망상이기를 바라요."

"당신 이야기가 전부 말도 안 되는 건 아니에요. 하지만……."

천신한의 손가락이 탁자 위를 가볍게 두드렸다 멈췄다 하기를 반복했다. 곧 입 밖으로 내뱉을 이야기가 일으킬 재난을 예감하기라도 한 듯, 한참 말을 잇지 못했다. 왕전샹과 허칭옌은 저도 모르게 천신한의 얼굴을 빤히 바라보았다.

"다른 가능성이 하나 더 있습니다. 어쩌면 당신은 자기가 생각하는 것만큼 루이안을 잘 알지 못하는 게 아닐까요?"

천신한의 말투에는 그 자신도 미처 알아차리지 못했던 잔인함이 숨겨져 있었다.

허칭옌이 놀란 눈빛으로 친구를 쳐다보았다. 치켜세운 눈썹을 보니 그렇게까지 말할 것은 없지 않냐는 의문이 느껴졌다.

"지금 우리가 알고 있는 정보는 이렇습니다. 첫째, 루이안이 어딘가로 갔다. 둘째, 루이안은 누구에게도 그 사실을 알리지 않았다. 셋째, 루이안이 간 곳과 사귀는 사람은 분명히 관련이 있다. 이어서 당신은 누군가 루이안의 계정을 도용하고 있다고 의심 중입니다. 이 부분은 최근 루이안이 나와 대화하려고 하지 않기 때문에 나는 알아볼 방법이 없어요. 길드 채팅 창에서 본 루이안의 대화에서는 이상한 점을 느끼지 못했고요. 그리고 당신 말대로라면 전화를 받은 사람은 루이안이 맞다는 건데, 여기서 모순이 생겨요……."

"무슨 말인지 알아요!"

양양이 다급히 천신한의 말을 끊었다.

"루이안이 전화를 받을 수 있으니까 문제가 생긴 건 아니라는 거죠? 그건 저도 생각해봤어요. 하지만 그렇다면 루이안이 왜 자기가 집에 없다는 것을 사실대로 말하지 않았을까요?"

"루이안이 당신에게 사실만을 말할 의무가 있나요? 그리고 당신은 왜 루이안과 통화하던 순간에 거짓말하지 말라고 따지지 않았죠?"

양양의 눈에서 점점 빛이 사라졌다. 그 자리에 대신 들어온 것은 회색 빛의 고독감이었다.

양양은 자리에서 일어나 왕전샹의 소매를 잡아당겼다.

"외삼촌, 가자."

"그날, 당신은 루이안이 그 남자와 만나면 위험하다고 확신했지. 지금은 어때?"

왕전샹이 물었다.

"지금은 그렇게 생각하지 않습니다."

"이유는?"

"당신들이 아까 정답을 말했잖아요. 내가 말한 일은 실제로 일어나지 않았고, 시리는 잘 살아 있으니까요."

"하지만 우리가 당신을 믿는다고 한다면? 이렇게 말하는 게 황당하다는 건 알아. 그런데 루이안은 한 번도 이런 적이 없어. 아무리 기분이 엉망이어도 양양에게까지 선을 긋지는 않는다고. 과장이 아니라 이 세상에서 루이안에게 가장 관심을 보여주는 건 우리 가족이야. 루이안의 가족보다도 더 그 애를 걱정한다고. 루이안이 세 든 자취방도 우리 누나가 찾아준 건데."

"내가 뭘 어떻게 하길 바라는 겁니까?"

"그날 게임 플레이어 중에 한 사람이 의심스럽다고 했잖아?"

그 사람의 현실 속 신원을 알고 있나?"

"아니요. 그는 개인정보를 철저하게 보호하는 편이라서."

"그렇군……."

왕전샹은 천신한이 무성의하게 답변하는 것을 보고는 마음을 접었다.

"알겠어. 그럼 이만 일어설게. 두 사람에게 폐를 끼쳐서 미안해."

허칭옌은 천신한과 왕전샹을 번갈아 보면서 뭐라도 해보려 했지만, 곧 자기가 할 수 있는 일이 없다는 생각이 들었다.

"잠깐만요."

천신한이 왕전샹을 불러 세웠다.

"아까 저 같은 상황을 처음 보는 게 아니라고 했죠."

"맞아. 그게 왜?"

"당신이 겪었던 건 어떤 상황입니까?"

"내가 그걸 말해주는 대가는?"

천신한이 한숨을 쉬며 대답했다.

"당신이 그 이야기를 해주면, 나도 도와드릴게요. 게임에서 단서를 찾아보겠습니다."

6

왕전샹이 아이스 아메리카노를 한 잔 더 시켰다. 얼음이 가득
한 잔을 응시하는 그의 눈빛에는 묘한 그리움이 담겨 있었다.

"아주 오래전의 이야기야. 그래도 약속은 지키는 거겠지?"

"그럼요."

"꼭 들어야겠어?"

"꼭 들어야겠습니다."

"이유가 뭐지?"

천신한이 망설이지 않고 대답했다.

"나도 처음부터 그런 걸 볼 수 있었던 건 아닙니다. 교통사고
를 당한 후에 나는 평온한 삶을 잃어버렸어요. 그래서 누가 나와
똑같은 능력을 가졌는지 반드시 알아야겠습니다."

"전에 그런 사람들을 만난 적 없어? 나는 당신들이, 음……

확실하진 않지만 단체 비슷한 게 있을 거라고 생각했거든. 꽃꽂이협회, 사진협회처럼 공통의 취미나 능력을 갖춘 사람들이 모이는 그런 거 말이야."

"나도 찾아본 적이 있죠. 온라인에 몇 군데 모임이 있습니다. 하지만 외국에 있거나 사기 혐의가 있더군요. 다른 사람을 사기라고 하면 너무 불공평할지도 모르죠. 어쩌면 당신들도 저를 그렇게 생각했을지도 모르고요. 얘한테 물어보면……."

천신한이 집게손가락으로 허칭옌을 가리키며 말했다.

"제 판단이 틀린 적 없다는 것을 증명해줄 겁니다. 루이안이 처음이에요. 그래서 나는 그 이유를 확실히 하고 싶습니다. 그런데 물어볼 사람도 참고할 사례도 없어요."

"좋아. 당신의 태도가 전과 좀 다른 이유가 약간 이해되는군."

왕전샹은 양양의 높이 솟은 어깨를 가볍게 두드렸다. 아까 천신한이 한 말을 들은 이후로 양양의 몸은 상당히 긴장된 상태였다. 천신한이 자신에게 가지는 의문을 없애기 위해 자기 마음속으로 파고드는 것처럼 보였다.

외삼촌의 부드러운 위로에 양양은 흥 하고 코웃음을 쳤다. 그러고는 막 종업원이 가져온 땅콩 잼을 바른 두툼한 토스트를 집어서 참새가 모이를 쪼아 먹는 것처럼 조금씩 베어 먹었다. 먹는 모습은 확실히 어린애 같았다.

왕전샹이 길게 한숨을 쉬고서 옛이야기를 시작하자 천신한은 얼른 정신을 집중하여 진지하게 귀를 기울였다.

"이 일은 인터넷에서는 조그만 단서조차 찾지 못할 거야. 처음부터 끝까지 사정을 다 아는 사람을 합해도 열 명이 넘지 않고, 그중 절반 이상이 인터넷을 쓰지 못하는 노인이거든. 이야기의 주인공을 나는 '밍(明) 아저씨'라고 불러. 그는 평생 우리 아버지에게만 자기 능력을 말해줬다고 해. 아버지 역시 우리 가족에게만 털어놓으셨지. 어머니는 나에게 몇 번이나 경고하셨어. 절대로 다른 사람에게 말하면 안 된다고. 밍 아저씨는 평생 고통스럽게 지냈으니 사람들이 그분을 괴롭히지 않기를 바란다고 하셨지. 특히 내가 영화계에 들어와 일을 시작한 뒤로 기자나 방송 제작자를 많이 알게 되었는데, 그 사람들은 소재를 찾는 데 혈안이 되어 있으니 더욱 말하면 안 된다고 당부하셨어. 몇 년 전에 밍 아저씨가 돌아가셔서 나도 그때처럼 마음에 거리낌은 없어졌지만."

"돌아가셨다고요?"

천신한은 갑작스러운 정보를 듣고 실망하여 잠시 몸을 가누지 못할 정도였다.

"그래. 당신은 아저씨를 만나고 싶을 텐데 아쉽겠군."

왕전샹이 천신한의 반응을 보며 미안한 듯 쓴웃음을 지었다.

"이야기를 계속할게. 밍 아저씨는 우리 고향의 이장님 아들이야. 우리 아버지보다 몇 살 아래인데 태어날 때부터 눈이 보이지 않았고 한쪽 다리를 절었지. 하지만 아저씨는 머리가 좋았어. 이장님이 가정교사를 붙여서 밍 아저씨는 고등학교를 마칠 수 있었지. 밍 아저씨가 학교를 졸업하자 이장님은 간단한 마을 일을 거들라고 했어. 우리 집은 마을 사무소 바로 옆집이어서 밍 아저씨가 지팡이를 짚고 우리 집 앞을 느릿느릿 오가는 것을 자주 봤지. 아저씨는 멀리까지 가지 않았어. 대개 가는 곳은 공장 몇 군데, 식당, 잡화점, 인쇄소 정도뿐이었어.

어느 날 어린애들 몇몇이 길에서 놀다가 밍 아저씨가 지나가는 걸 봤어. 나도 거기 끼어 있었고. 어느 녀석이 아저씨 발을 걸어서 넘어뜨리자는 못된 생각을 했어. 우린 다들 신이 났는데, 샤오웨이(小薇)라는 여자애 한 명만 그러면 안 된다며 말렸지. 우리는 샤오웨이가 말리는 걸 무시하고 밍 아저씨 발을 걸었어. 아저씨는 심하게 넘어져서 발목을 삐었는지 뼈가 부러졌는지 그랬을 거야. 아저씨는 넘어진 자리에서 일어나지도 못하고 버둥거리기만 했어. 우리들은 그걸 보고 겁이 나서 각자 집으로 도망쳤어. 그런데 샤오웨이는 아저씨한테 다가가서 부축해주려고 했어. 하지만 아저씨 몸무게가 있으니 어린애가 일으킬 수 있을 리 없지. 그래서 샤오웨이는 어른들을 불러와야 했고, 못된 장난을 친 우리들은 혼쭐이 났어. 나는 어머니께 한참 매를 맞고서 마을 사무소에 가서 밍 아저씨에게 용서를 빌어야 했어. 밍 아저씨는 괜찮다, 앞으로 그런 장난은 하지 마라 그러셨지. 다들 그걸로 사건이 일단락되었다고 여겼어. 그런데 며칠 후에 밍 아저씨가 샤오웨이네 집 앞에서 나타나서는 샤오웨이 부모님에게 딸을 빨리 병원에 데려가라고 하신 거야. 샤오웨이는 심장이 좋지 않다면서."

"샤오웨이의 부모님이 믿으셨나요?"

왕전샹이 고개를 저었다.

"나중에 결과를 알게 된 사람이야 당연히 밍 아저씨의 말을 믿었어야 한다고 생각하지. 과한 부탁을 한 것도 아니고 병원에 데려가라는 거니까. 하지만…… 당시에는 밍 아저씨의 행동을 샤오웨이네 집을 소란스럽게 하는 저주쯤으로 생각했을 거야. 적어도 샤오웨이의 부모님은 그렇게 생각했겠지. 아예 이장님과 마을에서 인망이 있는 사람들에게 달려가서 밍 아저씨가 미쳤다고 했어. 우리 부모님은 밍 아저씨와 사이가 좋았는데, 이 일로 아저씨가 곤란해질까 봐 몇 번이나 말렸다고 해. 샤오웨이네 가족을 그런 식으로 괴롭히면 안 된다, 샤오웨이가 못된 장난을 치자고 계획한 것도 아니지 않느냐. 하지만 밍 아저씨는 왜 그러셨는지 몰라도 며칠 지나서 또 샤오웨이의 부모님을 재촉했어. 얼른 병원에 가지 않고 뭘 하느냐고 말이야. 일이 점점 커지자 이장님이 아저씨를 2층 방에다 가두고 샤오웨이네 가족을 괴롭히지 않을 거라는 맹세를 받고나서야 내보내주셨지."

기억을 더듬는 듯 왕전샹이 허공에 손가락을 이리저리 움직였다.

"며칠 후에 샤오웨이에게 일이 생겼어. 학교 운동회에서 달리기 경주를 하다가 갑자기 쓰러진 거야. 내가 그 장면을 직접 봤어. 나무 인형처럼 뻣뻣하게 굳어서는 앞으로 넘어지더군. 사람들이 샤오웨이를 둘러싸서 그 뒤로 어떻게 된 건지는 보이지 않았어. 내가 아는 건 얼마 후에 구급차가 와서 샤오웨이를 데려갔다는 것뿐이야. 그날 저녁에 샤오웨이가 죽었다는 소식을 들었어. 병원에 도착하기도 전에 호흡과 심장박동이 멎었대. 아무도 몰랐지만 샤오웨이는 심장에 병이 있었고 격렬한 운동을 해서는 안 됐다고 해.”

양양이 먹던 토스트를 도로 접시에 내려놓고 휘둥그레 뜬 눈으로 왕전샹을 쳐다보았다.

양양만 그런 것이 아니라 천신한과 허칭옌도 이야기에 몰입한 상태였다.

“사람들이 밍 아저씨에게 샤오웨이의 심장에 문제가 있는 걸 어떻게 알았느냐고 물었어. 아저씨는 의학을 공부한 적이 없었으니까. 밍 아저씨도 이유를 말해주지 않았지. 한동안 아저씨는 몹시 상심한 듯했어. 소문은 점점 부풀려졌어. 밍 아저씨가 날 때부터 눈이 보이지 않고 다리를 절기 때문에 하늘이 불쌍하게 여겨서 운명을 볼 수 있는 능력을 줬다고들 떠들었어. 밍 아저씨는 그런 말에도 전혀 반응을 보이지 않았어. 다만 샤오웨이 일이 있었던 뒤로 다시는 비슷한 행동을 하지 않았지. 시간이 지나면서 마을 사람들은 샤오웨이의 일을 잊었어. 샤오웨이의 부모님은 다른 지역으로 이사를 갔고, 나중에 들으니 다시 아들을 낳았다고 하더라.”

“그래서요? 밍 아저씨는 어떻게 됐죠? 어쩌다 돌아가신 겁니까?”

몇 분 정도에 지나지 않는 짧은 이야기였지만, 천신한은 어느

새 지난 몇 년간의 우울함을 얼굴도 본 적 없는 밍 아저씨에게 투사했다. 구름표범[+]이 우연히 또 다른 구름표범을 만나 이 세상에 자신과 동류인 존재가 있다는 것을 처음 알게 되었을 때의 반응과 같았다.

"잠깐 기다려봐. 나도 오랫동안 밍 아저씨 일을 떠올리지 않아서……."

왕전샹이 얼굴을 문질렀다. 생각에 잠긴 듯 눈빛이 조금 멍해졌다. 오래전의 기억이 몰려들어 몽롱한 기분이 되었거나, 왜 이 이야기를 시작했는지 잠시 놓쳐버린 듯했다.

"다시 몇 년이 흘렀어. 내가 중학교에 올라가던 날, 밍 아저씨가 우리 집에 와서 아버지와 고량주를 드셨지. 밍 아저씨는 주량이 센 편인데 그날따라 만취하셔서 아버지에게 그런 이야기를 했대. 자기에게 사람을 만지면 금세 죽을지 말지 알 수 있는 재주가 있는 것 같다고 말이야. 처음 그 사실을 알게 된 건 아저씨의 어머니 덕분이었대. 그러니까 우리 마을의 이장 사모님이지. 이장 사모님은 워낙 몸이 약하셔서 오랫동안 병석에 누워 지내셨거든. 그분이 돌아가시기 두세 달 전의 일인데, 간병인이 갑자기 휴가를 낸 날 깔끔한 어머니의 성격을 아는 밍 아저씨가 따뜻한 물수건을 만들어서 몸을 닦아드리려고 했대. 아저씨는 어머니 몸에 손을 대자마자 너무 차가워서 저도 모르게 손을 뗐다더군. 어머

[+] 동남아시아 보르네오섬에 서식하는 희귀종 표범.

니가 꼭 얼음덩이 같았고, 특히 복부가 너무 차가웠다고 해. 손가락이 얼어서 마비되는 느낌이었다고. 아저씨가 물수건으로 열심히 문지르니까 어머니의 피부가 서서히 녹는 듯했대. 얼음이 녹아서 생긴 물이 바닥에 떨어지는 소리도 들었다고 하고. 밍 아저씨는 바닥에 물이 고여 있으면 나중에 누군가 밟고 미끄러질지도 모른다고 생각해서 닦으려고 했는데 이상하게도 물기 한 점 없이 말라 있었대. 아저씨는 이상한 기분에 아버지인 이장님을 불러서 2층 방을 좀 확인해보라고 했더니, 이장님이 가보고는 방은 스물네 시간 난방을 하고 있고 어머니 몸도 따끈따끈한데 무슨 헛소리냐고 했대. 어디에도 얼음 녹은 물 같은 건 없다면서.

밍 아저씨가 무슨 말을 해도 이장님은 믿지 않았지. 오히려 어머니를 돌보기 싫어서 엉뚱한 핑계를 댄다고 야단쳤어. 휴가에서 돌아온 간병인에게도 물어봤지만 이장님과 같은 말만 했다고 해. 살아 있는 인간은 체온이 있기 때문에 얼음처럼 차가울 수 없다면서. 그날 저녁 이장 사모님이 피를 토해서 병원으로 실려 갔어. 의사는 위암 말기라고 했고, 사모님은 얼마 후에 돌아가셨지. 밍 아저씨는 그날 손끝의 감각이 잘못된 것이 아니라는 걸 알게 되었어. 세상에는 사람들이 보지 못하는 것이 많다는 사실도. 밍 아저씨가 우리 아버지와 평생 친구 사이였지만 생김새는 전혀 몰랐듯이."

"샤오웨이도 그렇게 된 건가요?"

"맞아. 샤오웨이가 밍 아저씨를 부축하려고 했잖아? 샤오웨이의 손이 밍 아저씨에게 닿았을 때 아저씨는 그 애의 몸이 이장 사모님과 비슷한 상태인 것을 알아차렸어. 샤오웨이의 가슴에 차가운 바람이 부는 구멍 같은 게 있는 느낌이었대. 밍 아저씨가 바로 일어나지 못한 것은 발목을 삔 탓도 있었지만 커다란 얼음덩이 같은 샤오웨이의 몸 때문에 덜덜 떠느라 그런 거였다고 해.

밍 아저씨는 그날 밤 한숨도 자지 못하고 말할지 말지 고민했대. 그러다 샤오웨이의 착한 마음씨를 생각하니 가만히 있을 수가 없어서 결국 말하기로 했는데, 아저씨는 그 결정을 오랫동안 후회했대."

"샤오웨이를 구하지 못했기 때문에요?"

"그렇지. 밍 아저씨는 그 말을 하다가 울었다고 했어. 샤오웨이의 일이 있고 나서 어느 지인이 병에 걸린 자기 딸을 데려와서 봐달라고 했는데, 아저씨는 거절하고 싶었지만 그 사람이 이장님에게는 정말 중요한 부하 직원이어서 어쩔 수가 없었다고 해. 결국 그 여자를 봐주기로 했는데, 멀리서도 차가운 기운이 느껴졌다는군. 여자는 온몸이 차갑고 습했어. 샤오웨이나 이장 사모님 때보다도 심각했대. 특히 복부가 차가웠는데, 손을 냉동고에 집어넣은 기분이었다고 했어. 딸을 데려온 사람이 자궁도 난소도 다 적출했는데 암이 또 재발했다면서 계속 치료를 하는 게 효과가 있겠느냐고 물었대. 단지 몇 분 정도 같이 있었는데도 밍 아저씨는 금방 알 수 있었어. 그 여자는 얼마 못 가 죽을 거라는 걸. 하지만 사실대로 말하는 게 두려워서 치료를 시도해보라고 권했어.

여자는 몇 달 뒤에 죽었고, 다음 이장 선거에서 여자의 아버지는 이장님이 아니라 상대 후보를 지지했지.

밍 아저씨의 아버지는 그 선거에서 떨어졌어. 아저씨는 세 번의 경험으로 몇 가지 이치를 깨달았어. 첫째, 사람의 운명은 이미 정해진 것이다. 삼경(三更)에 죽는다고 염라대왕이 정했다면 누구도 그 사람을 오경(伍更)까지 살려놓을 수 없다. 샤오웨이는 언제가 되었든 죽었을 것이다. 하늘을 거스를 수 있다고 여겼다니 너무 어리석었다. 둘째, 아저씨가 사실대로 말하든 그렇지 않든 사람들은 화를 낸다. 솔직히 말해서 죽음을 말하는 것은 금기고, 아저씨가 어떤 행동을 해도 인간이 아닌 낯선 존재로 보일 뿐이다. 아저씨는 하늘을 원망했어. 눈과 다리가 불편하게 태어난 것으로도 모자라서 이런 괴로움까지 안겨주었다고 말이야. 하지만 마지막 그 일 덕분에 좋은 점이 하나 있었대. 밍 아저씨는 그 일을 계기로 자기가 지금까지 한 말은 다 넘겨짚은 거고, 샤오웨이는 어쩌다 맞아떨어진 거라고 말해버린 거야. 시간이 흐르면서 사람들은 그 일을 잊어버렸지. 밍 아저씨는 아버지에게 무슨 일이 있어도 자기 비밀을 다른 사람에게 말하지 못하게 맹세까지 시켰어. 아버지는 당연히 맹세했지. 밍 아저씨가 아버지에게 이렇게 물었다고 해. '너는 대학까지 나왔으니 이게 무슨 초능력인지 설명할 수 있겠냐?' 그 시절에는 초능력이 유행했거든."

"아버님께서 설명을 해주셨다고 하던가요?"

왕전샹이 '알면서 뭘 물어' 하는 듯한 눈빛으로 천신한을 흘졌다.

"어떻게 설명을 해? 여기 모인 사람들도 다 대학을 다녔잖아. 대학에서 그런 걸 가르치던가? 그 후로 밍 아저씨가 우리 집에 오면 아버지는 우리에게 인사만 하고 방으로 돌아가라고 시키셨어. 어쨌든 거실에는 있으면 안 되었지. 어머니도 부엌 쪽 소파에만 앉으셔야 했어. 밍 아저씨가 앉는 자리에서 제일 먼 곳에. 아버지가 그렇게 하신 이유를 이해하겠지?"

"네, 이해합니다. 전부 이해해요."

옆에서 한참 말없이 앉았던 허칭옌이 씁쓸한 목소리로 대답했다.

반면 양양은 고개를 갸웃거렸다.

"잘 모르겠어. 삼촌이나 엄마가 샤오웨이처럼 될까 봐 걱정하신 거야?"

"절반은 맞고 절반은 틀렸어. 아버지는 밍 아저씨를 배려한 거야. 아저씨는 그런 능력을 원한 적이 없어. 샤오웨이 때처럼 나나 누나에게서 뭔가 느낀다면 밍 아저씨는 또 얼마나 괴로워하셨겠니."

"그러면 아버님은요? 두렵지 않으셨답니까?"

"그 질문은 나도 여쭤보지 않아서 모르겠군. 하지만 다들 우리 아버지를 호인이라고 하니까, 아버지 생각이 어땠을지 짐작만 해보는 거지. 아버지가 밍 아저씨에게 비밀을 말해달라고 했던 건데, 그 일 이후로 밍 아저씨와 멀어진다면 아저씨가 너무 불쌍

하잖아."

천신한은 그 말을 듣고서 허칭옌에게 정말 큰 빛을 졌다는 생각을 했다.

당시 마음이 혼란했던 그는 허칭옌이 주기적으로 병문안을 와서 건강 상태를 묻는 것을 보고는 깊이 생각할 겨를도 없이 물에 빠진 사람이 지푸라기라도 잡는 심정으로 그에게 모든 것을 털어놓았다. 그것이 허칭옌에게는 엄청난 부담이 될 거라는 점을 고려하지 못했다.

허칭옌은 우리 집 초인종을 누르기 전에 매번 심호흡했을까?

"내가 고등학교 2학년 때 밍 아저씨가 돌아가셨어. 우리 가족은 전부 장례식에 참석했는데, 며칠 후에 이장님이 우리를 찾아오셨어. 아니 정확하게는 전 이장님이라고 해야지. 그분이 우리 아버지에게 꽤 큰돈을 주면서 나하고 누나를 대학에 보낼 때 보태라고 하셨대. 아마 그게 밍 아저씨의 유언이었나 봐. 아버지가 몇 년이나 술친구를 해준 데 대한 보답이라면서."

"이장님은 밍 아저씨의 비밀을 아셨나요?"

"아니. 그 질문은 나도 아버지께 했고, 아버지도 밍 아저씨께 했어. 사람들이 궁금해하는 건 대체로 비슷한가 봐. 밍 아저씨는 한 번도 말하지 않았어. 평생 부모님께 짐이 되었는데 걱정거리를 하나 더 늘려드리고 싶지 않다고 하셨다더라."

"저번에 만났을 때 내 이야기가 별로 놀랍지는 않았겠군요."

"맞아. 신기하고 불가사의하긴 했지. 하지만 아버지께 밍 아저씨 이야기를 귀에 딱지에 앉게 들었으니 다른 사람들은 세상에 어떻게 그런 일이 있느냐고 반응하겠지만, 나는 세상에 밍 아저씨와 비슷한 사람이 또 있구나 하고 반응한 거야. 오히려 나는 당신과 밍 아저씨가 만났더라면 어땠을까 생각했어. 그랬다면 밍 아저씨가 그렇게 우울하게 지내지는 않았을지도 모르지. 우리 아버지에게 비밀을 털어놓고 고민을 나누는 것도 좋지만 비슷한 경험이 있는 사람과 대화하면 좀 더 시원했을 테니까."

"그런데도 나를 완전히 믿은 건 아니고요."

"그래, 다시 한번 사과할게. 몇 번이고 사과를 해도 모자라지. 당신에게 상처를 주는 말을 해서는 안 됐어."

"괜찮아요. 그 이야기는 이제 그만하지요."

"하지만 이런 일이, 그러니까 틀린 적은 없었다는 거지?"

"이번이 처음입니다."

허칭옌이 재빠르게 대신 대답했다.

"우리도 그 이유를 찾는 중입니다."

"실현되지 않는 것이 제일 좋기는 하지. 하지만…… 뭔가 보긴 한 거지?"

천신한이 고개를 끄덕이곤 다시 물었다.

"밍 아저씨란 분도 틀린 적이 있거나 갑자기 능력이 사라진 적이 있나요?"

"아버지가 그런 말씀은 하시지 않았어. 아마도 없었던 모양이야."

"그렇군요."

"당신도 밍 아저씨처럼 보통 사람은 감지하지 못하는 것을 보는 거지? 그렇다면 나는 그게 '징조'라고 생각해. 루이안은 현재 아무 일도 없지만, 위험이 코앞에 닥쳤을지도 몰라. 물론 내 가설일 뿐이지만."

"당신이 알고 싶다던 건 외삼촌이 다 말해줬잖아요. 얼른 뭐라도 좀 해봐요."

양양이 답답한 듯 재촉했다.

"경솔하게 움직여서 상대방을 경계하게 만드는 건 피해야지. 지금까지 상황을 보면 그 남자가 루이안의 행동을 완전히 구속하고 있는 것은 아닌 듯하니까. 루이안이 직접 우리와 통화하기도 했고."

왕전샹이 말했다.

"경찰에 신고할 생각은 없어요?"

"그 방법도 고려해보긴 했지. 하지만 여기 있는 사람들은 신고할 자격이 없어. 내가 아는 한 혈연관계가 있으면서도 그 애의 안부에 신경 쓰는 사람은 루이안의 할머니뿐이야. 그런데 할머니는 이미 치매에 걸리셨어."

천신한은 몇 번째인지도 모를 생각을 했다. 시리, 넌 얼마나 외로웠던 거니.

헤어지기 직전에 천신한이 양양을 불러 세웠다.

"물어보고 싶은 게 있는데요."

양양이 몸을 돌려 천신한을 응시했다. 긴 손가락이 백팩 끈 위에 살짝 얹혀 있었다.

오후의 햇살이 비스듬히 드리운 옆얼굴은 아까보다 부드러워 보였고, 이제야 나이에 걸맞게 치기가 느껴졌다.

"왜 루이안의 집에 갔어요? 어떤 점이 이상했죠?"

왕전샹도 양양을 쳐다보았다. 천신한이 그가 미처 생각하지 못했던 좋은 질문을 던진 모양이다. 하지만 양양은 쓴웃음을 지으며 가볍게 대답했다.

"뻔하잖아요? 루이안의 성격은요, 상대방이 절대 용서할 수 없는 짓을 했거나 궁지에 몰려서 어찌할 바를 모를 때라면 모를까, 그게 아니라면 남에게 관심받지 못하는 걸 제일 두려워해요. 외삼촌이 닭국을 들고 찾아가겠다고 했어요, 그것도 우리 엄마가 직접 끓인 닭국이요. 아무리 귀찮아도 그렇게 성질을 부릴 일이 아니라고요."

"오로지 그것 때문에?"

허칭옌이 실망스러운 마음을 숨기지 못하고 반문했다.

"네, 오로지 그거였어요. 그렇게 보잘것없고 사소한 일 때문에요."

"우리 누나 말이 맞나 보다. 여자들만 눈치채는 디테일이 있는 거겠지."

"엄마 말은 반만 맞다고 생각해요."

양양이 백팩 끈을 힘껏 움켜쥐었다. 손가락 마디가 하얗게 변할 정도였다.

"진심으로 어떤 일에 신경을 쓴다면 다른 사람이 보지 못하는 것을 볼 수 있을 거예요……. 제 생각은 그래요. 연락을 기다릴게요."

몸을 돌린 양양은 무언가를 피해 도망치는 것처럼 빠른 걸음으로 카페를 떠났다.

왕전샹은 고개를 끄덕이는 것으로 인사를 대신하곤 얼른 양양을 뒤따라 나갔다.

천신한은 위그드라실에 접속했다.

오늘은 길드전이 있는 날이다. 황이 접속 중이고, 시리도 있다. 길드원 대부분이 자리했다. 다들 길드장 펜리르의 지시를 기다리는 중이다.

지난 몇 차례의 공성전 경험으로 그와 둥촨, 다아시는 새로운 전술을 세우기로 했다.

펜리르 대단하신 둥촨 님은 점점 엉덩이가 무거워지네. 이렇게 중요한 날에도 30분 전에 겨우 접속하고 말이야.

펜리르 전에 상의했던 위치는 기억하지?

천신한은 펜리르의 말에 적당히 대꾸하면서 재빨리 자기 캐릭터를 정중앙에 위치시켰다.

황과 시리의 캐릭터는 가까이 붙어 있다.

두 사람의 머리 위에 연거푸 각양각색의 이모티콘이 떠올랐다 사라진다.

시리는 이모티콘을 띄우며 시간을 보내는 걸 좋아했다. 천신한도 예전에 그 놀이를 같이 한 적이 있었는데, 한 사람이 먼저 이모티콘을 띄우면 다른 사람이 얼른 그걸 똑같이 따라서 입력하는 것이다. 이모티콘을 정확하고 빠르게 입력할 수 있는지를 겨루는 놀이인 셈이다.

지금 게임 속 '시리'가 현실의 루이안과 동일인인지를 판단해야 한다.

단서를 찾으려면 시리와의 관계를 현실에서 만나기 이전으로 돌려놓아야 한다.

이 사실이 천신한의 뇌에 납을 부어 넣은 것처럼 혼란스럽게 했다.

개인 메시지로 펜리르의 불만 섞인 투덜거림이 전해졌다.

"둥촨, 뭐 하고 있어? 아직도 정신을 못 차리고."

천신한은 화면의 오른쪽 밑에서 시간을 확인했다. 길드전이 시작되었다.

길드원들의 여러 아이디어를 합친 기습은 예상했던 대로의 효과를 발휘했다.

두 시간 후, 그들은 파죽지세로 진격하여 수비 측 '사유의 금속'을 깨뜨렸다. 강렬한 흰 빛이 번쩍였고, 수비 측 길드는 성 바깥으로 쫓겨났다. 모니터 위에 큼지막하게 '환절중당이 헬하임을 점령했다'는 시스템 메시지가 떴다.

헤드셋을 통해 폭발하는 환호성이 전달되었다. 평소 조용한 편인 펜리르도 큰 소리로 웃으면서 외쳤다. 우리가 해냈다!

몇 분이 지나가고, 경쟁에는 큰 관심이 없던 시리도 기쁨의 탄식 같은 소리를 냈다. 우리도 이제 비밀 맵에 갈 수 있어.

시리의 목소리가 천신한의 뜨거워진 피를 차게 식혔다. 시리는 그에게도 양양에게도 게임을 그만둘 거라고 말했다. 그런데 왜 위그드라실에서의 성공과 실패에 여전히 목매는 걸까? 게임을 그만둔다는 이야기를 길드의 다른 사람들에게는 했을까?

예전에 시리는 위그드라실이 자신의 정신세계를 이루는 모든 것이라고 말했었다.

천신한은 황의 움직임을 살피는 것도 잊지 않았다. 수비 측에는 삼중의 방어선이 있는데, 첫 번째 방어선에는 게임 시스템 내에서 살상력이 높기로 유명한 전망대가 두 군데 설치돼 있어서 장비를 잘 갖춘 플레이어가 심한 견제를 당하기 쉽다. 펜리르가 환절중당 길드의 앞으로의 전략을 길드전 중심으로 변경하면서 황이 몇 차례나 높은 등급의 방어 장비를 구입했다. 그래서 최근 두 차례의 길드전에서 황은 혼자서도 전망대의 공격을 견딜 수 있는 방어력을 갖췄고, 그 덕분에 다른 길드원을 엄호하는 데 큰 도움을 주었다.

길드전을 위해서 황은 적어도 100만 타이완달러(한화 약 4300만 원)는 썼을 것이다. 보통 직장인이 부담할 수 있는 수준을 넘어섰다.

펜리르가 황에게 길드의 간부직을 맡겠느냐고 물어본 적이 있었다. 당시 황은 게임은 즐기기 위해서 할 뿐이라면서 복잡한 것들을 신경 쓰고 싶지 않다고 단칼에 거절했다. 이건 뭔가 모순이 아닌가?

이번 길드전으로 환절중당의 인지도는 크게 오를 것이고, 황이 첫 번째 방어선을 공략하며 보여준 실력은 플레이어들 사이에 깊게 각인될 것이다. 둥환이 '악몽의 과학자 공략법을 만든 대신'으로 불리듯, 사람들은 황을 '혼자서 두 개의 전망대를 먹어치운 로열나이트'로 부를지도 모른다. 4대 길드의 간부들은 앞으로 황이 게임에 접속한 것을 보면 슬쩍 다가와서 자기네 길드로 옮기지 않겠냐는 의사를 타진할 것이다.

이상하게도 천신한은 황이 펜리르의 간부직 제안 때 그랬듯 다른 길드의 제안도 거절할 거라고 생각했다.

황은 환절중당이라는 길드를 집착에 가까울 정도로 인정하는 면이 있었다.

지금 황은 침묵 속에서 다른 사람들이 서로에게 쏟아내는 환호를 듣고 있다.

황은 무슨 생각을 하고 있을까?

아니, 황은 위그드라실에서 무엇을 얻고 싶은 걸까? 다른 플레이어들이 꿈에서라도 갖고 싶어 하는 것에는 큰 관심이 없는데, 설마 그는 게임에서 다른 즐거움을 얻는 걸까? 보통 사람이 이해할 수 있는 범위를 벗어나는 형태로?

천신한이 목을 가다듬고 직접 이름을 불렀다.

"황, 고마워. 이번에는 다들 너에게 빚졌어."

황 다들 함께 얻어낸 영광이지.

천신한은 헤드셋 마이크에 대고 한 번 더 압박했다.

"승리를 축하하는 의미로 황, 한마디 해줘."

다들 황의 목소리를 듣고 싶지 않아? 천신한이 목소리를 높였다. 길드원들이 들뜬 분위기에 휩쓸려 천신한의 말에 맞장구를 쳤다.

"한마디 해, 황!"

와자지껄한 목소리들 사이에서 빠르게 스쳐가는 중얼거림이 들린 듯했다.

"그래, 나도 황의 목소리를 듣고 싶네."

천신한은 그게 누구의 목소리인지 떠올리려 했지만 잘 생각이 나지 않았다.

시리가 끼어들었다.

"황이 음성 채팅으로 말하지 않는 이유를 이미 설명했잖아?

왜 이렇게 사람을 괴롭히는 거야?"

황을 대신해 화를 내는 시리의 마음이 확실히 느껴지는 말이었다.

다른 사람 일에 나서서 화를 낸다는 것은 시리에게서 좀처럼 보기 힘든 모습이었다. 얼른 흥분을 가라앉힌 길드원들이 화제를 돌렸다.

천신한은 불안해졌다. 시리는 그가 얼마 전에 경고했던 내용을 황에게 다 말했을까?

그랬다면 황은 어떤 반응을 보였을까?

의문이 꼬리에 꼬리를 물고 그를 덮쳤다. 머리가 깨질 듯 아팠다. 천신한은 일단 여기까지 생각하기로 했다.

그는 펜리르가 이번 길드전의 기여도와 보상 분배를 이야기하는 것을 조용히 듣는 한편, 모니터에서 황과 시리의 캐릭터가 어깨를 딱 붙이고 같이 서 있는 것을 주시했다. 두 사람 사이의 거리는 길드전이 시작되기 전과 똑같았다. 현실 세계 속 그들의 거리도 비슷할까? 천신한은 천천히 눈을 감았다. 어둠 속에 시리의 모습이 떠올랐다. 모니터 앞에 앉은 시리의 양손이 키보드 위를 빠르게 누빈다. 헤드셋이 작은 귀를 가리고 있다. 눈썹을 찌푸리기도 하고 입을 벌리며 웃기도 한다. 이어서 천신한은 그런 시리의 옆에 한 남자의 모습을 추가했다. 시리는 오랜 시간 친구로 지낸 양양을 기만하는 것조차 불사하면서 자신의 희로애락을 그 남자가 마음대로 결정하도록 권한을 내주었다. 천신한은 손가락을 접으며 날짜를 세었다. 오늘은 수요일이고 닷새째다.

　　시리는 아직 살아 있다.

　　천신한은 고개를 돌리고 빨대를 씹으면서 생각에 잠긴 허칭옌을 빤히 쳐다보았다.

　　지난 5일간 두 사람은 평소보다 훨씬 자주 만났다. 서로 주고받은 대화의 정보량 역시 평소 한 달간 나눈 이야기를 합친 것보다 많은 듯했다. 한밤중에 꿈에서 깬 날, 천신한은 그와 허칭옌이 병원에서 우연히 마주치기 전에 어떤 공통의 기억을 쌓았는지 차근차근 짚어보았다.

　　고등학교 때 같은 반이었던 것에는 의심의 여지가 없다. 천신한의 머릿속에 몇 가지 장면이 스쳐갔다. 그중에서 허칭옌이 농구 골대 옆에서 천신한과 친구들이 농구 경기를 하는 것을 지켜보는 장면이 있었다. 다른 장면으로는 허칭옌이 무표정한 얼굴로 칠판을 닦는 모습이 있었다. 담임선생님이 반 친구들 앞에서 허칭옌에게 유명 작가의 친필 서명이 담긴 소설책을 건네는 장면도 기억났다. 허칭옌이 시 주최의 글짓기 대회에서 순위권에 든 것을 치하하면서 상으로 준 것이었다. 천신한은 상을 받은 허칭옌이 발을 질질 끌면서 자기 자리로 돌아오던 모습을 생각해냈다. 자리에 앉은 뒤에는 귀가 벌겋게 되어 고개도 못 들고 친구들이

치는 박수 소리를 듣고 있었다. 그런데 이상한 점이 있었다. 아무리 머릿속을 뒤져보아도 천신한과 허칭옌이 이야기를 나눈 기억이 없었다.

가장 오래된 기억이 바로 허칭옌이 병원에서 그를 불러 세운 것이었다.

처음에는 허칭옌에게 직접 물어봐야겠다고 생각한 적도 있었지만, 적당한 때를 찾지 못했다. 시간이 지나고 허칭옌이 계속 찾아오자 천신한도 마음속의 껄끄러움을 차차 잊었다. 그런데 오늘 양양이 시리를 걱정하며 조급해하는 모습을 보니 오랫동안 마음속에 담아뒀던 의문이 고개를 치켜들었다.

우리가 원래 친구였나?

"야, 무슨 생각을 그렇게 해?"

허칭옌이 물었다.

"어, 나는…… 우리가 괜한 걱정을 하는 건 아닐까 하는 생각이 들어. 어쩌면 시리는 지금 행복하게 지내고 있을지 몰라. 너도 개 목소리를 들었잖아. 기분이 좋아 보였어. 곤경에 처한 사람 같지 않았다고."

천신한이 눈을 두어 번 껌뻑이며 머릿속에서 허칭옌에 대한 물음표를 날려버리려 했다.

"시리가 아직 어리다는 걸 간과하지 말자. 누가 자기에게 진짜로 신경 써주는지 구분하지 못할 수도 있으니까. 그 애는 외로웠다는 것도 잊지 마. 그럴 때 사람들은 남에게 파고들 틈을 주기

쉬워."

허칭옌이 눈썹을 치켜세우며 말했다.

천신한은 아무 말 없이 가슴께를 문지르며 그 안에서 맴도는 아프고 저린 감각이 사라지기를 기다렸다.

허칭옌은 틀린 말을 하지 않았다. 사람은 외로울 때 상상할 수 없을 정도로 연약해진다.

"넌 그날 시그널을 본 것도 믿어지지 않나 보다."

"왜 그렇게 생각해?"

"요 며칠 네 태도가 그래. 죽을 둥 살 둥 운명에 개입하려고 하다가 잠시 뒤에는 남의 일처럼 선 밖에 있으려고 하고. 솔직하게 말해서 난 네가 변덕을 부리는 게 피곤했거든. 네가 그러면 옆에 있는 나도 끌려가니까. 그런데 오늘 밍 아저씨라는 분 이야기를 듣고 나니까 네 입장에서 이 일을 전체적으로 이해하는 방법을 조금쯤은 알게 된 것 같다."

천신한은 눈물을 흘리지 않으려고 온 힘을 다해야 했다.

"고마워."

"뭐가?"

"다 알면서도 내 친구가 되어준 거. 나도 오늘에서야 네 입장에서 생각하는 방법을 조금쯤 알게 된 것 같아. 나하고 친구로 지내는 게 힘들겠지."

의문점들은 한쪽에 치워두고, 그는 이미 오래전에 말했어야 할 감사 인사를 허칭옌에게 전했다.

다급한 노크 소리가 두 사람의 대화를 끊었다.

야오추샹의 목소리가 방문 밖에서 들렸다.

"야식을 좀 샀는데, 나와서 먹으렴."

허칭옌은 별로 놀라지 않은 듯한 눈빛이었다. 방 안으로 스며든 음식 냄새를 일찍부터 맡고 있었던가 보다.

반면 천신한은 조금 당황했는데, 야오추샹이 지금까지 야식을 권한 적이 없었기 때문이다.

그날 야오추샹이 마음속의 고민과 걱정을 솔직히 보여준 뒤로 천신한은 뭔지 모를 초조한 기운이 방 바깥에서 오락가락하는 것을 느끼곤 했다. 아버지가 약속하신 것 아니었나? 어머니도 늦었지만 그간의 고생을 인정받으셨다. 그는 세 식구가 이대로 현재 상태를 유지하는 데 암묵적으로 합의했다고 여겼다. 설마 허칭옌과 같이 밖에 나가 있는 동안 야오추샹과 천중우 사이에 그가 모르는 다른 담판이 지어졌을까?

"나중에 차 한잔 살 테니까, 지금은 좀 도와줘라."

천신한이 침착하게 입을 열었다.

야식은 야오추샹이 근처 유명한 가게에서 사 온 빙수였다. 호박색의 달콤한 액체 위에 얼음을 갈아서 동산을 쌓고 그 위에 시리얼, 찹쌀떡, 녹두 등을 올렸다. 천신한이 싫어하는 팥은 보이지 않았다. 어머니는 항상 그가 좋아하는 것과 싫어하는 것을 기억하셨다.

그는 두 사람에게 먼저 의자를 빼주고, 허칭옌에게 먼저 앉으라고 손짓했다.

천신한은 주변을 둘러보며 아버지를 찾았다. 위그드라실에 너무 집중한 나머지 철문이 닫히는 소리를 듣지 못했는데, 아버지가 아예 귀가하지 않으신 것인지, 아니면 들어오셨다가 도로 나가신 것인지 모르겠다. 텔레비전은 아버지가 고정적으로 보는 뉴스 채널에 멈춰 있었다. 천신한은 야오추상의 표정에서 정답을 찾아내려고 시도했지만, 어머니는 웃는 듯 마는 듯한 얼굴로 숟가락을 꺼내 플라스틱 용기에 하나씩 꽂을 뿐이었다.

천신한까지 자리에 앉은 뒤 빙수를 세 숟갈쯤 먹었을 때 야오추상이 물었다.

"너희들 요즘 뭘 하고 다니니?"

야오추상은 빙수를 휘저으면서 다시 입을 열었다.

"샤오한, 너 요새 종일 밖에 나가 있고 칭옌도 자주 집에 오는데 둘이서 몇 시간씩 뭘 그렇게 이야기해? 무슨 일로 바쁜 건데?"

"그냥 이런저런 일로요."

"직장 이야기를 한다고 그랬지? 직장은 구했어?"

"아직 얘기 중이에요. 뭔가 정해지면 말씀드릴게요."

"너희들 뭔가 나쁜 짓을 하는 건 아니겠지?"

야오추상이 드디어 고개를 들었다. 눈빛에 의심과 좌절이 담겨 있었다.

"왜 그런 생각을 하세요?"

허칭옌은 조용히 숟가락을 내려놓았다.

"네 아버지하고 뉴스를 보는데, 지난 주말에 고등학교 다니는 여학생이 기차를 타고 인터넷에서 알게 된 친구를 만나러 갔다가 연락이 끊어졌다더라. 기차역 근처 감시카메라 영상이 공개되었는데, 여자애가 SUV에 타는 장면이 찍혔어. 차창에 선팅을 해서 잘 보이지 않지만 남자 두 명은 확실해."

야오추샹이 콧등을 꾹 누르며 말을 이었다.

"너희를 의심한다는 건 아니야, 단지……. 그래, 저거구나."

천신한은 어머니의 시선을 따라 고개를 돌렸다. 텔레비전에서 마침 그 뉴스가 나오고 있었다.

여자의 얼굴은 넓은 모자챙과 검은 마스크에 가려져 있었다. 화면에 보이는 것은 부어오른 두 눈과 발갛게 짓무른 눈가뿐이었다.

건장한 체격의 남편은 마스크만 쓴 채 아내의 어깨를 감싸안고 있었다. 그러나 불안하게 움직이는 시선이 그가 이 상황에 제대로 반응하지 못하고 있음을 잘 보여주었다. 여자는 카메라를 향해 호소했다. 아가, 엄마 생각 좀 해줘. 네가 무슨 일을 하든 꼭 엄마 생각을 해야 해. 며칠 동안 엄마하고 아빠는 먹지도 자지도 못하고 네 전화만 기다리고 있어.

거기까지 말한 여자는 결국 울음을 터트렸다.

옆에 있던 남편이 마이크를 넘겨받았다. 벌벌 떨리는 두 손으로 마이크를 쥔 그는 한참 말을 잇지 못했고, 눈동자가 끊임없이 흔들렸다. 마침내 그가 심호흡하고 입을 열었다. 샤오산(小珊), 제발 돌아오렴. 우리는 네가 없으면 못 산다.

화면 바깥에서 '딸을 데려간 사람에게 한마디 하세요' 하는 목소리가 들렸다. 다시 마이크를 잡은 여자가 눈물을 뚝뚝 떨어뜨리며 카메라를 응시했다. "저희 애는 아직 중학교도 졸업하지 않았어요. 아무것도 모르는 애예요. 제발 부탁이니······."

화면이 꺼졌다. 몸을 돌려 리모컨을 들고 가쁜 숨을 쉬는 야오추샹을 바라보았다. 야오추샹의 눈빛은 천신한과 허칭옌 사이를 빠르게 오갔다. 그들의 표정이 조금이라도 바뀌는지 살피는 듯했다.

"저 일이 너희들하고 관계없다고 말해줄래?"

천신한은 드디어 자신과 허칭옌을 방 바깥으로 불러낸 이유를 알아차렸다.

"너희들과는 관계없지, 그렇지?"

야오추샹이 한 번 더 물었다.

"절 의심하시는 거야 그렇다 쳐도, 어떻게 제 친구까지 의심하세요!"

천신한이 식탁을 내려치며 소리 질렀다.

다음 순간 수치심이 분노와 자리를 바꿨다. 허칭옌이 어떤 표정을 짓고 있을지 쳐다볼 용기가 나질 않았다.

"그래서, 너희들은 아닌 거지?"

야오추샹의 얼굴이 그대로 얼어붙었다. 이어서 두 손으로 얼굴을 감싼 야오추샹이 뉴스 속 여학생의 어머니처럼 울음을 터트렸다.

"날 너무 탓하지 말렴, 너무 딱 들어맞았잖니? 넌 원래 집 밖으로 거의 나가지 않았는데 최근 며칠째 계속 외출을 했어. 네 방 쓰레기통에서 기차표를 발견했는데 지난 주말에 너도 H시에 갔더구나. 넌 친구하고 직장 이야기를 하러 간다고 했지만 거짓말인 것 같았지. 누가 면접을 보러 가면서 티셔츠에 운동화를 신고 가니?"

어머니가 방에 들어와서 증거를 찾으려 이곳저곳을 뒤져봤다는 생각에 천신한은 마음이 더욱 무거워졌다.

모호한 의심이 구체적인 행동으로 승격된 상황이었다.

부모님의 눈에 비친 그는 뉴스 속 어린 여학생을 유괴하는 범죄자의 이미지로 강하게 뿌리박혀 있는 모양이다.

천신한의 마음을 눈치채기라도 한 듯, 야오추샹이 얼굴을 일그러뜨리며 우울하게 덧붙였다.

"나도 너희 둘이 그런 일을 했을 거라고 믿는 건 아니야. 하지만, 내가 믿는 게 무슨 의미가 있니? 뉴스에 나온 부모도 그렇게 이야기했어. 딸은 착하고 똑똑한 애라서 말도 없이 집을 나갈 리가 없다, 유괴당한 게 분명하다. 하지만 이틀째에 같은 반 친구가 나서서 사라진 여학생이 며칠 전부터 H시에 가서 남자 친구와 동거할 거라고 말했다는 증언을 했어. 경찰이 H시 기차역에서부터 수색을 시작한 것도 그래서고."

허칭옌이 한숨을 쉬며 말했다.

"아주머니, 안심하세요. 저희가 며칠째 바쁘게 돌아다닌 이유
는 설명하기 어렵지만, 나쁜 짓을 한 것은 아닙니다. 제가 보장하
겠습니다. 말씀하신 저 사건은 저도 인터넷에서 이런저런 소식을
들었어요. 누리꾼 중에서 남자의 페이스북을 찾아낸 사람도 있고
요. 절대로, 절대로 신한이 아니에요."

그 말을 들은 야오추샹의 눈빛이 흐트러지며 천신한의 얼굴
에 머물렀다가 곧 다시 어깨 너머 어딘지 모를 먼 곳에 닿았다.

"그런 거야? 그러니까, 이제 걱정하지 않아도 되는 거지?"

"아주머니, 지금뿐만 아니라 영원히 걱정하실 필요가 없어
요."

허칭옌이 진지하게 위로했다.

"미안하구나, 내가 정신이 나갔었다. 세상에 얼굴을 들지 못
할 일이 생길까 봐 너무 두려웠어. 세상 사람들은 다 아는데 나 혼
자만 내 자식은 바보 같은 짓을 저지르지 않는다고 믿는 건 아닐
까? 부모한테 자식을 제대로 이해하기 위해 노력하라고들 말하
는데, 자식은 이해받을 생각이 없으면 어떡해? 한쪽만 노력해서
는 안 돼."

마지막으로 빙수를 한 숟가락 입에 넣은 뒤 야오추샹이 식탁
을 짚고 몸을 일으켰다.

"얼른 먹으렴. 다 녹겠다."

천신한은 어머니가 입은 옷이 어제와도 그제와도 똑같다는 것을 알아차렸다.

야오추샹이 침실로 들어가 문을 닫자 허칭옌이 긴장이 풀린 듯 자세를 무너뜨렸다. 그는 손으로 자기 가슴을 꾹 누르며 진정하려 애썼다.

천신한은 어머니가 자신에게 쏟아낸 원망은 일단 제쳐두기로 했다. 지금은 정신을 차려서 허칭옌을 위로해야 할 때였다.

"미안하다. 이런 꼴을 보여서."

"아니야."

허칭옌이 산뜻하게 손을 저었다. 그는 빙수를 크게 한 입 삼키고 말을 이었다.

"전혀 예상 못 한 일은 아니라서."

"뭐?"

"요새 너희 집에 올 때마다 너희 어머니가 나를 보면서 무슨 말을 하려다가 멈추곤 하셨거든. 그래서 뭔가 있구나 했지. 이런 이야기를 듣고 나니까 오히려 속이 시원하다."

"범죄자 취급을 당했는데 괜찮다고?"

허칭옌이 고개를 저었다.

"이렇게 말하면 넌 듣기 싫겠지만, 나는 좀…… 너희 어머니가 무슨 생각을 하셨는지 이해가 돼. 오해하지 말고 들어. 어머니가 너를 의심하는 게 옳다는 뜻이 아니라, 내 말은, 누구도 다른 사람의 모든 면을 안다고 확신할 수 없다는 거야. 그런 일이 많이 일어나잖아? 어떤 사람을 잘못 믿었다가…… 나중에 배신당한 것처럼 느끼고……. 그런데 배신당한 기분은 많은 경우에 자기 혼자서 기대감을 품었다가 생기는 경우가 많다고 봐."

옆에 앉은 허칭옌을 바라보는 천신한의 머릿속에 떠도는 것은 흐리고 조각조각 잘린 고등학교 때의 기억이다.

허칭옌은 어깨를 움츠리며 자리에 앉았다. 귓가가 놀라울 정도로 붉었다.

그때 천신한 자신은 뭘 하고 있었더라? 왜 허칭옌 쪽을 보고 있었지? 무슨 생각을 했지.

"네가 양양에게 한 말처럼, 시리를 잘 알고 있다고 누가 자신할 수 있겠어?"

허칭옌이 갑자기 말을 멈추더니 주머니에서 휴대전화를 꺼냈다. 손가락이 빠르게 화면 위를 누볐다.

화면을 위아래로 스크롤하는 사이 두 눈썹 사이가 점점 찌푸려졌다.

"아, 잠깐만."

허칭옌이 휴대전화 화면을 천신한의 눈앞에 들이댔다.

"여기 봐, 며칠에 한 번씩 이런 뉴스가 나온다고."

천신한이 몇 개의 뉴스 제목을 훑었다.

"인터넷 친구를 만나러 간 여자애들 뉴스 말이야?"

"몇 년 사이에 어린 여자애들이 인터넷에서 알게 된 사람을 만나러 갔다가 사라졌다는 이야기를 심심찮게 들을 수 있었어.

뉴스에서 보도하는 것 외에도 SNS 같은 데서도 딸이나 여동생을 찾는다며 도와달라는 글이 자주 보여."

"그런 사건은 예전에도 있었어. 그때는 좀 더 간단한 방식으로 설명했지, 가출이라고 말이야."

"맞아, 가출."

허칭옌이 고개를 끄덕였다.

"잠깐, 너희 어머니가 말씀하신 그 영상을 찾았어. 이거 봐."

화면 한쪽에 12시 53분이라는 시간 표시가 떠 있다. 차 세 대가 길가에 나란히 주차되어 있었다. 앞에서부터 노란색 택시, 은색 SUV, 파란색 승용차 순서였다. 3시 방향으로 어머니와 아들로 보이는 행인이 걸어가고 있었다. 여자 쪽은 팔로 얼굴에 비치는 햇빛을 막고 있었고, 다른 한 손으로 아이에게 부채질을 해주는 중이었다. 54분. 주황색 백팩을 메고 무늬가 화려한 원피스를 입은 여자애가 주변을 두리번거리며 화면 위쪽에 나타났다. 휴대전화 한 번, 주변 거리를 한 번 쳐다보는 것을 보면 길을 찾는 중인 듯했다. 그때 SUV 조수석의 차창이 내려가며 캡 모자를 쓴 남자가 고개를 내밀었다. 남자가 손을 흔드는 것을 본 여자애가 달려가서 차에 탔다.

54분 59초. SUV는 화면에서 사라졌다. 1분도 채 걸리지 않았다. 뒤편의 여자는 소녀가 차 문을 열 때 흘낏 쳐다봤지만 곧 자연스럽게 고개를 숙였다. 여자의 반응을 보면 소녀가 차에 타고 또 차가 출발하는 과정에 특별한 문제가 없었던 게 분명했다.

여자애는 위협을 당해서 차에 탄 것이 아니었다.

허칭옌은 자기 팔뚝을 진지하게 쳐다보며 말했다.

"저 남자 팔뚝 좀 봐라. 저게 나 같냐, 아니면 너 같냐?"

천신한은 재생 바를 당겨서 영상을 처음부터 다시 봤다.

이유를 모르겠지만 그는 화질이 나쁜 그 영상에 빠져들었다. 소녀가 자신을 향해 손을 흔드는 남자를 발견하는 순간, 기분 좋게 마주 손을 흔드는 부분이 그랬다. 소녀는 폴짝폴짝 뛰어가서 차에 탔다.

그는 영상을 다시 재생하고, 또다시 재생했다. 시리의 가느다란 뒷모습이 저 중학생 여자애와 겹쳐질 때까지 그렇게 했다.

천신한이 영상에 집중하는 모습에 허칭옌도 장난스러운 태도를 거뒀다.

"너 무슨 생각 하냐?"

"시리도 이랬을까, 하는 생각."

영상은 다른 뉴스로 연결되었다. 얼마 지나지 않아서 천신한은 세 건의 기사와 한 편의 사설 논평을 읽었다. 이런 사건에는 한 가지 공통점이 있었다. 소녀들이 자기 의지로 따라간 것처럼 보인다는 것. 그들은 낯선 인터넷 친구가 시키는 대로 지정된 시간에 지정된 장소로 나왔으며, 상대방이 멋진 신세계로 향하는 티켓을 제공해줄 거라고 여겼다. 그리고 자신들이 거대한 크루즈선의 갑판에 서서 뭍에 두고 온 사람과 사물을 향해 손을 흔들며 작별 인사를 할 수 있을 거라고 믿었다.

"그런 동화 들어봤지? 〈피리 부는 사나이〉 같은 거."

천신한이 물었다.

"아니."

"들어본 적 없어? 아주 오래전에 어느 도시에 쥐가 들끓었는데, 쥐를 없앨 방법을 찾지 못해 골머리를 앓았어. 그때 한 남자가 나타나서 문제를 해결해주겠다고 했지. 사람들은 그 남자를 믿지 않았는데, 남자가 피리를 부니까 쥐들이 전부 그 남자를 따라가는 거야. 남자가 피리를 불면서 근처의 강으로 한 걸음씩 들어가니 쥐들이 전부 강에 뛰어들어서 죽었다는 이야기."

"어, 네 말을 들으니까 기억이 날 듯도 하네."

"쥐는 중요하지 않아. 다음 이야기가 또 있거든. 남자가 쥐를 해결했으니 도시 사람들은 뛸 듯이 기뻐했어. 하지만 약속한 보수를 주는 것을 거절했지. 그러자 남자가 다시 피리를 불었고, 이번에는 온 도시의 꼬마들이 밖으로 나왔어. 아이들은 쥐 떼가 그랬던 것처럼 피리 부는 남자의 뒤를 바짝 따라갔어."

"그럼 애들도 강에 빠져 죽었어?"

"그렇게까지 호러는 아니야. 내 기억이 맞는다면 이야기의 결말은 이래. 그 후로 아이들은 완전히 사라져서 어디로 갔는지 아무도 모른다."

"이상한 이야기네. 어디서 이런 걸 읽었어?"

"아마 학원 책꽂이에서 꺼낸 책이었을 거야. 그 책에 쥐 떼가 강으로 뛰어드는 삽화가 있었던 기억이 나. 난 그때 초등학생이었는데 그날 밤 강에 빠지는 악몽을 꿨어."

"이야기의 교훈이 뭐지? 약속을 잘 지키자? 아니면 그 도시의 애들은 정신력이 약하다?"

"나도 몰라."

"인터넷 친구를 만나러 간 여자애들 사건에서 왜 여기까지 왔지?"

"그 여자애들과 동화 속 꼬마들이 비슷하지 않아? 부모들이 아무리 불러도 여자애들은 피리 부는 사나이를 따라서 가버렸으니까. 왜 그런 일이 생기는 걸까? 나야 그렇다 치고, 시리는 양양도 속였잖아."

"넌 예전에 이런 마음이 든 적 없어?"

"무슨 마음?"

"세상에 아무도 나를 알아주는 사람이 없어서, 나를 진짜로 이해해주는 단 한 사람을 찾아 떠나고 싶은 마음."

"난······."

천신한이 턱을 괴고 진지하게 생각한 뒤에 대답했다.

"없는 것 같다."

허칭옌이 빈 빙수 그릇을 가볍게 내려놓았다.

"좋네."

"뭐가 좋아?"

천신한은 지금의 대화가 미로처럼 느껴졌다. 눈앞에 있는 허칭옌과 이미 오래전에 헤어진 것 같기도 했다.

왜 헤어졌을까. 언제부터 그들은 서로 다른 노선을 선택했을까.

"일단 시리 일로 돌아가자고."

허칭옌이 천신한의 그릇까지 들고 익숙하게 부엌으로 향했다. 솨 하고 물이 흐르는 소리와 더불어 그의 다음 말이 들려왔다.

"시리와 대화하는 데 집착하는 건 노력에 비해 성과가 없을 것 같아. 다른 각도로 접근해봐. 네가 의심하는 사람 있잖아. 황이라고 했나? 그 사람의 개인정보를 알아낼 만한 다른 방법이 없어?"

"일단 위그드라실에 다시 접속해야지. 그건 내일 일이야."

"12시네. 요새는 너희 집에서 항상 늦게까지 있게 되는구나."

허칭옌이 조금 의아한 듯 벽에 걸린 오래된 시계를 쳐다봤다.

"집에 가야겠다."

천신한은 허칭옌의 뒤를 따라 현관 쪽으로 향하며 왼손으로 코를 힘껏 눌렀다.

문이 닫히기 전에 천신한은 용기를 끌어냈다. 가슴 안에 풍선을 집어넣는 것처럼 길게 숨을 마셨다.

"연락해?"

허칭옌이 씩 웃었다.

"연락해."

시리, 황, 펜리르, 다아시 전부 로그아웃했다. 길드 채팅 창에는 아직 승리의 여운을 만끽하는 사람들이 드문드문 남아 있었다. 천신한은 조용히 로그아웃했다. 머릿속을 뜨겁게 달구는 생각들이 그의 두개골을 반으로 갈라서 그 속에 담긴 연약한 뇌가 바깥으로 다 드러난 것 같았다. 뇌는 공격 한 방도 견디지 못할 만큼 약한 주제에 천신한이라는 인간을 이루는 모든 정보를 담고 있었다. 그는 이불 속으로 파고들었다. 한참 뒤척였지만 잠이 오지 않았다. 이럴 때 인터넷 서핑을 계속하면 점점 더 잠이 달아날 뿐이라는 것을 잘 알면서도, 언론에서 '가해자'의 모습을 어떻게 표현하는지 알아보고 싶은 충동을 벗어나지 못했다. 그는 단숨에 10여 건의 기사를 읽었고 진흙탕에 빠진 것처럼 점점 더 발을 뺄 수 없게 되었다.

칼럼니스트라는 사람들은 사전에 약속이라도 한 것처럼 똑같은 말들을 했다. 그들이 도출해낸 '인터넷 늑대'의 공통된 특징은 이러했다. 무직, 인터넷 게임에 빠져 있음, 현실과 허구를 구분하지 못함.

그중 〈천재라는 이름 뒤에 숨은 어두운 인성〉이라는 칼럼을 쓴 사람은 50대 여성으로, 책을 두 권 썼고 자녀 셋을 모두 아이비리그 대학에 보낸 것으로 유명했다. 책의 판매량도 좋은 편이어서 10만 부 기념 버전 책이 따로 나올 정도였다. 이 칼럼니스트가 보기에 최근 '인터넷 늑대'의 새로운 특징으로 '우등생'이 추가됐다고 한다.

학창 시절 좋은 성적으로 항상 남에게 박수를 받아왔으며 집안 형편도 넉넉했던 '하늘이 내린 아이들'은 사회에 나오는 순간 예고도 없이 '땅에 발을 딛는 시련'에 맞닥뜨린다. 하늘에 있다가 땅에 내려오게 된 경험은 그들의 자존감을 아주 쉽게 깨부순다. 그들 중 일부는 인터넷 세상으로 도피하여 학창 시절과 비슷한 안전지대를 만들고자 한다. 하지만 인터넷 세상에서는 만족할 수 없는 현실 세계의 중요한 부분들이 있다. 연애 관계가 그중 하나다. 그들은 연애 대상도 인터넷에서 찾는 법을 배우게 되는데, 이때 상대방은 세상 물정을 모르고 사랑에 환상을 품은 어린 소녀이기 십상이다. 그들은 권력과 지식, 경험의 차이를 이용해 소녀들에게 그루밍 범죄를 저지르거나 심할 경우 유괴하기도 한다.

다음 단락에서 이 칼럼니스트는 '우등생 인터넷 늑대'의 가정 환경도 자세히 분석했다. 최근 일어난 열 건의 사례를 인용하면서, 그들의 부모가 교육 수준이 높고 사회·경제적으로 높은 지위를 가진 사람들이라는 점을 지적했다. 그들의 부모는 자녀를 윤택한 환경에서 기르며 잘 교육시켰기 때문에 자기 자녀에 대해서는 어리석을 정도로 신뢰가 깊다. 칼럼 마지막에는 상호 존중하는 자녀 교육을 강조하면서, 고정관념을 버리고 현실을 알아야 한다고 주장했다. 특히 부모가 책임지고 자녀를 감독해야 하며 그들이 인터넷 세상에서 법이 허용하지 않는 행동을 하지는 않는지 잘 살펴야 한다고 호소했다. 칼럼니스트는 엄격한 가정교육이 처음에는 자녀의 반발을 불러올 수 있지만 자녀가 큰 잘못을 저질러서 가족 전체의 명예가 땅에 떨어지는 것보다는 훨씬 나은 선택이라고 설명했다.

칼럼의 이 마지막 말에 감전된 것 같은 고통을 느낀 천신한은 서둘러 화면을 껐다.

이 사람은 자기가 뭐라도 된다고 생각하는 건가? 뭘 안다고.

가슴께가 가려워서 힘껏 긁어댔다. 손톱이 피부에 낸 상처가 따끔거리자 이성이 돌아왔다. 지금 주변에는 아무도 없다. 게임에서도 로그아웃해서 혼자 남았다. 아까의 칼럼은 조회 수가 백만이 넘는다. 그중에 야오추상도 있었을까? 천신한의 머릿속이 텅 비었다. 그는 방 안에, 부모님은 방 밖에. 몸은 겨우 몇 미터만 떨어져 있는데 마음의 거리는 그 사이에 거대한 바다가 놓여 있는 듯 멀었다. 그는 부모님이 무엇을 하는지 거의 신경 쓰지 않는다. 거실을 지나가야만 할 때도 빠르게 움직여서 부모님의 시선을 피할 궁리만 했다. 갑자기 경찰이 찾아와서 천중우가 밖에서 사람을 때렸다고 말한다면, 그는 믿을 것인가? 그는 아버지와 인사조차 나누지 않은 지 너무 오래되었다. 부모 자식 관계는 아무것도 남지 않은 황무지나 다름없었다. 그저 호적상 같은 주소에 사는 사람으로 기재된 타인일 뿐이다. 타인이 무슨 말을 하는지, 무슨 일을 하는지, 그런 것들은 이제 뉴스에서 떠드는 이해할 수 없는 살인 사건과 비슷하다. 뉴스를 볼 때는 뭐라고 자기 의견을 이야기하지만 광고가 시작되면 싹 잊어버린다. 허칭옌이 방금 그에게 말하려던 것도 아마 이런 뜻일 터였다.

누구도 다른 사람의 모든 면을 안다고 확신할 수 없다.

그가 여전히 그 자리에 있다고 여겼던 것은 이미 침식되어 무엇도 남지 않았다.

깊은 생각에 잠겨 있던 중에 묵직한 졸음이 그를 덮쳤다. 꿈속으로 추락하던 순간 천신한은 문득 생각했다. 새벽 3시인데 아버지는 아직도 돌아오지 않으셨다. 작은아버지 댁에 가서 술을 드시나? 잠깐…… 아버지가 원래 술을 잘 드셨던가?

다음 날 천신한은 허칭옌이 제안한 방향으로 파고들기로 했다. 황에 대해서 알아보는 방향 말이다.

가장 먼저 상의할 사람은 당연히 펜리르와 다아시다. 그들 말고 다른 선택지도 없었다.

펜리르는 하하하 웃으며 반문했다.

"갑자기 황에 대해서는 왜 물어?"

"궁금해서 그러지. 황이 좀 특이하다고 생각하지 않아? 그 정도로 돈을 쏟아붓는 건 좀 과하달까."

"과하긴 뭘. 인터넷에서 읽은 건데, 서버별 과금 순위로 10위 안에 드는 사람들에게 현실에서는 무슨 일을 하는지 물어보니 대부분 1년에 세금만 오륙백만씩 내는 부자였다더라."

"나도 그 글은 기억이 나. 그중에 한 사람은 대기업을 운영하는 집안 출신이라며 계좌 잔액도 인증했지."

"황이 보통은 아니지. 내가 봤을 때 그는 삼사백만 정도는 들였을 거야. 저번에 시리한테 생일 선물로 왕비의 관을 선물해주겠다고 했는데, 시리가 그런 거 싫어한다고 했어. 목적은 이루지도 못하고 체면만 버렸다니까."

"네가 봐도 황이 시리한테 특별히 잘해주는 것 같아?"

"뻔한 거 아니야? 다들 알고 있을걸."

다아시의 웃음소리가 대화 사이에 끼어들었다.

"황은 결혼해서 아이도 있다고 했던 거로 기억해. 그러니 여자애에겐 관심 없을 텐데."

"그건 황이 하는 말일 뿐이잖아."

천신한은 최대한 인내심을 발휘하며 펜리르의 다음 말을 기다렸다.

그들은 다른 플레이어에 대해서 거의 말하지 않는 편이었다. 궁금해할 이유도 없고, 저 두 사람과 천신한은 위그드라실에서 이곳저곳 돌아다니며 전투를 벌이는 유명한 플레이어인 만큼 게임 속의 모든 요소를 어떻게 대해야 하는지도 잘 알았다.

"결혼해서 아이가 있는 것과 어린 여자에게 관심이 없는 것은 다른 문제야. 황이 여자에게 관심이 있는지 없는지 그런 얘기를 하는 게 아니야. 어떤 사람이 하는 말과 행동은 똑같지 않을 수도 있다는 단순한 얘기를 하는 거야. 왕비의 관이 얼마짜린데, 그걸 주고도 아무 보답도 바라지 않겠어? 둥환, 너 시리를 좋아하는 거지?"

갑작스럽게 자기 쪽으로 화제가 전환될 줄은 몰랐던 터라 순간 어떤 반응도 할 수 없었다.

한참 웃던 펜리르가 다시 입을 열었다.

"아무 말 안 하면 인정하는 거지. 그렇지? 나도 이해해. 시리는 귀여우니까."

다아시가 드디어 대화에 끼었다.

"그래. 시리는 귀엽지."

"길드에 시리를 좋아하는 사람이 많을걸. 활발하고 상냥하고……."

펜리르가 가벼운 말투로 말을 이어갔다.

"지금까지 말하지 않은 게 있는데. 사실 말할 필요가 없다고 생각했는데 지금은 해야 할 것 같다. 몇 달 전에 여자 길드원 몇 사람이 나한테 와서 상의할 게 있다고 했어. 내가 해결해주지 않으면 자기들은 길드를 나가겠다고 하더군. 무슨 대단한 문제인가 했는데, 듣자 하니 시리를 질투하는 거였어. 주동자는 너희들도 금방 추측할 수 있을 거야. 그래, 린웨(凜月)였어. 린웨가 시리를 못마땅해한 지는 한참 되었지. 우습지만, 린웨 말로는 길드의 남자들이 전부 시리에게 선점되었다는 거야."

"우리를 주차장 빈자리처럼 말하네." 다아시가 투덜거렸다.

"다아시, 넌 어때? 너도 시리가 신경 쓰여?" 펜리르가 물었다.

"아니라고 하면 믿을 거냐?"

다아시는 웃음을 참는 듯했다. 그의 경박한 태도에 천신한은 조금 안절부절못했다.

펜리르가 말을 계속했다.

"황 이야기로 돌아가자면, 그에 대해서 내가 아는 건 너희들과 비슷해. 황은 접속 시간이 일정하잖아. 9시에서 12시까지, 그때는 너희들도 다 접속해 있고."

"황이 어떻게 우리 길드에 들어왔더라? 네가 나서서 영입했어?" 천신한이 물었다.

"음…….."

펜리르가 잠시 침음을 흘리다가 다아시에게 공을 넘겼다.

"다아시, 기억나?"

"아마 황이 먼저 가입하고 싶다고 신청했던 거로 기억해."

"그때 어땠는지 기억하나?"

"길드원이 한둘도 아닌데 어떻게 다 기억해." 다아시가 대답했다.

"그렇구나."

"둥촨, 말해봐. 왜 황에 대해서 묻는 거야?" 펜리르가 물었다.

"어제 길드전에서 내가 시리에게 위층으로 올라가라고 했을 때 시리가 뭐라고 하는지 들었지? 시리는 전망대에 머물면서 황에게 힐을 해주고 싶다고 했어. 그러느라고 우리 길드가 처음으로 다른 길드 사유의 금속을 부수는 장면을 놓치더라도 괜찮다면서."

위그드라실에는 길드를 세우기 위한 아이템으로 사유의 금속이라는 것이 있다. 구형의 금속에 눈이 달린 형태다. 길드전이 시작되면 각 길드가 보유한 사유의 금속은 자동으로 가장 안전한 3층 마지막 방에 배치되어 느릅나무 한가운데에 박힌다. 공격 측에서 세 개의 문을 전부 뚫고 마지막 방에 도착하면, 그 순간 느릅나무가 말라 죽고 사유의 금속이 바닥으로 떨어진다. 이때 사유의 금속에 일정량 이상의 대미지를 주면 몇 초 후에 폭발하고, 시스템은 이것으로 길드전 승리를 판정한다.

"넌 시리하고 자주 개인 채팅하지 않아? 요즘 싸웠어?"

펜리르도 가십을 좋아하네. 천신한은 불퉁하게 생각했다.

"맞아. 사소한 걸로 좀."

"무슨 일인데?"

"그건 나중에 이야기하자. 나하고 시리가 좀 냉전 중이야."

"그런 것 같더군. 요즘 시리가 로그인하면 황만 찾고, 전처럼 너한테 붙어 있지 않더라고."

"그렇게 표가 나?"

천신한은 조금 의외라는 생각을 했다.

"야, 여자애들은 금방 화냈다가도 또 금방 풀리잖아." 다아시가 끼어들었다.

"시리가 황하고 사이좋게 지내는 게 질투 나서 싸웠냐?" 이번에는 펜리르였다.

"그렇게 봐도 무방하지."

천신한이 일부러 얼버무렸다.

"그럼 우리에게 뭘 해달라고 하고 싶은 거야? 시리하고 황 사이를 이간질해?"

다아시의 말투는 조금 애매한 구석이 있었다.

"그렇게 극단적일 필요는 없어. 하지만, 만약에, 내 말은 만약이야. 시리가 황과 사귄다고 하면 안 좋지 않겠어?"

"안 좋을 거 있나? 황은 부자잖아. 나도 여캐 만들면 황한테서 장비를 뜯어내고 싶은데."

천신한이 대꾸하지 않자 펜리르가 어색하게 웃으며 말을 이었다.

"농담인 거 알지? 당연히 안 좋지, 황은 결혼해서 아이도 있으니까."

"둥촨." 다아시가 진지한 태도로 말했다.

"솔직하게 말해봐. 무슨 생각으로 이런 말을 하는 거냐? 지금처럼 빙빙 돌리면 나도 펜리르도 어떻게 도와줘야 할지 모른다."

"알았어, 알았어. 말하면 되잖아. 비밀은 지켜라?"

천신한은 결국 항복했다.

"오케이, 말해봐." 다아시가 바로 대답했다.

"며칠 전에 시리의 친구가 나를 찾아왔어. 시리가 게임에서 남자를 사귀는 것 같다면서."

"시리의 친구? 게임 친구?" 다아시가 물었다.

"아니, 현실 친구."

"그래."

"현실 친구가 어떻게 널 알아?" 펜리르가 물었다.

"그 친구도 위그드라실을 해서 내 연락처를 알았다더라."

천신한은 펜리르와 다아시에게는 시리와 게임 밖에서 만난 적이 있다는 것을 말하지 않기로 했다. 둥촨과 시리가 아니라 천신한과 팡루이안(房瑞安)의 입장으로 연결되었다는 것도. 공간과 공간이 겹쳐져서 평행한 시간을 공유하게 되었다는 것도.

"그 남자 친구가 황이라고?" 펜리르가 물었다.

"다른 사람일 수 있을까?"

"놀랄 일은 아닌데, 좀 복잡하겠네. 그냥 좀 시시덕거리는 줄로만 알았는데." 이번에는 다아시였다.

"일이 생겼을까?" 펜리르가 다시 말했다.

"일이라니?"

"두 사람이 성관계를 했다면, 황은 결혼했으니까."

"우리가 황의 와이프도 아닌데 일이 생겼든 말든 무슨 상관이야."

성관계라는 세 글자를 듣자 천신한은 귓속에 뜨거운 기름이라도 부은 것처럼 귓바퀴부터 고막까지 온통 불타는 기분이었다.

"이 사실이 알려지면 길드도⋯⋯ 난리가 나겠군. 여성 길드원들은 시리에게 좋은 감정이 없고, 황은 비싼 장비를 쓰고, 무슨 말들을 해댈지 뻔하다."

펜리르가 머뭇거리며 하는 말을 들으니 꽤 난처한 모양이다.

"질투하는 마음이 있으니 무슨 일이든 꺼내 와서 씹을 거야."
다아시는 냉정했다.

"그 현실 친구라는 사람은 너한테 뭐라고 해?"

"시리가 좀 이상해졌다고 하더라."

"어떻게 이상한데? 확실하게 이야기하지 않으면 우리도 도
울 방법이 없어." 펜리르가 말했다.

마우스를 딸깍거리며 천신한은 고민했다. 어디까지 설명해야
하지? 판단하기 어려웠다. 시곗바늘이 재깍거리는 소리가 그를
더 초조하게 했다. 어쩌다 얼굴을 마주했을 뿐인데, 이렇게 많은
사람을 끌어들이고 말았다. 천신한은 낮게 뇌까렸다. 빌어먹을.

"뭐라고?" 다아시가 물었다.

"아니야. 헤드셋 선이 꼬였어."

천신한은 마음을 다잡고 말했다.

"길드 사람들에게는 아무한테도 말하지 마. 시리에게 묻지도
말고. 친구 말로는 시리가 남자 친구를 만나러 간 후로 며칠째 집
에 오지 않았다고 해."

"시리가 어린애도 아닌데 며칠 정도 집에 가지 않는 건 정상
이야." 펜리르가 말했다.

"맞아. 친구가 너무 걱정하는 거 아니냐." 다아시도 거들었다.

천신한이 조금 차가운 말투로 반박했다.

"아주 정상은 아니지. 시리는 겨우 스무 살인데."

"친구가 시리를 찾는 중이라는 거지?"

"맞아."

천신한은 다아시가 드디어 원래의 주제로 돌아와줘서 다행이라고 생각했다.

"시리의 친구는 그 남자에 대해서 좀 안대? 어디 사는지 같은 것."

"모른다고 했어. 시리가 거의 이야기를 꺼내지 않았는데, 뭔가 말하지 못할 사정이 있는 것 같다고 해. 생각할수록 황일 가능성이 커 보여."

"하지만 황은 사람을 자기 집에 데려갈 수 없어. 아내와 아이는 어쩌고?" 펜리르가 말했다.

"황의 재력이면 작은 방 하나쯤 빌리는 거야 쉬운 일이지. 아니면 호텔에 한 달 정도 장기 투숙하거나." 다아시가 말했다.

"하지만 시리에게 무슨 일이 있는 것처럼 보이지는 않았어. 어제도 평소와 똑같았잖아."

"그렇게만 생각할 순 없지. 뉴스 같은 데서 그러잖아? 여자애가 인터넷 친구를 만나러 갔을 때 하루이틀은 아무 일이 없을 수도 있지만, 사건이 생기고 나면 이미 늦은 뒤라고 말이야." 천신한이 말했다.

"그 친구는 왜 시리에게 직접 물어보지 않는 거야?" 펜리르가 물었다.

"신중하게 행동하는 거지. 시리하고 그 남자가 같이 있을 때 연락했다가 남자가 시리에게 무슨 짓을 할지 누가 알겠어."

"그것도 맞다. 하지만 시리에게 물어보지 않으면, 황에게 물어보자는 건가?" 다아시가 말했다.

"잠, 잠깐⋯⋯."

물건들이 부딪히는 소리가 들리더니 펜리르가 음성 채팅에서 나갔다.

곧이어 화면에 펜리르의 메시지가 떠올랐다. 상사가 불러서 가봐야겠어. 저녁에 다시 이야기하자.

천신한은 콧구멍에서 뜨끈한 액체가 흘러 입술을 적시는 것을 느꼈다.

또다. 그는 고개를 갸우뚱하며 최근 뜨겁고 건조한 음식을 먹은 것도 아닌데 이상하다고 생각했다.

천신한은 휴지를 돌돌 말아서 콧구멍을 막았다. 최근 스트레스가 심했다며 스스로를 위로하기도 했다.

찬물을 한 컵 가져오려는데, 문손잡이를 잡는 순간 거실에서 부모님이 대화를 나누는 소리가 들렸다. 천신한은 얼른 손을 떼고 헤드셋을 썼다. 부모님의 대화 주제는 자신일 것이다.

아마도 어머니가 어젯밤 일을 아버지에게 말씀드리는 중이겠지.

의심이 한 방울씩 번지도록 가만히 내버려두었다가 이제는 조심성 없는 손길로 직접 붙인 꼬리표를 떼려고 한다⋯⋯.

인간은 절반의 시간을 고민거리를 만드는 데 쏟고, 나머지 절반은 그 고민을 해결하는 데 쏟는다. 평범한 사람은 대부분 문제를 일으키지 않으면 가진 시간을 어떻게 보내야 할지 모르는 듯싶다. 인간은 이렇게 모순적이고 헛수고를 하는 생물이다.

천신한은 두꺼운 연두색 커튼을 걷었다. 몇 년 동안 굳게 닫혀 있었던 창도 열었다. 창틀에 회색 먼지가 잔뜩 앉은 바람에 창문을 열 때 귀에 거슬리는 날카로운 소리가 났다. 햇살이 맞은편 낡은 아파트를 정면으로 비추며 생긴 반사광이 그의 방 안으로 들어왔다. 천신한은 어깨를 움츠리며 팔짱을 꼈다. 아래를 내려다보니 스쿠터 여러 대가 어지럽게 주차되어 있었다. 열일곱 혹은 열여덟 살쯤 되었을 소녀가 스쿠터에 앉아서 담배를 피우고 있었다. 샛노란 원피스를 입은 소녀는 고개를 기울이며 금발로 염색하고 화려한 무늬의 셔츠를 입은 남자애와 마주 보며 깔깔 웃어댔다. 둘은 무슨 이야기가 그리 재미있는지 너 나 할 것 없이 웃음을 터트렸다. 여자애는 어깨까지 흔들며 웃는 걸 보니 기분이 아주 좋아 보였다. 천신한은 그들의 모습을 보며 머릿속으로 시뮬레이션했다. 지금 저 여자애나 남자애에게서 시그널이 나타난다면……. 그의 맥박은 평온했고 마음에도 파도가 치지 않았다. 여자애는 시선을 느꼈는지 의아한 듯 주변을 두리번댔다. 천신한이 얼른 커튼 뒤로 숨었다.

허칭옌이 관찰한 게 맞았다.

황위샹의 죽음, 시리와의 만남은 각각 비슷한 '스위치' 역할을 했다. 방향과 속도는 다르지만 스위치라는 점은 같다. 황위샹의 죽음 때문에 그는 전 인류와 관계를 단절하려는 마음을 품었다. 반면 시리의 일은 그를 사람들 속으로 끌어냈다. 지난 몇 년간 그는 계획대로 잘해냈다. 지금은 그가 신경 쓸 정도로 가까운 사람이 거의 남지 않았다. 이 능력이 그를 괴롭히고 감정적으로 휘두를 수 있는 것은 그가 크든 작든 사람들에게 마음을 쓰기 때문이다. 혹은 그가 사람들의 죽음에 대해 신경 써야 한다고 인지하기 때문이라고 말해도 좋겠다. 대학 선배, 교수님, 황위샹 같은 사람들이 그랬다. 그러나 몇 년간 자신을 인터넷 세상에 가두고 실제의 인간과 눈을 맞추며 대화하지 않은 결과는 양날의 검과 같았다. 장점은 그가 편안하게 살 수 있었다는 것이고, 단점은 그가 마지막으로 감정을 공유한 사람이 누구인지 이제 기억도 나지 않는다는 것이다. 그의 마음에 불안과 초조를 불어넣었던, 그래서 그가 전 인류와 거리를 두어야겠다고 결심하게 했던 방어기제는 지금 어떤 모습일까? 일시적인 고장이었을까? 아니면 영구히 망가진 것일까?

앞으로는 어떻게 해야 하지?

다시 직장 생활을 한다면 규칙적으로 출퇴근하는 일을 골라야 할 것이다. 그러려면 자동차가 꼬리에 꼬리를 무는 도로를 지나고 발 디딜 틈 없는 인파를 헤치며 다녀야 한다. 고밀도에서 이리저리 반복적으로 부딪히는 입자 운동 같은 인간관계를 그가 견딜 수 있을까? 아니면 그의 삶이 또 한번 격렬한 풍랑에 휘말릴까? 그때는 동굴 속으로 도망쳐서 몇 년을 보내야 다시 평화를 되찾을 수 있을까?

천신한은 SNS에서 수백 번 공유된 글 하나가 생각났다. 감옥에서 수십 년을 보낸 남자가 겨우 출소하게 되었을 때, 거리를 가득 메운 마천루를 보고 너무 놀라서 걸음도 제대로 떼지 못했다는 내용이었다. 그래서 그를 사회로 돌려보내기 위한 사전 작업으로 정부 기관에서 적응을 도와줄 직원을 보내주어야 했다. 이 직원이 인터뷰에서 한 말이 그 글의 마지막 문장이었는데, 천신한이 지금까지 그 글을 기억하는 이유이기도 하다. "사회로 돌아간 그는 기본적으로 완전히 새로운 인간이었습니다."

인간이 어떻게 완전히 새로워질 수 있을까?

그 문제를 생각하던 중 침대 머리맡에 둔 휴대전화가 진동했다. 누군가 전화를 건 모양이다. 천신한이 얼른 전화를 받았다.

왕전샹이 다급한 목소리로 물었다.

"여보세요? 천신한 씨? 듣고 있어?"

"잠시만요."

휴지 끝에 손을 대보니 축축한 촉감이 불쾌했다. 젖은 휴지를 코에서 빼내자 숨 쉴 때마다 피 냄새가 났다. 아직도 조금씩 핏방울이 입술 위로 떨어지는 중이었다. 이번에는 피가 멈출 때까지 더 오래 걸리는 것 같았다.

천신한은 새 휴지를 돌돌 말아서 콧구멍에 집어넣었다.

"이제 말씀하세요."

"집에 가서 또 코피를 흘렸어?"

왕전샹의 질문에 천신한은 동작을 딱 멈추고 말았다.

"왜 그런 질문을 합니까?"

"그날 밍 아저씨 이야기를 해주고 나서 내가 뭔가 잘못 말했을까 싶어서 아버지께 전화를 드렸어. 아버지가 한 가지 이야기를 더 해주셨는데, 밍 아저씨가 처음 샤오웨이 집에 찾아가서 병원에 가라고 권했던 날, 몇 마디 하지도 않았는데 코피를 줄줄 흘렸대. 옷 여기저기에 묻을 정도로 피가 많이 났다고 하더군. 몇 번이나 그랬다고 했어. 샤오웨이의 부모가 나중에 이장님에게 한 말로는 그때 밍 아저씨가 피를 흘리면서 말하는 모습이 너무 무서웠다는 거야. 그렇지 않았으면 아저씨 말에 조금이라도 더 귀 기울였을지 모른다고."

왕전샹이 잠시 숨을 고르고는 보충 설명했다.

"그날 햄버거 가게에서도 그랬지? 루이안 이야기를 하다가 갑자기 코피를 흘렸잖아. 하지만 너무 걱정하지는 마. 아버지 말씀으로는 밍 아저씨가 샤오웨이 때만 코피를 흘렸대. 자기 어머니 때나 지인의 딸 때는 아무 일도 없었다고 했어. 그래서 내가 생각해도 단순한 우연이라고 해석할 수 있는 일인 것 같아."

"알려줘서 고맙습니다."

"그렇지, 전화한 김에 말해줄게. 아침에 양양이 루이안과 또 통화했어. 둘이서 잠깐 이야기를 나눴는데, 루이안은 계속 같은 식으로 말한대. 독감 때문에 계속 자취방에 있다고. 게임 쪽은 무슨 단서라도 있었어?"

"게임 친구들에게 도와달라고 했어요. 하지만 시간이 좀 걸릴 거예요."

"좋아, 그럼 또 연락하자고."

수화기 저편에서 천신한이 이전 통화에서 들었던 것과 같은 이런저런 소음이 들려왔다. 어떤 남자가 "전샹 형님, 감독님이 찾아요"라고 말하는 것도 들렸다. 시기상 왕전샹은 다큐멘터리를 홍보하느라 바쁠 것이다. 천신한이 세세한 부분까지 질문하려고 했어도 아마 바빠서 전화를 끊었을 게 분명하다. 그는 고개를 숙이고 붉은색으로 꽃이 핀 휴지를 멍하니 바라봤다.

밍 아저씨가 샤오웨이 부모에게 이야기를 하다가 코피를 흘렸다.

그도 이번 주 내내 코피를 흘리고 있다.

우연일까? 아니면 그가 저도 모르는 사이에 밍 아저씨와 비슷한 선택을 했나?

문 바깥의 목소리가 멎었다. 부모님의 대화가 끝난 모양이다.

천신한은 방문에 귀를 대고 신경을 집중했다. 철문을 급하게 열었다 닫는 소리가 들렸다. 얼른 나가고 싶은 마음이 고스란히 느껴졌다. 아버지겠지. 아버지는 점점 집에 머무는 시간이 짧아지고 있었다. 천신한은 곧 비가 내릴 것을 알아차렸지만, 당장 어떻게 해야 할지 알 수가 없었다.

7

팡루이안은 우유를 담은 큰 유리컵을 들고 비틀비틀 걸었다.
겨우 균형을 잡고 한 손으로 방문을 열고 안으로 들어갔다. 유리
컵을 탁자에 조심스럽게 올려놓은 뒤 말했다.

"이거 드세요."

모니터를 보던 남자가 돌아보았다.

"오늘은 뭘 할 거야?"

팡루이안은 눈을 이리저리 굴리다가 침대 쪽으로 다가갔다.
침대에 걸터앉아서 두 손으로 침대를 짚으며 대답했다.

"당신이 하라는 걸 할게요."

남자가 만족스러운 듯 고개를 끄덕였다.

"착하네, 루이안."

팡루이안이 목을 움츠리며 수줍게 웃었다.

그러나 남자의 다음 말에 팡루이안의 미소가 얼어붙었다.

"내가 알아봤는데 호정사무소(戶政事務所)⁺에 가면 네 어머니의 자료를 찾을 수 있을 거야."

"그, 그런 거예요?"

"그래. 그러니까 호정사무소에 다녀와."

남자가 명령조로 말했다.

"안 가면 안 돼요……?"

"어머니를 만나고 싶었던 것 아니야?"

"그, 그렇지만."

팡루이안이 침대 위의 두 손을 쉴 새 없이 비틀었다.

"루이안, 분명하게 말할게. 지금 이러는 것은 유치하고 이기적으로 보여."

"호정사무소에 가서요, 그다음에는요? 뭘 할까요?"

"뭘 하긴. 어머니를 찾아서, 어머니에게 네가 누군지 말씀드려야지."

"지금도 좋지 않나요?"

"좋지 않아, 루이안. 네 마음에 직접 물어봐. 지금 즐거운 것이 진정한 즐거움인가? 아니면 너 자신을 속이는 환상인가? 내가 사실대로 말할까? 지난 몇 년간 너는 거짓말 속에서 살았어, 그렇

⁺ 타이완에서 호적의 등록 및 관리를 담당하는 정부 기관으로, 각급 행정구역마다 설치되어 있다.

지? 넌 자신을 아주 잘 속였지만, 사실 너는 조금도 좋지 않아. 왜 게임에서 거짓말을 했어? 왜 대학생이라고 속였지? 그게 증거야. 거짓말이 습관이 되다 못해 거짓을 참이라고 믿어버리다니, 그런 너 자신이 역겹지 않아?"

"미안해요. 일부러 그런 게 아니고요, 저도 제가 무슨 생각을 했는지 모르겠어요."

"루이안, 사과해야지."

"네? 방금 미안하다고 하지 않았어요?"

팡루이안의 두 눈이 당황스러움으로 물들었다.

"넌 또 새로운 잘못을 하는구나. 내가 말했지, 진심이 아니면 그런 말은 하지 말라고. 거짓말을 하는 순간에 네가 무슨 생각을 했는지 몰랐어? 진짜 그래? 아니면 너는 다 알고 있으면서 그토록 추악한 너를 직시하는 것이 두려운 건가? 루이안, 얼른 대답부터 하려고 하지 말고 생각을 해. 마지막으로 너에게 알려주는 거야. 난 네가 거짓말을 하는지 다 알 수 있어."

팡루이안은 기가 죽어서 대답했다.

"맞아요. 죄송해요. 제가 또 거짓말을 했어요. 전 정말 최악이에요."

"괜찮아. 이것이 정상이니까. 누구나 다 겪는 일이지."

남자의 말투가 순식간에 온화해졌다. 그가 미소를 드러내며 말했다.

"너에게 문제가 얼마나 심각한지를 알려주려고 했을 뿐이야.

많이 놀랐어?"

팡루이안이 눈을 깜빡거렸다.

"죄송해요. 제가 당신을 너무 귀찮게 하죠, 그렇죠."

"조금 그런 면이 있기는 하지만, 아직은 이해할 수 있는 범위 내에 있어. 원래의 문제로 돌아가서, 넌 왜 대학생이라고 거짓말을 했지? 루이안, 두 번째 기회야. 이번에는 실망하게 하지 마. 알 겠어?"

"무서웠어요. 다들 공부를 하는데, 양양은 좋은 대학에 합격 했고……."

팡루이안의 호흡이 가빠졌고, 눈빛도 부끄러움으로 흐려졌다.

"저도 다른 사람들처럼 대학에 가고 싶었어요. 너무 가고 싶 어서 미칠 것 같았어요."

"거짓말을 할 때 죄책감을 느꼈니?"

"처음에는…… 그랬어요……."

"그렇다면 나중에는 죄책감이 없어졌다는 건가?"

"나중에는 제가 말한 것들을 저도 믿어버렸나 봐요."

팡루이안이 얼굴을 감싸 쥐었다.

"전 제가 너무 역겨워요."

"지금 이렇게 다 말하고 나니 마음이 괴로워?"

"네. 당신이 저를 경멸할까 봐 무서워요."

"내가 왜 그러겠어, 루이안. 이번 일이 지나가면 나는 너를 더 좋아하게 될 거야. 난 정직한 여자가 좋아."

"정말요?"

남자가 고개를 끄덕였다. 그가 손을 내밀자 팡루이안이 순종적인 태도로 가까이 와서 남자 옆에 앉았다. 남자의 손바닥이 팡루이안의 숱 많은 머리카락 안으로 파고들어 부드럽게 뒷머리를 꾹 눌렀다.

"정말 예쁘다."

팡루이안이 천천히 남자에게 기댔다. 귀부터 뺨을 전부 남자의 팔에 댄 채 기분 좋게 눈을 감았다.

"네가 살던 집으로 돌아가고 싶어?"

"전혀 아니에요. 전 여기 있는 게 좋아요."

"그러면 됐어."

"하지만 작은 단점이 있는데……."

"뭔데?"

"컴퓨터가 좀 느린 것 같아요. 어제 길드전에서 위층으로 올라갈 엄두가 나지 않았어요. 사람이 너무 많아서 다운될까 봐서요."

"아직도 게임 일을 걱정하는 거야? 그만둔다고 하지 않았어?"

남자의 목소리가 낮아졌다.

"알아요. 잊어버린 게 아니에요."

팡루이안이 등을 꼿꼿이 세우고 양손을 다급하게 움직이며 변명했다.

"그냥 어제는 길드가 처음으로 3층에 간 날이라서요. 제 말은, 다른 길드가 가진 사유의 금속을 보는 것도 좋았겠다는 거예요."

"하하, 루이안, 장난친 거야. 그렇게 긴장하지 않아도 돼."

"아, 네. 네. 죄송해요. 제가 너무 감정적이었죠."

"그러면 네 친구는 네가 나한테 온 걸 모르는 거지?"

"양양 말이에요? 모를 거예요. 그 애한테는 내가 병이 났다고 했어요. 집에서 쉬고 싶다고요."

"양양에게 내 이야기를 한 적 있나?"

"절대로 안 했어요. 맹세해요!"

팡루이안이 깜짝 놀라 눈을 크게 뜨며 강조했다.

"그러면 화가 많이 날 거라고 했잖아요."

"맞아, 그러면 화가 많이 날 거야."

남자가 팡루이안을 밀어내며 일어섰다.

"출근해야겠다."

"호정사무소……."

"내가 그 사실을 일러줬던 건 없었던 셈 치자. 네가 정직하게 행동했으니까 상이야. 어때?"

팡루이안이 가슴을 쓸어내리며 홀가분하게 웃었다.

"맹세할게요. 앞으로 다시는 거짓말을 하지 않을 거예요."

팡루이안이 일어나서 탁자에 놓인 빈 유리컵을 들었다. 방 밖으로 나가다 말고 고개를 갸웃거렸다. 뭔가 생각난 듯 걸음을 멈추고 고개를 돌렸다.

"샤오눙(小農), 당신을 만나서 정말 행복해요. 이건 100퍼센트 진심이에요."

샤오눙이라고 불린 남자가 무표정하게 고개를 끄덕였다. 그의 시선이 부엌으로 향하는 팡루이안의 뒤를 따라붙었다. 팡루이안은 고무장갑을 끼고 어젯밤에 먹은 접시와 수저 등을 열심히 씻기 시작했다.

이 각도에서 바라보는 팡루이안은 불가사의할 정도로 아름답다.

남자는 가볍게 허밍하며 욕실로 들어갔다. 거울을 향해 서서 입을 벌리고 혀로 치아 겉면을 훑었다. 입술 위쪽의 수염은 참 빨리 자란다. 그는 빽빽하게 거품을 내어 꼼꼼히 바르고 면도기를 꺼냈다. 왼손 집게손가락과 가운뎃손가락으로 피부를 정돈한 뒤 면도날을 얼굴의 요철대로 따라 움직이며 수염을 잘라냈다.

그는 다시 거울 속 자신을 보며 풀과 소나무 향기가 혼합된 헤어 미스트를 뿌렸다. 셔츠는 이미 확인을 마쳤다. 주름 하나 없이 평평했다. 남자는 옷장에서 짙은 푸른색 바람막이 외투를 꺼내 팔에 걸쳤다.

"출근해요?"

팡루이안이 현관으로 달려왔다. 얼굴에는 자연스럽다고 하기 힘든 미소가 걸려 있었다.

"오늘 네가 해야 할 일이 생각났어."

"뭘 해야 하죠?"

"넌 오늘 네가 살던 집에 돌아갈 거야. 그런 다음 양양과 약속을 잡을 거야."

"그건······."

팡루이안의 눈빛이 이리저리 흔들렸다. 그가 입술을 깨물며 물었다.

"저한테 화나셨어요?"

"내가 왜 화를 내지?"

"왜냐하면······. 제가 말을 안 들어서요. 호정사무소에 가고 싶지 않다고 했으니까요."

"나는 화나지 않았어, 루이안."

"그러면 왜 집에 가라고 하세요? 제가 귀찮게 했어요?"

"오해야. 난 지금 무척 즐거워. 루이안, 난 단지 네가 양양에게도 정직하길 바라."

"무슨 말이에요?"

"넌 양양을 싫어해. 그 애가 너에게 진심으로 잘해줬다고도 믿지 않고."

팡루이안은 천천히 눈썹을 치켜세우며 입술을 움찔거렸다. 뭔가 항변하려는 듯했지만 아무 말도 입 밖으로 나오지 못했다.

"루이안, 양양 이야기를 할 때마다 넌 말꼬리를 흐리곤 했어. 네가 그러는 줄 몰랐나? 양양이 너에게 뭘 해줬다, 뭘 도와줬다 이야기하다가 점점 머뭇거리면서 말을 하지 못했어. 너와 양양이 진정한 친구라면 네가 왜 그랬겠어?"

팡루이안의 뺨에서 핏기가 사라졌다. 계속 침을 삼켰고, 입술이 조금씩 열렸다 닫혔다 했다. 무슨 반응을 하라고 자신을 몰아붙이는 것 같았지만 결국 의미를 알 수 없는 짧은 음절만 창백해진 입술 사이로 흩어졌다.

남자는 그런 루이안을 보면서 깊은 한숨을 쉬었다.

"네 정직이란 결국 말뿐이구나. 상관없어, 난 출근해야겠다."

남자가 몸을 돌리자 팡루이안은 당장 그의 외투 자락을 붙잡았다.

"갈게요. 가면 되잖아요."

남자는 인내심을 가지고 팡루이안의 다음 행동을 기다렸다.

"죄송해요. 제가 또 거짓말을 했어요. 저는 구제 불능이에요."

"계속해."

남자가 차갑게 명령했다.

"당신 말이 다 맞아요. 저는 양양을 질투해요. 그리고 그 애가 왜 나에게 그렇게 잘해주는지 모르겠다고 생각해요."

팡루이안이 고개를 떨어뜨렸다. 두 손을 벌벌 떨면서 계속 말했다.

"이따가 집에 갈게요. 부탁이에요, 화내지 마세요."

약간 화난 표정이던 남자가 돌연 매우 상냥한 웃음을 지었다.

"루이안, 네가 해낼 줄 알았어."

❖ ❖❖ ❖

　귀리눙(郭立農)은 자주 생각했다. 생물의 진화에 비하면 인간의 발전은 너무 느리다.

　그는 초등학교 때부터 동물이 나오는 프로그램에 푹 빠졌다. 예전에는 사람들이 다 자기와 같은 줄 알았다. 그게 아니라면 텔레비전에 동물의 생태를 보여주는 채널이 여러 개일 이유가 없으니까. 중학교에 올라간 뒤 환경보호 포스터를 만들기 위해 친구들이 그의 집에 모였다. 귀리눙은 그날 프로그램의 주인공이 지구에서 가장 몸집이 큰 동물인 고래였던 것을 아직 기억한다. 고래는 그 어떤 공룡보다도 거대했다. 수면에 이는 물결이 고래의 등에 주름을 새기는 듯했다. 한순간 귀리눙은 자신도 바다에 들어가 푸른 고래와 함께 잠수하는 착각에 빠졌다. 그는 친구들에게 거실에서 기다리라고 하고는 어머니가 어제저녁에 냉장고에 넣어둔 종이 팩 사과 주스를 꺼내왔다. 친구들이 텔레비전 화면을 가리키며 물었다. 부모님이 집에 계셔? 귀리눙은 당황했지만 친구 앞에서 어른스러운 척 연기했다. 자신은 일부러 부모님이 집을 비우시도록 유도했으며, 이처럼 상황을 주도하는 성숙한 인간이라고 말이다.

　키가 작은 친구가 말했다. 이건 우리 할아버지가 자주 보는 채널이야. 할아버지는 텔레비전에서 뭘 봐야 할지 모르실 때마다 이 채널을 틀어두는데, 그러고 나면 금방 코를 고셔.

다른 친구들도 동의하며 고개를 끄덕였다.

귀리눙은 쟁반을 내려놓고 리모컨을 집어 들며 평온하게 말했다. 아빠가 외출하시면서 텔레비전을 켜놓고 가셨나 봐.

그 순간, 그는 자신이 대다수의 인간과 다르다는 것을 깨달았다.

그는 동물의 세계를 감상할 줄 알지만 다른 인간은 그렇지 못했다.

귀리눙이 스쿠터를 타고 막 시동을 걸려던 차에 휴대전화에서 띵 하고 알람이 울렸다. 그는 잠시 생각하다가 열쇠를 돌리고 액셀러레이터를 밟았다. 후텁지근한 습기가 온몸을 휘감았다. 이런 날씨가 여러 날 계속되는 중이었다. 오후 두세 시쯤 지나면 구름이 무게를 견디지 못하고 빗방울을 쏟아냈다. 며칠째 회의 중반쯤에 우르릉거리는 천둥소리와 거센 빗소리가 장황하고 산발적인 회의에 지친 사람들의 정신을 깨워주곤 했다. 모리스가 손을 들어 신호를 주면 젊은 실습생이 벌떡 일어나서 빠르게 창문을 닫았다. 그래야 비가 나무로 된 바닥을 적시지 않을 테니 말이다.

귀리눙의 시선이 실습생의 일거수일투족을 뒤따랐다.

6년 전, 그 일을 담당하던 사람은 그였다. 회의 참석자는 모리스의 시선을 따라 그를 바라보았다. 순간 공기의 질이 달라졌다. 사람들은 갑자기 일어난 변화와 회의 중단에 잠시 어리둥절하곤 했다. 회의가 느슨해지고, 대신 사소한 이야기들이 오갔다. 비유하자면 현관을 나서기 전 열쇠 꾸러미를 집어 들 때 나는 금속들이 부딪히는 소리와 같은 효과였다. 혹은 통근 길에 차창 밖으로 보이는 네모난 풍경들, 혹은 편의점에서 스쳐 지나간 직장인의 향수 같은 것이었다. 그 향기가 정말 마음에 들었는데 어느 브랜드의 향수인지 알 수가 없었다.

2년째가 되자 새로운 실습생이 들어왔다. 궈리눙도 '막내'라는 호칭에서 벗어나 모리스 쪽으로 한 칸 당겨 앉게 되었다. 이제 그는 1년 동안 자기가 일어나서 창문을 닫는 몇 초 동안 방관자들의 머릿속이 어떻게 움직였는지를 이해하게 되었다.

어릴 때부터 지금까지 궈리눙은 진심으로 좋은 사람보다 더 좋은 사람이 되기를 바랐다.

그는 모리스와 다아시를 만나게 해준 하늘에 감사하는 마음을 잊은 적이 없었다.

그는 처음 모리스를 만났던 장면을 자주 떠올리고 시간이 흐르면서 기억이 흐려지지 않도록 신중하게 복습했다. 사람들이 자주 지나다니는 장소에 물건을 두고 필요할 때마다 바로 집어 들 수 있게 하는 것과 비슷했다.

몇 년 전, 궈리눙은 대학원 네 곳에 지원했다가 전부 낙방했다. 그는 그 길로 군대에 갔다. 전역하고 나서는 조금 방황했다. 다시 대학원 시험을 볼지, 아니면 직장을 구할지를 놓고 고민했다. 개방적인 부모님은 과도한 개입 없이 두 가지 선택 모두 경제적인 지원을 해주겠다고 하셨다. 궈리눙은 자전거를 빌려서 타이완섬을 일주하는 여행을 떠났다. 햇볕은 뜨겁고, 아스팔트에 고인 빗물 웅덩이가 빛을 받아 반짝거렸다. 반사된 햇빛이 눈을 찌르는 것을 피하려던 귀리능은 하마터면 도랑에 떨어질 뻔하기도 했다. 출발하기 전 친구가 자외선 차단제를 잘 바르라고 주의를 줬는데, 그 생각이 떠올랐을 때는 이미 피부가 다 타서 물집이 잡힌 뒤였다. 여행 닷새째 되던 날 귀리능은 숙소인 유스호스텔에서 구토에 시달렸다. 몸 안에 작은 불꽃이 들어온 듯 안에서부터 바깥까지 그의 피부가 흙이 구워지는 것처럼 부풀었다 갈라졌다.

그는 정해진 일정을 취소하고 유스호스텔 로비에 멍하니 앉아 무료로 제공되는 커피를 마셨다. 예전의 여행자가 남기고 간 책들로 마련된 책장을 뒤적여 책 한 권을 골랐다. 자기 자리로 책을 가지고 와서도 30분 넘게 휴대전화를 들여다본 후에야 가져온 《매복 마케팅》이라는 책을 펼쳤다. 막 2장에 들어설 때쯤 낯선 남자가 맞은편 의자에 당연한 듯 앉았다. 값싼 플라스틱 의자는 삐걱 소리를 냈다. 남자는 그가 보는 책을 가리키며 자기 집에도 있다고 웃었다. 남자의 팔근육과 그 위에서 펄떡이는 핏줄을 보고 헬스장의 단골손님으로 분류한 귀리능은 예의 바른 미소를 지으며 고개를 숙이고 책장을 넘겼다. 그가 유스호스텔에서 다른 '세계에서 온 친구'를 만나기를 바라는 타입이 아님을 깨달으라는 제스처였다.

남자는 그의 반응을 기다리지 않고 선뜻 일어나서 성큼성큼 자기 방으로 걸어갔다. 귀리능은 남자가 유스호스텔 1층의 싱글 룸에 묵는 것을 보고 호기심이 생겼다. 남자는 비논리적인 선택을 했다. 적어도 그가 보기엔 그랬다. 그가 전화를 걸어 이곳 침대를 예약할 때, 모든 객실의 가격을 물어봤다. 1인실 가격은 호텔과 맞먹었다. 그쯤 생각했을 때 남자가 돌아와 치약같이 생긴 것을 내밀었다. 귀리눙이 의아하게 받고 보니 알로에 젤이었다. 남자는 귀리눙의 어깨를 가리켰고, 그는 이것이 낯선 사람의 호의라는 것을 뒤늦게 깨달았다. 그는 가볍게 고맙다는 인사를 하고 뜨거운 어깨 위에 젤을 발랐다.

그 모든 과정에서 남자는 침묵했다. 다만 눈빛에는 여행 초보를 향한 동정심이 가득했다.

남자의 물건을 사용했으니 귀리눙도 가만히 있을 수가 없어서 말을 걸었다. 이 도시에 자기처럼 기분 전환하러 왔느냐고 묻자 남자가 고개를 끄덕였다가 얼른 가로저었다. 그는 씩 웃느라 가지런하고 하얀 이를 드러내며 천천히 설명했다. 3년 전 스물일곱 살이었던 그는 대학 동창 두 사람과 펀딩 컨설팅 회사를 세웠다. 지금 회사는 안정되었고 부모님께 빌린 돈도 절반을 갚았다고 했다. 그는 스스로에게 상으로 2주간의 장기 휴가를 주었다. 휴가 기간에는 7일간의 서핑 수업도 포함되어 있다고 했다. 그렇게 말한 남자가 그들 주변에서 수다를 떨거나 눈을 감고 쉬고 있는 여행객들을 가리키며 어깨를 으쓱였다. 솔직히 말해서 자신은 이번 여행의 목표인 '릴렉스'를 해내지 못하고 있다고 했다. 남자는 주변 사람을 관찰하려는 충동을 참지 못하겠다고 털어놓았다.

그는 타인의 행동거지, 옷차림, 액세서리, 대화 내용 등을 통해서 최근 개발한 제품이 젊은이들의 사랑을 받을 수 있을지 따져보고 있다는 것이었다. 남자는 겸손하기도 하고 건방지기도 했다. 귀리눙은 30분쯤 지나서야 자신이 남자의 언변에 푹 빠졌다는 것을 깨달았다.

그의 시선이 옆에 놓인 휴대전화로 향했다. 에밀리와의 대화는 이틀 전에 멈춰 있었다.

출발하기 전, 귀리눙은 에밀리에게 같이 가자고 했고 에밀리는 조금도 고민하지 않고 거절했다. 에밀리는 아이스크림 가게의 주간 아르바이트 자리를 구했고, 귀리눙이 생각했던 여행 출발일은 수습 기간 첫날이었다.

남자가 호기심 어린 투로 물었다. 당신은요? 당신은 여기에 왜 왔죠? 이 책을 읽는 걸 보면 마케팅에 관심이 있나 보지요. 귀리눙은 눈을 껌뻑이며 기억 속 에밀리의 이유는 알 수 없지만 슬픈 표정을 날려버렸다. 아마 눈앞의 이 낯선 사람과 다시는 대화할 일이 없을 터였다. 그런 생각이 들자 귀리눙은 자신의 경계심이 쓸데없는 것처럼 느껴졌다. 그는 몸을 일으킨 다음 손을 주머니에 꽂고 나른한 태도로 바를 향해 걸었다. 맥주 두 병을 주문했다. 남자의 출신이나 배경이 어떤지 알고 나니 귀리눙은 이상하게도 그에게 얕잡아 보이기 싫었다.

유스호스텔의 아르바이트생이 그사이 교대한 모양인지 지금은 눈가에 주근깨가 잔뜩 난 여자가 바를 지키고 있었다. 주문을 받은 여자가 냉장고에서 맥주 두 병을 꺼내 조금 거칠게 내려놓았다. 계산을 마친 궈리눙이 맥주를 들고 자리로 돌아오자 남자가 지갑을 열었는데, 그 안에 파란색 고액권 지폐가 가득했다. 궈리눙은 얼른 자기가 사는 거라고 말했다. 어쨌든, 어, 겨우 100타이완달러인데요. 남자가 가볍게 입술을 끌어 올리며 재미있는 말을 들었다는 듯 웃었다.

남자는 류(劉) 선생님을 연상시켰다.

그는 고등학교 3학년 때의 수학 선생님이었다. 학교에서 시내 진학 명문고의 성적 우수반에서 모셔온 유명 인사이기도 했다. 궈리눙처럼 평범한 학생도 몇 번의 수업만 듣고 류 선생님의 뛰어난 실력을 금방 깨달을 정도였다.

류 선생님은 절대로 머뭇거리지 않았다.

아무리 어려운 문제라도 눈을 위아래로 움직여 한번 읽으면 바로 분필을 쥐고 풀이를 시작했다. 그는 키에 비해 심하게 큰 편인 손으로 마지막에 모든 조건을 만족하는 숫자에 도달할 때까지 위에서부터 한 줄 한 줄 탑을 쌓았다. 류 선생님이 칠판지우개를 드는 때는 뭔가를 틀리게 써서 고칠 때가 아니라 풀이를 쓸 공간이 없어서 지난 판서를 지워야 할 때뿐이었다. 학생들은 류 선생님의 수업 방식을 이야기할 때면 다들 그의 표정을 언급했다. 친

305

절해 보이지만 자세히 보면 열정이 부족했다. 귀리눙은 가끔 교활한 음모가 숨어 있는 수학 모의고사 문제를 가지고 가서 류 선생님에게 질문하곤 했다. 류 선생님은 금방 그의 답안을 파악하고는 펜을 들고 어디가 틀렸는지, 뭐가 빠졌는지 설명해주곤 했다. 그러고 나면 복잡한 눈빛으로 잘 생각해보라는 듯 귀리눙을 가만히 쳐다보았다. 그 눈빛은 귀리눙을 숨 막히게 했다.

졸업 후 시간이 꽤 흘렀지만 그는 여전히 류 선생님을 떠올리곤 한다. 그리고 선생님 앞에서 숨을 죽이고 심장이 뛰던 자신도 생각한다. 그때 류 선생님의 시선이야말로 선생님이 깜빡 잊고 신경 쓰지 못한 부분이었다는 것을 시간이 지날수록 알게 되었다. 그 시선에 담긴 감정을 업신여김이라고 말하기에는 정확하지 않다. 업신여김이란 여전히 쌍방이 같은 평면에 위치할 때 나올 수 있는 감정이다. 오히려 류 선생님은 아주 짧은 순간 '한계'의 존재를 확인하고 심지어 즐겼다고 봐야 한다. 그 눈빛은 거절하는 의미가 아니었다. 적어도 귀리눙은 류 선생님이 자신의 질문을 환영하지 않는다는 느낌을 받은 적이 없었다. 선생님은 그저 고개를 갸웃거리면서 어떻게 해야 평범한 인간의 언어로 등호 양쪽의 부호가 어떤 관련이 있는지 설명할 수 있을까 고민하는 것뿐이었다.

대학 3학년 때 고등학교 시절 반장이 동창회를 열었다. 누가 류 선생님을 언급했는지는 잊어버렸다. 하지만 동창들이 저마다 자신의 기억을 꺼내어 류 선생님의 전체적인 모습을 퍼즐처럼 맞취나갔다. 귀리눙이 조금 놀랐던 것은 얼마 안 되어 학생들 사이에 공통된 인식이 형성되어 있다는 것을 깨달았기 때문이다. 류 선생님은 우리 모교로 이직한 것을 후회하셨을 것이다. 부모에게 돈이 좀이 있을 뿐이지 머리가 똑똑하지는 않은 학생들만 있었으니까.

한 여학생이 이렇게 말했다. 가끔 선생님에게 안 풀리는 문제를 가지고 가면 뭐라고 말씀은 하지 않으셨지만 공기 중에 떠도는 분위기만으로도 충분히 알 수 있었어. 류 선생님이 예전의 영리하고 재능 있는 학생들을 그리워하신다는 걸 말이야.

귀리눙이 접시 바닥에서 빙글빙글 돌리던 포크를 내려놓고 그 여학생을 살폈다. 몇 초 생각하고서야 그 애가 반에서 1등이었고 수학 점수도 가장 높았던 친구라는 것이 기억났다.

동창회 자리가 파한 후 귀리눙은 그 여학생을 따라가서 물었다. 류 선생님이 그리워? 여학생이 고개를 끄덕였다. 또 물었다. 왜? 류 선생님이 너를 똑똑하지 않다고 생각했는데도? 여학생은 가운뎃손가락으로 안경을 밀어 올리며 멀리 시선을 던졌다. 말투가 바람에 날리듯 가벼웠다. 사람이란 가끔 어딘가 고장이 난 존재인 것 같지 않니? 류 선생님이 그러실수록 나는 더 선생님께 질문하러 가고 싶었고 선생님께 인정받고 싶었어. 2학년 때의 젠(簡) 선생님이었다면 난 절대 그런 마음이 들지 않았을 거야. 젠 선생님은 어떤 학생에게든 상냥하셨지. 하지만 젠 선생님이 칭찬하실 때 난 아무것도 느끼지 못했어.

집으로 돌아오는 길에 귀리능은 생각했다. 그 여학생은 확실히 섬세하고 똑똑했다. 두 사람은 같은 문제를 보았고, 그가 절반쯤 풀었을 때 여학생은 이미 답안지를 제출했다. 하지만 여학생의 풀이를 보고 그도 이해할 수 있었다.

여학생이 맞았다. 사람은 자신을 부정하는 존재에게 이끌린다.

열여덟 살에 그는 그것을 느꼈고, 스무 살에 다른 사람이 쓴 답안지를 보고 그 사실을 분석해냈다.

루이안은? 루이안은 그를 몇 살에 만났지? 열아홉 살, 비슷한 나이다.

루이안에게도 그런 날이 올 것이다. 갑자기 깨닫게 될 것이다. 자신이 어째서 이런 터무니없는 함정에 빠졌는지를.

남자는 류 선생님의 시선도 가졌다.

좀 더 온화한 버전으로. 어쩌면 그와 귀리능의 나이 차가 크지 않아서 그렇게 보이거나 타고난 성격의 차이일 것이다.

술은 배에 들어갔다가 식도, 얼굴, 귓바퀴, 관자놀이까지 불태웠다. 귀리능은 전부 낙방한 대학원 시험, 여자 친구와 다툰 것까지 하나도 빠짐없이 남자에게 다 이야기했다. 남자는 자신이 말할 때 매력적이라는 것과 그와 별개로 좋은 경청자라는 사실까지 잘 알았다. 그는 귀리능의 말을 끊거나 끼어들지 않았다. 귀리능은 6시부터 로비에 앉아 있었던 것으로 기억하는데 다시 시계를 봤을 때는 이미 9시였다. 그들은 아르바이트생에게 몇 번이나 다시 맥주를 주문했고 감자튀김과 치즈 피자도 시켰다.

귀리능은 눈을 감고 술병을 좌우로 휘저으며 물었다. 당신은 내 이야기를 이렇게 열심히 들어주는데, 날 설문지로 보기 때문 아닙니까? 말해보세요, 나에게 어떤 물건을 팔고 싶은 거죠? 기능성 상의? 환경보호 장바구니? 아니면 외국어 강의? 남자가 이를 드러내며 웃었다. 나는 당신을 설문지로 보는 게 아닙니다. 다른 아이디어가 있죠.

귀리능이 다시 질문하려는 찰나, 바를 지키던 아르바이트생이 다가와서 옆자리를 가리키며 물었다. 여기 앉아도 될까요?

두 분 대화가 정말 재미있어 보여서요. 아르바이트생은 남자를 빤히 쳐다보고 있었다. 몇 번 술과 요리를 가져온 경험으로 이 테이블이 누구의 홈그라운드인지 알아차린 모양이었다.

남자는 나른하게 물었다. 퇴근했어요? 여자는 애교를 부리며 말했다. 처음 오던 날 말했잖아요, 바는 11시까지만 한다고요. 귀리능은 그제야 또 두 시간이 흘렀다는 것을 깨달았다. 낯선 사람과 이렇게 깊이, 또한 몹시 길게 대화를 나눌 거라고는 생각해본 적이 없었다.

여자가 자리에 끼면서 그들의 대화는 심리 상담과 같은 분위기로 흘러갔다. 여자는 자신을 이 지역 사람이라고 소개하면서 차로 네 시간 거리에 있는 도시에서 대학을 졸업했다고 했다. 환경공학을 전공했지만 졸업 후에 이력서를 낸 곳에서 전부 퇴짜를 맞았기 때문에 유스호스텔에서 아르바이트를 하는 중이었다.

여자는 주변을 두리번거렸다. 오른쪽 테이블의 커플은 유명한 가게의 밀크티를 마시면서 서로를 희롱하느라 주변 대화에 신경 쓸 겨를도 없어 보였다. 여자는 안심한 듯 목소리를 낮추어 말했다. 이 유스호스텔은 제 이모와 이모부가 세웠어요. 하지만 저는 여기서 계속 일할 생각은 전혀 없어요. 두 사람이 나누는 대화를 들으니까 당신은 인사관리를 하는 분 같던데요? 저에게 조언해주실 수 있을까요? 남자는 약간 보수적인 태도로 대답했다. 인사관리는 내 업무 영역의 일부일 뿐입니다. 여자는 몸을 앞으로 기울이며 물었다. 그럼 무슨 일을 하시는데요? 여자의 가슴이 테이블에 눌려서 굴곡이 도드라졌다. 남자가 가볍게 웃으며 반문했다. 내가 무슨 일을 할 것 같아요? 여자가 의자를 잡고 좌우로 가볍게 흔들며 아랫입술을 살짝 깨물었다. 귀리능은 여자가 몇 시간 전의 자기 위치에 서 있다는 것을 알아차렸다. 남자에게 남들과 다른 사람으로 보이고 싶은 것이다.

남자가 도대체 뭘 어떻게 한 걸까? 귀리능은 확실히 보고 싶었지만 성과가 없었다.

술을 많이 마신 것도 아니었다. 맥주 몇 병이었을 뿐인데 구름을 밟는 것처럼 기분이 들떴다. 중력이 달라져서 지금까지 뼈가 몸을 어떻게 지탱했는지 잊어버린 것처럼 느껴졌다. 여자가 몇 번 더 맞혀보려고 했지만 실패했고, 남자가 웃으며 정답을 말해주었다. 여자는 테이블에 엎어져서 깔깔 웃었다. 떼를 쓰는 것처럼 남자에게 반칙이라고 말했다. 이렇게 젊은데 내가 어떻게 사장님인 줄 알겠어요? 궈리눙은 여자와 남자를 번갈아 보다가 자신이 뭔가 정보를 놓친 것이 있는지 생각했다. 여자가 왜 이렇게 즐거워하는 거지?

다음 날 궈리눙은 숙취 속에서 일찍 눈을 떴다. 샤워를 하고 7시 15분에 로비로 내려와 다량의 카페인으로 뇌에 쌓인 종양을 씻어내려고 했다. 아침 시간대의 아르바이트생이 급히 들어와 테이블에 토스트와 잼을 내려놓았다. 그가 30분 늦잠을 자는 바람에 커피를 마시려면 10분을 기다려야 한다며 정중하게 사과했다. 궈리눙은 머그잔을 들고 몇 시간 전에 남자와 이야기를 나누던 자리로 터벅터벅 걸어갔다. 테이블에는 옆에 20인치 캐리어를 놓고 앉아 있는 여자애 두 명이 있었다. 졸음이 묻은 얼굴과 머그잔을 든 손으로 보아 그들도 커피가 다 끓기를 기다리고 있는 것 같았다.

궈리눙은 퉁퉁 부은 얼굴을 꾹꾹 누르며 조각난 기억을 정리하려 애썼다.

직접 계단 난간을 잡고 3층까지 올라갔던가? 아니면 남자가 그를 부축해줬던가? 서로 잘 자라고 인사를 했던가?

아르바이트생이 와서 커피가 다 되었다고 알려주었다. 궈리눙은 잠시 멍하니 있다가 몸을 일으켰다.

남자의 방 앞을 지나가는데, 나무로 된 문이 안쪽으로 열렸다. 거기서 겨자색 긴 치마를 입은 여자가 나왔다. 귀리눙은 저녁 타임 근무를 했던 여자임을 바로 알아보았다. 여자는 주변을 둘러보다가 귀리눙과 눈이 딱 마주쳤다. 혀를 쏙 내민 여자는 문을 닫고 흘러내린 어깨끈을 추스르며 발소리도 없이 빠르게 로비를 가로질러 사라졌다.

저녁 타임 아르바이트생이 남자와 밤을 보냈나?

무의식적으로 여자가 알몸으로 유스호스텔의 싸구려 침대에 가로누워 있는 장면을 떠올린 귀리눙은 얼른 고개를 흔들며 머그잔에 커피를 가득 담아서 천천히 홀짝였다. 동시에 어젯밤에 대한 고민을 이어갔다.

대자연에서 동물들은 체형이나 무늬, 울음소리, 장기적인 기억력 등을 발전시켜서 다른 개체를 이끄는 지위를 차지한다. 그렇다면 남자는 어떻게 해서 그런 지위를 차지한 걸까. 요즘의 심미관으로 볼 때 남자의 외모는 충분히 입체적으로 생기지 않았다. 키는 175센티미터 정도였고 균형 잡힌 몸매지만 그보다 더 건장한 사람들도 많다. 여자가 처음 했던 말이 떠올랐다. 두 분 대화가 정말 재미있어 보여서요.

그러면 말투가 중요한 건가?

귀리눙은 유스호스텔 근처의 관광지를 한 바퀴 둘러보며 시간을 보내다 숙소로 돌아왔다. 남자는 어젯밤 그 자리에 앉아서 토스트를 먹으며 손가락으로 휴대전화 화면을 빠르게 두드리고 있었다. 귀리눙의 눈앞으로 여자가 살금살금 도망치던 뒷모습이 스쳐갔고, 귓바퀴가 뜨거워졌다. 남자가 귀리늉을 보더니 종이 냅킨으로 손에 묻은 잼을 닦으며 그를 불렀다. 남자의 태도는 두 사람이 오늘 이 시간에 여기서 만나기로 약속한 것처럼 깔끔하고 단호했다. 귀리늉은 내심 남자에게 고마운 마음이 들었다. 인정 하고 싶지는 않았지만, 남자가 자신을 본 척 만 척할까 봐 조금 두 려웠기 때문이다.

남자는 서핑 코치와 수업을 잡았기 때문에 30분 안에 숙소에 서 나가야 한다면서 짧게 말하겠다고 했다. 귀리늉이 민망해하며 물었다. 어젯밤에 제가 실수를 했나요? 남자는 귀리늉의 이런 반 응은 예상하지 못한 듯 눈썹을 치켜세웠다가 실소하고 말았다. 그는 가죽 지갑에서 명함을 한 장 꺼냈다. 어제 당신에게 어떤 물 건을 팔고 싶으냐고 물었죠? 반만 맞혔어요. 나는 당신이 우리 회 사에 들어왔으면 합니다. 남자가 명함을 테이블에 내려놓고 두어 번 두드리더니 귀리늉 쪽으로 밀었다.

여행이 끝나면 생각해보고, 관심이 있으면 이 번호로 전화해요.

생각이 눈앞의 현실로 돌아왔다. 귀리늉은 제일 앞에 앉은, 멋진 슈트 차림의 남자를 바라보았다. 문득 모리스와 함께 분투 하던 시절이 떠올랐다. 유스호스텔에서 모리스가 건네준 알로에 젤을 받았던 게 벌써 오륙 년 전이었다. 2천 일이 넘는 시간은 신생 회사라면 두 번 혹은 세 번은 도산하고도 남을 수 있는 세월이다. 그러나 모리스의 회사는 안정적으로 규모를 확장하고 있었고, 궈리눙은 평사원에서 중간관리직으로 승진했다. 이제는 이름이 기억나지 않는 직원이 더 많아졌다. 그사이에 위기라고 할 만한 일은 궈리눙이 입사하고 3년이 되던 해 모리스의 동업자들이 고객 몇 사람과 베테랑 프로그래머를 회유해 몰래 딴짓을 했던 것뿐이었다. 나중에 그들은 다시 돌아오고 싶다며 모리스에게 애걸했지만, 모리스는 받아주지 않았다.

궈리눙은 유스호스텔에서의 그날 밤은 막막한 미래 때문에 마음이 약해져 있었다고 생각했다. 그래서 그는 저도 모르게 모리스의 말에 경도되었다. 지금 모리스와 같이 일하며 느낀 것은 어떤 사람들에게는 확실히 타인의 마음을 꿰뚫어 보는 능력이 있다는 것이다. 류 선생님은 그와 여학생의 수학 문제 풀이를 보고서 두 학생의 추상화, 논리적 추론, 물체 관찰력 등을 파악했고 그것을 바탕으로 학생을 이해했다.

모리스는 그렇지 않다.

그는 한 사람을 볼 때 그 사람의 본질, 즉 전부를 본다. 문제 풀이 같은 것도 볼 필요가 없다.

모리스는 이런 이야기를 들으면 코웃음을 치곤 했다.

어느 날 궈리눙이 판매점 점원에게 추천받아 가격은 저렴하지만 전문가가 마셔도 흥이 깨지지 않을 만한 위스키를 사서 모리스의 집에 간 적이 있었다. 도착해서야 그날 밤 이 집에 초대받은 사람은 자신뿐이라는 것을 알게 되었다.

모리스는 귀리눙이 혼자 프로젝트를 진행할 수 있는 책임자가 된 것을 축하하기 위해 이 자리를 마련했다고 말했다.

그가 간단히 회사의 업무 상황을 전달한 후에는 두 사람 모두 약속이나 한 듯 침묵에 빠졌다. 처음 만났던 유스호스텔의 그날을 재연하는 것 같았다. 귀리눙은 자신이 뭔가 설명해야 한다는 의무감을 느꼈다. 그는 회사에 들어온 뒤로 개인적인 심경에 어떤 변화가 생겼는지 이야기했고, 그러다 보니 자신의 연애가 암초에 부딪혔다는 것도 말하지 않을 수 없었다.

섬 일주 여행이 끝난 후에도 에밀리는 그를 만나주지 않았다. 2주가 지나서야 두 사람을 다 아는 지인을 통해서 에밀리의 메시지를 받았다. 감정이란 가끔 너무 어려워. 미안하지만 난 다른 사람을 사랑하게 되었어.

귀리눙은 이 메시지를 무뚝뚝하게 받아들였다. 그는 에밀리를 이해했다. 자신도 갑자기 누군가를 더는 좋아하지 않게 된 경험이 있었기 때문이다. 그때 그의 마음속을 맴돌았던 구체적인 감정은 실망, 분노, 배신보다는 당황스러움이었다. 무엇이 당황스러웠는지는 알 수 없었다. 세 달 뒤 거래처 접대 자리에서 귀리눙은 세 살 연하의 인턴 샤오보(小波)를 만났다.

귀리눙은 직장에서 일어나는 모든 일에 두려움과 기대를 품는 샤오보에게서 자신의 과거 모습을 보았다. 귀리눙은 이번에는 절대 망치지 않을 것이라고 굳게 다짐했지만, 교제 1주년 기념일

전날 그는 샤오보로부터 메시지를 받았다. 내일 중요한 회의가 생겼어. 예약한 레스토랑은 자기가 전화해서 취소해줘. 귀리눙은 무슨 회의냐고 꼬치꼬치 캐묻지 않았다. 그는 샤오보의 얼굴에서 에밀리의 그림자를 보았다.

집중해서 들어주던 모리스의 술 따르는 속도가 느려졌다. 귀리눙은 입이 말라서 자주 일어나 부엌에 가서 물을 마셨다. 그러자 모리스가 아예 찬물을 담은 주전자를 거실로 가지고 나오라고 했다.

알코올이 자제력을 떨어뜨렸는지, 아니면 다른 이유 때문인지, 귀리눙은 얼굴에 주근깨가 많았던 유스호스텔의 여자가 고양이처럼 모리스의 방에서 나오는 것을 목격했다고 고백했다. 열기가 돌면서 자꾸만 스며드는 한기를 날려주었다. 귀리눙은 웃으며 말했다. 모리스, 당신은 어떻게 그렇게 하는 거죠? 전 당신이 독심술을 하는 것 같아요. 나도, 유스호스텔의 여자도, 아무리 까다롭고 귀찮은 고객도, 당신과 잠깐 대화하고 하면 금세 당신의 제안을 따르게 되잖아요.

모리스가 술잔을 내려놓고 편안한 자세로 고쳐 앉았다. 그는 빠르지도 느리지도 않게 말했다. 샤오눙, 자넨 모든 것을 낭만적으로 생각해. 내가 한 일은 간단해. 누구든 비결만 알면 할 수 있는 일이야.

귀리눙은 정신이 들었다. 그런 비결에 선후 절차가 있다면 첫 번째 일은 무엇이죠? 그 질문을 들은 모리스의 눈빛이 귀리눙의 붉은 얼굴에서 그의 뒤쪽으로 향했다. 귀리눙은 모리스의 시선을 따라 고개를 돌렸다. 기이한 색을 띤 새가 베란다 난간에 앉아 있었다. 그 몹시 고요했던 몇 분의 1초 사이에 공기의 흐름이 이상해졌다. 모리스가 술잔을 들고 일어나서 베란다로 나갔다. 새가 날개를 퍼덕여 자리를 떠났다. 귀리눙도 급히 모리스 옆에 가서 섰다. 모리스가 미소를 지으며 말했다. 샤오눙, 첫 번째 일이자 마지막 일이야. 자네 귀를 내놓으면 얼마 후에 상대방이 자네가 요구한 대로 할 테니까. 동물 프로그램을 보는 것을 좋아한다고 했지? 그러면 인간은 스스로 자기 행적을 드러내는 소수의 동물이라는 걸 아나? 귀리눙은 잠시 침묵하며 그 말의 의미를 곱씹었다. 인간은 지구상 최고의 포식자이니 두려움이 없어서인가? 다음 순간, 그는 전율했다. 모리스의 말에 숨겨진 의미는 인간도 사냥감이 될 수 있다는 것이었다. 그가 숨죽이며 물었다. 처음 만났을 때, 당신은 저한테도 그리고 바에서 아르바이트하던 그 여자에게도 그렇게 한 거죠? 모리스가 고개를 끄덕였다. 잠시 침음을 흘리던 그가 곧 다시 입을 열었다. '내가 무엇을 했다'라는 것은 정확하지 않은 표현이야. 자네로서는 내가 뭔가를 했다고 할 수 있지만, 나에겐 그저 일상적인 대응이었을 뿐이니까. 자네가 목이 마르면 물을 마시는 것과 같아. 하지만 나는 자네의 생각도 이해할 수 있어. 지금부터 어떻게 하면 물을 찾아내서 마실 수 있는지 알려주도록 하지.

　　스물일곱 살 때 나는 친구 두 사람과 회사를 세웠어. 그전에는 가구 회사에서 일했는데, 자네는 그 사실을 조사해봤겠지. 긴장하지 마, 불쾌하지 않으니까. 내가 자네를 뽑은 이유도 그런 점 때문이었어. 유스호스텔에서도 자네는 끊임없이 나를 평가했지. 자네가 나를 보는 눈빛, 나에게 묻는 질문, 전부 단서가 가득했어. 내일은 매일 사람들을 보는 거야. 마주 앉은 사람이 나를 어떻게 생각하는지 모른다면 어떻게 일을 하겠나. 모리스가 눈앞의 풍경을 가리켰다. 궈리눙은 고개를 숙이고 아래의 불빛을 바라보았다. 모리스는 얼마 전 T시의 땅값이 엄청나게 비싼 지역에 있는 8천만 타이완달러(한화 약 34억 원)짜리 아파트를 샀다. 그는 저도 모르게 찬 공기를 깊이 들이마셨고, 머리가 맑게 깨어나는 듯했다.

모리스가 계속 이야기했다.

나는 마케팅, SNS, 자원 통합에 조금 전문적이기는 하지만 그것보다 더 중요한 게 있다고 생각해. 샤오눙, 내 밑에서 오래 일하면서 이런 걸 느낀 적이 없나? 예를 들어서, 자네와 자네의 고객이 대화를 시작했어. 자네가 그 사람에게 10분 혹은 20분 정도 말할 기회를 주고 자네는 그 사람의 표정을 관찰하는 거야. 그러면 그는 말을 하면 할수록 민망해하다가 점점 뭔가 잘못되었다고 느낄 거야. 어디가 어떻게 이상한지는 설명하지 못하면서 말이지. 그러면 자네는 그 사람이 자네를 어떻게 대하는지 자세히 관찰해야 해. 그가 갑자기 처음보다 훨씬 예의 바른 태도를 보일 거야. 궈리눙은 지끈거리는 머리로 거실에서의 대화를 기억하려 애썼다. 그는 조금씩 이해가 된다는 느낌을 받으며 고개를 끄덕였다.

모리스가 다시 웃으며 말했다. 알아차렸군. 하지만 아직 완전히 이해한 것은 아니야, 그렇지? 계속 이야기할 테니까 천천히 이해하면 돼. 가구 회사는 내 외할아버지가 세운 회사야. 외삼촌이 물려받았고, 사촌 형님이 후계자이지. 나는 대학원을 졸업한 다음 회사에 들어가서 일을 돕게 되었어. 내가 맡은 분야는 웹사이트 구축, 광고 촬영 지원, 검색 최적화 등 중요하지 않은 부분이었어. 나중에 나는 자금을 펀딩 형식으로 조달하자고 제안했는데, 처음에는 화장대였고 결과는 보통이었지. 250만 타이완달러를 목표액으로 시작해 마지막에는 300만 조금 넘게 펀딩을 받았으니까.

그런데 두 번째 펀딩은 달랐어. 높이 조절이 가능한 어린이 책상과 의자 세트였는데, 500만 타이완달러 목표에 5천만 타이완달러가 모였어. 그때의 성공으로 회사에는 스타 상품이 생겼고, 나도 그 일로 창업하겠다는 마음을 먹은 거야. 가구를 파는 건 리스크가 적은 일이었고 나는 새로운 일에 도전하고 싶었어. 자네 믿기 어렵겠지만, 나는 모든 인터뷰나 강연에서 지금까지 이야기한 내용을 반복해서 말하고 있어. 하지만 지금부터 할 이야기는 어디서도 말한 적 없는 거지. 나와 동업했던 두 사람에게도. 그래서 나는 이번 한 번만 들려줄 거야. 얼마나 흡수하느냐는 자네에게 달렸어. 나는 가구 회사를 다닐 때 고객이란 도대체 어떤 존재인지 궁금했어. 내 업무 파트도 아닌데 나는 판매점에 나가서 고객을 맞이하는 걸 좋아했지. 그들과 같이 가구를 고르고 이야기를 나누는 거야. 물론 내 직책을 말하지 않고 말이야. 직책을 말하면 아무 의미가 없어. 나는 업무 실적이 좋았어. 2년이 지나기도 전에 내 판매 금액이 베테랑 점장의 하루 판매액 기록을 따라잡을 정도가 되었지. 그것이 내 목표였던 건 아니지만 성취감이 있는 일이었어. 왜 그랬을까? 맞혀봐.

귀리눙이 대답했다. 역시 귀겠죠. 당신이 말한 것처럼요. 자기 귀를 내어주는 것.

모리스가 손뼉을 쳤다. 칭찬하듯 귀리눙의 어깨를 두드리며 말했다. 맞아, 내 눈이 틀리지 않았다니까. 자네는 다듬을 가치가 있는 재목이야. 핵심은 바로 귀야. 일반적인 매장 판매원에 비해 나는 실적 압박이 없으니까, 내 목적은 고객에게서 개인정보를 수집하는 것이었지. 상품을 파는 것보다 직업은 무엇인지, 연간 수입이 대략 얼마인지, 집에 얼마나 오래 머무는지, 주로 머무는 곳은 거실인지 안방인지 등을 묻는 거야. 물론 질문을 너무 세세하게 설정할 수 없어. 누구도 신원 조사받는 느낌을 좋아하지는 않을 테니까.

예를 들어 고객에게 어떤 일을 하는지 직접 묻지 않고 평소 오래 앉아 있어야 하는 일을 하냐고 묻는 거야. 만약 그렇다면 허리에 무리가 가지 않는 의자를 추천하고 싶다고 하면서. 고객이 자신의 직업에 자부심이 있으면, 자기 직업을 직접 말할 거야. 그 반대라면 허리에 무리가 가지 않는 의자를 추천받을지 말지에 대해서 대답할 거고. 이런 비슷한 질문의 노하우가 많아. 사흘 밤낮으로 말해도 다 말하지 못할 거야. 나는 곧 몇 가지 원칙을 찾아냈어. 고객이 나와 잡담을 하는 시간이 길어지고 내용이 풍부해지면, 그들이 물건을 살 가능성이 커져. 또 하나 내가 '애완동물 사진'이라고 부르는 이론이 있는데, 고객에게 동물을 키우는지, 키운다면 개인지 고양이인지 묻는 것은 가구를 고를 때 절대 빼먹으면 안 돼. 고객이 자기 애완동물의 사진을 보여준다면, 판매는 80퍼센트 이상 성공이야. 게다가 판매 금액도 절대 낮지 않아. 왜 그럴까?

그러게요, 왜죠? 귀리눙은 이유가 궁금했다.

그 순간 모리스는 느긋하고 편안해 보였다. 수많은 관중의 시선을 즐기는 마술사 같았다.

샤오눙, 대답은 여전히 귀야. 모리스가 귀리눙의 귀를 가리켰다. 왜 귀일까? 다른 신체 부위가 아니라? 인간의 결함은 그들이 반드시 이해받고 싶어 하고 인정받고 싶어 한다는 데 있어. 이해나 인정이 없으면 그들은 이름 모를 고통을 느끼는 거야. 상대방이 판매원이라도 상관없어. 이 기본 설정에서 벗어나지 않지. 상대가 나에 대해 많은 것을 알고 있다면, 자기도 그 사람에게 뭔가를 해주어야 한다는 책임감을 느끼지. 마케팅 관련 서적에서 이런 원칙을 이야기하고 있긴 해. 하지만 겉만 심오해 보이는 용어에 홀리지 말고 자기 자신을 그 안에 넣어봐. 그러면 답이 분명해질 테니까. 우리가 소비자로 어느 판매점에 들어갈 때는 이성적이지만, 결제할 때는 많은 경우 감성적인 이유에서 그랬을 테니까.

귀리눙은 손가락 마디를 가볍게 만지작거리며 대답을 미뤘

다. 그는 조심스럽게 기억 속에서 남의 말에 휘둘렸던 불편감을 찾아내고 모리스의 말과 연결했다. 모리스는 금방 그의 마음을 간파하고 격려했다. 자넨 똑똑하니까, 이젠 이해했겠지? 하지만 자네가 원하는 것은 단순히 업무상의 돌파구가 아니잖아. 그 말을 들은 궈리눙은 당황한 듯 몸을 돌려 모리스를 바라보았다. 모리스는 술이 바닥에 얇게 한 겹 정도만 남은 유리잔을 들고 남은 액체를 입에 털어 넣었다. 모리스는 거실로 돌아와서 자신의 맥캘란 30년산을 땄다.

궈리눙은 불타는 것 같은 얼굴을 문질렀다. 화제를 우회하려는 자신의 시도가 모리스에게 붙잡혔다. 모리스 앞에 서면 그의 몸이 투명해져서 심장박동의 궤적까지 다 보이는 것 같았다.

연애에 대해 두 번 말했는데, 그때마다 마지막에 이야기를 꺼낸다는 건 자네가 그 문제를 가장 신경 쓰면서도 솔직하게 말할 용기가 없다는 방증이지. 샤오눙, 여성을 대할 때도 비슷해. 여자에게 매력적으로 보이는 일은 가구를 팔기보다 훨씬 쉬워. 유스호스텔 그 여자 얘기를 꺼냈으니 그 애를 예로 들어서 설명할게. 그 애는 막막하고 방향을 잃은 상태였어. 비판하려는 뜻은 없어. 대부분 그러니까. 학교에 다닐 때는 모든 결정권이 부모님이나 학교에 있지. 검은색 운동화를 신어도 되는지, 머리를 금색으로 염색해도 되는지, 그런 것은 전부 규칙으로 정해져 있어. 그런데 직장에 들어가면 갑자기 전 세계가 자기한테 독립해야 한다, 자율성을 갖춰야 한다고 말하는 거야. 황당하지 않겠어? 졸업한 뒤

일이 년은 대다수 사람이 자기 인생을 가장 의심하는 시기야. 면접을 볼 때 그런 경우를 정말 많이 봤지. 그래서 그 여자애도 우리 옆자리에 앉았을 때 우리가 재미있어하든 아니든 자기 상황을 이야기하고 싶어서 안달을 냈어. 나는 그 뒤에 무슨 일이 생길지 금세 알아차렸지.

귀리눙은 목 근육이 수축해 침을 삼키기가 점점 어려워지자 목덜미를 어루만지며 불안한 어조로 물었다. 그때 당신은 왜 1인실을 골랐어요?

모리스의 눈에서 기이한 불꽃이 튀어 올랐다. 칭찬하듯 혀를 차는 소리도 들렸다. 샤오눙, 자네는 반응이 정말 빠르군. 하지만 또 너무 단순하게 생각했어. 이렇게 생각해보자고. 우리 회사의 고객층과 유스호스텔의 고객층은 나이나 취향이 적잖게 겹치지. 나도 자네한테 먼저 말을 걸었잖아? 침대 파트너를 찾을 목적이었다면 뭐 하러 자네에게 말을 걸었겠어. 같이 잘 사람을 찾는 건 내 목적이 아니었는데, 누군가 먼저 나서서 그러겠다고 한다면 거절할 이유는 없는 거지. 여기까지 이야기를 했으니, 앞으로 어떻게 샤오보를 처리해야 하는지 알려줄게.

그날 나와 그 여자애의 행동을 떠올려봐. 그 애는 자리에 앉자마자 거의 나만 보고 말하고, 가끔 자네를 쳐다봤어. 아마 본인도 그러는 줄 깨닫지 못했을 거야. 왜 그랬을까? 그게 인간의 본능이기 때문이야. 자네도 그래. 고객이 서너 명 같이 와서 서로 수평적 관계라고 말하기도 하지만, 우리는 작은 디테일을 통해서 누가 결정권자인지 판단할 수 있어. 그들이 누군가 결론을 내리기를 기다리거나 회의실을 떠나는 순서 같은 데서 말이야.

　여자들은 거짓말을 잘해. 그들이 말하는 것처럼 평등한 관계를 추구한다고 믿지 마. 내가 보기에 여자들은 자기를 연약하고 쓸모없으며 누가 와서 구원해주기를 기다리는 불쌍한 어린애라고 상상하는 걸 더 좋아하거든. 나도 오랫동안 이유를 고민했지만 이해할 수 없었지. 내가 더 이해할 수 없는 부분은 그다음이야. 그날 밤에 나는 그 여자에게 대답할 때 일부러 늦게 반응하거나 무감각한 표정을 지었어.

　자네는 취해서 테이블에 엎어졌으니 확실히 보지 못했겠지만, 그 여자는 시간이 지날수록 긴장했어. 처음엔 내가 냉정해 보였을 텐데, 이야기를 다 듣고 나서는 다정하게 조언을 해주었지. 이렇게 기분을 짐작하기 힘든 사람을 만나면 정상적인 사람이라면 거리를 둘 거야. 그 여자애의 조건을 생각하면 자기 마음대로 부려먹을 남자를 찾는 건 어려운 일이 아닐 테니까.

　하지만 내가 전에 만났던 여자들을 보면 가끔 여자의 뇌에는 묘한 설정이 있는 것 같아. 자네가 여자의 말을 듣고 나서 차가운 반응을 보여준 다음, 그 여자의 마음속에 더 나은 자신이 있다고 말해주면 어떻게 될까? 여자는 반드시 자기 마음속의 더 나은 자신을 추구하려고 해. 그럴 때 그 여자를 위로해주었다가 또 다음 순간에는 여자가 진지하지 못하고 천박하게 살고 있다며 비난하는 거야. 이런 과정이 몇 번 반복되면 여자는 이유 없이 자네가 자기를 잘 안다고 여기게 돼. 그때부터는 자네 의견을 매우 중요하게 생각하는 거지. 일단 그런 마음이 들면 침대로 끌고 가는 것은 시간문제야.

남녀 모두 이런 복잡한 천성을 가지고 있다고 봐. 쉽게 말해서 모욕을 당하더라도 자기에게 잘해주는 사람보다는 깎아내리는 사람을 더 신경 쓰는 거야. 그런데 여자에게는 좀 다른 점이 있어. 여자들은 자기최면 같은 상황에 빠지곤 해. 왜 그런지 이유는 딱히 분석하고 싶지 않아. 그런 상황을 어떻게 활용해야 하는지 아는 것으로 충분해.

궈리눙이 모리스에게 마지막 질문을 던졌다. 그 여자가 방에 들어왔을 때 모리스, 당신은 기뻤나요? 얼마나 기뻤죠? 얼마 전 재능은 없으면서 성질만 요란했던 예술가에게 3천만 대만달러를 펀딩해줬을 때처럼 기뻤어요? 모리스는 대답하지 않았다. 그는 술잔을 빙글빙글 돌리며 말했다. 자네의 승진을 축하하는 것을 잊을 뻔했군. 이 잔을 비우고 헤어지기로 해. 그는 잔에 남은 값비싼 액체를 깨끗이 비웠다. 이틀 후 월요일. 궈리눙이 출근했을 때 모리스가 그를 바라보는 시선은 다른 직원을 볼 때와 다르지 않았다. 한 달 후, 궈리눙이 혼자 진행한 프로젝트가 놀라운 성과를 올렸다. 모리스는 그를 자기 사무실로 불러 치하하면서 지나가듯 물었다. 샤오보하고 별일 없나? 그 말을 듣고서야 궈리눙은 그날 밤의 대화가 환상이 아니라는 것을 깨달았다.

그는 정신을 차리고 모리스의 무해한 웃음을 응시하며 대답했다. 그는 모리스를 따를 것이다. 그리고 모리스를 추월할 것이다. 궈리눙은 아무렇지 않게 대답했다. 샤오보하고 괜찮아요.

사실 그는 이미 샤오보를 차버렸다.

그날 모리스의 집을 나오면서 궈리눙은 엘리베이터의 거울을 보며 모리스의 기술을 모방했다. 반쯤 왔을 때 그는 에밀리와 샤오보 역시 그에게 비슷하게 했다는 것을 알아차렸다. 샤오보는 오늘 그에게 좋아한다고 말했다가 내일은 두 사람 사이가 상상한 것만큼 잘 맞지는 않는다고 말하곤 했다.

예전의 그는 안절부절못하며 앉은자리에서 몇 번이나 자세를 고치는 사람이었다.

말하자면 사냥감이었다.

규칙을 바꿔야 했다. 높이가 11미터나 되는 화려한 문을 빠져나온 뒤, 궈리눙은 돌아서서 모리스가 가진 모든 것들을 한눈에 담았다. 그는 앞으로 다시는 다른 사람이 자신을 마음대로 조종하게 내버려두지 않겠다고 맹세했다. 그는 샤오보를 위로하지 않았을 뿐 아니라 심지어 연락처를 차단해버렸다. 며칠 후 샤오보는 궈리눙의 집 앞에 나타났다. 비처럼 눈물을 뚝뚝 흘리며 그를 잃을 수 없다고 애원했다. 궈리눙은 샤오보를 안아주고, 입을 맞춰주었다. 그러고는 자기 집으로 데려가서 섹스했다. 섹스가 끝난 뒤에는 욕조에 뜨거운 물을 받아서 샤오보를 부축해 욕조에 앉혀주었다. 그는 부엌에 가서 샤오보가 선물한 생일 선물을 꺼냈다. 사용감이 있는 그 주철 냄비에 밀크티 두 잔을 끓여서 가져갔다. 샤오보는 수건을 두른 채 사랑받는다는 기쁨을 얼굴에 잔뜩 드러내며 밀크티를 마셨다.

다음 날 그는 회의 도중에 메신저를 켜고 샤오보에게 연락했다. 헤어지자. 10시가 좀 지나서 고객과 술집 문 앞에서 헤어진 그는 불쾌한 얼굴로 귀가했다. 샤오보는 아파트 로비에 앉아서 그를 기다리고 있었다. 무릎을 문지르는 손이 덜덜 떨렸고, 눈물방울이 바닥을 두드렸다. 귀리눙의 눈에 비친 샤오보는 이제 그에게 진심으로 빠진 듯했다. 예전의 그였다면 이 상황이 홀가분하게 느껴졌겠지만, 지금은 텅 빈 느낌이었다. 샤오보는 텔레비전 프로그램에서 보여주던 동물처럼 보였다. 순진한 감정 뒤로 생물의 본능을 감추고 있는 동물들. 그는 모리스가 왜 마지막 질문에 대답하지 않았는지 알게 되었다.

높은 곳에서 샤오보가 그의 사랑을 갈구하는 모습을 내려다보자니 자신이 지금까지 이 여자의 태도에 휘둘렸던 것이 우습게 느껴졌다. 모리스가 그에게 열어준 문 뒤의 세상은 너무도 아름다웠다.

샤오보는 그의 첫 정거장이었고, 시리는 일곱 번째 정거장이다.

그사이에 별 의미 없는 여자 다섯 명이 있었다. 한 사람을 거칠 때마다 귀리눙은 자신감을 얻었다. 인류는 먼 조상이 사냥감을 잡기 위해 햇빛을 견디며 힘들게 기다리던 기억에서 별로 멀어지지 않았다. 목표가 한 걸음씩 자신이 만들어둔 함정으로 다가오는 것을 볼 때도 즐겁지만 사냥감이 자기가 처한 상황을 깨닫고 나서는 더 쉽게 통제할 수 있고 심지어 그들의 두려움을 즐길 수 있다는 것도 깨달았다.

이보다 더 만족스러운 일은 없었다. 게다가 이 승리감에는 조심스러운 별명도 있었다. 안전.

인류가 그 무엇보다도 중독된 것이 바로 이것이다. 안전.

누군가 그의 어깨를 두어 번 두드렸다. 시야가 흐릿해서 눈을 두어 번 깜빡였다. 새로 들어온 직원이 물었다. 형님, 주무신 거 아니죠? 이제 발표하실 차례입니다. 귀리눙이 얼굴을 주무르며 종이컵에 남은 커피를 전부 들이켰다.

그는 시리에게 너무 많은 시간을 낭비했다.

며칠 전, 다아시가 물었다. 계획대로 됐어? 그는 반문했다. 그걸 왜 의심하지? 다아시가 잠시 생각하다가 별일 아니라는 듯 말했다. 이번 타깃은 너무 질질 끄는 것 같아서 말이야.

귀리눙은 계획이 순조롭게 끝날 거라고 장담했다. 시리의 친구가 이 정도로 정이 많을 것을 계산에 넣지 못했더라도, 시리가 몰래 둥환을 만나러 갈 것을 예상하지 못했더라도. 그는 여전히 자신감에 가득 차 있었다. 시리는 약속을 지킬 것이고 임무를 수행할 것이다.

휴대전화 화면이 밝아졌다. 귀리눙은 무표정하게 화면을 넘겼다.

시리가 자기 집을 찍은 사진을 보냈다.

"양양과 약속을 잡았어요."

"잘했어. 이따 결과를 알려줘. 기억해, 자신에게 정직할 것. 그리고 나에게 정직할 것. 알았지?"

❖ ❖ ❖

한참 망설인 끝에 천신한이 내키지 않는 발걸음으로 거실에 나갔다.

소파에 옹송그린 야오추샹은 손에 핏기가 가실 정도로 휴지를 힘껏 움켜쥐고 있었다. 천신한을 보더니 야오추샹이 손등으로 다시 흘러내리는 눈물을 닦으며 쉰 목소리로 말했다.

"오늘은 일찍 일어났구나."

"또 싸웠어요?"

"그래, 너도 들었니?"

"조금요. 분명하게 들리지는 않았어요."

"네 아버지한테 당신 때문에 너하고 칭옌을 오해한 거라고 말했어. 밤새 한숨도 못 잤단다. 증거도 없이 사람을 의심하다니 부끄러운 짓이었어. 네 아버지가 그 이야기를 듣더니 나한테 화를 내더구나."

"아버지는 어제 어디서 주무셨는데요? 작은아버지 댁이요?"

야오추샹이 고개를 저었다.

"회사에서 주무신대. 사무실에 리클라이너 체어를 들여놓았다고 하더라."

천신한은 이 정보를 어떻게 받아들여야 할지 몰랐다.

"샤오한, 엄마가 묻는 말에 대답해줘. 그럴 수 있지?"

야오추샹의 절망적인 표정에 천신한은 질문이 뭔지 짐작했다.

"왜 일하러 나가지 않는 거니? 솔직하게 말해줘, 속이라도 시원하게."

"엄마, 무슨 말이에요?"

"난 이제 막다른 골목에 왔어. 선생님이고 강의고 다 무슨 소용이니? 네 아버지는 나한테만 물어보는데, 나는 누구한테 물어야 해? 너를 원망하는 마음이 없다면 거짓말일 거다. 나도 집에 돌아오고 싶지 않아. 스쿠터를 타고 하염없이 달리는 게 나아. 전에 한번 다리 위를 지나가다가 스쿠터를 세웠어. 난간 너머로 강물을 바라보다가 생각했어. 이대로 뛰어내리면 어떨까? 그러면 더는 고민할 일이 없을 테니까. 나는 원래 집에 있는 걸 좋아하는 사람이었는데, 네가 이렇게 되었으니 이젠 집에 있는 게 고역이야."

"제가 방에만 있고 밖으로 나오지 않잖아요. 그걸로는 부족해요?"

천신한이 흥분해서 자신을 변호하려 했다. 이렇게 하지 않으면 어머니를 절망으로 몰아넣은 죄를 다 짊어져야 할 것 같았다.

"우리가 정말로 아무 일 없었던 것처럼 지낼 수 있겠어? 우리를 뭐라고 생각하는 거니?"

야오추샹이 소리를 질렀다.

"네가 대학원에 가지 않겠다면서 무슨 공장에서 일을 한다고 할 때부터 계속 한 가지 질문이 떠올라. 언제부터 우리가 이렇게 낯설어졌을까? 너 정말 내가 알던 아들이 맞니?"

"엄마하고 아버지가 원하는 대로 외국으로 유학 가지 않으면 낯선 사람이 되는 거예요?"

"너 이러지 않았잖니, 기억 안 나? 어릴 때 너는 혼자서 잘하는 아이였어. 나하고 네 아빠가 너한테 이래라저래라 한 적이 있었니? 시험 기간이 되면 우리가 뭐라고 하기도 전에 네가 알아서 계획을 세우고 공부를 했잖아. 3등 안에 들지 못하면 시무룩해지곤 했어. 오히려 엄마가 널 위로하면서 마음을 편히 먹으라고 했잖니. 나는 너를 별로 걱정해본 적이 없어. 너는 완벽하려고 하는 아이였고 뭐든지 잘해냈어. 그런데 지금은, 어쩌다 이렇게 되었어? 네 아버지를 겨우 설득해서 너한테 시간을 좀 주자고 했더니, 너는 공장 일도 그만두고 온종일 방에서 게임만 해."

"게임만 하는 거 아니에요. 돈이 걱정이라면 저도 경제적으로 차차 독립할 거예요. 제 통장을 보여드릴 수도 있어요. 금액이 점점 늘어나는 걸 보여드릴게요."

"돈이 문제가 아니야, 관점이 문제지."

"관점이라니요?"

"아니면 나한테 직책을 하나 대봐. 다른 사람이 물어보면 대답할 수 있는 것으로."

"왜 반드시 직책이 있어야 하는데요?"

"누구나 직책이 있어, 나도 그래. 사회에 나가면 네가 가진 직책으로 네가 누구인지 아는 거라고. 너도 생각을 좀 해보렴. 우리가 누구를 소개할 때 그 사람의 직업으로 말하지 않던? 옆집 천(陳) 선생님은 엔지니어야. 그 부인은 학교 선생님이지. 맞은편 집 아저씨는 의사고, 그 부인은 나처럼 가정주부야. 직책이 없어도 된다고 생각하는 건 네가 사회에 나간 적 없기 때문이야. 집에만 있는 것을 선택했으니까!"

야오추상은 손끝으로 자기 팔을 쥐어뜯으며 말하다가 돌연 멍한 표정으로 중얼거렸다.

"네 아버지가 그러더라. 계속 이러면 은퇴한 후에 여기로 돌아오고 싶은 마음이 들지 자기도 모르겠대."

"여기로 돌아오지 않으면요? 어디로 가신대요?"

"세를 준 집을 내보내고 자기가 들어가서 살겠다는구나."

"그럼 엄마는 어떻게 하실 거예요?"

또 다른 질문은 차마 입 밖으로 낼 수가 없었다. 나는 어떡해요?

야오추상이 고개를 저으며 쓸쓸한 웃음소리를 냈다.

"나한테 물으면 나는 누구에게 묻지? 그쪽으로 이사를 하는 게 좋을까, 여기 남는 게 좋을까. 아니, 다 아니야. 나도 방을 빌려서 혼자 살아야지. 그러면 우리가 다 각자 알아서 사는 거니까 좋지 않겠어?"

"말도 안 되는 소리 하지 마세요."

야오추상이 웃음을 그치고 말했다.

"그러니까 네가 왜 이렇게 변했는지 말해."

털실로 만든 공이 목구멍을 막고 있는 느낌이다. 삼키지도 뱉지도 못하는데 어떻게 해야 할까?

진실이 구를수록 커지는 눈덩이라고 가정하자. 눈덩이 안의 핵은 죽음을 볼 수 있는 자신의 눈이다. 그러면 거대한 눈덩이를 구성하는 구체적인 내용은 뭘까? 그를 철저히 마비시킨 이유를 찾자면 어릴 때부터 지금까지 끝없이 이어지는 경쟁과 비교에 질려버린 탓이 아닐까?

자신의 능력은 어쩌면 저주가 아니라 허락인지도 모른다.

눈에 보이지 않는 신이라는 존재가 어딘가에서 그의 마음속 심연을 알아차리고 그에게 위안을 주고자 시도한 것일 수도 있다.

"지금은 대답하고 싶지 않아요."

"안 돼! 샤오한, 더는 도망치지 마라. 몇 년 동안 강의를 들으면서 선생님들은 자녀의 자신감을 회복시켜주라고 하는데, 그럼 내 자신감은 어떡하니?"

야오추샹은 갑자기 흘러내린 눈물을 손등으로 닦아내며 말을 이었다.

"엄마가 너를 사랑하지 않아서 그러는 게 아니야. 이대로 놔두는 게 너를 해치는 일이 될까 봐 점점 더 걱정된단다."

눈물범벅인 야오추샹의 얼굴을 보며 천신한도 막막했다. 그는 어머니를 상처 입히고 싶지 않았지만 지금 어머니는 그의 선택 때문에 수천 번, 수만 번 칼에 찔리고 베인 것처럼 보였다.

왜 이렇게 되었을까?

그때 전화벨 소리가 두 사람 사이의 침묵에 끼어들었다. 천신한이 휴대전화를 힐끗 보니 왕전샹이었다.

야오추샹은 눈을 감고 손을 내저었다. 전화를 받으라는 뜻이었다.

이 상황을 벗어날 수 있어서 한숨 돌리지 않았다고 한다면 거짓말일 것이다. 천신한은 방으로 돌아가 전화를 받았다. "여보세요"를 말하기도 전에 왕전샹이 그의 말을 잘라먹었다.

"컴퓨터 옆에 있어? 내가 좀 이상한 걸 찾았어. 보낼 테니까 바로 확인해."

왕전샹이 보낸 링크를 보고 천신한은 말문이 막혔다.

남자와 여자의 사진이었다. 외모로 볼 때 전부 열 살에서 스무 살 사이였다. 그들은 천신한이 이해하기 힘든 행동을 하고 있었는데, 더러운 물건을 자기 뺨에 문지르거나 알몸에 안전모만 쓰고 있는 것 등이었다. 사진 중 몇 장은 소녀들이 칼을 들고 자기 쇄골이나 유방을 긁어 피를 내는 것도 있었다. 두세 장은 소년이었고 대부분 소녀였다. 사진마다 의미가 분명하지 않은 글자들이 적혀 있었다. 안전모를 쓴 소녀의 사진에는 '나는 먹고 시키는 대로 하면서 자란 동물입니다'라고 적혀 있었다. 천신한은 문장과 사진을 몇 번이나 번갈아 보았지만 의문만 커졌다. 마지막 사진을 본 천신한은 식은땀을 흘렸고, 왕전상이 왜 사진들을 보냈는지 이해했다.

시리였다.

시리는 눈을 꼭 감고 소파에 비스듬히 누워 있었다. 사진은 아래에서 위를 올려다보는 구도로 찍혔기 때문에 시리의 발이 더 길고 예쁘게 보였다.

시리의 사진에는 이런 글이 적혀 있었다. '기대를 저버리지 않는 여자애. 하자품은 어서 비켜♥'

천신한이 전화를 걸었다.

"이 사진들, 어디서 났어요?"

"일단 진정해. 빨리 루이안을 찾지 않으면 상상할 수도 없는 문제가 생길 것 같다. 게임 쪽은 진전이 있어? 네가 전에 의심스럽다고 한 사람은 누구야? 이러다 늦으면 큰일이야."

"늦다니요? 무슨 말입니까?"

"상황이 복잡해서 전화로 말하기 어려워. 일단 루이안과 연락이 되어야 해. 내가 루이안에게 전화했는데 받지 않았어. 양양도 전화를 받지 않고. 얘들은 하루 종일 휴대전화를 끼고 사는데, 이렇게 전화 연락이 안 된다니 무슨 일인지. 어쨌든 루이안이 요 며칠 어디에 갔는지는 내버려두고 일단은 얼른 개를 찾아야 해."

"잠깐만요. 갑자기 앞뒤 없이 두려운 정보만 말하면 어떡합니까."

"핵심은 하나야, 루이안이 위험하다는 거. 정말로 찍힌 것 같아."

"누구한테 찍혔는데요? 사진이 어디서 났는지, 이 문장은 또 무슨 의미인지 얘기해주세요."

"양양 전화다. 일단 전화를 받아야겠어. 당신도 루이안에게 연락할 방법을 좀 생각해봐."

왕전샹이 전화를 끊었다.

천신한이 시리에게 서너 번 전화를 걸었지만 시리는 받지 않았다.

그는 위그드라실에 접속해 길드 모임 장소에서 시리를 발견했다.

천신한이 시리에게 비밀 메시지를 보내려고 했지만 시스템에서 발송할 수 없다는 알림이 떴다. 이미 차단된 모양이었다. 음성 채팅을 켰지만 역시 차단 상태였다.

천신한은 자기 캐릭터를 움직여 시리 주변을 빙글빙글 돌게 했다.

시리 쪽에서는 반응이 없었다. 보고도 무시하는 건지 아니면 애초에 컴퓨터 앞에 앉아 있지 않은 건지 모를 일이었다. 천신한은 속이 뒤집히려는 걸 겨우 억누르며 왕전샹이 보낸 사진을 다시 보았다. 머릿속은 여전히 안개가 낀 것처럼 혼란스러웠다.

그때 왕전샹의 전화가 걸려왔다.

"루이안이 집에 왔대. 양양과 만났어."

그 말을 들은 천신한은 숨이 좀 트이는 기분이었다.

"루이안은 괜찮습니까?"

"양양 말로는 그런 것 같다."

"양양도 그 사진을 봤어요?"

"아니. 그런 걸 보여주고 싶지 않아."

"지금은 설명할 시간이 있겠죠."

"아니, 나도 지금 루이안이 사는 곳으로 갈 생각이야. 가서 루이안을 우리 누나 집에 데려가려고."

"왜요?"

"그 사진 때문이기도 하고, 다른 이유도 있고. 양양이 그러는데, 루이안이 갑자기 자기에게 화를 냈다는군. 양양을 쫓아내려고 했다는데, 아무리 생각해도 이상해. 뭔가 일이 벌어지고 있는게 분명하다고."

"루이안의 주소를 알려주세요. 저도 가겠습니다."

천신한이 급하게 외쳤다.

"이런 상황인데 아직도 나를 경계하는 겁니까! 조심하느라고 시리를 구하지 못하면 어떡할 거냐고요!"

"좋아, 전에 만났던 햄버거 가게로 와. 같이 가자."

천신한은 옷장에서 후드가 달린 점퍼와 긴바지를 꺼내 빠르게 갈아입었다.

그가 거실로 나왔을 때 야오추샹이 소파에 누워 있었다. 눈을 꼭 감고 한 손은 이마에 얹고 있는 모습이 꼭 고열에 시달리는 병자 같았다.

야오추샹이 천신한의 발소리를 듣고 반쯤 눈을 떴다.

"또 나가니?"

천신한은 어머니의 질문에 가로막혔다. 그렇다, 그는 또 나갈 것이다. 2천 일 넘게 그의 귓가에 울리던 목소리가 말했다. 천신한, 가지 마. 게임에서 좀 잘나간다고 네가 진짜 영웅인 줄 알아?

천신한은 자기 뺨을 힘껏 후려쳤다. 정신을 흐리게 하는 목소리에서 벗어나기 위해서였다.

"왜 그렇게······."

야오추샹이 깜짝 놀라 몸을 일으켰다.

"그렇게까지 하라는 게 아니야."

천신한이 현관으로 달려가서 신발을 신으며 말했다.

"엄마, 이따 집에 와서 다 말씀드릴게요."

엘리베이터를 타고, 이어서 아파트 입구로 향했다.

경비원 두 사람이 멀리서 그를 쳐다보곤 서로 눈빛을 주고받는 게 보였다. 천신한이 다가가자 적절한 미소를 얼굴에 띠웠지만, 그 덕분에 천신한은 그들의 눈빛이 자신을 향한 것이었음을 확인했다. 단지 입구를 빠져나가는 그의 뒤로 쑥덕거리는 소리가 들렸다. 자세히 듣지 않아도 그들이 웃으면서 하는 말이 뭔지 짐작할 수 있었다. 이런 속삭임은 아마 예전에도 계속 들렸으리라. 차이점이라면 전에는 그가 방에서 나오지 않았기 때문에 남의 일처럼 모른 척할 수 있었다는 사실이다.

천신한이 대학에 입학하고 2년간 야오추샹은 자신만의 여가 생활을 잘 계획하겠다며 들떠 있었다. 야오추샹은 같은 지역의 몇몇 여성들과 같이 꽃꽂이, 베이킹, 댄스, 와인 시음 등의 강좌를 신청했다. 천신한이 학기를 마치고 집에 왔을 때 어머니의 친구들이 여러 명 모여서 진지한 태도로 강좌에서 배운 테이블 매너를 연습하는 장면을 본 적이 있었다. 어머니와 친구들이 와인을 마시기 전에 냅킨으로 입술을 닦아야 한다는 등 수다를 떠는 것을 보던 그가 씩 웃어버렸다. 야오추샹은 아들을 흘겨보면서 이따 어떤 사진들을 찍었는지 검사할 거라고 했다.

어머니 친구들은 천신한을 시험하는 것을 제일 좋아했다. 우리 영재 왔니? 내가 누구인지 기억해? 천신한은 대학 1학년 때 미적분 강의에서 최고점을 받았지만 아주머니들의 이름과 얼굴을 매치시키는 데는 항상 어려움을 겪었다. 쉬(許) 아주머니를 류(劉) 아주머니라고 부르거나, 류 아주머니를 왕(王) 아주머니라고 부르곤 했다.

그 후로는 왜 어머니의 친구 모임을 마주치지 못했을까?

야오추샹이 스스로 멀어진 것일까, 아니면 그들이 모임을 계획하면서 어머니를 배제했을까?

경비원의 시선이 여전히 그의 몸 위를 오락가락했다. 천신한은 일부러 고개를 돌려서 그들의 뜨끔한 표정과 동작을 확인했다. 다소 짜증스럽게 휴대전화를 꺼내 택시를 부르려고 할 때, 벤츠 SUV 한 대가 천천히 다가와 그의 앞에 멈췄다. 차 문이 열리고 몸에 딱 붙는 양복을 입은 한 남자가 내렸다. 어깨가 떡 벌어진 그 남자의 가느다란 두 눈이 꼼짝도 하지 않고 천신한을 응시했다. 천신한은 옆으로 두 발짝 비키면서 남자를 등졌다. 부담스러운 시선을 피하고 싶었다.

"천신한 씨?"

천신한은 고개를 돌렸다. 이 남자가 어떻게 그의 이름을 아는 걸까?

"천신한 씨, 맞습니까?"

남자가 다시 물었다.

남자는 미국 드라마에 나오는 점잖은 집사처럼 침착한 태도로 천신한의 대답을 기다렸다.

이 남자를 전에 만난 적이 있는데, 자신이 잊어버린 걸까?

천신한이 망설이는 사이 남자가 그의 어깨를 꽉 잡았다. 힘이 어찌나 센지 눈앞에 별이 보일 지경이었다. 남자가 그의 오른팔을 부러뜨리는 것은 일도 아닐 듯했다. 너무 놀란 천신한이 막 입을 벌리려고 하자 남자가 검지를 입술에 대며 조용히 하라는 신호를 보냈다. 남자의 속삭임이 귓가에 울렸다. 천 선생님, 사장님께서 묻고 싶은 것이 있다고 하십니다. 순순히 협조해주시기 바랍니다. 시간을 오래 빼앗지는 않을 겁니다. 하지만 협조하지 않으신다면 아주 난처해질 겁니다. 그러니 조용히 하시고, 차에 탑시다.

8

다아시는 모든 '교우(校友)'를 철저히 관리했다.

'학교(學校)'에서는 누구나 공헌도에 따라 다른 직급을 받는다. 가장 낮은 직급은 청강생이다. 그다음은 학생이고, 그렇게 위로 올라가면 최고 직급이 정교수다. 이들을 통칭하여 교우라고 한다. 점수를 쌓아 기준을 충족하면 '학무처(學務處)'에 가서 승급 신청을 한다. 그러면 담당자가 개인 기록을 확인해 승급 자격을 갖췄는지 검토한다. 승급 심사를 통과하면 당일에 바로 직급이 변경된다. '교칙'에 직급별 권리와 의무가 명시되어 있어서 자격이 없는 사람이 승급할 가능성은 없다.

교우들 관점에서 가장 중요한 교칙은 두 가지다. 첫째, 대학원생 이상 직급이어야 쌓인 점수를 'M 코인'으로 환전할 수 있다. 둘째, 강사 이상 직급은 시간제한 없이 '강의실'을 열거나 닫을 권한을 가진다. 학무처에서는 오전 9시 그날의 점수와 M 코인 환율을 공지한다. 교우 중에는 M 코인 이전에 'B 코인'이 학교에서 유통되는 화폐였던 때를 기억하는 사람도 있다. 약 1년 전 학교 역시 대세를 거스르지 못하고 보안이 좀 더 확실한 M 코인으로 전환했다.

귀리눙은 교칙에 대해서 여전히 깊이 알지 못하는 수준이다. 그는 다아시와 자신의 업무가 확실히 나뉜 탓이라고 변명한다. 그는 목표물을 찾는 것을 전문으로 하고, 다아시는 '교재'를 포함해 학교의 크고 작은 관련 업무를 관장한다. 교재 역시 교우들 사이에서 통하는 은어다. 좋은 교재는 교우에게 비싸게 팔린다. 자신에게 맞는 교재를 찾지 못하면 선생님을 찾아가서 요청하면 된다. 교재의 종류는 몹시 다양하지만 성(性)과 폭력에서 벗어나지 못한다. 영어와 수학처럼 많은 학생이 관심을 두고 열심히 공부하는 과목이 있기 마련이다. 다아시의 말에 따르면, 학교에 들어온 첫 주에는 무슨 교재를 봐도 다 놀랍고 신기하지만, 조금 시간이 지나면 점점 자극에 둔감해지고 더 높은 단계를 원하게 된다. 예를 들면 '인간이 타인을 괴롭히려는 의지는 얼마나 심오한가?' 같은 주제로 말이다.

다아시와 귀리눙은 고등학교 동창이다.

이 학교의 새로 지은 도서관은 다아시 할아버지와 아버지의 이름에서 한 글자씩 따서 명명했다.

고등학교 1학년 여름방학이 되기도 전에 신입생 사이에서 놀라운 소문이 돌았다.

이번 기수에 학교 창립자의 손자가 있다는 것이었다.

성적과 교우 관계 모두 평범했던 궈리눙은 당연하게도 소문이 전달되는 라인 앞부분에 끼지 못했다. 그래서 돌고 돌아 그의 귀에 소문이 들어왔을 때, 대장 노릇을 하는 친구들은 이미 성적 우수반의 왕(王) 모 학생이 창립자의 손자이리라 추론을 마친 상태였다. 궈리눙은 여러 사람의 가공을 거친 추론 과정에 귀를 기울였다. 창립자의 손자는 당연히 '빽'을 써서 담당 교사의 수준이 제일 높은 성적 우수반에 들어갔을 것이다. 성적 우수반에서 창립자와 성이 같은 남학생은 딱 셋인데, 세 명 모두 극구 부인했다. 그중 한 명이 별생각 없이 자기 아버지가 대학에서 일한다고 말했고, 그게 창립자가 몇 년 전 했던 인터뷰에서 밝힌 사실과 들어맞았다. 창립자는 학문을 사랑하는 성정인 아들이 어느 대학에서 교수로 재직한다며 강의하지 않을 때도 연구에 매진한다고 했다.

그 후 왕 모 학생이 거듭 자신은 아니라고 하면서 맹세까지 했으나 아이들은 속으로 아닐 리가 없다고 여겼다. 창립자는 앞서 그 인터뷰에서 겸손을 중시하는 성격이라 아들과 손자 등 가족들이 집안의 재력을 드러내놓고 다니지 못하게 한다고 했다.

진실은 이랬다. 그들이 학교를 졸업할 때까지 창립자의 손자는 어둠 속에 숨어서 창의성이 풍부한 소문을 들으며 킥킥거렸다.

궈리눙은 다아시와 같은 조로 편성되어 《프랑켄슈타인》을 소개하는 과제를 한 적이 있다. 반에서 성적이 제일 좋은 학생과

짝이 되길 바랐던 궈리능은 몰래 아쉬워했다. 그러나 그는 곧 마음을 다잡았다. 다아시는 성적이 그보다 낮지만 영어를 아주 잘했다. 궈리능은 이 기회에 다아시에 대해 찬찬히 생각해보기로 했다. 다아시는 딱히 친한 애가 없었다. 하지만 언제나 얼음장 같은 표정을 짓고 있으니 그가 우정을 고파할 거라는 생각은 들지 않았다. 다아시는 교실에서 눈에 띄는 타입이 아니었다. 쉬는 시간에는 조용히 자기 할 일이나 했다. 대부분은 책상에 엎드려 잠을 잤다. 다른 친구와 대화하는 경우는 드물었다.

다아시는 반투명한 존재였다. 그를 걱정하거나 마음을 쓰는 사람도 없고, 마찬가지로 그를 표적으로 삼아 공격하는 사람도 없었다.

토론은 궈리능이 주도했다. 자기가 나서서 열심히 하지 않으면 과제 제출 기한이 닥칠 때까지 아무것도 준비되지 못할 거라고 그의 직감이 속삭였기 때문이다. 궈리능은 책을 쓴 메리 셸리의 생애와 창작 배경을 분석하면서 다아시에게 물었다. 그가 중국어로 과제 보고서를 쓸 테니 그걸 영어로 번역하는 일은 다아시가 맡아주겠냐고 말이다. 다아시는 반대하지 않았다. 수업이 끝난 후 궈리능은 제출용 원고를 중국어로 완성하여 다아시에게 앞뒤를 꽉 채운 종이 한 장을 건넸다. 다음 날 아침 자습 시간에 다아시는 영어로 번역해서 앞면만 채운 종이 세 장을 돌려주었다. 궈리능은 한 글자 한 글자 짚어가며 읽었다. 원래는 실수를 잡아내려는 것이었으나 다아시는 영어로 옮기기만 하지 않고 문단

순서를 바꿔서 내용이 더 분명해지도록 고쳤다. 다아시 때문에 피해를 볼 것이라 생각했다가 오히려 다아시가 자기보다 여러 방면에서 낫다는 것을 깨닫고 궈리눙은 조금 충격을 받았다.

제출용 보고서는 완성했고, 이제 수업 중에 3분간 영어로 발표하기 위한 연습이 남았다. 궈리눙이 먼저 한 문단을 읽었다. 다아시는 아무 말이 없었다. 다음 문단은 다아시 차례였다. 다아시가 읽는 동안 궈리눙은 고개를 갸웃거렸다. 무언가 귀를 갉작이는 기분이었다. 순번이 세 번째 돌았을 때, 궈리눙에게는 의심이 생겼다. 너, 일부러 부정확하게 읽는 거야? 곧이어 움직임이라고는 없는 듯했던 다아시의 얼굴이 미소를 조합해냈다. 다아시가 눈을 반짝이며 반문했다. 그게 표가 나? 다아시가 그 문단을 다시 읽었고, 궈리눙은 새로운 단서를 발견했다. 외국에서 살았던 거야? 네 발음이 듣기 능력 시험문제처럼 정확해. 5분 후 다아시는 또 다른 폭탄을 투하해 궈리눙의 낯빛이 파래졌다 하얘졌다 하는 것을 즐겼다.

그가 창립자의 손자였다. 초등학교 5학년부터 중학교까지는 캐나다에서 공부했다. 열다섯 살 때 타이완에 돌아왔다. 궈리눙은 친구들의 추론을 근거로 다아시에게 질문했다. 왜 성적 우수반이 아니라 그보다 한 등급 낮은 국립대 보장반에 왔어? 다아시가 담백하게 대답했다. 원래 계획대로라면 캐나다에서 고등학교까지 마치고, 대학은 아버지와 고모처럼 미국이나 영국으로 갔을 거야. 그런데 일이 생겨서. 다아시는 거기서 말을 멈추고 궈리눙의 얼굴을 자세히 뜯어보았다. 너무 빤히 쳐다보는 통에 궈리눙의 등에 땀이 밸 정도였다. 다아시는 다시 웃었고, 천천히 이야기를 계속했다.

그의 아버지는 몇 년 전에 열두 살이나 차이 나는 실험실 조교에게서 쌍둥이 아들을 보았다. 이제 그 아이들은 곧 초등학교에 들어갈 나이였다. 그 조교는 무슨 일이 있어도 아이들을 왕씨 집안 호적에 넣겠다고 버텼고, 아버지의 외도가 밖으로 알려졌다. 다아시의 조부모, 작은아버지, 고모 두 명, 집안에서 10여 년을 넘게 일한 운전기사까지 전부 쌍둥이를 만난 적이 있었다는 것도 알려졌다. 다아시와 누나, 어머니만 그 사실을 몰랐다. 다아시의 어머니는 당장 아들을 타이완으로 불러들여 국내 고등학교에 보냈다. 쌍둥이에게 할아버지, 할머니의 관심이 쏠리는 것을 막기 위해서였다.

다아시는 심드렁하게 타이완으로 돌아와 성적 우수반에 보내주겠다는 고모의 제안을 완곡히 거절했다. 그는 다른 학생들이 어떻게 추론할지 예상했다. 실제로 친구들 사이의 소문을 생각하면 그의 생각이 기우가 아님이 증명된 셈이었다.

그 말을 들을 궈리눙은 겁을 먹고 벌벌 떨었다. 다아시는 그의 앞에 희귀한 원소로 가득한 이세계(異世界)를 펼쳐 보였다. 잠시 어느 문으로 들어가야 할지 결정하지 못했다. 어쩌면 문은 애초에 존재하지 않았을지 모른다. 그에게 주어진 것은 작은 창문뿐이었다.

귀리눙의 가족은 심심할 정도로 보통이었다. 공짜로 쓸 수 있는 시험판 소프트웨어와 비슷했다. 아버지는 교사였고 어머니는 건축 회사에서 경리로 일했다. 수입은 외아들을 사립학교에 보낼 정도는 되었지만, 동시에 유리 천장에 부딪히기도 했다. 귀리눙은 부모님에게서 해외 유학을 보낼 계획에 대해서는 들어본 바가 없었다. 그는 또한 불륜이라는 극적인 이야기도 생각해본 적이 없었다. 그의 부모는 그런 일과는 거리가 멀었다. 그 말은 그의 부모가 서로 깊이 사랑한다는 뜻이 아니라 귀리눙 스스로 내연남이나 내연녀의 입장에 서서 생각해보면 그들에겐 외모, 재력, 태도, 품위는 물론이고 자세히 지켜보면 꼴 보기 싫은 생활 습관까지 뭐 하나 매력적인 데가 없었기 때문이다. 그의 부모가 해외 유학 비용을 대지 못하는 것처럼, 이 부부 사이에 끼어들겠다는 욕망을 품은 사람이 생길 리가 없었다.

그는 다아시를 쳐다보며 물고기처럼 입을 뻐끔거리기만 했다. 다아시도 안절부절못하는 그의 마음을 알아차리고 온화한 목소리로 달랬다. 걱정하지 마. 이게 우리의 친분을 방해하지는 않을 거야. 그저 오래 감추고 있다 보니 나도 교실에서 비밀을 속삭일 나무 구멍을 찾아야 했어. 체육 선생님이 그러셨잖아. 몸을 회전하면서도 어지럽지 않으려면 어떻게 해야 하나? 회전할 때 시선을 하나의 대상에 고정하면 된다. 귀리눙은 다아시가 고등학교 3년 동안 어지럼증을 피할 수 있게 해준 대상이었다.

그 말을 들은 귀리눙의 목구멍에 한 문장이 가시처럼 박혔다.

묻고 싶지만 말이 나오지 않았다. 우리 반에 마흔여섯 명이 있는데, 나한테만 이 이야기를 해준 건 내가 중요한 사람이라는 뜻이야?

다아시는 귀리눙을 보며 말했다. 이렇게 됐으니 발표는 네가 해. 네가 나를 좀 가려줘.

졸업 사진을 찍던 날에도 다아시가 누구인지는 여전히 밝혀지지 않았다. 키 순서로 줄을 섰기 때문에 다아시는 맨 마지막 줄에서 왼쪽 두 번째 자리였다. 귀리눙은 교장 선생님 뒤쪽에 섰다. 그의 손이 교장 선생님의 머리에서 10센티미터 정도 떨어져 있었다. 웃음이 귀리눙의 뱃속에서 공처럼 뭉쳐 돌아다녔다. 다아시가 들려준 이야기가 생각났기 때문이었다. 교장이 다아시네 집에 와서 식사를 같이한 날, 술을 너무 많이 마시는 바람에 실수로 정수리에 얹어둔 부분 가발이 벗겨졌다. 교장의 정수리는 수도승처럼 한가운데가 매끈하고 반짝거렸다고 한다.

졸업식에서 귀리눙의 부모는 아들의 계획대로 움직이지 않았다. 그들은 가족 대기실을 벗어나서 굳이 졸업생 사이에 끼어들어서는 가족사진을 찍었다. 귀리눙의 시선은 저도 모르게 다아시와 부모님 사이를 오갔다.

확연히 나뉜 두 개의 세계.

그는 다아시의 가족사진을 본 적이 있었다.

아주 오래된 인터뷰에서 찍힌 것이었다. 너무 오래전이라 친구들도 그 인터뷰에서 단서를 찾아내지 못했다. 다아시가 어릴 때여서 지금의 얼굴과는 차이가 컸다. 그의 아버지는 키가 크고 건장했다. 튼튼한 팔 한쪽에 다아시를 안고, 다른 팔로 아내의 허리를 감은 자세였다. 시선은 다아시의 어머니를 향했다. 적어도 세 가지가 귀리눙의 자기 비하를 불러일으켰다. 하나, 다아시의 어머니는 연예인처럼 아름다웠다. 둘, 다아시의 어머니는 연예인처럼 날씬했다. 셋, 다아시의 어머니는 목에 진짜처럼 보이는 진주 목걸이를 걸고 있었다.

다아시가 "누구든 화가 나서 반쯤 죽을 지경이 되도록 만든다"고 했던 누나도 사진 속에 있었다. 누나는 어머니의 얼굴과 몸매를 물려받았다. 우수에 찬 눈빛은 사진 찍는 상황이 조금도 마음에 들지 않는 것처럼 보였다. 이 사진 덕분에 귀리눙은 자신이 평생 다아시의 세계에 편입될 수 없으리라는 사실을 더욱 구체적으로 알게 되었다. 그것은 그와 다아시 사이의 문제가 아니라 그의 부모와 다아시의 부모 사이에 존재하는 문제였다. 그래서 귀리눙은 아버지가 입은 유행 지난 양복과 어머니의 눈두덩에 발린 괴이한 연두색 아이섀도를 다아시가 자세히 보지 않길 바랐다. 막 그렇게 생각한 순간 어머니가 다아시를 찾아가 왜 가족 중 아무도 오지 않았냐고 물었다. 귀리눙은 미처 말리지 못하고 다아시의 표정만 살폈다. 다아시는 표정 하나 바뀌지 않고서 할아버지가 이틀 전에 병원에 입원하셔서 부모님이 병실에서 간병하고 있다고 설명했다.

귀리눙의 어머니는 조심스럽게 고개를 끄덕이며 할아버지께서 얼른 쾌차하길 바란다고 말했다. 그동안 아들과 친하게 지내주어 고맙다고도 했다. 다아시는 부드러운 미소를 띄운 채 적절한 순간에 고개를 끄덕여가며 귀리눙의 어머니가 하는 질문에 대답했다. 마침내 다아시는 같이 사진을 찍지 않겠느냐는 질문을 받았다. 그는 자연스럽게 귀리눙 옆에 서면서 다른 친구를 불러서 네 사람의 사진을 찍어달라고 부탁했다. 부모님이 담임선생님께 말을 거는 틈을 타서 귀리눙은 다아시에게 사과했다. 부모님이 폐를 끼쳐서 미안하다고 말하자, 다아시는 거의 하지 않는 행동을 했다. 손을 뻗어 그의 어깨를 두드린 것이다. 다아시는 괜찮다고 말했다. 너희 부모님은 좋은 분들이시구나. 그 말에 귀리눙은 한참을 같은 자리에 못 박힌 것처럼 서 있었다.

다아시가 사는 세계에서 좋은 사람이라는 말은 부정적인 의미일까? 이 문제가 그의 마음에 몇 년이나 남아 있었다.

졸업식 이후로는 한 번도 다아시를 만나지 못했다.

고등학교 3학년 때 다아시의 가족에게 두 가지 큰 사건이 벌어졌다. 하나는 그 쌍둥이가 왕씨 집안에 들어온 것이었다. 아이들이 호적에 오르는 대신 생모는 다른 사람과 결혼한다고 했다. 다아시의 고모 중 결혼하지 않은 분이 두 아이의 공부를 감독했는데, 쌍둥이는 수석과 차석이라는 좋은 성적으로 중학교 성적 우수반에 들어갔다. 그것이 다아시와 그의 누나에게는 전쟁 중 마지막으로 패배하게 된 워털루 전투가 된 셈이었다. 쌍둥이와 비슷한 나이일 때 그들은 타이완의 교육 방식에 잘 적응하지 못했다. 특히 누나는 학교 수업을 거부하는 반응을 보였다. 학교에

서는 잠만 잤고, 깨우려는 선생님에게 대들기도 했다. 다아시의
아버지는 구설수가 두려워서 남매를 같이 캐나다로 보내버렸다.

말하자면 쌍둥이는 다아시의 남매가 하지 못한 것을 해낸 것
이다. 그것도 아주 잘해냈다.

다아시의 아버지는 이런저런 이유를 대며 할아버지와 분가
하지 않은 고모가 사는 집에 가서 잤다. 표면적인 이유는 다아시
할아버지의 암이 재발했으니 이럴 때 효도하겠다는 것이었다. 하
지만 그 집에서 키우는 쌍둥이에 대한 아버지의 애정이 깊다는
것쯤은 누구나 알 수 있었다. 그 아이들은 아버지의 수리학적 재
능을 물려받은 듯했다.

다아시의 어머니는 비행기표를 사서 캐나다로 딸을 만나러
갔다. 딸에게 자신의 고충을 하소연하려던 것이었으나 그곳에서
딸이 변기 위에 앉아 헤로인을 주사하는 장면을 목격하고 말았
다. 어머니는 발악하는 딸을 억지로 비행기에 태워 타이완으로
돌아왔다.

가족회의가 열렸다. 고모가 중재 역할을 맡았다. 다아시의 부
모가 양쪽으로 떨어져 앉고, 누나가 중간에 앉았다. 다아시의 할
아버지는 암세포가 증식해서 참석할 수 없었다. 그렇지 않았다면
손안의 보물처럼 귀애했던 장손녀가 어떤 꼴이 되었는지 직접 보
겠다고 하셨을 터였다.

다아시는 억지로 자기 방에 남겨졌다. 그러나 가족회의를 하
던 중에 소리를 지르는 누나의 목소리는 그가 있는 방까지 선명

하게 들렸다.

누나는 중학교 때 이미 아버지와 조교가 각자 아이 한 명씩 손을 잡고 거리를 걷는 모습을 봤다. 자신의 추측이 맞는지 확인하기 위해 누나는 가정교사 언니와 같이 흥신소를 찾았다. 일주일 후에 세상 물정이라고는 모르는 두 여자가 카페에 앉아 사진을 받아보았다. 억지로 침착한 척하면서 흥신소의 조사 보고를 받은 다아시의 누나는 얼음처럼 차가운 태도로 지폐 한 다발을 그들에게 건넸다. 그날부터 누나의 마음은 망가졌다. 교과서에 적힌 글자가 삐뚤빼뚤 이상하게 보인다고 했다. 누나가 쓴 글씨도 알아보기 힘들 정도로 엉망이 되었다. 당연히 성적도 급속도로 떨어졌다. 누나는 쌍둥이의 존재가 빨리 알려지기를 누구보다도 바랐지만, 그 실험실 조교는 생각보다 인내심이 깊어서 그 상태로 몇 년을 더 버텼다.

다아시의 누나는 이 부도덕한 가족에게서 태어난 것을 증오한다고 소리 질렀다. 그 소리를 집 안에 있던 사람들이 다 들었을 것이다. 그 순간 다아시는 뺨을 때리는 소리가 집 안 공기를 진동시키는 것을 느꼈다. 누가 누나를 때린 것인지는 알 수 없었다. 한참 침묵이 흘렀다. 고모가 말하는 소리가 들렸다. 여기까지 하자. 우리가 병원을 알아봐줄 테니 넌 거기서 치료에 전념해. 휴대전화는 압수다. 친구에게도 연락하지 마. 네 일이 언론에 알려져선 안 돼. 알겠니. 누나는 병원에 보내졌다. 다아시의 어머니는 병원 두 곳을 뛰어다녔다. 오전에는 딸에게 가서 이야기를 나눴고, 오후에는 시아버지에게 닭국을 가져갔다. 후자 쪽을 더 열심히 다녔다. 유언장을 보지 못하면 하루도 안심하고 잠들지 못할 터였다.

그렇게 말한 다아시의 볼펜 심이 종이 위를 움직이며 한 줄 한 줄 글자를 적어나갔다. 다아시의 중국어 실력은 이름과 기초적인 어휘를 제외하면 읽기만 가능하고 쓰지 못하는 수준이었다. 다아시 할아버지를 담당하는 의료진이 일류여서 거의 저승문을 밟았던 노인을 몇 번이나 되살렸다. 그래서 다아시는 타이완에 남아 대학까지 가야 했다. 할아버지의 마지막 숨이 붙어 있는 한은 그랬다. 누나는 상장폐지된 것이나 다름없으니 다아시만이 희망이라고 어머니가 말했다. 다아시의 할아버지와 아버지는 학업에서 어려움을 겪은 적이 없었다. 쌍둥이를 보며 할아버지는 자신과 아들의 어린 시절을 떠올릴 것이 분명했다. 종합적으로 분석했을 때 다아시는 명문대에 들어가야만 했다. 다아시의 어머니는 그에게 완벽한 가정교사진을 제공했다. 전부 학원가에서 최고라고 불리는 선생들이었다. 어머니는 아예 학교에 장기 결석계를 내고 다아시를 집에 감금하다시피 하며 정해진 일정표대로 공부하게 했다. 3개월의 전천후 과외 교육비는 궈리눙이 고등학교를 두 번 더 다닐 만큼 비쌌다. 다아시는 종종 학교에 나왔다. 결석이 너무 길면 졸업증을 받지 못할 수도 있었기 때문이다. 이때 다아시가 핵폭탄을 터뜨리듯 궈리눙에게 자기 집 사정을 설명해주었다.

나중에 그때를 돌아본 궈리눙은 다아시가 자신이라는 나무 구멍의 기능을 충분히 활용했다고 생각했다.

귀리눙은 영어 시험 중에 답안을 쓰기 어려울 때마다 저도 모르게 비어 있는 다아시의 자리를 쳐다보곤 했다. 그러나 다아시를 만나게 되면 생각한 것만큼 즐겁지 않았다. 격주로 만날 때마다 다아시의 얼굴이 달라졌다. 그는 어려운 모의고사 시험지 같았다. 귀리눙은 문제를 풀려고 오랫동안 노력했지만 답을 찾지 못했다. 이 문제는 류 선생님에게 물어볼 수도 없는 것이었다.

한 달 가까이 고민하고서야 이유를 알아냈다. 다아시의 얼굴에 표정이 생겼기 때문이었다.

귀리눙은 가정환경이라는 게 이렇게나 큰 영향을 주는 것이구나 하고 생각했다.

다아시처럼 집에서 자습하는 계획을 세우기도 했다. 하지만 담임선생님은 네가 뭐라도 되는 것처럼 여기지 말라고 나무랐다. 이런 생각하는 학생들을 많이 봤지만, 집에서 빈둥거리며 시간만 보내더라고 했다. 그렇게 야단치다 말고 선생님은 뭔가 생각난 듯 부드러운 말투로 바꿔 말했다. 다아시는 달라. 그 애는 몸에 이상이 생겨서 그런 거다. 진단서도 첨부했단다. 귀리눙은 담임선생님을 보면서 또다시 그와 다아시 사이에 그어진 선을 느꼈다.

담임선생님은 다아시의 정체를 알까? 귀리눙에게 충분한 증거는 없었다. 하지만 어떻게 모를 수 있을까?

다아시는 원래 다르죠. 그는 거의 이 말을 내뱉을 뻔했다. 사실 그렇게 했다. 웅얼거리는 목소리여서 항의라기보다는 자신을 설득하는 말로 들렸다. 선생님이 고개를 앞으로 기울이며 방금 뭐라고 말했는지 물었다. 이때 귀리눙의 용기가 빛을 발했다. 그는 일부러 발소리를 쿵쿵 내면서 교무실을 나왔다. 복도에 서서 혼잣말을 했다. 나는 지금 누구에게 오기를 부리는 걸까? 선생님 말씀이 맞았다. 전부 그의 망상에 불과했다.

졸업식에서 다아시는 귀리눙과 그의 부모님까지 함께 사진을 찍었다.

이 사진은 가만히 놔두기만 해도 시간이 지나면 알아서 레이어가 분리될 것이다. 혼합물이 적절한 방법을 사용하면 금세 서로 다른 물질로 분리되는 것처럼.

귀리눙은 작열하는 태양을 머리 위에 이고 학교로 들어갔다. 대학 합격자 명단에서 다아시의 이름을 찾아보려는 것이었다. 제일 좋은 학교의 명단부터 찾으면 될 거라는 예감이 있었다. 귀리눙은 금세 다아시를 찾아냈다. 속이 답답했다. 뒤에서 저질러진 불공정하고 인위적인 조작의 냄새도 맡았다. 돌아오는 길에 그는 돌멩이가 보이는 대로 걸어찼다. 가벼운 놈이 더 멀리 날아갔다. 귀리눙은 돌연 우울해졌다. 작은 돌멩이는 그와 그가 태어난 보잘것없는 집안을 연상시켰다.

다아시의 번호는 얌전히 그의 휴대전화 주소록에 잠들어 있었다. 그는 작은 화면을 바라보면서 한참 멍하니 있곤 했다. 대학에 등록하던 날까지도 그는 다아시에게 합격을 축하한다는 메시지를 보내지 못했다. 대학 4년간 다아시가 생각날 때마다 귀리눙은 그의 할아버지 이름을 인터넷에 검색했다. 그 노인네의 부고

가 나오지 않는 한 다아시는 여전히 타이완섬 내에 있다고 봐도 무방했다.

섬 일주 여행을 하는 동안에도 궈리눙은 가끔 생각했다. 지금 다아시는 아주 풍족한 생활을 하고 있겠지. 다아시의 운명은 족보에 적혀 있지만 자기와 같은 평범한 사람은 각자의 운명을 직접 더듬어 찾아야 했다.

3년 전 영화사에서 주최한 연말 파티에 궈리눙은 모리스와 함께 참석했다. 눈앞에서 걸어 다니는 배우와 유명인 들은 스크린에서 보던 것의 절반 정도로 가늘었다. 공기에는 거의 분말 형태처럼 느껴지는 묵직한 향수 냄새가 가득했다. 궈리눙은 테이블 옆에 붙어 서서 눈을 가늘게 뜨고 사람들 사이에 그어진 무형의 선들을 살폈다.

예고도 없이, 한 사람의 실루엣이 궈리눙의 시선을 잡아끌었다. 갑자기 가슴께에 따끔거리는 통증이 잔물결처럼 일어났다. 다아시였다.

그가 여전히 타이완에 있었다.

다아시의 이목구비는 그가 기억하는 것보다 입체적이었다. 매력적인 턱선과 탄탄한 몸매도 눈에 띄었다.

몇 달 후에 궈리눙은 다아시의 입으로 사실을 들을 수 있었다. 연락이 끊겼던 칠팔 년 동안 다아시는 광대뼈와 턱뼈에 손을 댔다. 눈도 약간 건드렸다. 궈리눙이 다아시와 마주쳤다는 충격에서 미처 빠져나오기도 전에 다아시가 뭔가를 느낀 것처럼 고개를 돌려 그를 쳐다보았다. 눈이 마주친 순간 궈리눙은 저도 모르게 눈을 내리깔았다. 다시 고개를 들었을 때는 다아시가 술잔을 들고서 눈앞에 서 있었다.

샤오눙. 오랜만이야. 다아시가 말했다.

궈리눙은 입만 벙긋거렸다.

그 순간, 그는 확실한 명제를 정립했다. 다아시의 우정이 필요한 사람은 다름 아닌 그였다. 부모님이 물어볼 때 내놓을 '베스트 프렌드'라는 이름이 필요한 사람도 그였다.

그는 다아시를 그리워했다.

30분 후, 모리스가 궈리눙을 발코니로 불렀다. 그곳에서 제작자 몇몇과 담배를 피웠다. 담배 연기 사이에서 모리스는 빠르지도 느리지도 않게 질문했다. 다아시와는 어떻게 아는 사이야? 궈리눙이 대답했다. 고등학교 동창입니다. 모리스가 잠시 생각에 잠겼다가 '그런 것이었군'이라고 말하는 듯한 표정을 지었다. 모리스가 보기에 다아시는 자신을 잘 숨기는 사람이었다고 했다. 항상 혼자 움직였고 어느 자리에서든 친구나 애인을 대동하는 것을 본 적이 없다고도 했다. 모리스가 궈리눙에게 계속 질문을 던졌다. 그는 다아시에게 흥미가 많은 듯했다. 다아시와 친해지고 싶었지만 그동안 아무 성과가 없었다고 했다.

그때 귀리눙은 처음으로, 그리고 거의 유일하게 모리스의 얼굴에서 '실패'의 표정을 보았다. 헤어질 때 다아시가 한마디를 남겼다. 내 번호는 그대로니까 심심할 때 전화해도 돼. 어째서였는지 몰라도 그는 또다시 인생의 '선'을 의식하게 되었다. 흠잡을 데 없어 보이던 모리스도 알고 보니 귀리눙과 다를 바 없이 다아시와는 다른 쪽에 서 있었다.

먹이사슬은 이러하다. 류 선생님, 모리스, 다아시.

다아시와 다시 만난 일은 그의 인생에 있어서 일종의 암시와도 같았다. 귀리눙은 그렇게 믿었다.

그는 이번 일로 사상적인 면에서 한 차례 더 진화할 것이다.

적자생존. 환경에 적응한 개체가 살아남는다.

귀리눙은 바로 다음 날 다아시에게 전화를 걸었다. 전화 너머 들리는 목소리에는 예상보다 더 열의가 있었다. 다아시는 저녁 식사까지 제안했다. 귀리눙은 발끝으로 계단을 툭툭 걷어차며 다아시가 정한 레스토랑 앞에서 기다렸다. 미슐랭 스타를 받은 곳이었다. 이상한 생각이 그의 머릿속에 스며들었다. 도망가, 너는 다아시와의 만남을 승낙하지 말았어야 했어. 다아시가 예의를 지키기 위해 하는 행동을 우정의 증거로 간주하는 실수를 반복할 셈이야? 오늘 이후로 연락이 끊기면, 이번에는 몇 년 동안 쓸쓸해할 참이지?

곰곰이 생각할수록 귀리눙은 자신이 불쌍해졌다. 다아시의 전화 속 친절은 자기만 눈치채지 못했을 뿐 그냥 인사치레였을지도 모른다. 담배를 눌러 끄고 막 돌아서려 할 때, 귓가에 다아시의 목소리가 들렸다.

다아시의 얼굴에 다정한 미소가 걸려 있었다. 귀리능은 그 미소를 한참 바라보다가 겨우 시선을 뗐다. 로마 시대 조각상처럼 차가웠던 기억 속 다아시의 얼굴에는 한참이 지난 뒤에도 음울한 표정이 추가되었을 뿐이었다.

졸업식 때 찍은 사진에서 다아시는 무뚝뚝함과 음울함이라는 두 가지 분위기 사이에서 양쪽이 뒤섞인 표정을 짓고 있었다.

음식을 주문하는 동안 다아시는 2년 전부터 채식을 시작했다고 말했다.

귀리능은 예전에 그랬듯이 이유를 묻지 않았다.

탄산수가 위에 들어가자 광석 냄새가 나는 기체가 콧속으로 올라왔다. 귀리능은 다아시가 자신의 부모님이 건강하신지, 어떻게 지내시는지 상당히 궁금해한다는 사실에 놀랐다. 그는 부모님이 최근 은퇴하시고 귀농하셨는데, 고향 근처에서 친척과 동업하며 충실하지만 조금 피로한 전원생활을 하신다고 설명했다. 다아시는 고개를 끄덕이면서 천천히 접시에 올려진 흰 아스파라거스를 썰었다. 귀리능도 질문했다. 다아시, 너희 가족은? 다아시는 흰 아스파라거스를 쿡 찍어서 입에 넣고 두어 번 씹고 나서야 질문에 대답했다. 그의 할아버지는 아직 살아 계신데, 오히려 쌍둥이 형제 중 한 명이 세상을 떠났다고 했다. 귀리능은 깜짝 놀라 손에 든 나이프를 떨어뜨렸다. 귀리늉은 어쩔 줄 몰라 하며 다아시를 쳐다보았고, 다아시도 눈을 들어 그에게 시선을 주었다. 두 눈에 웃음을 가득 머금은 다아시가 자기 손에 들린 포크를 흔들며 눈썹을 약간 추어올렸다.

귀리늉은 2초 정도 지나서야 다아시의 의도를 알아차렸다. 흰 아스파라거스를 즐길 시간을 놓치지 말라는 뜻이었다.

웨이터가 다가와 접시를 치웠다. 다아시는 흡족한 표정으로 손을 닦으며 담담하게 설명했다. 2년 전 쌍둥이 중 형 쪽이 밤 11시에 집에서 두 블록 떨어진 교차로에서 신호를 위반하고 과속으로 달리던 승용차에 치여 머리를 심하게 다쳤다. 병원으로 옮겨 며칠간 치료했지만 결국 숨졌다. 동생 쪽은 충격을 받아서 반년 동안 휴학하고 집에서 안정을 취해야 했다. 지금은 학교로 돌아갔는데 성적이 크게 떨어졌다. 아이가 허공을 보며 주먹을 휘두른다는 담임 선생님의 말을 듣고 다아시의 고모가 정신과 치료를 받게 했다.

다아시가 하는 이야기를 듣는 동안 귀리늉의 머릿속에는 온갖 정보가 지나갔다.

다아시의 고모가 몇 년 전 다아시 할아버지에게 허락을 받고 별도의 교육 재단을 설립했다는 말을 모리스에게 들은 적이 있었다. 다아시 고모의 바이링구얼 유치원과 초등학교는 학비가 유례없이 비쌌지만 성공적으로 교육업계에 안착했으며, 새로운 시장을 창출했다. 다아시 가문의 넓은 인맥 덕분에 상류층 인사들이 아이들을 이 학교에 많이 보내면서 지금은 빈자리를 찾기 어려울 지경이었다.

이 집안은 사업적으로는 승승장구했지만 마치 저주를 받은 것처럼 상속자 네 명 중 한 명은 마약 중독, 한 명은 교통사고로 사망, 한 명은 정신 이상이었다. 말하자면 다아시는 그들 중에서 가장 건강하고 평판이 좋은 인물이다. 여기에 생각이 미치자 궈리능은 가슴이 두근거렸다. 그는 탄산수를 한 모금 더 마시고, 위장에서 솟아오른 기체가 무거운 생각들을 가라앉혀주길 바랐다.

이번에는 다아시가 궈리능의 근황을 물었다. 궈리능은 무의식적으로 일과 관련된 화제를 피하고 싶었다. 최근 회사의 매출 실적은 눈부실 정도지만 다아시 집안의 재력과 비교하면 유치할 터였다.

궈리능은 남자들 사이에 오가는 가장 안전한 두 가지 주제를 골랐다. 운동 혹은 게임.

그는 주문 제작한 고급 슈트 아래로 우아한 곡선을 그리는 다아시의 몸매를 보면서 대답했다. 특별한 건 없어. 다른 사람들과 비슷하지 뭐. 낮에는 일하고 저녁에는 드라마를 보거나 게임을 해. 요즘 즐기는 게임은 두 가지인데, 하나는 사격 게임이고 다른 하나는 위그드라실이라는 MMOPRG야. 다아시의 다음 반응에 궈리능은 잠시 당황하고 말았다. 다아시가 자기도 위그드라실 계정을 가지고 있다고 했다. 알고 보니 두 사람은 소속 서버도 같았다. 다아시가 눈썹을 치켜세우며 기분 좋게 말했다. 어떻게 이런 우연이 다 있지? 다음에 같이 게임 하자.

그날 밤이 바로 이 모든 것의 기원이다.

더 이상 재회도 없고, 뒤이어 파생되는 것도 없다.

귀리눙은 지금까지 여러 번 그 밤의 만남을 머릿속에서 재현하려고 시도했지만, 무려 3년 전 모리스와 유스호스텔에서 나눈 대화보다 기억이 흐릿했다.

왜지?

설마 자신이 한 짓을 후회할까 봐 두려운 건가?

그는 후회하지 않을 것이다. 다아시가 없었더라면 그는 자신에게 모리스를 넘어서는 재능이 있음을 깨닫지 못했을 테니까. 모리스의 능력은 최대한도로 잡아봐야 여자들이 몸을 던지는 데 지나지 않는다. 그러나 그는 여자들이 영혼을 바치도록 만든다. 시리는 어떤가? 이 위대한 여정의 작은 이정표인 그 여자도 며칠 후면 막을 내릴 것이다. 시리를 생각하면 귀리눙은 가슴이 욱신거렸다. '물건'에 감정을 느끼는 것은 몹시 저급한 실수라고 다아시가 여러 번 경고했지만, 아마 다아시의 개입이 없었다면 귀리눙은 시리가 잘 살 수 있도록 격려했을 것이다.

천신한은 남자의 압박에 밀려 주춤주춤 차 문으로 다가갔다. 10센티미터쯤 남겨두었을 때 남자는 인내심이 다한 듯 그의 뒷덜미를 잡고 차 안으로 던져 넣었다. 천신한은 이마를 차 내부의 딱딱한 프레임에 부딪혔다.

남자가 곧바로 차에 올라타는 바람에 자세를 바로잡으려던 천신한은 다시 한번 차 문에 얼굴을 처박을 뻔했다.

부드러운 여자의 음성이 그와 남자 사이를 갈랐다.

출발해.

앞자리에 앉은 운전자가 고개를 끄덕였다. 그는 왼팔을 움직여 차 문을 잠갔고, 곧 차가 앞으로 미끄러져나갔다.

천신한은 닭살이 돋은 팔을 문질렀다. 차내 온도가 너무 낮은데다, 자신이 지금 처한 상황이 상식적으로 봤을 때 '납치'에 가깝다는 생각 때문이었다.

"창문을 두드리며 살려달라고 외칠 생각은 하지 마시기 바랍니다. 저희가 곤란해집니다."

남자가 예의 바르게 경고했다.

심장이 목구멍으로 튀어나올 것 같았다. 왜지? 천신한은 납치당할 만한 이유를 찾을 수가 없었다. 그는 누군가에게 원한을 살 자격조차 없다고 생각했다. 최근의 원한 관계라면 며칠 전 게임에서 환절증당 길드에 격파된 상대편 길드 정도가 떠올랐지만 그럴 가능성은 금세 지워버렸다. 드라마도 아니고, 너무 말이 안 된다. 정말로 상대편 길드가 원한을 품었더라도 그 전투의 지휘관은 펜리르였다. 복수하려면 그가 아니라 펜리르를 찾아가야 맞지 않나? 게다가 남자는 정확하게 그의 이름을 불렀다. 설마 천중우가 바깥에서 뭔가 큰 사고를 저질러서 자기까지 연루된 걸까?

천신한을 태운 차는 7인승이었다. 그에게 말을 건 남자는 운전석 뒤에 앉았다. 운전자는 스포츠머리의 건장한 남자였는데, 천신한은 백미러로 그의 가늘고 긴 눈을 볼 수 있었다. 조수석에 앉은 남자는 검은 뿔테 안경을 썼고 카키색 운동복을 입었다. 옆 얼굴만 봐서는 20대 초반으로 보였다. 천신한의 시야에 보이는 사람은 남자 셋뿐이니 출발 명령을 내린 사람은 천신한이 앉은 자리 뒤쪽에 있을 것이다. 천신한은 아직 그 여자는 보지 못했다. 목적지가 이미 정해져 있는 모양인지 운전자는 물 흐르듯 운전대를 돌리며 아무것도 묻지 않았다.

천신한은 공황 상태로 가장 비관적인 최후를 생각했다. 이들에게 살해당한다면? 귀가하지 않으면 어머니가 알아서 경찰에 신고할까? 아파트 단지 입구에 감시카메라가 있을 텐데 아까 그 위치에서 찍혔을까? 온갖 생각이 떠올랐다. 설마 이게 부모님께서 가장 바라던 결말이라면? 최근 일주일 사이 부모님의 전과 다른 태도부터 아파트 경비원의 불편한 눈빛까지, 그가 아무리 은밀한 구석에 처박혀 있어도 세상 사람들은 갖은 방법을 동원하여 갈수록 불쾌한 서사와 그의 이름을 연결 지으려 한다는 것을 깨달았다. 그는 이들의 마음속에서 영원히 죽어서 다시는 기억되지 않기를 바랐다. 하지만 그런 달콤한 꿈 같은 일이 일어날 리 없다. 그의 존재는 타인들의 식후 수다를 위해 소비될 것이다. 다른 이의 인생에 주는 경고이자 조언으로 "어릴 때 총명해도 자라서 반드시 잘되는 것은 아니다"라는 말을 곁들여서.

어쩌면 벌써 현대판《나라야마 부시코》가 된 것은 아닐까.

물론 본래의 이야기와는 반대로 젊은 자녀가 나이 든 부모를 업고 산을 오르는 게 아니라 연로한 부모가 자녀를 업고서 구름이 깊어 어딘지 알 수 없는 곳으로 향하는 버전이겠지만 말이다.

어느 쪽이든 서사의 출발점은 일치한다. 이렇게 하지 않으면 자신이 더는 살아갈 수 없으므로 버린다.

그러고 보면 유일하게 그를 걱정할 사람은…… 허칭옌밖에 남지 않았다.

지난밤 천신한은 의자를 놓고 올라가서 책장 꼭대기에 몇 년째 봉인되어 있었던 졸업 앨범을 꺼냈다. 이상하게도 앨범 안에는 허칭옌의 사진이 딱 두 장 있었다. 아니, 엄밀히 말하면 2.5장이다. 한 장은 학급 단체 사진이고, 다른 한 장은 번호 순서로 배열한 독사진이다. 나머지 0.5장은 교실에서 장난기 심한 세 친구가 서로 체육복을 들치고 배를 보이며 노는 스냅사진인데, 자기 자리에 앉아 있던 허칭옌의 옆얼굴이 같이 찍혔다. 창밖을 내다보는 허칭옌은 교실 안의 떠들썩한 분위기에 조금도 관심이 없어 보였다. 그의 모습은 나중에 합성한 것처럼 이질적이었다. 천신한은 자신이 등장하는 예닐곱 장의 스냅사진도 찾아냈다. 운동회에서 릴레이 경주에 출전한 장면, 같은 반 여학생과 세면대에서 서로 물을 튀기며 노는 모습 등이었다.

그와 허칭옌의 친분을 보여주는 사진은 한 장도 없었다.

두 사람이 병원에서 우연히 마주쳤을 당시 천신한의 의식은 흐릿했다. 모래와 돌멩이가 머리를 채우고 있는 느낌이었다. 기억이 맞다면 허칭옌이 먼저 그를 알아보았다. 그 순간 허칭옌의 표정이 어땠더라? 천신한은 기억을 되살리려 무진 애를 썼지만, 누군가 연결되는 단락을 잘라낸 것처럼 다음 순간 바로 허칭옌이 빈번하게 병문안을 오는 시기로 넘어갔다. 그때는 그도 막막하고 어찌할 바를 몰랐던 시기여서 허칭옌에게 자신의 기상천외한 '발견'을 숨김없이 토로했다.

몇 년간 위그드라실에 많은 정성을 쏟았지만, 그가 이유 없이 사라진다면 길드에서 생사를 함께한 동료라 해도 어디에 가서 찾아야 할지 모를 것이다. 그들은 천신한의 이름과 생김새, 이력 어느 것 하나 알지 못했다. 서로 터놓지 못할 말이 없었던 시리도 지금은 그와 멀어졌다.

죽음을 앞두면 과거가 주마등처럼 지나간다던 말이 사실이었다. 생각할수록 차분해졌다. 사실 그의 삶은 죽음과 다를 것이 없었다.

천신한이 덜덜 떨면서 온갖 생각을 거듭하는 중에 차는 빠르게 모퉁이를 돌아 작은 골목으로 들어갔다. 차가 어느 건물 앞에 멈췄다. 건물 옆으로 양철 슬레이트로 지은 2층 높이의 임시 건물이 보였다. 옆자리에 있던 남자가 차가운 눈빛으로 천신한에게 시선을 돌렸다. 그가 주변을 두리번대는 걸 보고는 뭘 보느냐고 다그쳤다. 천신한은 얼른 고개를 처박았다. 남자가 또 뒷덜미를 잡고 천신한을 끌어 내렸다. 조수석의 남자와 둘이서 천신한을 앞뒤로 포위하듯 걸었다.

건물은 좁고 긴 직사각형으로 생겼고 내부가 어두컴컴했다. 남자는 천신한을 붙잡고 긴 복도를 지나 1층 어느 방 앞에 도착했다. 남자가 등을 떠밀었지만 천신한은 들어가지 않으려고 버텼다. 그러자 남자가 그의 종아리를 걸어찼다. 천신한은 균형을 잃고 넘어지다시피 하며 안으로 들어갔다.

드라마에서 흔히 나오는 취조실을 닮은 방이었다. 책상 하나와 접이식 의자 세 개가 놓여 있었다. 다만 일반적인 취조실과 달리 보기만 해도 겁을 먹게 되는 일방향 투시 유리는 없었고 사면이 전부 벽이었다. 남자가 호통을 쳤다. 앉아! 천신한은 남자에게서 가장 멀리 떨어진 의자를 골랐다. 그는 양복을 입은 남자의 눈을 피해 휴대전화를 꺼내려 했다. 허칭엔에게 도움을 청할 생각이었지만 안경을 쓴 남자가 그를 뚫어지게 쳐다보고 있어서 틈이 나지 않았다. 곧 여자가 방 안으로 들어왔다. 천신한은 드디어 그 여자의 얼굴을 보게 되었다. 새카맣고 긴 머리카락을 늘어뜨리고 눈에 확 띄는 화려한 디자인의 선글라스를 꼈다. 옷맵시도 분홍색 실크 셔츠와 검은색 스키니진, 검은색 하이힐을 매치한 우아한 차림새로 옆에 있는 두 남자와는 대조적이었다.

여자는 팔짱을 끼고 천신한을 머리부터 발끝까지 죽 훑어보더니 고개를 끄덕였다. 양복을 입은 남자가 사진을 꺼내 카드 패를 보여주듯 한 장씩 내려놓았다. 사진을 본 천신한이 미간을 잔뜩 찌푸렸다. 목구멍에서 신물이 올라오는 듯했다. 눈앞에 놓인 사진 중 몇 장은 왕전상이 보내준 것과 같았다.

천신한은 아예 고개를 들고 여자를 쳐다보았다. 어느 틈에 공포는 사라지고 그 자리에 황당한 달관이 남았다.

이 사람들은 착각하고 있다.

분명하다.

여자의 눈은 선글라스에 완전히 가려져 있었기 때문에 천신한은 얼굴에서 느껴지는 따끔거리는 감각으로 여자의 눈초리를 짐작해야 했다.

양복남의 손에 마지막 사진이 들렸다. 그가 여자에게 시선을 던졌다. 허락을 구하는 것이다. 여자가 고개를 끄덕이자, 양복남이 내려놓은 사진을 손가락으로 꾹 누르면서 천신한의 눈앞까지 천천히 밀어냈다. 사진을 보자마자 천신한은 한기를 느꼈다. 시리였다. 베개 위에 비스듬히 기대어 누운 시리는 눈을 꼭 감고 있었다. 눈 아래에 은은한 검은 그림자가 드리워져 있다. 짙은 파란색 담요가 시리의 몸을 덮고 있었으며, 담요 밖으로 빠져나온 흰 손은 담장을 넘어 자라난 나뭇가지 위에 눈이 소복이 덮인 것처럼 보였다. 수정처럼 맑지만 툭 건드리기만 해도 꺾일 듯 연약해 보였다.

천신한이 침묵을 깨뜨렸다.

"지금 뭘 하시는 겁니까?"

여자가 장기짝을 움직이듯 신중하게 두 걸음 걸어와 천신한에게서 2미터쯤 떨어진 곳에 섰다.

고압적인 태도로 천신한을 내려다보며 말했다.

"루이안에게 무슨 짓을 할 셈이지?"

"루이안? 당신은 누구……."

여자가 천신한의 말을 잘랐다.

"내가 누군지는 중요하지 않아. 질문에 대답해."

"루이안에게 아무 짓도 안 할 겁니다."

"거짓말. 며칠 동안 루이안과 만났잖아?"

"제가 루이안과 만난 건 어떻게 아셨죠?"

"그것도 중요하지 않아."

천신한은 바닥을 노려보며 여자의 질문에 휘둘려 실수하면 안 된다고 생각했다.

"저는 루이안에게 아무 짓도 안 했습니다."

"그럼 이 사진은 누가 찍었어?"

여자가 사진을 집어 천신한의 얼굴에 바짝 들이댔다. 매니큐어를 바른 손톱이 천신한의 눈을 찌를 것처럼 가까이 다가왔다.

"루이안과 같이 있었지, 그렇지? 변태 같으니라고. 이런 역겨운 사진을 찍다니. 대답해, 왜 이런 일을 하는 거지? 루이안이 너한테 무슨 말을 했어?"

"잠깐만요!"

천신한이 의자에 앉은 채 뒤로 물러났다.

"한 가지만 짚고 넘어가죠. 저는 절대로, 조금도 이 더러운 사진들이 어디서 났는지 모릅니다. 제가 찍지 않았어요. 다른 사진에 찍힌 사람들이 누구인지도 몰라요. 그리고 제가 최근에 루이안과 만나긴 했지만 그건 사오 일 전입니다. 루이안을 아는 분이라면 양양이 누군지 알죠? 양양에게 확인해보세요. 저는 루이안과 같이 있지 않았습니다. 오히려 우리도 루이안을 찾는 중이라고요."

"너, 양양도 노리는 거냐?"

"아니에요!"

천신한은 온몸의 피가 머리로 쏠리는 것만 같았다.

"저는 누구도 해치지 않는다고요."

"내가 다 조사했어. 넌 공부를 잘했지. 고등학교도 대학교도 명문이더군. 그러나 너는 대학 졸업 이후에 무슨 이유에서인지 직장을 구하지 않고 집에 처박혀 부모님의 등골을 빼먹으며 지내고 있어. 낮에는 거의 외출하지 않고, 한밤중에 근처 편의점에 가서 택배를 가져오는 게 전부야. 너희 가족의 평화는 너 때문에 깨졌더군. 네 아버지는 누가 아들 이야기를 꺼낼까 봐 겁을 내고, 네 어머니도 아들은 어떻게 지내냐고 물을 때 대답할 말이 없으니 친구 집조차 편히 놀러 가지 못해. 네 부모님은 원래 화통한 사람들이었고 주변 사람들과 왕래하는 것을 즐겼는데 네가 이 모양으로 사는 바람에 부모님까지 비굴해졌구나. 네 부모님은 최근 몇 달 사이에 부부 싸움이 잦아지셨지. 아버지는 나가서 살고 싶어 해. 이혼도 하고 싶어 하고. 그리고 어머니는 정신과 진료를 받기 시작했네."

채찍처럼 날아드는 여자의 말에 계속 얻어맞은 천신한은 눈앞이 새카매졌다.

이런 말들은 누구에게서 들은 거지?

이 여자의 말에 얼마만큼의 진실이 담겼을까? 어머니는 이혼이나 정신과 진료 이야기는 한 적이 없었다.

중요한 문제는 따로 있다. 타인의 눈에 천신한이 제 가족의 행복을 망가뜨린 원흉으로 비친다는 것. 그때 천신한은 또다시 마음속에서 울리는 목소리를 들었다. 그게 바로 너야.

여자의 심판은 아직 끝나지 않았다.

"너는 기생충처럼 추악하고 쓸모없어. 모니터를 사이에 두고 자기가 원하는 것에 대해 망상하기만 하지. 게임에서 길드를 만든 것도 그래서지? 어리고 철없는 여자애들을 꾀려고? 그렇게 해서 너는 그 더러운 곳에서 이런 것들을 이용해 현실에서는 받지 못한 관심을 얻는 거야!"

여자는 점점 흥분하더니 쥐고 있던 시리의 사진을 찢어서 천신한의 얼굴에 던졌다.

"무슨 짓을 했는지 당장 말해!"

"그만……."

천신한이 눈을 깜빡거렸다. 놀랍게도 그는 눈가가 축축해지는 것을 느꼈다.

그는 후회했다. 그날 공원에 가지 말았어야 했다. 낯선 아저씨에게 휘둘리지 말고 원래 계획대로 끝까지 밀고 나갔어야 했다. 평가가 바닥인 호텔에서 죽어버렸더라면 고통이든 뭐든 이미 끝났을 텐데.

오랫동안 멀리 돌아왔는데 지금은 그때보다 더 끔찍한 지경이 되었다.

"절 어떻게 하실 거면 빨리하세요. 더 말하지 말고요. 제가 부모님께 큰 고통을 안겨드린 것은 사실일지 모르지만, 그렇지만, 제가 그렇게 찢어 죽일 놈이라고는 생각하지 않습니다. 이 사진들은 저하고 관계없어요. 루이안과 만난 것도 맞지만 오해가 생겨서 지금은 루이안이 저를 보고 싶어 하지 않을 겁니다. 제가 알기로 지난 며칠간 루이안은 남자 친구의 집에서 지냈습니다. 이 사진을 찍은 용의자를 찾는다면 루이안의 남자 친구가 가장 유력하겠죠."

"그 사람이 너잖아?"

"당신이 말했잖아요, 제가 기생충이라고. 루이안이 저 같은 걸 좋아하겠습니까?"

눈물이 볼을 타고 흘렀다. 이렇게까지 되고 나니 천신한은 이제 뭐가 어떻게 되든 상관없었다.

기생충이라도 좋다.

그는 감정이 있고 생각이 있는 인간으로 대접받을 자격이 없다는 것을 인정했다.

여자와 안경남이 서로 눈짓을 주고받았다. 이제 어떻게 할 건지 계획하는 모양이다.

안경남이 한 걸음 앞으로 나서며 말했다.

"루이안이 지난 며칠간 남자 친구 집에서 지냈다고 했지? 남자 친구가 누구야?"

"모릅니다. 루이안이 말해주려 하지 않아서요."

"모른다고?"

여자가 말꼬리를 길게 늘이며 의심스러워했다.

"확실하지 않습니다."

"심증은 있는 거군?"

"비슷해요."

"누구야?"

"인터넷 친구죠. 저처럼 루이안과는 게임에서 알게 되었고요."

"게임이란 건 위그드라실이지, 맞아?"

"예. 제가 길드에 소속된 것도 조사했으면서 왜 더 깊이 파헤치지 않았어요? 길드원 중에 이 모든 일을 했을 만한 사람이 있는데요."

천신한은 피곤한 표정으로 고개를 늘어뜨린 채 대답했다.

"그 길드원의 위그드라실 아이디가 뭐지?"

여자가 물었다. 천신한이 여자을 올려다봤다. 양복남이 무서운 표정으로 옆에 서 있지 않았다면 여자에게 되묻고 싶었다. 아이디를 말하면, 그게 누군지 당신이 알아?

"황이요."

"황?"

여자가 눈썹을 치켜세웠다. 천신한의 대답이 예상 밖이었는지 입술도 살짝 벌어졌다.

"네, 누를 황 자를 써요. 게임에서 루이안은 제가 아니면 그 사람을 찾아가서 수다를 떨거든요. 하지만 저하고는 며칠 전에 그다지 유쾌하지 못한 일이 있어서, 최근 루이안은 그 사람하고 붙어 다녔습니다."

세 사람이 모두 침묵했다. 안경남은 안경을 고쳐 썼다.

그들은 이상하게 반응했다. 왜인지는 알 수 없지만, 날카로운 분위기가 훨씬 누그러들었다.

그는 위험에서 벗어난 듯했다.

인간은 모순적이다. 1초 전에는 하루빨리 죽지 못한 것을 후회했는데, 1초가 지난 지금은 위기를 벗어난 것이 다행스럽게 느껴졌다. 이것이 이른바 생존 본능이라는 것일까? 천신한은 깊이 생각할 엄두가 나지 않았다.

"이 사진들을 누가 찍었는지는 모릅니다. 하지만 저와 양양은 루이안의 상황이 이상하다고 느꼈어요. 같이 루이안을 해치려는 사람을 찾는 중이었습니다. 지금 양양이 새로운 단서를 찾았다고 해서 그들을 만나러 가던 길이었어요. 당신들한테 잡혀서 여기로 오게 되었지만요."

"좋아, 그럼 차에 타."

여자가 이마를 꾹꾹 누르며 말했다. 에너지가 소진된 것처럼 보였다.

"어디로 갑니까?"

양복남이 물었다.

"이 녀석을 데리고 양양을 만나러 가야지. 사실대로 말했는지 알아봐야 하니까."

"안, 안 됩니다. 다른 사람은 끌어들이지 마세요. 뭘 믿고 당신들을 그들에게 데려가죠?"

옅은 색 립스틱을 바른 여자의 입술이 차가운 미소를 띠었다.

"연기인지는 모르겠지만 나쁜 놈처럼 보이지는 않네. 걱정하지 마, 양양은 나를 알아. 직접 만나면 진실이 밝혀질 거야."

진실이 밝혀진다? 여자의 표현에 조금 어리둥절해졌지만 천신한은 입 밖으로 꺼내지 않았다. 양복남이 그의 팔을 잡고 건물 바깥으로 데려갔다. 다른 선택의 여지가 없어 보였다. 여자가 시키는 대로 한 다음 왕전상을 만나서 상황에 따라 대처해야 했다.

일행은 다시 차량 앞으로 돌아왔다. 안경남이 차내 좌석을 조정했고, 여자가 먼저 탔다. 그런 다음 천신한을 돌아보았다. 그가 탈 차례라는 뜻이었다. 자포자기한 것인지, 아니면 양복남이 여전히 '폭력으로 문제를 해결할 수도 있다'는 분위기를 뿜어내기 때문인지, 천신한은 고개를 떨어뜨린 채 얌전히 차에 탔다.

창밖의 풍경은 빠르게 뒤로 물러났지만 멀리 있는 구름은 그 자리에 정지해 있는 것처럼 보였다.

차가 고속도로를 탔다. 지금까지 입을 다물고 있는 운전석의 남자는 운전 실력이 좋았다. 시속 120킬로미터로 달리며 끊임없이 차선을 바꿔댔지만 승차감이 나쁘지 않았다.

휴대전화에서 띵 하는 알람이 울렸다. 천신한이 용기를 내어 물었다.

"확인해도 되나요?"

"휴대전화를 이리 내놔. 내가 확인해주지."

여자의 말에 천신한은 불퉁하게 비밀번호를 입력했다. 왕전샹에게서 메시지가 온 것이었다.

휴대전화를 양복남에게 건네자 양복남이 공손하게 여자에게 넘겨주었다.

"왕전샹이 누구야?"

여자의 질문이 떨어지자 양복남의 눈이 번쩍였다.

"양양의 외삼촌이요. 그 사람도 루이안을 알아요. 그래서 이일을 도와주고 있죠."

천신한이 재깍 대답했다.

"양양의 외삼촌이 어떻게 루이안을 알지?"

여자는 여전히 경계심을 풀지 않았다.

"제가 다 설명할 수 있어요!"

천신한은 또 호랑이 아가리 앞에 선 기분을 느꼈다.

"그 사람이 다큐멘터리 영화에 출연할 사람을 찾다가 양양의 추천을 받아서 그, 그때 알게 된 거예요."

"루이안이, 연기를 했어?"

겨우 숨통이 트였다. 여자의 말투는 어쩐지 조금 온기를 띠고 있었다.

"저도 잘 모릅니다. 다 전해 들은 거라서요."

"어떤 영화지?"

"어, 루이안은 끝까지 찍지 않았어요. 제가 영화 제목을 말씀드려도 못 찾으실 거예요."

"루이안이 그만둔 거야, 아니면 잘린 거야?"

"후자일 거예요. 저는 잘 모르고, 양양의 외삼촌이 압니다."

직감이 속삭였다. 이 여자는 루이안을 소중하게 생각한다.

다음 순간 여자가 휴대전화를 천신한의 어깨 너머로 던져줬다. 휴대전화는 운전석 등받이에 부딪혔다가 튕겨서 천신한의 발치에 떨어졌다.

"주워도 되나요?"

"그래."

여자가 이렇게 답장을 하라고 지시했다. 곧 도착합니다, 조금만 더 기다려주세요.

딴짓할 엄두가 나지 않았던 천신한은 꼿꼿이 앉아서 앞만 쳐다봤다. 내비게이션이 목적지에 곧 도착한다고 알려주었다.

양복남이 차 문의 손잡이를 잡고서 한 번 더 확인했다.

"누님, 저희가 모시지 않아도 되겠습니까?"

"혼자 가도 돼. 어린 여자애가 있는 자린데, 너희들이 가면 놀랄 거야."

"이 녀석이 무슨 수작이라도 부리면 어쩌시려고요?"

"천신한, 그럴 거야?"

고개를 돌려 천신한 쪽을 쳐다보며 여자가 물었다.

"절대 안 그러겠습니다."

"네가 무슨 수작을 부릴 수 있을 거라고 생각하진 않아. 내려."

천신한과 여자는 차례대로 햄버거 가게에 들어갔다.

지난 토요일부터 오늘까지 며칠 사이에 몇 번이나 이상한 일에 휘말렸는지 손가락을 꼽으며 세어봤다.

이대로 '살려주세요'라고 외치면서 이 여자가 자기를 납치했다고 말하면 누군가 믿어줄 확률은 얼마나 될까?

객관적으로 볼 때 벤츠 SUV에 타서 내리기까지 신체적으로 아무런 위해를 입지 않았다. 연예인처럼 차려입은 여자를 납치범이라고 생각할 사람은 없을 것이다. 게다가 여자가 그의 이름과 주소 등을 전부 알고 있다.

천신한은 여자가 혼자서도 걱정하지 않는 이유를 이해했다.

좋은 패는 전부 자기가 쥐고 있었으니까.

그는 복잡한 심경으로 왕전샹이 있는 자리로 향했다. 양양은 코끝이 빨개져서 입을 삐쭉거리며 우울해하고 있었다. 양양의 옆으로 창가 자리에는 스물다섯 살 정도로 보이는 여자가 앉아 있었다. 테가 가는 안경을 쓰고 연녹색 정장을 위아래로 입었다. 머리카락은 어깨 길이 정도였고, 짙은 녹색 팔찌를 끼고 있었다. 녹색에 대한 애정이 남다른 듯했다.

천신한은 공교롭게도 양쪽이 각자 외부인을 '데려왔다'고 생각했다.

양양이 고개를 들었다. 천신한이 막 인사를 하려는데, 이상하게도 양양의 시선이 그를 지나서 뒤에 선 여자에게 꽂혔다. 양양이 조심스럽게 입을 열었다.

"아줌마…… 맞아요?"

천신한을 지나쳐 앞으로 나선 여자는 어느새 선글라스를 벗은 상태였다.

"오랜만이야, 양양."

"여긴 어떻게 오셨어요?"

천신한은 양양과 여자를 번갈아 쳐다보며 자신이 악의적인 사기극에 당한 건지 의심했다.

여자는 과감하게 양양의 맞은편에 앉아서 왕전샹을 자세히 살폈다.

"그쪽이 왕전샹 씨인가요?"

"네, 접니다."

왕전상도 상당히 놀란 눈치였다.

"실례지만 누구시죠?"

"루이안이 어떻게 된 것인지 가장 효율적인 방식으로 설명해 주길 바라요. 제가 어째서 이런 소식을 듣게 됐는지, 루이안은 왜 이상한 사진을 찍혔는지, 그 사진이 왜 학교라는 곳에 올라갔는 지, 그리고 왜 그 애가 자살……할 거라는 예고가 올라왔는지요."

"죄송합니다만……."

왕전상의 시선이 여자와 천신한 사이에서 바쁘게 움직였다. 그가 항복하듯 한숨을 쉬며 오른손을 들었다.

"누가 이 상황에 관해 설명 좀 해주시죠? 이 아가씨는 누구신 지부터."

양양이 난처한 눈빛으로 대답했다.

"외삼촌, 얼굴을 자세히 봐. 모르겠어?"

왕전상이 여자의 이목구비를 이모저모 뜯어보았다.

"외삼촌, 잘 좀 봐. 상상해, 스무 살 정도 젊다면……."

양양이 못 참겠다는 듯 힌트를 줬다. 그때 녹색 옷을 입은 여 자가 갑자기 입을 열었다.

"루이안, 루이안을 닮았군요."

"그렇게 닮았어요? 루이안은 아빠를 더 많이 닮았다고 생각 했어요."

여자의 말은 몹시 쓸쓸하게 들렸다.

이미 사정을 알고 있던 양양을 뺀 나머지 세 사람은 전부 낯빛이 달라질 정도로 놀랐고 뭐라고 반응하지도 못했다.

겨우 정신을 차린 천신한은 수치심과 분노가 뒤섞인 묘한 감정을 느꼈다. 좋아하는 여자의 어머니에게 범죄자 취급을 당하다니?

왕전샹은 입만 벙긋거렸다. 오랫동안의 직업적 훈련으로 그는 몇 초 전 자신이 아주 신성한 장면을 목격했다는 것을 바로 알아차렸다.

녹색 옷을 입은 여자가 가장 침착했다. 입술을 잘근거리던 그 여자가 조심스럽게 입을 열었다.

"루이안 어머님, 저……."

"황신뤄(黃辛蘿)라고 부르시면 돼요. 루이안 엄마라고 불릴 자격이 없으니까요."

9

"황신뤄 씨, 저는 전샹 오빠와 영화 일을 같이하던 중에 루이안을 알게 되었어요. 루이안을 언제 찾으셨던 거죠?"

녹색 옷을 입은 여자가 물었다.

황신뤄는 양양을 쳐다봤지만, 그쪽은 입술을 감쳐물고 아무 말도 하지 않았다.

황신뤄가 양양과 만난 적이 있다면 루이안은 왜 친어머니 소식을 모른다고 한 걸까?

이들 사이에 뭔가 숨은 사정이 있는 것 같았다.

"그건 나중에 다시 이야기해요. 지금은 먼저 확인해야 할 것이 있으니까요. 양양, 자리를 좀 비켜줄래?"

"왜 저는 들으면 안 되는 거죠?"

"네 나이에는 모르는 게 좋은 일이야."

양양을 달래는 황신뤄의 표정은 몹시 온화했다. 하지만 양양은 그런 황신뤄의 배려를 받아들이지 않을 생각인 듯했다. 결국 황신뤄가 냉정한 말투로 선언했다.

"네가 계속 여기 있겠다면, 우리도 이야기를 시작하지 못해."

양양은 아이스티 잔을 들고 옆 테이블로 옮겼고, 트레이를 소리 나게 내려놓는 것으로 불만을 표출했다.

황신뤄가 사진을 차근차근 꺼내놓았다. 그때 종업원이 다가와 주문하겠냐고 물었다. 황신뤄가 사진을 치우려고 했지만 종업원이 먼저 그중 한 장을 봤는지 표정이 어색하게 굳었다.

"특수 분장 사진이에요. 저희는 영화 일을 하거든요."

녹색 옷을 입은 여자가 웃으며 설명했다. 그 말을 들은 종업원이 긴장을 풀며 따라 미소를 지었다.

"분장이 정말 잘되었어요. 관객들이 깜짝 놀라겠는데요."

황신뤄는 무표정하게 사진을 도로 챙겨 넣었다.

옆에서 그 상황을 지켜보는 양양의 눈빛이 이글거렸다.

천신한과 황신뤄가 음료를 하나씩 주문한 뒤 종업원이 물러갔다.

"재빠른 대처였어."

왕전샹이 녹색 옷을 입은 여자를 칭찬했다.

"밖으로 이야기가 새어 나가면 안 좋아."

여자는 담담하게 반응했다.

왕전샹이 심호흡을 하고는 편지봉투를 꺼냈다. 봉투 안에서 한 장씩 나오는 사진 중 몇 장은 황신뤄가 가져온 것과 같았다. 마지막 사진은 천신한이 예상한 대로 루이안이었다.

"저도 이런 사진을 봤습니다."

"어디서 난 거죠?"

황신뤄가 급하게 질문했다.

"익명으로 편지를 받았는데, 봉투를 열었더니 이 사진이 들어 있었어요."

"편지를 보낸 사람이 남긴 메시지는 없어요?"

"있죠. 딱 한 줄이지만요."

왕전샹이 봉투 안에서 쪽지 한 장을 꺼냈다. 쪽지 위에 컴퓨터로 입력한 글자들이 한 줄로 적혀 있었다.

죄송합니다. 양심에 찔려서 지금에서야 말씀드립니다. 이 여자를 구해주세요. 곧 자살할 겁니다.

"솔직히 말해서 영화를 찍다 보면 온갖 이상한 일을 겪습니다. 협박 편지를 받는 일도 있고요. 하지만 이렇게 뭐가 뭔지 모를 일은 처음입니다. 전 이것들을 경력 있는 기자 친구에게 가져갔어요. 그 사람이 사진을 보자마자 그러더군요. 이거 안 좋은데, '학교'에 걸린 것 같다. 그 사람에게서 학교 안에 몰래 잠복하면서 취재 중인 여성 기자가 있다는 말을 들었지요. 학교에 대해서 칠팔십 퍼센트는 알고 있는 사람이라면서요. 그래서……. 아, 내가 아직도 소개를 안 했구나?"

왕전샹의 눈이 동그래졌다. 자신이 예의 없이 굴었다는 걸 민을 수 없다는 투였다.

그러고 보면 그도 지금 이 혼란스러운 상황에서 완전히 정신을 차린 것은 아닌 듯했다.

"그냥 직접 소개할게요. 일단 갑자기 끼어들어 죄송합니다."

막 입을 연 녹색 옷의 여자는 스스로 용기를 북돋우는 것처럼 주먹을 꽉 쥐며 말을 이었다.

"저는 우수옌(嗚姝妍)이라고 합니다. 밍(明) 미디어에서 일하는 기자예요."

우수옌이 명함을 꺼내 천신한과 황신뤄에게 한 장씩 건넸다.

"당신이 쓴 기사를 읽어봤어요. 페이스북에서 친구가 리포스트를 해서요. 멋진 기사던데요."

말을 마치고, 천신한은 자기가 보인 반응에 당황했다. 그가 이처럼 자연스럽게 낯선 사람과 대화를 나눈 것은 정말 오랜만이었다.

이유는 모르겠지만 그는 우수옌이 친근했다.

"어느 기사요?"

"시골에 거주하는 아동이 부모나 조부모와 같이 보내는 시간에 관한 내용이었던 걸로 기억해요."

"아, 그 기사는 제 사수가 쓴 거예요. 방금 전샹 오빠가 말한 경력 있는 기자가 그분이죠. 그 기사를 쓰려고 매주 이틀씩 몇 시간이나 차를 운전해서 산골이나 해변 마을의 학교를 탐방하러 가야 했어요. 정말 힘들게 쓴 기사예요."

우수옌의 눈이 반짝거렸다. 자기 일에 자부심이 커 보였다.

"방금 학교라고 말한 것 같은데, 그건 무슨 뜻이에요?"

황신뤄가 물었다.

"제가 반년 전부터 쫓고 있는 사건이에요. 저는 예전에 전샹 오빠와 같이 영화 일을 했었어요. 나중에 이런저런 일로 업계를 떠났죠. 저는 다큐멘터리를 기획하던 단계에 참여했는데, 그때 루이안을 두 번 만났어요. 일단 한 가지 확인할게요."

우수옌이 심호흡을 하더니 천신한의 두 눈을 응시했다.

"당신, 천신한 씨, 학교 사람인가요?"

우수옌의 다정해 보이던 검은 눈동자가 한순간 포식자의 느낌을 풍겼다. 천신한은 메두사가 노리는 먹잇감이 된 것 같은 느낌이었다. 눈을 피하고 싶었지만 어찌 된 일인지 목이 뻣뻣하게 굳어서 고개를 돌릴 수 없었다.

"무슨……. 학교가 뭔데요, 전 그런 거 모릅니다."

몸속 깊은 곳에서 목소리가 뽑혀 나오는 듯했다.

"좋아요."

우수옌이 고개를 돌리며 급하게 얼음물을 들이켰다. 컵을 도로 내려놓았을 때, 붉은 씨앗 같은 것이 물 위로 톡 떨어졌다가 빠르게 가지를 뻗었다. 천신한은 그 장면을 빤히 쳐다보다가 벼락같이 깨달았다. 피다. 우수옌이 코피를 흘렸다. 우수옌이 조그맣게 사과하면서 주머니에서 물티슈를 꺼내더니 익숙한 손길로 코피를 닦아냈다.

천신한은 감전된 사람처럼 몸을 떨었다. 우수옌은 설마…….

얼른 왕전상의 표정을 살피며 방금 떠오른 생각이 사실인지 확인하려 했지만, 그는 자기 손바닥에 뭐가 숨겨져 있기라도 한지 그것만 빤히 들여다보고 있었다.

"의심해서 미안해요. 하지만 학교 취재는 제가 정말 오랜 시간을 들인 끝에 최근 약간 진전이 생긴 상황이어서, 조심하지 않을 수 없었습니다."

"그 학교라는 건 어느 학교를 말하는 거예요?"

황신뤄가 급히 끼어들었다.

"지금 말씀드리는 '학교'는 실제로 존재하는 학교가 아니라 인터넷 공간입니다. 하지만 페이스북이나 트위터처럼 누구나 회원 가입만 하면 들어갈 수 있는 곳이 아니에요. 현재는 추천제로 운영하고 있습니다. '교우'의 추천을 받아야 하죠. '교우'란 학교 이용자를 부르는 이름입니다. 지금 제가 알아낸 바로는 교우의 수가 적어도 5천 명이라는 거고요. 하지만…… 제가 쓸 수 있는 취재 예산이 많지 않아서 조사의 속도나 깊이에 한계가 있으니 5천 명이 넘을 가능성이 커요."

우수옌의 목소리가 점점 낮아지고 묵직해졌다.

"제가 이 자리에 따라 나오게 된 이유도……. 기회를 잡아야 했어요."

"수옌, 네가 그 안에 들어갈 수 있었다면, 아는 교우가 한 사람은 있다는 거지?"

왕전샹이 물었다.

"맞아요. 제 예전 남자 친구가 교우예요. 그 인간이 아니었다면 저는 세상에 돈을 내고 남의 고통을 감상하려는 사람이 이렇게 많은 줄 몰랐을 거예요."

"잠깐……. 네가 전에 데려와서 같이 불고기를 먹은 그 사람이? 어떻게?"

"네, 맞아요. 제가 그놈과 왜 헤어졌는지 말할 기회가 없었는데, 이제 알겠죠? 어쨌든 오늘은 제 연애 이야기가 중요한 게 아니니까요. 학교의 존재를 알고 나서 저는 화도 났지만 무섭기도 했어요. 며칠 고민했지만 결국 학교를 취재해서 확실히 밝혀내야겠다는 결정을 내렸습니다. 예전 남자 친구에게 저도 학교에 들어가고 싶다고 말해서, 그때부터 위장 잠입하게 된 거예요."

우수옌은 상처를 건드린 것처럼 격렬한 고통을 꾹 눌러 참는 듯한 표정이었다.

"가장 간단한 방식으로 학교를 표현한다면, 인터넷에서 같은 기호를 가진 사람들이 모여 만든 동호회라고 할 수 있겠죠. 식도락 동호회라면 회원들이 최근 어느 맛집에서 뭘 먹었는지 공유할 거예요. 주식 투자 동호회에서는 최근 주가가 올랐느냐 내렸느냐에 대해 이야기 나누고요. 학교도 비슷해요. 다만 그들은 우리가 상상할 수 없는 것들을 공유합니다. 어떻게 하면 타인을 괴롭히고 고통을 줄 수 있느냐. 신체적인 폭력만이 아니라 정신적 학대도 포함해서요. 변태적일수록 인기가 있죠. 제가 예를 들어서 말쏨드릴게요. 제 예전 남자 친구가 저를 학교에 추천해주기 전에 사진을 한 장 준비하라고 하더군요. 공포와 역겨움 같은 감정을 불러일으키는 사진이어야 한다고 했어요. 그리고 반드시 공개된 적 없는 사진이어야 한다고 했어요. 그들의 '전문 용어'로 표현하자면, '남의 작업물을 표절하면 안 된다'. 부끄럽게도 저는 다른 사람이 나쁜 짓을 하는 것을 조사하겠답시고 제 손을 더럽힌 셈이 되었어요. 사용해서는 안 될 사진을 사용했거든요."

우수옌이 조심스럽게 왕전샹 쪽을 쳐다보며 아랫입술을 꽉 깨물었다.

"예전에 전샹 오빠와 다큐멘터리를 찍으려고 출연자 섭외를 하던 때였어요. 루이안 외에 다른 여학생을 만나서 면접을 봤는데…… 그 애의 상황은 정말…… 참혹했죠. 두 번째 미팅 때 감독이 저를 데리고 그 여학생을 만나러 갔는데, 몹시 더운 날씨인데도 긴소매 옷을 입고 소매 단추도 다 잠갔더라고요. 감독님도 이상하게 생각했는지 소매를 걷어줄 수 있느냐고 물었어요. 그래서보게 된 것이……. 자기 팔을 칼로 그어서 상처가 잔뜩 나 있더군요. 살점이 덜렁거릴 정도였어요.

그런데 그 애는 웃으면서 자기 SNS 계정에 들어가면 사진이 더 있다면서 팔로우하겠느냐고 묻고, 금세 팔로우 승인도 해줬죠. 결국 그 애는 출연자로 뽑히지 않았는데, 감독님이 말한 이유는 그 아이가 원하는 것은 유대이지 기록이 아니라는 거였죠. 하지만 전 그 애의 SNS를 계속 팔로우했어요. 슬프게도 저를 포함해서 팔로워가 네 사람뿐이어서요. 저는 그 애가 올린 사진 중 몇 장을 골라서 학교에 제출했어요. 예전 남자 친구가 사진을 소개하는 글을 어떻게 써야 심사 위원에게 점수를 딸 수 있는지도 코치해줬죠. 그가 불러주는 걸 제가 그대로 입력했는데, 끝에 가서는 못 견디겠더군요. 그때 처음으로 글자를 입력하는 것조차 범죄가 될 수 있다는 걸 느꼈어요. 며칠 후에 심사 결과가 나왔고, 전 교우가 됐습니다. 심사 평도 받았죠. 고맙습니다, 당신의 이야기는 정말 교육적 가치가 높습니다. 그건 학교에서 쓰이는 용어예요. 폭력적이고 선정적일수록, 인간의 내면을 왜곡하는 내용일수록 교우들은 교육적 가치가 높다고 표현해요."

침묵이 내려앉았다.

우수옌의 이야기는 현재 벌어지고 있는 일을 서술한다기보다 꿈속에서 본 광경을 묘사하는 것처럼 느껴졌다.

"학교 사이트에 들어가면 강의실이라고 부르는 소규모의 인터넷 공간들이 보입니다. 마우스 커서를 가져가면 강의 내용과 시간, 다른 학생들이 남긴 강의 평가 같은 것들이 떠요. 그리고 가장 중요한 강의료가 나옵니다. 그 강의실에 들어가려면 반드시 뭔가를 지불해야 해요. 대부분의 강의는 돈을 내면 들어갈 수 있죠. 수십 타이완달러에서 수천 타이완달러까지 가격이 천차만별인데, 라이브 방송을 하는 방이라면 수만 타이완달러도 드물지 않아요. 그런데 강의 중 10퍼센트는 진입 가능한 등급이 따로 있는 특별 강의예요. 대학생 이상의 교우만 들어갈 수 있다든지 그런 거죠. 학교는 등급제로 운영돼요. 청강생, 유치원생부터 교수까지 나뉘어요. 제가 관찰해본 결과 대부분 이용자는 청강생에서 고등학생 등급이에요. 대학생으로 승급하려면 특별한 조건이 필요하거든요. 대다수 인간이 충족하기 어려운 조건이에요.

강의를 듣는 것만으로는 부족하고 '보고'를 해야 대학생 이상으로 올라갈 수 있어요. 직접 한두 개 방을 열고 '교재'를 다른 교우에게 제공해야 한다는 거죠. 그날 제 사수가 사진들을 저에게 보내줬을 때, 저는 보자마자 제가 들어갔던 강의를 한 사람이 찍은 사진들이라는 걸 알아차렸어요.

사진 중에서 몇 장은 기억이 나는데 루이안의 사진은 처음 봐요. 제가 사진을 봤다면 루이안에게 알려줬을 겁니다. 검색어 몇 개를 돌려봤지만 루이안의 사진이 올라간 방은 나오지 않았어요. 그렇다는 것은 그 사람이 등급 제한을 걸어서 제 권한으로는 볼 수 없는 내용이라는 뜻입니다. 그래서 기억이 나는 다른 사진 몇 장으로 제가 전에 정리해둔 파일과 대조했어요. 제가 뭔가 착각한 게 아니라면 그 사진들을 올린 교우의 닉네임은 '쥐망(巨蟒)'+이에요. 하지만 루이안의 사진도 쥐망이 찍었는지는 100퍼센트 확신할 수 없습니다. 그건 사진을 당신들에게 보낸 사람만 알 거예요. 그래서, 누가 사진을 보낸 거죠? 가장 가능성이 큰 사람을 잘 생각해보세요."

+ 거대한 구렁이라는 뜻.

"도와주려고 한 일이라면서 왜 익명으로 사진을 보냈는지 궁금했는데, 네 말을 들으니 이해가 되네. 편지봉투를 보낸 사람은 분명 교우겠지?"

왕전샹이 물었다.

"네, 다른 가능성은 없어요."

우수옌의 대답은 몹시 단호했다.

"현실에서 자신이 교우라는 것을 밝힐 사람은 없겠지. 그렇지만…… 편지를 보낸 사람은 루이안을 알고 있고, 내가 루이안을 다큐멘터리 제작진에게 소개했다는 것도 알아. 그렇다면 의심스러운 사람은 50명, 아니면 40명 정도야. 그런데 그중에서 누구지……?"

왕전샹의 표정은 점점 어두워졌다. 고민하는 그가 안타까웠는지 우수옌이 위로했다.

"괜찮아요. 일단 여기까지 해요. 그럼, 당신은 어떻게 사진을 받으셨죠?"

모든 사람이 황신뤄를 쳐다봤다.

"전 어제저녁 일고여덟 시쯤 이메일을 받았어요. 왕전샹 씨와 비슷하게 처음 보는 계정이 보낸 이메일이라서 바로 삭제하려고 했죠. 그런데 제목이 '당신 딸이 위험합니다'였어요."

황신뤄가 몇 초간 머뭇거리다가 말을 이었다.

"제가 루이안의 엄마라는 사실을 아는 사람은 전남편 집안의 사람들과 양양, 그 밖에는 제가 의뢰했던 흥신소 사람 정도예요.

전남편의 집안사람들은 컴퓨터도 잘 이용하지 않아서……."

"흥신소라고요?"

우수옌이 다급히 끼어들었다.

"그쪽은 아니에요. 나중에 필요하다면 조사해볼게요."

"네, 그럼 다른 쪽을 생각해봐야겠어요. 루이안과 쥐망은 어디서 알게 된 걸까요? 제가 여러 교우를 팔로우했지만 대부분 징그럽다고 느낄 뿐이었는데, 쥐망은 좀 달라요. 그 사람은…… 섬뜩해요."

"쥐망에 대해서 좀 더 설명해주시겠습니까?"

천신한이 요청했다. 그의 생각은 직관적이었다. 쥐망의 이미지와 황의 이미지를 비교해서 대조하려는 것이다.

"아…… 좋아요."

우수옌은 묘하게 의미심장한 눈으로 천신한을 힐끗거렸다. 그가 어떤 의도로 그런 요구를 하는지 가늠해보는 듯했다.

"학교를 진짜 학교처럼 생각하시면 돼요. 교사들이 있고, 그들은 다 강의 스타일이 달라요. 그런데 쥐망의 강의는 특별해요. 예전에는 그도 흔히 볼 수 있는 소녀의 나체, 자해, 자위, 혹은 우리가 생각할 수 있는 각종 물건을 음부에 넣는 사진 같은 걸 올렸죠. 이상한 점은 그 소녀들이 강요를 당한 것 같지 않았다는 거예요. 그 애들의 표정이…… 좋아서 하는 것 같기도 하고, 즐거워하는 것 같기도 했어요. 처음에는 쥐망이 그 소녀들에게 약을 먹였다고 생각했어요. 하지만 생각해보니 저는 마약을 복용한 청소년을 취재한 적이 있는데 그 소녀들과는 좀 달랐어요. 쥐망은 어떤 방법을 쓴 걸까요? 돈일까요? 얼마를 줘야 그런 행위를 허락할까요? 그리고 어디서 그 소녀들과 알게 되었을까요? 그놈에게는 어리고 철없는, 그리고 사회와 유리된 소녀와 접촉할 방법이 있는 거예요."

"사회와 유리된……?"

황신뤄가 물었다.

"네, 제가 말하는 사회란 가정만을 가리키는 게 아닙니다. 학교도 포함되어 있어요. 그 소녀들은 정상적인 상황이라면 학교에 다니고 있을 나이입니다."

천신한은 저도 모르게 사진을 다시 쳐다보았다. 사진 속 소녀들은 열다섯 살도 채 되지 않은 것 같았다.

"남자와 이런 짓을 하고서도 여자애들에게 심리적인 과부하가 없을까요? 당연히 누군가에게 상담하고 싶었을 거예요. 가족과 사이가 나쁘다면 친구에게라도요. 학교 선생님 중에서도 세심한 분은 이상한 점을 눈치챘을 거고요. 전샹 오빠가 같이 다큐멘터리를 찍으면서 알게 된 사실은, 아이들에게 가족이 일차적인 안전망이라면 학교가 2차 안전망이에요. 가족이라는 안전망에 구멍이 뚫려도 학교가 남아 있죠. 아이들이 문제 상황에 빠졌을 때 학교 친구나 선생님이 알아차린 사례는 아주 많아요. 하지만 사진에 등장하는 소녀들은 적어도 한두 달씩 쥐망에게 농락당했어요. 물론 다른 원인이 있을 수도 있고, 제 생각이 틀렸을지도 몰라요. 어쩌면 그 소녀들은 그 상황을 무섭다고 느끼지 않았을지도 모르죠. 하지만 그럴 가능성은 크지 않다고 봅니다."

황신뤄가 이마를 짚으며 힘겹게 속삭였다.

"그렇군요……."

"쥐망 이야기로 돌아가죠. 제가 보기에 그놈은 중간에 스타일이 바뀌었어요. 나중에는 나체 사진이나 자위 영상이 아니라 좀 다른 유형에 주력했죠. 그걸로 그놈은 인기를 얻었어요. '열성팬'이라고 부를 만한 추종자도 생겼죠. 제가 본 것 중에 '완전 독립 프로젝트'라는 게 있어요. 주로 열두세 살쯤으로 보이는 초등학교를 갓 졸업했을 것 같은 여자애들이 나와요.

한번은 강의실에 들어갔더니 쥐망이 여자애에게 가까운 사람들에게 순서대로 전화를 하라고 시키더군요. 생각나는 사람은 전부 명단을 만들어서 한 명씩 쉬지 말고 전화하라고요. 전화해서 그 사람들을 얼마나 미워하는지 설명해주라는 거였어요. 여자애가 처음에는 웃으면서 전화를 걸어요. 전화받는 사람의 반응은 다 달랐죠. 엄마는 울었고, 아빠는 밖에서 죽어버리는 게 낫겠다면서 집에 들어올 생각도 하지 말라고 했어요. 그렇게 한 통 두 통 전화를 거는데 그 애의 표정이 차차 변했어요. 갈수록 힘들어했죠. 미워한다는 말을 하는 것에 저항감을 느끼는 것이 보였어요. 명단의 절반쯤 진행했을까, 그 애가 그만하고 싶다고 했어요. 그러자 쥐망은 규칙을 지켜야 한다며 계속 전화하라고 했고요. 그 여자애는 마지막으로 어느 친구에게 전화를 걸었는데, 몇 마디 하자마자 친구가 말을 끊더니 이렇게 대꾸했죠. 네가 학교에 오지 않으니까 반 분위기가 훨씬 좋아, 앞으로도 나타나지 말아줘.

라이브 방송은 길지 않았어요. 40분쯤 되었을까요? 그날 강의실에 들어온 사람들은 겨우 40분 사이에 그 소녀의 눈동자가 텅 비는 것을 똑똑히 봤을 거예요. 미소 짓던 얼굴이 점점 굳고, 마지막에는 감정을 억누르며 울지 않으려고 애를 썼죠. 반응이 엄청났어요. 순식간에 댓글이 몇백 개가 달렸고요. 정말 교육적이라고 반응한 사람도 있었고, 이 방송을 보면서 사정할 때보다도 좋았다는 사람도 있었죠."

"그게 다 뭐야……."

왕전상이 듣기 힘든 모양인지 고개를 흔들었다.

"다른 강의에서는 어떤 소녀가 바닥에 무릎을 꿇고 앉아서 자기 잘못을 하나씩 말했어요. 머리에 비듬이 많아서 잘못했다, 서랍을 잘 정리하지 않아서 잘못했다, 그런 것들이요. 시험지를 뒤로 넘길 때 그냥 책상 위에 내려놓는 게 아니라 친구의 머리를 쳤어야 했는데 그러지 않은 것도 잘못했다고 그랬죠. 쥐망은 이어서 그 소녀에게 따돌림을 당한 일을 이야기하라고 명령했어요. 여자애는 반쯤 울면서 말했고요. 마지막에 쥐망이 따돌림을 당한 건 네 잘못 때문이냐고 물었고, 그 애는 바로 대답했죠. 무조건 제 잘못이에요, 따돌림을 당하는 애는 100퍼센트 문제가 있는 거예요, 그런 애들은 인정하지 않지만요. 그러자 쥐망이 그 애의 머리를 쓰다듬어주고 용감하다고 칭찬했어요. 이 라이브 방송은 댓글

올라오는 속도가 훨씬 빨랐어요. 어떤 교우는 쥐망을 자유의 상징이라고 부르기도 했고요. 여러 교우를 대신해서 현실에서 허락되지 않는 생각을 실천한다면서.

모든 강의실에는 '조교'가 있어서 이용자들의 반응을 감시해요. 오랫동안 아무런 댓글도 달지 않으면 관찰 대상으로 지정되고, 심할 때는 학교에서 쫓겨나기도 해요. 그래서 저도 댓글을 썼죠. 선생님 고맙습니다 어쩌고 그런 댓글이요."

"그 학교라는 데는 너무…… 병적이다."

"전상 오빠의 지금 그 표정이 참 부러워요. 저는 위장 잠입을 너무 오래 해서 그런지 어느 틈에 마비되고 말았나 봐요. 댓글을 남길 때 느낀 거부감이 몇 달 전처럼 심하지 않았어요. 저는 학교에서 일종의 종교적 체험을 제공한다는 생각도 해요. 교우들은 학교에 소속감을 느껴요. 학교 덕분에 시야가 넓어졌고 자기 삶을 다른 관점에서 바라보게 되었다고 하죠. 그런 표현은 꼭 종교 같지 않나요? 쥐망이 루이안에게 어떤 방법을 썼는지 직접 보지는 못했어도 지금까지의 경험이나 사진 들로 봐서는 '완전 독립 프로젝트'의 심화 버전이겠지요. 목표는 아마도…… 최악의 경우……."

"자살 교사일 것이다?"

왕전상이 물었다. 우수옌은 고개를 끄덕이는 것으로 답을 대신했다.

"쥐망이 얼굴을 보인 적이 있습니까?"

천신한이 물었다.

"한 번도 없었어요. 많은 교우가 강의실을 열 때 가면을 쓰고 나오지만, 쥐망은 그보다 더 신중해요. 그는 극단적일 정도로 세심해서 목소리도 늘 변조했죠. 촬영 장소도 호텔과 일반 주택을 오가며 매번 바뀌었어요. 제가 불안해지는 이유는 또 있는데, 그 여자애들이 쥐망을 대하는 방식을 보면 잘 보이고 싶어 하는 마음이 확실히 느껴진다는 거예요. 정말 미묘한 부분이지만, 그 애들이 쥐망을 좋아하지 않는다고 말할 수가 없어요. 그게 사랑일까요? 제 생각이 다 맞는 건 아니겠지만, 어떤 면에서는 좋아하는 어른에게 애교를 부리는 것처럼 보이기도 하고요. 그래서 저는 쥐망이 교사나 사회복지사가 아닐까 생각했어요. 그 나이대의 여자애들을 잘 이해하는 그런 직업, 그 애들의 마음을 사려면 어떻게 해야 하는지 아는 사람. 하지만……."

"하지만, 뭐?"

왕전상이 물었다.

"제 사수 말로는 그게 고정관념이라더군요. 꼭 그런 직업이 아니더라도 타인의 마음을 이해해야 하는 단계에 이르러야 성공한다고요. 예를 들어 영업 사원, 매니저 같은 직업도 그렇죠. 전상 오빠 같은 영화 제작자도, 저 같은 기자도 그래요. 쥐망이 예전의 그 다큐멘터리 촬영에 참여했던 사람이라고 가정해봐도, 그 사람은 청소년기 아이들의 사고방식을 어느 정도 알게 되지 않았겠어요? 그러니 쥐망의 직업 쪽을 파고드는 것은 막다른 길일지도 몰라요. 루이안 쪽으로 접근해야죠. 루이안은 대학에 가지 않았고, 아르바이트를 하거나 그렇지 않은 시간에는 게임을 했어요. 일단 범위를 그 두 가지로 좁혔어요."

"그래서 어제 전화했을 때 루이안이 아르바이트하는 곳을 물어봤군."

"네, 시간을 절약하려고 저는 바로 루이안의 아르바이트 가게로 갔어요. 가서 두 시간 정도 기다렸죠. 솔직히 말씀드리면 쥐망이 루이안과 그곳에서 만났을 가능성은 일단 제쳐뒀습니다. 가게 사장과 1년 반 정도 같이 아르바이트를 한 학생들이 다 같은 이야기를 하더라고요. 루이안은 동료든 손님이든 가리지 않고 사적인 접근을 원천 차단했답니다. 일하는 시간에 사람과 사귈 생각은 조금도 없어 보였대요. 그래서 루이안이 했던 인터넷 게임이 아주 중요한 것 같아요. 천신한 씨, 전샹 오빠 말로는 당신이 루이안과 위그드라실에서 알게 된 사이라더군요. 그리고 의심하는 사람이 있다고요? 그 사람에 관해서 설명을 좀 해주세요."

움찔 놀란 천신한은 귓바퀴가 뜨끈뜨끈해지는 것을 느꼈다. 이제 내 차례인가?

"그 사람은 게임에서 황이라는 닉네임을 씁니다."

"몇 살이죠?"

"제 개인적인 추측으로는 30대 후반쯤이에요. 거의 마흔 살에 가까울 거예요. 당신이 말한 것처럼 아주 세심한 성격이고요. 황은 절대로 게임에서 자기 정보를 말하지 않았어요. 절대로.

나이도 제가 사소한 정보들을 모아서 추측한 거고요. 자세한 건 나중에 말씀드리기로 하죠. 두 번째로 황은 돈이 많습니다. 게임에 큰돈을 쏟아부어도 아까워하는 기색이 없거든요. 제가 말하는 큰돈이란 수백만 타이완달러 수준이에요. 쥐망의 촬영 장소가 매번 바뀐다고 했는데, 황이 가진 재력이라면 호텔 방을 한 달 정도 빌리는 건 큰 문제가 아닐 겁니다.

그리고 황은 루이안과 자주 대화했어요. 쥐망에게 어린 여자애들이 저도 모르게 의존하게 되는 그런 능력이 있는 것 같다는 당신 말과 부합하는 면이라고도 할 수 있겠죠. 여자애들은 자기 이야기를 들어주는 사람을 좋아하니까요. 당신 말을 듣고 나니 황이 쥐망일 가능성이 큰 것 같아요."

"나이 말고 다른 정보는 없어요?"

우수옌이 수첩을 꺼내서 위그드라실과 황을 적었다.

"잠깐만. 시간 낭비하지 맙시다."

황신뤄가 끼어들었다. 사람들의 시선이 전부 그쪽을 향했다.

"제가 보장하죠, 황은 쥐망이 아니에요."

"어째서 확신하시는 거죠?"

이 질문은 천신한이 두 시간 전에 묻고 싶었던 내용이다.

왜 황신뤄와 그 부하들은 황이라는 닉네임을 듣자마자 이상하게 반응했을까?

"제가 황이니까요."

황신뤄가 눈을 깜빡거리다가 천신한을 향해 말했다.

"미안해, 둥촨. 나도 이런 식으로 만나고 싶지는 않았어."

몇 초가 흐르고, 천신한이 겨우 목소리를 쥐어짜 냈다.

"당신이 황이라고요? 말도 안 돼, 그건 너무 이상한데요!"

"나도 우스운 일이라고 생각하지만, 어쩔 수 없는 사정이 있어."

"잠깐만요."

왕전샹이 풀리지 않는 수학 문제를 앞에 둔 학생처럼 얼굴을 찡그렸다.

"잠깐 정리 좀 합시다. 당신이……."

왕전샹이 황신뤄를 가리키며 다음 말을 이어갔다.

"오랫동안 연락이 끊겼던 루이안의 엄마이면서 동시에 루이안과 같이 위그드라실을 했던 황이다?"

"네, 그런 거죠."

"그러면 루이안이 줄곧 기다렸던 사람과, 우리가 며칠 동안 나쁜 놈일지도 모른다고 여기고 찾던 사람이, 둘 다 당신이군요? 세상에! 제가 좀 실례인 말을 해도 봐주세요. 전 루이안이 다큐멘터리를 찍지 않아서 다행이라고 봐요. 루이안이 계속 출연했더라면 지금의 이런 전개는 조작이라는 의심을 받기 딱 좋겠네요."

왕전샹이 아주 깊고 무거운 한숨을 쉬며 또 말했다.

"현실이 소설보다 황당하다고들 하는데, 현실에서는 논리라는 것을 따질 필요가 없어서 그런가 봅니다."

"루이안은 모르나요? 황이 엄마라는 걸?"

우수옌이 조그맣게 질문했다. 그러면서 수첩에 썼던 '황'이라는 글자 위로 줄을 죽죽 그었다.

"네, 몰라요."

"당신은 이게 재미있습니까? 저는 이해가 안 됩니다. 루이안이 다큐멘터리를 촬영하던 때에 엄마가 보고 싶다고 몇 번이나 말한 줄 알아요?"

충격이 조금 가시자 슬슬 화가 나는 모양인지 왕전샹이 딱딱한 말투로 물었다.

"저도 제 행동이 옳지 않다는 건 알아요. 하지만…… 다른 방법이 없었어요."

"제가 아줌마한테 루이안 앞에 나타나지 말라고 했어요."

양양이 갑자기 끼어들었다. 양양의 말이 운석처럼 그 자리에 모인 사람들 사이로 떨어졌다.

왕전샹이 경악한 얼굴로 조카를 돌아보았다. 양양이 지지 않고 노려보았다. 그는 이마를 짚으며 옆으로 옮겼고, 양양이 그가 비워준 자리에 앉았다.

"어떻게 양양과 관련이 있는 겁니까?"

천신한이 물었다.

"그때 아줌마는 한눈에 봐도 비싼 옷에 명품 가방을 들고 포르쉐에서 내렸어요. 저는…… 루이안이 오랫동안 참고 기다렸는데 이런 결말을 맞아서는 안 된다고 생각했어요."

양양의 눈빛은 당당했다. 그러나 덜덜 떨리는 손은 그 애의 망설임과 두려움을 보여주었다.

"그래서 엄마가 루이안을 만나러 왔는데, 네가 그걸 막았어? 그런 거야?"

왕전상이 벌컥 화를 냈다.

"맞아. 하지만 나는 잘못하지 않았어. 아주머니는 자기가 루이안에게 무슨 짓을 했는지 반성해야 했다고. 그러지 않을 거라면 아예 루이안 앞에 나타나지 않는 게 낫지. 루이안은 나하고 우리 엄마만 있으면 돼."

"글쎄, 그 말은 틀린 것 같군요. 두 사람만 있어도 됐다면 루이안이 왜 쥐망을 만났겠어요."

우수옌의 담담한 말에 양양은 이를 악물고 눈물을 참으면서 항변했다.

"그건 의외의 사고 같은 거예요……."

"여기서 이럴 게 아니라 루이안을 찾아가는 게 좋겠어요."

우수옌이 결단을 내렸다.

"소용없어요. 제가 말했잖아요? 루이안은 우리 말을 들어주지 않을 거예요. 우리가 무슨 말을 하든 무시할 거라고요. 억지로 들어가서 걔를 끌고 나오기라도 할 건가요?"

"양양, 루이안하고 무슨 일이 있었어요?"

천신한은 가게에 들어서던 순간부터 양양의 표정이 이상했던 것을 떠올렸다.

"내가 루이안을 찾아갔는데, 나한테 아주…… 아주 가슴 아픈 말을 했어요."

"그게 바로 쥐망의 계획일 거예요. 얼른 루이안에게 갑시다!"

우수옌의 말에 양양이 버럭 소리를 질렀다.

"내가 말했잖아, 갠 당신 말을 안 들을 거라고!"

이유 없이 감정적으로 구는 양양을 보며 천신한은 처음 만난 날을 떠올렸다. 그날은 천신한이 양양에게 루이안을 잘 아는 것처럼 생각하지만 사실은 그렇지 않을지도 모른다고 말했다. 오늘 우수옌이 한 말도 결국은 같은 뜻이었다. 그는 양양이 끊임없이 눈을 깜빡거리면서 눈물을 참으려고 애쓰는 모습을 가만히 바라보았다. 순간적으로 양양의 좌절감이 이해되었다. 양양은 오랫동안 시리를 도와주었다. 지금까지 그랬다. 하지만 누구도 저 애의 노력을 인정해주지 않은 것이다. 시리 본인조차도.

왕전샹이 몇 번이나 초인종을 눌러도 안에서는 반응이 없었다. 그는 귀를 문에 바투 대고 무슨 소리가 나는지 들어보려 했지만 허사였다.

일행은 숨을 죽이고 계단 참에 서 있었다. 양양의 낯빛은 몹시 어두웠다. 우수옌이 한 말이 아직도 귓가에서 쟁쟁 울리고 있었다.

양양은 힘없이 고개를 들고 계단 참의 창문을 쳐다보았다가 돌연 소리를 질렀다.

"루이안이 베란다 쪽으로 나갔어요!"

다들 우르르 창문에 달라붙었다. 창문 밖으로 모퉁이를 돌아 사라지는 루이안의 뒷모습이 보였다.

천신한은 저도 모르게 전율했다.

시그널이 약해졌다.

다른 사람들이 구르듯이 계단을 내려갔다.

천신한도 정신을 차렸다. 지금은 시그널이 흐려진 이유를 따질 때가 아니다. 그도 얼른 시리를 뒤쫓았다.

근처의 골목들은 개미굴처럼 좁고 빽빽했다. 일행은 금세 루이안을 놓치고 말았다. 왕전상이 큰길로 통하는 몇 군데 골목을 막아야 한다고 제안했다. 다들 그의 지휘에 따라 흩어졌다. 황신뤄는 부하들에게 전화를 걸었다. 차를 타고 주변을 한 바퀴 돌면서 팡루이안을 찾으면 일단 잡아두라고 명령했다.

천신한은 헐떡이며 뛰었다. 그러다 눈앞에 두 갈래 길이 나타났다. 왼쪽? 오른쪽? 판단할 수 없었다. 양쪽 길 모두 비슷비슷하게 생긴 주택들이 보였다. 빨간 페인트를 바른 철문과 녹색 가지가 담장 밖까지 뻗은 나무들이 주르륵 늘어서 있었다. 눈앞이 어질어질했다. 무릎에서도 극심한 통증이 느껴졌다. 몸의 모든 관절과 근육이 그의 움직임에 저항하고 있는 듯했다. 그는 당장 결정해야 했다. 왼쪽이냐, 아니면 오른쪽이냐? 그 순간 시야 한쪽에서 연기가 피어오르는 것처럼 검은 안개의 기운이 느껴졌다.

천신한은 젖 먹던 힘까지 내어 길옆에 주차된 차량의 보닛에 올라갔다. 겨우 중심을 잡고 선 그는 겁에 질린 시리와 눈이 마주쳤다.

시리가 남의 집 마당에 숨어 있었다니!

"여기예요! 빨리! 루이안이 여기 있어요!"

천신한이 크게 소리를 지르면서 비틀비틀 담장 위로 올라갔다.

이 집은 도둑을 막기 위해 담장 위에 유리 조각을 붙여놓았다. 천신한은 땀을 뻘뻘 흘리면서 발 디딜 곳을 겨우 찾았다. 그러나 루이안은 야속하게도 뒤로 한 걸음 물러서며 대문을 향해 몸을 돌리려 했다.

"잠깐만! 우리는 널 해치려는 게 아니야!"

루이안은 코웃음을 치며 날쌔게 대문 밖으로 빠져나갔다.

천신한은 멋지게 바닥으로 뛰어내리려 했으나 마음과는 달리 비틀거렸고, 이마를 땅에 세게 부딪혔다.

"괜찮아요?"

어디서 나타났는지 모를 우수옌이 그를 일으켜주었다.

우수옌의 손이 닿은 곳에서부터 따뜻한 기운이 몸 안으로 흘러들어왔다.

"루이안부터 잡아요. 저쪽으로 갔어요."

천신한은 루이안이 달아난 방향을 가리켰다.

루이안은 놀라울 정도로 빠르게 달렸다. 그러나 우수옌은 더 빨랐다. 두 다리를 교차하는 속도나 손을 움직이는 자세까지 전부 육상 선수를 방불케 했다. 금세 두 사람의 거리는 골목 하나 정도로 줄어들었다.

루이안은 뒤를 돌아보더니 놀람과 의아함이 섞인 표정을 지었다. 자신을 따라오는 여자가 누구인지 생각하는 것 같았다.

다음 순간 루이안이 멈칫하며 눈썹을 찌푸렸다. 움직이려고 했지만 그 자리에 못 박힌 듯 발을 떼지 못하는 사이 왕전샹과 양양이 달려와 양쪽에서 루이안의 팔을 붙들었다. 천신한은 루이안과는 좀 다른 이유로 꼼짝도 못 하고 우수엔을 바라보았다.

메두사의 눈이 또 발동됐다. 절대 잘못 본 것이 아니다.

황신뤄는 다른 사람들 뒤에서 머뭇거렸다. 손으로 자기 팔을 불안하게 문지르는 모습이 어떻게 해야 할지 고민하는 것 같았는데, 다음 순간 앞으로 나섰다.

그때 루이안은 긴 꿈에서 막 깨어난 사람처럼 눈을 깜빡거렸다. 그러다가 곧 정신이 드는지 화를 내며 어깨를 비틀었다.

황신뤄가 고개를 떨군 채 다가왔다. 눈물이 창백한 뺨을 타고 뚝뚝 떨어졌다.

"시리, 난 너의 '어른 친구'란다."

루이안의 움직임이 딱 멎었다. 그가 눈을 가늘게 뜨며 황신뤄를 똑바로 바라보았다.

황신뤄의 눈물이 땅에 떨어졌다. 한 방울, 두 방울.

"그리고 난 너의 엄마야. 미안하다, 정말 미안해……."

루이안의 얼굴에 의구심이라는 감정이 떠올랐다.

황신뤄는 차분히 루이안의 생년월일과 아버지의 이름, 조부모의 이름, 태어난 병원 등을 말했다. 루이안의 표정이 점점 일그러졌다. 날카로운 비명이 사람들의 귀를 아프게 찔렀다.

"전부 사기꾼이었어! 누구도 진짜가 아니었어, 전부 사기꾼들!"

우수옌이 루이안의 손목을 잡고 눈을 마주치며 말했다. 진정해요. 다른 사람의 눈에는 평범한 행동으로 보였겠지만 천신한은 눈을 부릅뜨고 자세히 보았다. 절대 잘못 본 것이 아니었다.

동물을 바라보는 사냥꾼의 눈빛.

극히 짧은 순간이지만 마주 본 사람의 몸을 굳게 하는 눈빛과 그 뒤에 숨은 강력한 에너지.

우수옌은 누구지? 정말로 평범한 기자일까?

루이안의 눈빛이 흐려졌다. 그는 멍하니 중얼거렸다. 네, 진정, 진정해야죠…….

붉은 피 한 방울이 우수옌의 코끝에 맺혔다. 핏방울은 위태롭게 흔들렸지만 아래로 추락하지는 않았다.

우수옌이 땅바닥에 주저앉았다. 이마에 땀이 송골송골 맺혔다.

왕전샹이 사진을 꺼내 보여주며 일부러 평온한 말투로 물었다.

"루이안, 이 사진은 누가 찍어줬어?"

루이안은 사진을 흘낏 보더니 고개를 팩 돌렸다.

"말 안 해."

"넌 지금 위험해, 알고 있니? 계속 이러면 죽을지도 몰라."

"그게 어때서? 난 진짜 죽고 싶은데."

"루이안, 얼른 말해줘. 누가 너한테 이런 걸 시켰어?"

"시킨 사람 없어. 다들 왜 나를 이해하지 못하는 거지? 나는 살아 있을 이유가 없다고요."

"루이안, 왜 그렇게 말하는 거야……."

양양이 눈물을 흘렸다.

"좋은 운을 타고 난 애가 뭘 알아. 넌 내 마음을 절대 모를 거야."

"여기서 이러지 말고 다른 데로 갑시다. 사람들이 쳐다보고 있어요."

왕전샹이 제안했다.

시리의 몸을 휘감고 있던 검은 안개가 점점 옅어지더니 마침내 사라졌다.

천신한은 만감이 교차하는 얼굴로 그 장면을 지켜보았다. 이제 시리는 안전하다.

10

지금 팡루이안은 안전하지만 누군가 옆에서 지켜볼 사람이 필요하다고 우수옌이 지적했다.

왕전샹은 누나 집, 다시 말해 양양의 집을 추천했다. 루이안이 한동안 묵은 적도 있으니 익숙한 환경이고, 양양의 어머니 역시 절대 반대하지 않을 것이라는 이유였다. 그러나 루이안이 고개를 저었다. 뭐라고 설득해도 요지부동이었다. 루이안은 양양에게 거듭 말했다.

"너하고 네 어머니가 사이좋게 지내는 걸 보고 있으라고? 나한테 그건 형벌이야."

루이안의 반응에 양양은 또 상처를 받았다.

황신뤄가 고개를 떨구고 씁쓸하게 말했다.

"루이안, 미안하구나. 엄마가 금방 널 만나러 갈게. 그때 엄마가 전부 다 말해줄게. 그동안 엄마한테도 많은 일이 있었단다. 일부러 너를 내버려둔 게 아니야."

루이안은 대답하지 않았다. 눈빛에서 여전히 거리감이 느껴졌다.

그 자리에 모인 누구도 그의 외로움이 어떤 모습인지 제대로 아는 사람은 없었다.

우수옌이 이마를 몇 번 쓸더니 말했다. 루이안, 그러면 이렇게 할까? 우리가 몇 번 만나지 않은 사이이기는 하지만, 잠시 우리 집에 가 있을래? 루이안은 대답하지 않았다.

목이 멘 황신뤄가 애원했다.

"루이안, 다 내 잘못이야. 내가 너무 나약했어. 엄마한테 용서를 빌 기회를 주지 않겠니? 우선 우수옌 언니 집에 가자. 엄마가 금방 데리러 갈게."

양양도 눈을 문지르며 웅얼웅얼 말했다. 금세 손이 눈물에 젖었다.

"루이안, 수옌 언니와 같이 가. 혼자 버티지 말고, 응? 나를 미워하는 건 괜찮지만, 너 자신을 미워하면 안 돼. 내가 잘못했어. 평생 친구로 지내자고 그랬는데, 네 마음을 너무 몰랐어. 제발 부탁이니까, 너 자신을 해치지 마."

"루이안, 나하고 같이 가자. 약속할게, 이번에는 누구도 너를 버리지 않을 거야."

루이안이 보일 듯 말 듯 고개를 끄덕였다. 마침내 거기 모인 사람들의 마음이 조금 가벼워졌다.

우수옌이 팡루이안을 데리고 황신뤄의 차에 탔다. 황신뤄는 조수석에 앉았다. 천신한은 앞으로 또 황신뤄를 만날 일이 있을지 모르겠다는 생각에 달려가 차창을 두드렸다. 황신뤄가 의아한 얼굴로 창을 내렸다.

"잠깐만요. 적어도 제 이름과 주소를 어떻게 알아냈는지는 알려주셔야죠."

천신한은 앞으로 다시는 비슷한 상황을 겪고 싶지 않았다.

황신뤄가 부끄럽고 미안한 표정을 지으며 대답했다.

"우선 사과부터 해야겠지. 둥찬, 미안해. 너에게 그렇게 대하면 안 됐어. 하필이면 사건이 비슷한 시기에 일어나서 그랬어. 며칠 전에 루이안이 나에게 말해줬어. 네가 친구의 사진을 도용해서 그 애를 속였다고 말이야. 나는 루이안이 변태 스토커에게 걸렸을까 봐 사람을 시켜서 네 뒷조사를 했는데, 조사할수록 부정적인 정보만 나오더군. 그 뒤에 아까 그 사진들을 받는 바람에 그만…… 너를 그놈이라고 생각해버렸어."

"그건 일단 됐고요. 제 질문에 답을 해주시죠."

"넌 위그드라실에서 네 이야기를 아주 많이 했어. 대학 때 몇 학번이었다든지, 어느 도시에 산다든지, 어느 초등학교를 졸업했다든지 그런 거 말이야. 안 그래? 너희 집 근처에 모스 버거, 스타벅스가 있다는 것도 말해줬지. 맞은편에는 중화전신(中華電信) 건물이 있고.

네가 산다고 했던 도시에서 이런 조건에 딱 들어맞는 아파트 단지는 많지 않았어. 금방 대략적인 위치가 나왔지. 그리고 루이안은 네가 친구의 사진으로 자길 속인 데 화가 많이 났거든. 그래서 그날 나한테 하소연을 하면서 몰래 찍은 네 사진을 보내줬기 때문에 네 얼굴도 알고 있었어. 이런 정보를 다 모았더니 너를 찾아내는 게 별로 어렵지 않더라. 본명은, 너도 대충 짐작하겠지?"

"아파트 단지의 사람들이 말해줬겠군요."

"그래."

"내가 나오지 않았으면 얼마나 기다릴 셈이었습니까?"

"6시까지 기다려도 네가 밖으로 나오지 않으면 너희 집 초인종을 누를 생각이었어."

황신뤄가 차창을 올렸고, 차가 곧 출발했다.

천신한은 차에 탄 우수옌과 눈이 마주쳤다.

메두사의 눈은 지금 몹시 부드러운 빛을 띠고 있었다.

무슨 이유에서인지 몰라도 천신한은 열이 나는 듯한 느낌을 받았다. 수많은 개미가 그의 가슴을 깨물어대는 것 같기도 했다. 모든 감각기관이 끊임없이 경보를 울렸다. 머릿속에서 누군가 포효하듯 고함을 질러댔다.

저 여자를 다시 만나. 만나서, 너도 똑같다고 말해.

◈ ◈ ◈

　　지친 몸을 이끌고 집에 돌아왔다. 열쇠로 문을 열자 이상하게
도 불이 꺼져 있었다.

　　아버지는 또 회사에 계신가? 그럼 어머니는? 천신한은 현관
을 둘러봤다. 야오추샹의 슬리퍼가 보였다. 외출할 때 주로 신는
단화도 신발장에 가지런히 놓여 있었다. 야오추샹은 집에 있는
것 같다. 천신한은 조심스럽게 침실로 다가가 문을 두드렸다. 한
참을 기다려도 대답이 없었다. 손잡이를 잡고 돌려봤다. 방문은
잠겨 있지 않았다. 반 바퀴를 더 돌리면 문이 열릴 것이다. 천신한
은 뜨겁게 달군 쇠를 만진 것처럼 얼른 손을 뗐다.

　　그는 황신뤄의 차갑고 기계적인 말투를 떠올렸다. 아버지가
어머니에게 이혼 이야기를 꺼냈다던 말. 아니, 절대 그런 일은 아
닐 것이다.

　　그는 마침내 다시 태어난 것 같은 느낌이었다. 그는 야오추샹
에게 사과해야 했다. 죄송해요. 저는 적어도 제가 원해서 동굴로
들어갔지만, 엄마는 아니었으니까요. 기억의 책장을 빠르게 넘겼
다. 머릿속에 고등학교 3학년 여름방학 때가 떠올랐다. 대학 입학
시험의 결과가 나온 뒤, 야오추샹은 온종일 술에 취한 사람처럼
발그레한 얼굴로 전화통을 붙잡고 놓지 않았다. 저녁에는 합격을
축하하는 의미에서 식탁 가득 맛있는 요리를 차렸다.

　　밤 11시였나 12시였나, 천신한이 거실을 지나가는데 그날 기

분 좋게 술을 드신 아버지의 코 고는 소리가 들렸다. 거실에 앉아 텔레비전 채널을 하릴없이 이리저리 넘기는 야오추샹은 무슨 생각을 하는지 모를 얼굴이었다. 천신한은 그제야 몇몇 친구들과 함께 30퍼센트쯤은 두근거림으로, 70퍼센트쯤은 의기양양함으로 주고받던 메시지를 멈췄다. 어머니의 모습을 보며 그도 조금 우수에 잠겼다. 그가 어머니 옆에 파고들 듯 앉았다. 엄마, 왜 기분이 좋지 않아 보이세요? 진짜 현실인지 헷갈려서요?

그건 천신한 자신의 불안이기도 했다. 자기가 시험을 그렇게 잘 볼 줄은 몰랐다.

야오추샹이 헛웃음을 두어 번 흘리며 그의 손등을 토닥였다. 그런 거 아니야. 넌 어릴 때부터 지금까지 엄마 속을 한 번도 썩인 적이 없지. 그냥 엄마는…… 네가 대학에 가고 나면 이제 엄마가 도와줄 게 없겠다는 생각이 들었어. 조금 아쉽기도 하고, 또 행복하기도 해.

천신한은 추억하기를 멈추고 용기를 내어 손잡이를 돌렸다. 방 안은 조용했다. 침대 위에 둥그렇게 융기된 모양을 보고 마음이 조금 놓였다. 거실에서 새어 들어온 빛 덕분에 눈앞의 모든 것이 가늘고 또 흐릿하게 보였다. 침대 가로 다가갔다. 이불자락을 조금 들추자 야오추샹이 눈을 감은 채 꼼짝 않고 누워 있었다. 천신한이 어머니를 부르려는데, 야오추샹이 눈을 떴다.

"샤오한? 여기서 뭘 하니?"

야오추샹은 손을 짚고 상체를 일으켰다. 휴대전화를 확인하며 낮게 중얼거렸다.

"다섯 시간이나 잤구나. 갱년기가 이렇단다. 저녁에는 약을 먹어도 잠들지 않고, 낮에는 종일 하품이 나와. 오늘 밤에는 또 자지 못하겠네."

천신한은 아직 잠이 덜 깬 상태일 때 어머니에게 이혼에 관해서 물어보고 싶었다. 목젖이 위아래로 꿈틀거렸다. 그러나 입 밖으로 말이 나오지 않았다. 한참을 애쓰고서야 겨우 입이 열렸다. 그가 가장 예상하지 못한 말이었다.

"죄송해요."

"뭐가 죄송해?"

"저도 모르겠어요. 하지만 지금은 그냥 이 말을 하게 해주실래요?"

야오추상이 잠시 침묵하더니 고개를 끄덕였다.

다음 날, 천신한이 눈을 떴을 때는 이미 오후 3시였다. 그는 가장 먼저 휴대전화에 연락이 온 것이 있는지 확인했다.

유일하게 메시지를 남긴 사람은 허칭옌이었다.

허칭옌은 어젯밤 회식을 하느라 술을 많이 마셔서 숙취가 심하다고 했다. 그리고 천신한에게 뭔가 진전된 게 있느냐고 물었다. 천신한은 조금 시무룩해졌다. 누군가는 루이안과 관련해서 어떻게 되었는지 연락을 췄을 거라고 생각했던 것이다. 하지만 그런 마음은 금세 사라졌다. 전체적인 상황을 돌이켜볼 때, 그는 어쨌거나 외부인에 가까웠다. 그들끼리는 뭔가 이야기를 주고받았겠지만 그에게 알릴 필요는 없다고 생각했을 터였다.

천신한은 간단하게 어제 있었던 일을 허칭옌에게 설명했다. 시그널이 사라진 것까지 전부 이야기했다. 끝났다. 천신한은 잠시 고개를 갸웃거리다가 황신뤄의 차에 억지로 태워졌을 때 인생의 여러 장면이 주마등처럼 지나갔다는 이야기를 추가로 썼다. 나중에 생각하니 고등학교 시절을 상당히 그리워했던 모양이라면서, 특히 고등학교 3학년 때가 그랬다고도 썼다. 그때가 천신한 자신이 가장 잘나갈 때였다고 말이다.

메시지를 보낸 뒤, 천신한은 멍하니 화면을 응시하며 생각했다. 고등학교 3학년 때 허칭옌은 어땠더라?

허칭옌의 모습이 담긴 퍼즐 조각을 자신의 과거 장면에 맞춰보려고 이렇게 오랫동안 애를 써도 퍼즐이 맞춰지지 않는 이유가 뭘까? 아무리 봐도 허칭옌은 눈에 익지만 천신한이 존재하는 장면에 속하지 않는 퍼즐 조각이었다.

천신한은 고개를 흔들어 생각을 털어냈다. 이런 생각은 불명확할뿐더러 마음을 어둡게 만든다. 비구름을 그대로 놔두면 결국 비가 내리고 길바닥이 진흙투성이가 되는 것과 같다.

몇 시간 후, 천신한은 위그드라실에 접속했다. 역시 시리와 황은 로그아웃 상태다.

다아시와 펜리르가 파티를 맺고 한 시간짜리 인스턴스 던전[+]을 공략하자고 제안했다. 천신한은 별생각 없이 파티 요청을 수락했다. 잠깐 게임을 하면서 그로서는 계속 팽창하기만 하는 중인 시간을 소모할 생각이었다.

"둥촨, 인터넷이 느린가? 아니면 자리를 비웠어? 네가 계속 멈추는 것 같은데."

던전 공략을 절반쯤 진행했을 때, 다아시가 말을 꺼냈다.

"내가 그랬어?"

"저기, 눈치챘나? 시리가 오늘 접속하지 않았던데……. 황도 그렇고." 펜리르가 말했다.

"이젠 펜리르도 그 일을 신경 쓰는군." 다아시가 말했다.

"그래, 둥촨이 그 일을 말해준 뒤부터 좀 긴장하고 있어. 시리에게 무슨 일이 생긴 건 아니겠지."

"시리는 안전해."

몇 초쯤 망설이던 천신한이 솔직하게 말하기로 했다.

"어떻게 알아?"

"가족이 자취방에 가서 시리를 만났어. 지금은 집으로 데려갔고."

[+] 게임에서 특정 개인 혹은 파티를 위해 생성하는 던전이다. 인스턴스 던전 맵에는 해당 파티가 아닌 이용자가 들어올 수 없다.

"가족? 시리는 가족하고 사이가 나쁘지 않나?" 펜리르가 말했다.

"아버지 쪽 가족 말고. 시리를 돌봐주는 언니라고 해야 하나, 그런 사람이 있어."

"시리에게서 그런 언니가 있다는 얘기는 못 들었는데." 다아시가 말했다.

"확실히." 펜리르도 동의했다.

"어떤 사람이야?"

"스물대여섯쯤 된 여자야. 좋은 사람이더라. 기자라고 했어."

"이름이 뭐지? 기자하고 안면을 트면 좋겠다는 생각을 계속했었는데." 펜리르가 물었다.

'우수옌'이라는 세 글자가 모니터에서 깜빡거렸다. 막 메시지를 보내려던 순간, 전화벨 소리가 울렸다.

천신한은 짜증스럽게 생각했다. 관문 두 개만 넘으면 MVP를 만나는 건데, 하필 이럴 때 전화라니.

그는 썼던 세 글자를 지우고 다시 '잠깐만'이라고 쓴 뒤 스페이스 바를 눌렀다. 그런 다음 휴대전화를 꺼냈다.

왕전샹이 소리를 질렀다.

"네가 하는 게임에 펜리르라는 사람이 있어?"

"왜요?"

"그 사람이 쥐망인 것 같아."

천신한은 겨울 바다에 빠진 것처럼 피부 아래의 모든 혈관이 얼어붙는 느낌이었다.

온몸이 순식간에 절망에 침식되었다.

천신한은 부들부들 떨면서 컴퓨터 앞으로 다가갔다. 모니터 안에서 빠르게 움직이는 두 캐릭터를 멍하니 바라보았다.

"펜리르."

"둥환, 또 자리 비웠지? 너 방금 죽을 뻔했어. 얼른 박스 주워. 다음 관문으로 가야지."

"네가 쥐망이냐?"

"무슨 말이야?"

"네가 학교의 쥐망이냐고."

"둥환, 무슨 소리를 하는 거야. 학교라니." 다아시가 말했다.

"다아시, 이건 너하곤 상관없는 일이야. 펜리르가 얼마나 무시무시한 일을 저질렀는지 모를 거다."

"어떻게 나하고 상관이 없어? 우리는 파트너인데."

"다아시, 지금 농담하는 게 아니야."

"나도 농담 아니야, 둥환. 모르겠나? 나도 교우야."

다아시의 목소리는 밝고 경쾌했다.

"아쉽다. 시리는 우리의 최고 기록을 경신하게 해줄 아이템이었는데. 간발의 차로 놓쳤네."

"네가 교우라고?"

"그래. 의외인가? 네가 집 밖으로 나오는 것을 무서워하는 놈만 아니었어도 우리는 널 끌어들였을 거야."

"다아시, 그건 우리가 부족해서 그런 거야. 둥찬이 시리를 위해서는 이리저리 바쁘게 뛰어다니셨잖아."

"너희들, 시리에게 무슨 짓을 했어?"

"우리? 둥찬, 그렇게 말하면 섭섭하지. 몇 년 동안 우리가 얼마나 잘 지냈냐?"

"다른 여자들도 길드에서 만난 거냐?"

감정이란 어느 선을 넘으면 정반대 상태가 된다. 몇 초 사이 두려움과 분노의 파도가 사라지고 어느새 맑고 차분한 마음이 됐다.

천신한은 금세 맥락을 파악했다.

"시리가 유일하지는 않을 것 아냐? 또 누구에게 손을 댔지?"

"둥찬, 네 생각에는 누구였을 것 같아? 생각나는 이름이 없지, 그렇지? 너는 시리만 신경 쓰잖아. 다른 길드원이 들어오든 나가든 조금도 관심 없지……. 사실 우리보다 네가 더 나쁘지. 우리는 적어도 시간을 들여서 그 애들의 이야기를 들어주고 상처받은 마음을 위로해줬으니까."

"게다가 말은 바로 해야지. 손을 대다니? 우리는 손을 쓸 필요조차 없었어. 둥찬, 친구 사진을 도용해야 했던 너는 이해하기 힘들겠지만 말이야……. 그리고 너한테 감사할 일도 있지. 우리는 시리가 몰래 너를 만나러 갈 줄은 몰랐는데, 오히려 네 덕분에 일이 잘 풀렸어. 그전에는 무슨 수를 써도 시리가 완전히 절망하지는 않더라고. 그런데 네가 해냈다니까……. 믿었던 친구의 배신이 가장 아픈 법이지. 안 그래?"

천신한은 손을 뻗어 모니터를 만졌다. 범인이 바로 눈앞에 있다. 헤드셋을 거쳐 그들의 악마와도 같은 속삭임이 들려온다.

현실 세계였다면 좋을 텐데.

저놈들을 모니터 밖으로 끄집어낼 수 있다면.

"너희들은 도대체 누구야? 숨어 있지 말고 나와."

"우리가 누구냐고? 둥환, 무슨 그런 질문을 해. 우리는 당연히 다아시와 펜리르지."

"왜 시리에게 그런 짓을 했어?"

"우리는 아무것도 하지 않았어. 그 애 자신의 내면을 확실히 보게 해준 것뿐."

"둥환, 사실 너는 시리와 많이 닮았어. 너희들은 게임에서 현실에는 없는 것들을 찾으려고 했지. 차이점이 있다면 게임과 현실이 다르지 않다는 것을 시리가 너보다 빨리 알아차린 것 정도일까."

"헤어질 때가 됐군." 다아시가 말했다.

"둥환, 그래도 우리는 너를 꽤 좋아했어. 넌 정말 게임을 잘해." 펜리르가 말했다.

"둥환, 재미있었어."

모니터에 노란색 글자가 떠올랐다. 둥촨을 '환절중당' 길드장
으로 임명합니다.

그들은 음성 채팅에서도 게임에서도 로그아웃했다.

둥촨만 혼자 남았다. 화를 참지 못한 천신한이 책상을 내리쳤다.

"그놈들이 그대로 사라졌다고요?"

우수옌이 씩씩거리며 물었다.

"네, 죄송합니다. 제가 직접 도발하는 바람에……. 그러지 않
는 게 좋았을 뻔했죠."

목을 움츠린 천신한은 등골을 타고 식은땀이 흐르는 것을 느
끼며 변명했다.

"길드만 탈퇴한 것이 아니라 게임 계정을 아예 없앴어요."

"음성 채팅에서는요?"

"찾을 수가 없어요. 전부 지웠더군요."

"쥐망이 두 사람이라는 생각을 못 했어요. 이상해……. 루이
안이 하는 말을 들으면 한 사람인데. 녹음이 있나요?"

"아뇨."

"알겠어요. 일단은 다아시라는 사람도 이 일에서 어떤 역할
을 했다고 생각해야겠군요."

"루이안이 쥐망의 집에 갔잖아? 그러면 우리 손에 주소가 있

는 거야."

왕전샹이 말했다.

"그렇지가 않아요. 루이안 말로는 매번 다른 곳에서 만났대
요. 대부분 루이안이 기차를 타고 역에 도착하면 거기서 버스를
타고 지정된 장소로 가거나 쥐망이 직접 차를 몰고 데리러 왔다더
군요. 역에서 차로 20분, 한 시간씩 떨어진 곳이라고 했어요. 호텔
이거나 아니면 일반 주택. 하지만 일반 주택이어도 차가 바로 차
고로 들어가는 형태여서 루이안은 집 주소를 제대로 본 적이 없
다고 했어요. 애초에 주소를 알아야겠다는 생각도 하지 않았고요.
루이안이 인상 깊게 본 것은 밤에 2층 창문으로 내다보면 맞은편
에 택시 한 대가 서 있곤 했다더군요. 쥐망과 같이 있을 땐 몹시
긴장해야 하기 때문에 다른 데 신경 쓸 여력이 없었다고 했어요."

"루이안이 쥐망의 얼굴을 알잖아."

왕전샹이 또 말했다.

"얼굴이라는 것은 추상적이죠. 눈이 크다고 말해도 사람마다
큰 눈이라고 생각하는 수준이 다르잖아요. 게다가 루이안은 아직
쥐망을 편든다는 게 문제예요."

우수옌의 말투에서 근심과 우려가 느껴졌다.

"제 생각이 크게 틀리지는 않았나 봐요. 쥐망이 여자애들을
어떻게 세뇌했는지 몰라도, 루이안에게 사진을 보여줬을 때 아무
렇지도 않아 하더라고요. 루이안은 쥐망이 자신에게 많은 것을
해줬다고 말했어요."

"루이안은 쥐망이 자신에게, 그리고 다른 여자애들에게 무슨 짓을 한 줄 모르는 건가?"

"제가 쥐망이 학교에서 한 짓을 자세하게 설명하지는 않았어요."

"왜? 그래야 루이안이 빨리 정신을 차리지 않겠어?"

"정신을 차린다……."

우수옌이 고개를 저었다. 그는 '정신을 차린다'는 표현에 동의하기 힘든 듯했다.

"저하고 제 사수가 같이 사이비 종교를 취재한 적이 있어요. 그때 깨달은 진리가 있습니다. 누군가 꿈을 꾸고 있을 때는 절대로 급하게 깨우면 안 된다. 그렇게 하면 꿈꾸는 사람이 더 위험해져요. 옆에서 지켜보던 사람도 위험하고요. 그래서 저도 지금 당장 루이안에게서 모든 사실을 알아내고 싶지만 그렇게 할 수 없어요. 루이안은 유일한 단서예요. 너무 몰아붙였다가 정신적으로 무너지면 끝장이라고요. 천신한 씨, 당신은 그들과 오랫동안 같이 게임을 했잖아요, 친하지 않나요? 나이는 대충 어느 정도죠? 직업이나 학력은?"

"개인적인 이야기는 거의 하지 않았어요. 다만 게임에 접속하는 시간이 정해져 있었습니다. 저녁 8시에서 12시나 1시까지 접속하는 편이었죠. 가끔은 밤 11시나 12시에 접속하기도 했는데, 회사 일 때문에 야근을 했다고 했어요. 주말에도 대부분 저녁에 접속하고요. 복잡한 인스턴스 던전에 가기로 미리 약속한 경우에는 오후에 모이죠."

"정상적으로 출퇴근하는 일인 것 같군요. 그리고 주말에도 따로 약속이 있는 경우가 많고……. 성격은요?"

"성격도 평범했어요. 사실 대화하기 편하고 예의 바른 사람들이었습니다. 그렇지 않으면 우리가 그렇게 잘 지내기 어려웠을 테니까요. 대범하고 호탕하다고 할 만했죠. 파티를 맺고 몬스터를 잡아서 비싼 아이템을 얻었을 때 욕심을 부리지 않았어요."

"경제적으로 넉넉하다."

"아마 그럴 겁니다. 펜리르 같은 경우는 위그드라실에 돈을 많이 썼으니까요."

"루이안과는 사이가 어땠어요?"

"공개적으로는, 그러니까 내가 볼 수 있는 부분에서는 특별히 가깝지 않았어요. 그건 황신뤄 씨에게 물어봐도 확인할 수 있을 겁니다."

그날 우수옌은 루이안을 자기 집으로 데려갔다. 다음 날 아침, 황신뤄는 약속대로 루이안을 만나러 왔다. 황신뤄는 루이안에게 둘이서만 따로 이야기하자고 했지만 루이안이 단칼에 거절했다. 우수옌은 루이안을 압박하는 것은 좋지 않다고 생각했고, 황신뤄에게 시간을 두고 천천히 이야기하라고 권했다.

이틀 후 루이안을 제외하고 그날 모였던 이들이 다시 만났다. 양양의 어머니가 잠시 루이안 곁을 지키기로 했다. 루이안의 성격을 잘 아는 모양인지 곧바로 우수옌의 집으로 들이닥쳤고, 루이안은 더듬더듬 인사를 한 뒤 뭐라고 말을 보태지 않았다.

황신뤄는 직접 차를 몰고 왔다.

천신한은 황신뤄에게 아직 화가 난 상태여서 얼굴을 마주하기가 조금 껄끄러웠다.

무엇보다 그는 황신뤄와 루이안 엄마 사이에 등호를 그리는 것이 여전히 어려웠다.

"맞아요. 루이안과 특별히 친하지 않았어요. 그러니 제가 가장 먼저 천신한 씨를 범인으로 의심했죠."

황신뤄가 미안한 기색으로 대답했다.

"쥐망과 루이안이 게임에서 대화한 기록이 남아 있을까요?"

"루이안이 자동 저장 설정을 했다면 자료 폴더에 남아 있을 겁니다."

"결국 원점이군요. 루이안에게 대답을 강요하는 것 외에는 방법이 없나요?"

우수옌이 한숨을 쉬었다.

"루이안이 왜 자살까지 생각한 거지? 쥐망이 명령해서?"

왕전샹이 물었다.

"루이안에게서 쥐망과 같이 지낼 때 있었던 일을 자세히 들어야 판단할 수 있을 듯해요……. 하지만 루이안이 잠꼬대로 이상한 말을 했어요. 저를 포기하지 마세요, 더 좋아질게요, 이런 말이었죠. 제가 루이안에게 무슨 뜻인지 물어봤는데, 말 그대로라고만 대답하더군요. 자살도 좋아지는 과정 중 일부인지 물어봤을 때는 좋아진다는 것은 자신에게 정직해진다는 뜻이라고 했어요. 한 사람이 진정으로 삶을 반성한다면 가장 정직한 반응은 죽고 싶어지는 것이고, 그렇다면 자살은 그 사람이 좋아지는 과정이라는 거예요.

하나씩 떼놓고 보면 무슨 뜻인지 다 아는 단어인데 그걸 조합한 문장은 도통 무슨 말인지 알 수가 없어요. 이건 꽤 수준 높은 세뇌인 것 같은데…… 체계적이고 능숙한 솜씨예요. 루이안에게서 제대로 된 정보를 얻으려면 몇 달은 기다려야 할 겁니다."

"루이안 때문에 불편한 점이 많죠?"

"아니에요. 저는 부모님이 물려주신 집에서 혼자 살거든요. 방이 두 개라서 공간도 충분합니다."

"이거, 받아주세요."

황신뤄가 핸드백에서 청록색 현금카드를 꺼냈다.

"루이안은 제 딸이에요. 제가 아무것도 해줄 수 없지만 생활비라도 제가 전부 부담하고 싶어요."

"황신뤄 씨, 이런 상황까지 왔으니 루이안과 직접 만나지 않은 이유를 말씀해주셨으면 좋겠습니다."

황신뤄가 가느다란 손가락으로 목을 감싸며 우울한 표정을 지었다.

"루이안이 대여섯 살 때 집을 나왔어요. 그 후로는 다시 그 애 앞에 나타나지 않았고요. 루이안이 이런 이야기를 하던가요?"

"네."

우수옌이 대답했다.

"그러면 그때 제가 다른 사람을 좋아하고 있었다는 것도 말했나요?"

네 사람이 전부 당황했다. 결국 왕전상이 대표로 대답했다.

"그런 이야기는 처음 듣습니다."

"그래도 엄마라고 루이안이 제 입장을 배려해줬군요. 전남편 쪽 사람들이 어떤지는 제가 잘 알아요. 그들은 루이안에게 저를 악마 같은 여자로 묘사했을 거예요. 루이안이 그런 말을 다 믿지 않았다니 고마울 따름입니다."

황신뤄가 탁자를 내려다보며 깊게 숨을 마셨다.

"이건 아주 오래전의 일이에요. 저와 루이안의 아빠는 학창 시절부터 사귀었어요. 만났다 헤어졌다를 반복했죠. 매번 다시 사귀기로 했다가 얼마 지나지 않아서 그의 손찌검하는 버릇 때문에 헤어지곤 했답니다. 그러다 아이가 생겨서 결혼했는데, 그때 둘 다 스무 살이었어요. 저는 아이가 생겼으니 상황이 나아지리라 기대했지만 현실은 그렇지 않았어요. 경험자로서 말씀드리자면, 결혼 전에 나타난 징조는 결혼 후에 더 심해질 뿐이랍니다. 루이안 아빠는 집안의 장손인데, 그 성격은 가족들이 오냐오냐 키운 탓이 절반은 된다고 봐요. 그 집안사람들은 제가 남편에게 얻어맞는 것을 봐도 제 발로 시집왔으니 원망할 자격이 없다고 말했죠. 그런 상황에서 제가 떠나면 루이안은 어떻게 되겠어요.

저는 참고 참다가 스물다섯 살 때 저를 잘 챙겨주던 회사 동료와 사랑에 빠졌어요. 그래서 이혼하겠다고 했다가 루이안 아빠에게 두들겨 맞았죠. 그는 이혼하려면 위자료를 내놓고 다시는 그와 다른 가족에게 연락하지 않는다는 맹세를 해야 이혼 서류에 도장을 찍어준다고 했어요. 저는 그가 시키는 대로 약속했어요. 다시는 루이안을 만나지 못하는 것은 너무 힘들지만, 솔직히 숨구멍이 틔는 느낌이기도 했죠. 아이를 사랑하지 않았던 건 아니에요. 하지만 아이와 같이 살기 위해 치러야 할 대가가 너무 컸어요. 나중에야 알게 된 사실이지만 그 회사 동료도 그다지 좋은 인간은 아니었어요. 그는 전 여자 친구를 때려서 전과가 있더군요.

그 뒤로도 몇 번의 연애를 더 했고, 바보 같은 선택도 많이 했지요. 서른 살에 지금의 남편을 만났는데, 그는 제가 결혼했던 사실을 전혀 개의치 않았어요. 스무 살 때 있었던 일은 어린애들 실수라고 했죠. 그런데 남편에게 딸을 낳았다는 말은 하지 못했어요. 왜 그랬는지 모르겠어요. 용기가 나지 않더군요. 저는 지금 남편과 결혼한 지 8년이 되었고, 아이도 둘 낳았어요. 남편은 지금도 루이안의 존재를 몰라요.

저는 루이안을 잊으려고 했어요. 하지만 잊으려고 할수록 점점 생각나더군요.

제 남편은 부자예요. 직업을 말씀드리기는 어렵지만 대충 짐작하시겠죠…… 어느 정도는 회색 지대를 걸어야 하는 일이라 나중에 법으로 해결하기 힘든 일이 생겼을 때 제 남편이 도와드릴 수 있을지도 모르겠군요.

제 남편은 가족을 중요하게 생각하는 사람이에요. 제가 힘들까 봐 집안일을 해주는 아주머니도 구해줬고요. 저는 아이들에게 피아노, 체스, 레고 같은 과외를 시켜요. 일주일에 두 번씩 외국인이 집에 와서 아이들과 게임도 하고 책도 읽어주고요. 아이들이 행복하게 지내는 것을 볼 때마다 루이안이 생각났어요. 누군가 그 애를 돌봐주고 있을까? 저와 루이안 아빠가 고등학교 동창이었기 때문에 몇 년 동안 아는 사람을 통해서 그 집 상황을 건너듣긴 했어요. 그가 재혼했고 아내와 그럭저럭 지낸다는 소식에 천천히 루이안에 대한 걱정을 조금씩 내려놓았죠.

2년 전에 고등학교 동창에게서 루이안이 가출했다는 이야기를 들었어요. 제가 아이들과 도쿄 디즈니랜드에 갔을 때 들은 소식이었죠. 죄책감에 숨이 막혔어요. 타이완으로 돌아온 뒤, 저는 루이안 일을 제대로 마주하기로 했어요. 흥신소에 의뢰해서 루이안의 집안 상황, 학교, 시간표, 하교 시간, 하교할 때 어느 쪽 교문으로 나오는지 등을 전부 조사했죠. 학교를 찾아간 첫날에 루이안을 봤어요. 저는 학교를 마주 보고 서 있었는데, 그냥 보기만 했죠. 말이 나오지 않더군요. 동창이 루이안은 저를 많이 닮았다고 했는데, 정말 그렇더군요. 어릴 때의 저를 보는 것 같았어요. 저는 그 뒤로 몇 번이나 루이안을 보러 갔어요. 매번 루이안에게 말을 걸고 싶으면서도 그러지 못했죠. 그러다가 어느 날, 차를 몰고 학교 앞을 떠나려는데 저를 부르는 사람이…….”

“그게 양양이었다는 거죠?”

왕전샹이 물었다.

"네. 왕 선생님, 저는 루이안을 아껴주는 사람이 곁에 있어서 너무나도 다행이라고 생각했어요."

황신뤄는 차를 한 모금 마셨다. 창밖을 바라보는 그 시선을 따라가니 건너편 주차장 건물 처마에 매달린 제비 둥지가 보였다. 새끼 두 마리가 목을 길게 빼며 주변을 두리번거렸다. 멀지 않은 곳에서 제비 한 마리가 번쩍이는 간판에 앉아서 의미심장하게 둥지 쪽을 바라보다가 날개를 퍼덕이며 날아갔다.

그 사소한 장면에도 황신뤄는 가슴을 움켜쥐고 빨라지는 심장박동을 억눌러야 했다. 바로 얼마 전에 있었던 일처럼 그때의 첫 만남이 떠올랐기 때문이다.

양양의 첫마디에 황신뤄는 이러지도 저러지도 못하는 딜레마에 빠졌다. 당신이 루이안 엄마죠. 젖살이 남아 동글동글한 뺨에 '마음에 안 들어'라고 쓰여 있었다. 황신뤄는 손에 쥐고 있던 차 키를 떨어뜨릴 뻔하다가 겨우 정신을 차렸다. 넌 누구니? 여자아이는 황신뤄를 노골적으로 훑어보았고, 그다음에는 뒤에 선 멋진 차에 시선이 꽂혔다. 포르쉐, 아줌마 차예요? 여자아이의 말투에는 팽팽하게 당겨져서 곧 끊어질 것 같은 긴장감이 서려 있었다. 황신뤄는 당황했다. 그리고 아이의 날 선 태도 뒤에 숨은 순수한 의지를 눈치챘다.

황신뤄 역시 끊어지기 직전이었는지도 모른다. 오후만 되면 차를 타고 나가는 것을 남편이나 도우미 아주머니가 이상하게 여기는 기색은 아니었지만 그래도 자신이 실수를 반복하는 게 아닌가 하는 두려움이 있었다.

황신뤄는 고개를 끄덕여서 맞다는 표시를 했다. 그리고 여자아이에게 어떻게 알았느냐고 물었다. 보자마자 알았어요. 표정, 눈빛, 얼굴. 여기 서서 아이를 기다리는 것 같으면서도 진짜 누구를 태워서 간 적은 없으니까요. 그 말을 들은 황신뤄는 다시 긴장했다. 그렇게 눈에 띈단 말인가? 여자아이가 묘사한 자신은 사냥꾼에게 기척을 들킨 동물과 같았다.

그 아이는 잠시 아무 말이 없더니 또 말했다. 안심하세요. 저만 알아챘을 거예요.

황신뤄는 지금까지도 그 말이 무슨 뜻인지 알지 못한다.

여자아이가 황신뤄의 손가락에서 반짝이는 반지를 가리켰다. 결혼했어요? 황신뤄가 고개를 끄덕였다. 감출 일은 아니라고 느꼈다.

아이가 또 물었다. 루이안을 데려가려고 오셨어요? 황신뤄가 고개를 저었다. 그리고 잠시 후에 덧붙였다. 그건 어려울 것 같아. 아이는 한참을 머뭇거렸다. 고민하는 듯한 눈빛이 어둡게 번쩍였다. 이어진 여자아이의 말이 그 후로 오랫동안 황신뤄를 괴롭혔다. 아줌마, 루이안과 다시 만나는 첫날 어떤 모습이어야 하는지 생각해보셨어요? 그다음에는 또 어떤 모습이어야 하는지는요? 오늘 같은 이런 모습이면요, 루이안에게 너무 잔인해요. 황신뤄는 차를 나무 아래에 세워뒀다. 빛이 나뭇잎 사이를 뚫고 그의 광대뼈와 이마 위에 점점이 내려앉았다. 찌릿하게 아파서 황신뤄는 눈을 감았다 떴다. 여자아이는 손등으로 눈을 문질렀다. 그 동작을 따라 마음의 상처가 엉겨서 맺힌 물방울이 증발했다. 그 모습을 보며 황신뤄는 깨달았다, 아이가 한 말이 옳다는 것을.

황신뤄는 일부러 차가운 태도를 꾸며내며 물었다. 루이안이 너에게 뭐라고 했니?

보통의 아이들이라면 겁을 냈을 텐데 눈앞의 여자아이는 침착했다. 복잡하고 어색한 분위기에도 물러나지 않고 한 자 한 자 또박또박 말했다. 루이안은 항상 말했어요. 엄마는 나를 사랑하지만 사정이 어려워서 늦게 데리러 오는 거야. 루이안은 어릴 때 엄마랑 커다란 욕조에서 물놀이를 했던 일을 자주 이야기했어요. 아줌마가 루이안을 '내 보물'이라고 불렀다던데요. 그렇게 말하는 여자아이는 친구의 말투를 흉내 내고 있었다. 내 보물.

오랜 세월이 지난 지금 황신뤄는 다시 한번 딸의 목소리를 들었다. 그건 음파의 진동으로 만들어진 목소리가 아니었다. 마음속 깊이 새겨진 외로움이 만들어낸 목소리였다.

황신뤄는 말문이 막혔다.

실제로 준비한 것이 없었다.

자신이 나타나면 루이안이 당연히 받아줄 거라고 제멋대로 믿었다. 한 달에 얼마씩 돈을 줄지 계획해놓았다. 2주에 한 번씩 오후에 약속을 잡아서 루이안을 데리고 가 애프터눈 티를 마시거나 옷을 사줄 생각이었다. 그러다 아는 사람을 만나면, 조카라고 소개할 생각이었다.

　루이안은 그를 이해해줄 터였다. 어머니가 지금의 생활을 유지하려면 대가를 치러야 한다는 것을 분명히 이해해줄 터였다.

　순진한 생각이었다.

　"제가 양양을 대신해서 사과하겠습니다. 얘가 그렇게 무례한 일을 했을 줄은 몰랐어요."

　왕전샹이 말했다.

　"양양은 조금도 잘못하지 않았어요. 전 그 애에게 무척 감사한걸요."

　"그러면 왜 게임 속 황이 되기로 하셨어요?"

　우수옌이 물었다.

　"양양의 말을 듣고 나서 루이안 앞에 갑자기 나타나면 안 되겠다고 느꼈죠. 흥신소 측에서 루이안이 하교하면 바로 PC방에 가서 세 시간을 결제한다고 알려주었어요. 거기서 게임을 하거나 만화를 보다가 라면을 저녁 삼아 먹는다고요. 처음에는 루이안이 그런 생활을 한다는 사실에 가슴 아팠는데, 나중에 거기서 아이디어를 얻었어요. 저도 게임을 아주 모르지는 않거든요. 예전 남자 친구 중에 온라인 게임을 좋아하는 사람이 있어서 같이 플레이한 적도 있고요……. 하지만 위그드라실은 적응하기 쉽지가 않더군요. 그래서 돈을 주고 레벨이 높은 캐릭터를 샀어요. 그리고 주변 사람에게 대충 게임을 하는 방법을 익힌 다음에 저한테 과외를 해달라고 했죠. 천신한 씨, 그날 안경을 쓰고 있던 남자 기억나요? 3분의 1은 그 사람이 황 캐릭터를 굴렸을 거예요."

천신한은 흠칫 놀랐다. 불쾌한 기억을 끄집어내는 황신뤄가 원망스러웠다.

"왜 남자 캐릭터로 플레이하셨죠?"

"여자 캐릭터는 추근거리는 사람이 많거든요. 그런 사람들에게 시간을 낭비하고 싶지 않았어요. 루이안에게는 제 나이와 성별을 숨기지 않았어요. 둘이서만 있을 때는 루이안이 저를 '어른 친구'라고 불렀죠. 제가 훨씬 나이가 많다는 것을 알고 있었으니까요. 저는 이런 것도 나쁘지 않다고 여겼어요. 전 그 애에게 엄마보다는 나이가 많은 친구라는 게 더 어울리죠. 루이안은 저에게 '엄마'를 상상해본 이야기도 들려줬답니다. 그 애가 원하는 '엄마'는 현실의 저와는 완전히 달랐어요. 루이안을 되찾으려고 어떤 노력도 한 게 없으니까요. 조금도 없었죠. 지난 며칠도 똑같아요. 제가 루이안을 데려갔어야 했어요. 그런데 저는 또 손을 거둬들이고 말았죠. 지금 누리는 행복에 문제가 생길까 봐 무서웠던 거예요. 아무것도 없던 때로 돌아갈까 봐서요."

"게임에서 시리에게 정말 잘해줬죠……."

천신한이 더듬더듬 입을 열었다.

"그런 것밖에는 할 수 있는 게 없었어요. 두 아이가 잠들면 바로 게임에 로그인했어요. 아이템을 사서 루이안에게 선물하고, 같이 재미있는 장소에 가서 스크린숏을 찍고, 그 애가 퀘스트를 깨고 싶어 하면 이것저것 필요한 물건을 모아줬죠. 그건 함께 시간을 보낸다기보다 참회에 가까운 행동이었어요. 그런 것을 보상이라고 생각한 거예요. 하지만 매번 제가 자신을 속였을 뿐이에요······. 루이안이 이렇게 된 데는 제 책임이 커요. 며칠 후면 남편이 타이완에 들어오는데, 모든 것을 사실대로 말할 생각이에요. 그때까지만 루이안을 부탁드립니다. 여러분이 루이안에게 해준 모든 일에 감사드려요. 여러분이 아니었더라면 저는 딸아이를 영원히 잃었을 겁니다. 그러니 우수옌 씨, 이 카드에 든 돈을 최대한으로 써주세요. 돈은 제게 있어서 가장 쉬운 거니까요."

"와······. 다큐멘터리에 루이안을 출연시키지 않길 잘했네요. 현실이 더 영화 같아요."

우수옌이 쓴웃음을 지었다.

"천신한 씨, 이건 당신에게 드리는 거예요."

황신뤄가 이번에는 크라프트지로 만든 봉투를 꺼냈다.

"그날 당신을 놀라게 한 데 대한 보상금이라고 생각해도 됩니다. 혹은 입막음 비용이라고 생각해도 좋고요. 일부분은 당신의 도움에 감사하는 뜻이기도 해요. 제 남편의 부하들은 좀 무서워 보이지만 다들 좋은 사람이에요."

천신한은 몸서리를 치며 완곡히 거절하려고 했다. 그러다가 마음이 바뀌었다. 그러면 그냥 고생만 한 셈이 되잖아?

그는 얼른 봉투를 받아서 백팩에 밀어 넣었다.

멀어지는 황신뤄를 보던 우수옌이 굳은 몸을 풀며 말했다.

"좋아, 나도 이제 일하러 가야겠어."

"넌 진짜 워커홀릭이야. 방금 들은 이야기를 소화할 시간이 있어야 하지 않냐?"

"저도 쉬고 싶죠. 하지만 카페에 앉아 있는 이 순간에도 학교에서는 두세 개의 강의가 열릴 거라고요. 그중에 쥐망보다 무서운 놈이 있으면 어떡해요. 교우들은 쉬지 않아요."

"그렇게 자신을 몰아붙이면 안 돼."

왕전샹이 충고했다. 우수옌은 손을 주머니에 찔러 넣고 하늘을 쳐다봤다.

"전샹 오빠, 좋은 영상 제작자는 관심 있는 대상을 대할 때 비판적인 생각은 전부 버려야 한다고 했죠? 진심으로 그들을 이해하고 그들 입장에서 생각하라고요. 지금 제 사수인 만(萬) 오빠도 비슷한 말을 했어요. 하지만 그런 말이 학교를 취재하는 과정에서는 저항감을 떨어뜨린다고 봐요. 지금은 최대한 아이디어를 짜내서 파일을 만들어야 해요. 시간과 돈을 학교에 많이 쏟았고, 역겹고 더러운 장면들도 많이 봤어요. 자해를 부추기는 짓들도 봤고요. 그 사람들은 무슨 생각일까요? 그걸 관람하는 사람들은 또 어떻고요? 그런 질문을 생각하고 생각하다가 포기해버렸어요. 우리가 왜 우리의 적을 이해해야 하죠? 까딱 잘못해서 그들처럼 되면 안 되잖아요."

"진짜 그렇게 생각해?"

"지금 농담할 때는 아니니까요."

우수옌이 슬픈 듯 고개를 저으며 말을 이었다.

"제가 그들처럼 변하기 전에 그놈들을 찾아낼 거예요. 시간이 없어요. 천신한 씨, 만나서 반가웠습니다. 쥐망과 오래 같이 활동했으니 나중에 또 인터뷰를 요청할게요."

우수옌이 백팩 끈을 조절하더니 지하철역으로 향했다.

"같이 가요. 저도 지하철을 탈 거예요."

천신한은 우수옌을 따라가며 조그맣게 말했다.

"잠깐만요."

우수옌이 걸음을 멈췄다.

"왜 그러세요?"

"한 가지 물어볼게요. 어떻게 한 거죠? 그 눈빛……."

"무슨 뜻이에요?"

"제가 봤거든요. 당신 눈이, 그러니까 뭐라고 해야 하지. 사람을 통제하는……."

"당신 능력은 뭔데요?"

"에?"

우수옌이 퉁명스럽게 물었다.

"전에 동류를 만난 적이 없어요?"

"동, 동류?"

"그래요, 동류. 동류여야 제가 뭘 했는지 알아볼 수 있어요. 그것도 몰랐어요? 보통 사람들이 볼 때는 난 아무것도 안 한 거예요."

우수옌이 얼굴을 가볍게 쓸며 말을 이었다.

"어쩐지 당신에게 명령했을 때 기분이 영 안 좋더라니. 내 능력이 퇴화한 줄 알았네."

"그러니까 내가 착각한 게 아니라는 거죠? 당신이 루이안에게 뭔가를 했다는 거네요? 아니, 루이안 말고 나에게도요."

"맞아요, 착각이 아닙니다. 그럼 당신은요?"

천신한의 머릿속이 텅 비었다.

"저요?"

"당신도 능력이 있을 것 아니에요. 말해봐요, 뭐예요? 나만 밝히면 불공평해요."

"내가요?"

천신한은 능력이 없다고 반박하려다가 그런 말이 1초도 안 되어서 들킬 거라는 데 생각이 미쳤다.

"능력이라기보다 저주라고 해야 할 것 같아요. 난 다른 사람이 곧 죽는다는 사실을 알 수 있어요."

"그랬군요……. 힘들었겠어요. 당신도 사는 게 고통이겠네요."

"뭐라고요?"

"제 말이 어려웠어요?"

"그게 아니라, 다시 듣고 싶어서요."

천신한은 우수옌의 시선이 자기 뺨 위에 머무는 것을 느꼈다.

눈을 조금만 들면 우수옌과 시선이 마주칠 것이다. 그 눈은 지금 메두사의 것일까, 아니면 인간의 것일까? 천신한은 차마 눈을 들지 못했다.

"좋아요. 다시 말해줄게요. 힘들었겠어요. 당신도 사는 게 고통이겠네요."

"고맙습니다."

"고통이었을 뿐 아니라 고독하기도 했군요."

"네."

"제가 만난 동류는요, 저를 포함해서 전부 자기 능력과 잘 지내질 못해요. 처음 능력을 깨달았을 때는 흥분되죠. 영화에서 나오는 것처럼 대단한 일을 해낼 것 같고요. 하지만 시간이 지나면 이 능력이 사라지길 바라게 돼요. 희귀병에 걸리는 것과 비슷할 것 같아요. 내 사정을 아는 사람과 의논하고 싶은데 전 세계를 뒤져도 열 사람이 될까 말까 하는 거예요. 게다가 내가 왜 이런지 누구도 분명하게 설명하지 못해요. 앞으로 어떻게 변할지도 모르고요. 오로지 자기가 직접 겪는 수밖에 없는 거예요."

"당신 능력은 타인을 통제하는 거죠?"

"그렇게 말할 수도 있겠지만, 저는 '명령'이라고 불러요."

천신한이 콧잔등을 찡그렸다. 우수옌이 그런 것을 따지는 이유가 잘 이해되지 않았다.

"루이안에게 쥐망에 대해 이야기하라고 명령한 적 있어요?"

"똑똑하시네. 루이안이 우리 집에 묵게 된 건 저한테 다행인 일이었어요. 집중해서 작업할 수 있으니까요."

"그러면 루이안에게 쥐망이 어떻게 세뇌했는지 말하라고 명령하면 되지 않나요?"

"이론상으로는 그런데, 그 방법은 쓰지 않으려고요."

"왜요?"

"그러면 나도 다치고 루이안도 다쳐요. 그날 당신에게 교우냐고 물어보고 나서 코피를 흘렸던 거 기억나죠? 당신은 몇 시간이 지난 뒤에 머리가 어지럽고 속이 거북한 증상이 나타났을 거고요. 하지만 당신이 교우가 아니었기 때문에 심각한 부작용은 없었을 거예요. 만약 당신이 교우였다면 명령에 저항하려는 의지가 컸겠죠. 그러면 내 명령이 실패하기도 하고, 성공하더라도 며칠 크게 앓았을 거예요. 내가 무슨 말을 해도 전 남자 친구는 자기가 학교에 면접을 볼 때 뭘 제출했는지 알려주지 않으려 했어요. 그때 후회할 일을 해버렸죠. 전 남자 친구에게 명령해서 답을 들은 뒤, 난 2주 동안 몸에서 피가 멈추질 않았어요. 병원에 가서 수혈까지 받아야 했죠."

우수옌은 전 남자 친구에게서 어떤 답을 들었는지 말하지 않았다. 하지만 눈빛만 보고도 천신한은 그 답이 우수옌과 관련된 것이었음을 짐작할 수 있었다.

"그날 저는 시그널을 봤기 때문에 루이안이 그 집 정원에 숨어 있는 것을 찾을 수 있었어요. 나중에 시그널은 사라졌죠."

천신한은 루이안을 찾아낸 과정을 자세히 설명했다.

우수옌이 부정적인 반응을 보이지 않자 황위샹 이야기도 했다. 황위샹은 결국 목숨을 잃었다는 것도 다 말했다.

"시그널? 당신이 붙인 이름이에요?"

"뭐, 그렇죠."

"역시 다들 자기만 알아듣는 용어를 쓴다니까. 그러면 당신에게 한 가지 알려줄게요."

"어떤 거요?"

"나는 내 능력, 아니 내 병과 오래 같이 지냈어요. 내 상태에 대해서는 잘 이해하고 있는 편이죠. 그런데 그날은 달랐어요. 그 골목에서 내가 성공하지 못할 줄 알았거든요."

"왜요?"

"그날 당신에게 이미 명령을 썼잖아요. 기억하죠? 당신이 교우인지 확인하느라고."

천신한은 우수옌이 코피를 흘리던 모습을 떠올렸다.

"맞아요."

"멈추라는 명령은 실패할 확률이 높아요. 게다가 난 루이안과 멀리 떨어져 있었고요. 그래서 어떻게 성공한 건지 생각하다가 또 다른 이상한 일이 기억났어요. 그때 당신이 넘어졌잖아요? 내가 가서 일으켜줬을 때, 이유는 모르겠는데 몸이 따뜻해지고 머리가 맑아졌어요. 푹 자고 일어난 기분?"

"나도 그랬어요!"

"그렇다면 나 혼자만 느낀 게 아니었다는 거군요?"

우수옌의 목소리가 조금 석연치 않게 들렸다.

"왜 그런지 알겠어요?"

"나도 몰라요. 아까 말했듯 우린 희귀병 환자예요. 다른 사람이 우리에게 정답을 알려줄 순 없어요. 가설을 세우고, 맞는지 틀리는지 직접 증명해야 하죠. 적어도 난 그렇게 해왔어요."

"알겠어요. 말해줘서 고마워요."

눈을 깜빡거리는 우수옌을 보며 천신한은 똑똑하게 생겼다는 말로 외모를 묘사하는 이유를 확실히 알게 되었다. 우수옌의 얼굴, 특히 눈꼬리에서 빛이 나는 것 같았다.

아름다움보다 지성이 먼저 떠오르는 얼굴이었다.

"당신이 뭘 기대하는지 알겠어요. 소속감, 맞죠? 나도 그랬거든요. 동류를 만나게 되자 그 사람에게서 궁금한 문제들의 정답을 전부 얻어내려고 했어요. 하지만 우리는 처한 상황이 비슷한 거지 개개인의 차이가 커요. 내 정답이 다른 사람에게도 통한다는 보장이 없죠. 나한테서 뭔가 들어야 당신 기분이 나아진다면, 이렇게 말할게요. 우리 같은 사람에게는 자기를 용서하는 일이 제일 힘들어요."

"자기를 용서한다?"

"네, 나를 용서해야 해요."

우수옌이 거듭 못 박아 말했다.

"내가 왜 이렇게 되었는지도 모르고, 겪은 일을 이야기해도 사람들이 이해 못 하고, 그러니까 나한테 무슨 문제가 있는 것 같고. 그런 인생인데 어떻게 자기를 미워하지 않죠?"

"난…… 당신 능력은 좋다고 생각했어요."

"비교는 하지 맙시다, 오케이?"

우수옌이 한숨을 쉬며 말을 이었다.

"당신도 알잖아요, 정상인이 제일 행복하다는 거. 익숙하게 물티슈로 코피를 닦을 때, 난 내가 싫어져요. 또 나 자신을 괴물로 만들었구나 하는 마음이 들거든요. 예전 남자 친구에게 명령하고 나서 혼자 병원에 누워 있는데 반복적으로 어떤 일을 생각하게 되더군요. 참을 수가 없었거든요. 이 모든 것이 내가 원해서 생긴 일인가? 정상인들은 판도라의 상자를 열지 않을까?"

"지금은 용서했어요?"

"좀 나아졌어요. 하지만 이런 일은 직접 말하면 설득력이 없죠."

"나중에 또 만날 수 있을까요? 당신 말대로…… 난 동류를 만난 적이 처음입니다."

우수옌의 눈에 망설임이 스쳐갔다.

"나중에요. 나는 연락을 잘하지 않는 편이에요. 동류끼리 연락하는 경우는 사실 나쁜 소식일 때가 많고요. 자기를 용서하지 못하는 사람이 어떤 행동을 할지 생각해봤어요?"

천신한은 집으로 돌아가는 길이 너무 멀게 느껴졌다. 몸이 천 근만근이었다. 휴대전화를 보니 또 이해할 수 없는 일이 떠올랐다. 지난 며칠간 그는 허칭옌에게 사건의 후속 상황을 이것저것 전해주었다. 그런데 허칭옌은 전과 달리 몇 시간이 지나서야 짤막하게 반응할 뿐이었다.

모퉁이 편의점을 지나던 순간, 천신한은 또 시그널을 보았다. 양복을 입고 머리 모양에 신경을 쓴 남자였다. 서른 살은 안 된 듯했다. 손에 휴대전화를 들고, 다른 손은 춤추듯 움직이고 있었다. 검은 안개가 남자의 어깨에서 피어올랐다.

골목 하나를 사이에 두고 천신한은 가만히 그 남자를 지켜보았다. 방금 우수옌과 헤어졌기 때문일까. 그의 말이 아직 귓속에 남아 있는 듯했다. 수영장에서 물속 깊이 잠수했을 때와 비슷한 느낌이다. 천신한은 마음속으로 되뇌었다. 자기를 용서해라. 너 자신을 용서해야 한다.

그는 몸을 돌리고 발을 뗐다.

11

문을 열자 음식 냄새가 솔솔 풍겼다. 식탁에 카레 두 접시가 놓여 있다.

천신한은 천중우가 카레 냄새를 싫어한다는 걸 기억해냈다.

"오늘 아버지는 밖에서 식사하신대요?"

야오추샹이 가스레인지의 불 세기를 조절하고 냄비 뚜껑을 덮었다. 전기밥솥의 쌀밥을 확인하는 것도 잊지 않았다.

"그렇단다."

"제가 나가서 살게요."

"그게 무슨 말이니?"

야오추샹이 가스불을 껐다. 냄비를 두 손으로 들고 조리대로 가며 다시 물었다.

"돈이 어디서 나서?"

"요즘 아르바이트를 좀 했거든요."

"나가서 사는 데 돈이 얼마나 많이 드는데."

"제가 이 집에 계속 붙어 있을 수는 없잖아요."

"누가 그런 말을 해? 네 아버지니?"

"그냥 제 생각이에요. 다른 사람하고는 관계없어요."

"그런 생각은 왜 했어?"

"그냥요. 이제는 집을 떠나서 혼자 살아야겠더라고요."

천신한을 쳐다보는 야오추상의 눈빛에는 무언가를 눌러 참는 듯한 느낌이 있었다.

"네가 그러고 싶은 거야? 이 집에서 몇 년이나 살았잖니."

"그러고 싶으냐 아니냐는 별개의 문제죠."

"어디로 가게?"

"일단 인터넷으로 방을 좀 알아보려고요. 적당한 곳을 찾으면 말씀드릴게요."

야오추상은 김이 모락모락 나는 쌀밥을 카레 접시 한쪽에 담았다. 밥을 얹은 반대쪽에는 찬물에 담갔던 콜리플라워를 올렸다.

"너, 무슨 엉뚱한 생각을 하는 건 아니지?"

"아니에요. 참, 엄마 이거 받으세요. 이걸로 하고 싶은 일을 하세요."

천신한이 황신뤄가 준 봉투를 내밀었다.

몇 시간 전에 지하철역 화장실 변기 위에서 세어봤다. 50만 타이완달러(한화 약 2100만 원).

황신뤄의 말은 거짓이 아니었다. 돈은 그에게 쉬운 일이다.

야오추샹이 눈썹을 찌푸리며 투덜거렸다.

"이게 뭔데 그래?"

봉투를 열어본 야오추샹은 놀라서 손에 힘이 빠졌다. 봉투가 바닥에 툭 떨어졌다.

"어디서 강도질을 했니? 아니면 사기꾼 집단에서 운전사 같은 일이라도 한 거야?"

"둘 다 아니에요. 아르바이트도 하고 몇 년 동안 게임에서 돈도 좀 벌었잖아요."

"게임을 그렇게 오래 했는데 겨우 이만큼 벌었어?"

야오추샹이 봉투를 집어서 지폐를 셌다.

"네가 쏟은 시간을 생각하니 이 돈이 적은 것 같다. 난 받지 않을 거야. 가져가."

"왜 받지 않으세요."

"나가서 살면 크고 작게 돈이 많이 들어. 네가 써야지."

천신한은 비어 있는 아버지 자리를 보았다. 벌써 며칠째 비어 있다.

한참 머뭇거리던 천신한이 용기를 내어 물었다.

"아버지는 언제 들어오세요?"

야오추샹이 고개를 모로 기울이며 대답했다.

"언제 들어오는지는 중요하지 않아."

"그게 무슨 말씀이에요?"

"그 사람은 아주 오래전부터 이 집에 없었어. 그리고 너는, 이제 막 집에 돌아온 거고."

천신한은 허칭옌에게 이사하게 되었다고 알렸다. 가족이 함께 집을 옮기는 것이 아니라 자기가 독립하기로 했다고 말이다. 집에서 2킬로미터 정도 떨어진 아파트 단지였다. 그는 이틀 안으로 짐을 정리할 계획이었다.

다음 날 저녁 8시, 짐 정리가 일단락됐을 때쯤 허칭옌이 나타났다. 문을 열어준 야오추상이 허칭옌에게 사과했다. 몹시 민망한 말투였다.

"며칠 동안 네가 오지 않아서 미안했단다. 내가 너를 범죄 용의자로 의심했던 건 잊어주렴. 앞으로도 샤오한이랑 잘 지내줘."

그 말을 들은 허칭옌이 씩 웃었다.

"어머님, 그런 거 아니에요. 요즘 회사가 바빴어요."

음료수 두 잔을 사 온 허칭옌이 방에 들어오자마자 한 행동은 클래식 홍차를 천신한에게 건네는 것이었다.

"짐은 어떻게 옮기게?"

"택시로. 물건이 많지 않고 거리도 가까우니까, 몇 번 나눠서 옮기면 될 것 같다."

"왜 갑자기 나가 살기로 한 거야?"

"내가 나가지 않으면 어머니가 자기 삶을 사실 수 없겠더라고."

"앞으로는 어떻게 할 건데?"

"생각 중이야. 나가서 일하는 것도 고려하고 있어. 그렇지만 가능하면 사람들과 길게 접촉하지 않아도 되는 일을 하려고 해. 천천히 찾아봐야지. 시리 어머니가 나한테 준 돈을 우리 어머니는 받지 않으시겠다고 해서 당장 일이 급하진 않아."

"게임은?"

"길드장 직위를 다른 사람에게 넘겼어. 한동안 게임은 쉴 생각이야.

생각하면 아주 긴 꿈 같다. 그날 내가 시리를 만나러 나가지 않았으면 어떤 일이 생겼을지 상상도 못 하겠어."

"다행히 그 일이 잘 끝났으니 물어볼게. 왜 내 사진과 정보를 썼던 거야?"

천신한이 허칭옌을 빤히 쳐다보았다. 언젠가는 이 문제에 대답하게 될 거라고 예감했었다.

홍차를 한 모금 마신 천신한이 입을 열었다.

"내 사촌 형이 잘생겼다는 이야기를 했던가?"

"사촌 형?"

허칭옌이 눈썹을 찌푸렸다. 천신한이 갑자기 그 이야기를 꺼내는 이유가 이해되지 않았다.

"응, 여자 캐릭터로 게임을 했다던 그 형 말이야. 짙은 눈썹에 눈도 크고 엄청나게 잘생겼어. 그래서 어른들은 이모에게 형이 엉뚱한 짓 못 하게 잘 감시하라고들 했지. 안 그러면 마흔 살에 할머니 소리를 들을 거라고. 사실 나는 사촌 형을 좀 질투했었거든. 그래서 형이 여자 캐릭터로 게임을 한다는 걸 알고 나서는 괜히 '트랜스젠더'니 뭐니 하면서 놀려댔어. 형은 내가 놀려도 별 반응이 없었어. 그저 무슨 스킬을 써야 하는지, 점수는 어떻게 올려야 하는지 알려줄 뿐이었지. 형은 공부에 관심이 없는 편이었는데, 대학 졸업하고는 H시에 가서 친구하고 브런치 가게를 동업하겠다고 했어. 메뉴판도 다 만들어뒀다면서. 이모는 사촌 형이 체계적으로 가게 준비를 하는 것을 보고는 열심히 하라면서 돈을 좀 내줬지.

우리 집 식구가 다 같이 가게를 보러 가기도 했어. 장사가 잘되더라. 빵은 동업자라는 형의 친구가 직접 만드는데 맛있더라고. 그런데 갈수록 명절 때가 되어도 사촌 형을 보기가 어려웠어. 이모와 이모부에게 여쭤봤는데 브런치를 파는 게 너무 힘들어서 명절 때는 그냥 자고 싶다고 했대.

내가 대학 2학년이 되니까 어머니가 사촌 형이 명절에 오지 않는 이유를 말씀해주셨어. 형은 남자를 좋아했고, 브런치 가게를 같이하는 사람은 사실 남자 친구였던 거야. 그 사실을 받아들일 수가 없었던 이모와 이모부가 형에게 명절에 친척 집에 가지 말라고 했다더라. 친척들 앞에서 동성애자인 걸 들킬까 봐 두려우셨던 것 같아.

그 이야기를 들을 때는 놀라웠는데 별로 깊게 생각하지는 않왔어. 그런 일로 난리를 칠 시대는 아니니까. 어느 날 심심하던 차에 사촌 형이랑 같이 게임을 하던 여름방학이 떠올랐어. 갑자기 깨달았지. 형이 여자 캐릭터로 게임을 한 이유를 말이야. 형은 남자 친구를 사귀고 싶었겠지? 하지만 그때는 부모님과 같이 살고 있었고, 우리 이모는 형을 아주 엄격하게 키웠으니 어디서 남자 친구를 찾겠어. 다른 플레이어에게 장비나 아이템을 받으려고 여자 캐릭터를 썼다면 뭐 하러 그 대학생이랑 한참 대화했을까 싶더라. 그러니까, 형은 그 대학생을 진짜 좋아했던 거야."

"야, 갑자기 왜 사촌 형 얘기가 나와."

"다른 각도에서 바라보면 완전히 달라 보이는 것 같지 않냐? 내가 게임을 할 때 캐릭터를 용사로 설정하니까 길을 막는 몬스터를 잡거나 몬스터 성에서 보물 상자를 뒤지거나 하는 게 이상하지 않을 거야. 하지만 몬스터 입장에서 보면 우리는 살인과 강도를 일삼는 악당인 거지.

우리는 인터넷 세계를 가상 세계라고 생각하지만 그건 현실 본위로 생각하는 선입견이 있기 때문이야. 인류의 의식과 사고를 분석하고 번역해서 온라인 공간에 저장하거나 유통하는 일이 가능하다면 어떨까? 그때도 우리가 외모에 신경 쓸까? 무엇을 먹을지 고민할까? 집을 사느라고 숨이 턱에 닿도록 고생하며 일할까? 어떤 직업을 가졌느냐로 자기를 증명하려고 할까? 그런 시대가 오면 우리는 어떤 기준으로 한 '인간'을 정의할 것 같아? 생리적인 특징일까, 아니면 심리적인 표출일까? 그때가 되면 우리는 현실을 낙후되었다고 생각할지도 몰라. 불필요한 제한이 많고 후천적으로 개선할 수 없어 거추장스럽다고 생각할 수도 있어.

와, 한참 이야기했는데 내가 들어도 궤변이다. 허칭옌, 내가 하고 싶은 말을 간단히 줄여볼게. 어떤 사람들은 현실의 자신으로 살아갈 수 없어. 그러니 내가 했던 비겁한 일들을 용서해주길 바랄게. 그리고 내가 이렇게까지 솔직히 말했으니, 너도 나한테 솔직해지면 좋겠다. 현실 속의 너는 도대체 누구야?"

허칭옌이 당황했다.

"무슨 소리야?"

"너는 허칭옌 본인이 맞냐?"

"왜 그런 의심을 하는 건데?"

"우리는 고등학교 동창이지? 그런데 나는 너하고 친하게 지냈던 기억이 없어."

"생각 안 나?"

"응. 이게 교통사고 후유증인지 모르겠다. 기억이 없다고 하면 너무 과한 표현이고, 열심히 떠올리려고 하는데 몇 장면만 생각이 나. 우리가 2년이나 같은 반이었는데."

"교통사고 후유증은 아닐 것 같다, 천신한."

허칭옌의 얼굴에서 트레이드 마크인 부드러운 미소가 사라졌다. 대신 무서울 정도로 천신한을 뚫어져라 바라보는 시선이 느껴졌다.

"자기가 괴롭힌 사람이 어떻게 생겼는지는 잘 기억하지 못하니까. 특히 자기가 직접 손을 쓴 게 아니라면 더욱."

"내가 널 괴롭혔어?"

"나는 너에 대해서 손바닥 보듯 다 알아. 그럼 너는 어떨까? 내가 누구인지, 가족이 몇 명인지, 형제자매는 있는지, 네가 알까? 출퇴근 시간 외에 주로 하는 건 뭔지, 무슨 방송 프로그램을 좋아하는지, 연애는 몇 번 했는지? 네 머리가 이런 질문에 아무 반응이 없지 않아? 왜일까? 나는 황, 펜리르, 다아시와 같아. 너는 밝은 곳에 있고 나는 어두운 곳에 있거든. 너는 네가 어디 있는지 다 보여주지만 우리는 자신을 숨기지. 내가 그들과 다른 점은, 네가 물어봤다면 다 대답해줬을 거라는 사실이야. 그러나 너는 물어보지 않았지. 너는 고등학교 때나 지금이나 전혀 나아진 게 없어. 1등이었던 너는 아무것도 이루지 못했지. 세상이 너를 중심으로 돈다고 믿었을 텐데 말이야. 몇 년 동안 네 이야기를 들어줬으니까 이제는 내 차례다.

천신한, 너는 나의 거짓 친구고 진정한 적이지. 병원에서 너를 만났을 때, 시간이 그렇게나 흘렀는데도 나는 무의식적으로 두려움을 느꼈어. 네가 나한테 안겨준 고통은 그만큼 컸거든."

"내가 너에게 안겨준 고통?"

"전혀 생각 안 나? 힌트를 줄게. 기억나는 게 있는지 봐. 고등학교 때 내 성적이 어땠지? 평균보다 위일까, 아래일까?"

천신한은 눈을 꼭 감고 기억하려 애썼다. 눈가에 퍼렇게 핏줄이 불뚝거릴 만큼 눈에 힘을 줬다. 그러나 결국 포기했다.

"생각 안 나."

"그게 아니라 넌 처음부터 끝까지 다른 사람은 안중에 없었던 거야. 이야기 하나 해줄까? 다 듣고 나서 느낀 점을 말해줘."

순간적으로 허칭옌의 얼굴이 험악하게 일그러졌다. 천신한이 좀 더 자세히 보려던 찰나, 그의 이목구비가 평소처럼 따뜻한 미소를 그려냈다.

"아주 오래전의 일이야. 한 아이가 있었지. 얘를 샤오밍(小明)이라고 부르자. 샤오밍은 어릴 때부터 아버지가 안 계셨어. 엄마와 이모 사이를 오가면서 자랐지. 샤오밍의 엄마는 낮에는 직장에 다니고, 퇴근하면 집에 와서 저녁을 먹은 뒤 잠시 쉬었다가 다시 근처 식당에서 영업을 마칠 때까지 일했어. 샤오밍의 가장 큰 특징은 똑똑하다는 거였어. 공부를 잘했지. 적어도 그때는 다들 그렇게 말해줬어. 처음 장학금을 탔을 때 샤오밍은 엄마의 부담을 덜어줄 유일한 방법은 공부라는 걸 깨달았어. 그러니까 그는 노력해야 했어. 매번 1등을 해야 했던 거야.

어느 날 엄마가 회사 종무식에 샤오밍을 데려갔어. 옆 테이블에 부장 가족이 앉아 있었지. 엄마가 샤오밍에게 엄하게 주의를 주었어. 부장님네 아이는 샤오밍보다 세 살이 많지만 머리에 병이 났다고. 그러니까 그 형을 잘 이해해주고, 기분 나쁘게 굴면 안 된다고. 샤오밍은 엄마가 무슨 말을 하는 건지 잘 이해하지 못했어. 나중에 종무식에서 이벤트를 담당하는 누나가 우리에게 와서 퀴즈를 맞히면 사탕을 준다고 했지. 샤오밍은 지는 게 싫었어. 그래서 계속 퀴즈를 맞혔어.

샤오밍은 부장님 부인의 표정이 점점 굳어지는 걸 몰랐어. 마침내 그 누나가 말했지. 마지막 퀴즈예요! 맞히는 사람에게는 아이스크림을 줄게요. 그 문제는 아주 쉬웠어. 샤오밍은 엄마가 맞히지 말라는 뜻으로 고개를 흔드는 걸 봤지만 너무 이기고 싶었던 거야. 샤오밍은 부장님네 아이는 모든 것을 가졌는데 자기는 아무것도 없는 게 싫었거든. 샤오밍이 손을 들었고, 당연히 답을 맞혔어.

샤오밍의 엄마는 아이스크림을 부장님네 아이에게 양보하라고 했어. 샤오밍이 싫다고 하자 엄마가 화를 냈고, 샤오밍도 화가 났지. 왜 저 애가 다른 애랑 똑같은 척 거짓말을 해야 하는 거예요? 이렇게 말해버린 거야. 엄마가 샤오밍의 뺨을 때렸어. 처음이자 마지막으로 엄마에게 맞은 거였지. 그 후 샤오밍은 다시는 같은 잘못을 하지 않았거든. 여기까지 들었으니 내가 왜 이런 이야기를 하는지 궁금하지 않냐?"

천신한은 아무 말도 하지 않았다. 눈앞의 낯선 사람에게 적응하느라 다른 데 쏟을 정신이 없었다.

그와 허칭옌은 네 평도 안 되는 방에 같이 있다. 너무 좁고, 너무 위험하다.

그는 왜 허칭옌이 이렇게 가까이 서 있도록 내버려뒀을까?

"조금만 기다려. 너도 금방 나와. 샤오밍은 꽤 좋은 고등학교에 들어갔어. 앞에서 샤오밍이 똑똑하다고 했지만 아무리 똑똑해도 고등학교 교육과정은 어려울 수밖에 없어. 게다가 다른 학생들도 다 똑똑했기 때문에 샤오밍은 반에서 상위 몇 등 안에 들어가기 더 힘들었지. 반에서 1등 하는 녀석은 샤오밍의 옆자리였는데, 걔는 돈도 많았어. 아버지가 은행 지점장이었고 엄마는 가정주부였지. 다른 애들은 버스를 타고 학원에 가는데 1등은 집에 가만히 앉아서 과외 선생님을 기다리면 됐어.

샤오밍은 아무것도 가지지 못했어. 수학과 영어 선생님의 수업 방식이 낯설어도 학원을 가거나 과외를 할 수 없었지. 샤오밍의 학비와 생활비를 대려면 엄마의 급여 절반이 들어갔으니까. 그래서 샤오밍은 새벽까지 잠을 줄이면서 공부했어. 반면 1등은 샤오밍처럼 힘들게 공부하지 않았지. 1등은 공부의 효율을 생각해서 반드시 12시 전에 잠자리에 든다고 했으니까.

1등은 영어 공부도 쉽게 했어. 여름방학만 되면 미국에 있는 친척 집에 가서 놀다 왔거든. 샤오밍은 1등이 부러워서 멍청한 짓을 했어. 1등에게 어떻게 공부하는지 알려달라고 부탁한 거야. 1등은 착하게도 한 문제 한 문제 풀어주고 샤오밍을 위로해줬어. 샤오밍의 집안 형편이 어려운 것을 아는 것 같았지. 샤오밍은 감동했어. 누군가 이해해주고 돌봐준다는 기분을 느꼈어.

얼마 후 샤오밍은 몇몇 친구가 자기를 따돌린다는 것을 알게 되었지. 이유를 몰랐던 샤오밍은 여러 사람에게 물어봤고, 겨우 답을 들었어. 1등이 샤오밍이 너무 귀찮다고 그랬다는 거야. 담임 선생님이 한부모 가정인 샤오밍을 잘 돌봐주라고 하지 않았다면 샤오밍에게 돈을 주고 그걸로 학원에 다니라고 하고 싶다고 했대. 1등의 말은 틀린 데가 하나도 없었지. 그래서 샤오밍은 뭐라고 반박할 수도 없었어. 다만 1등은 반에서 너무 인기가 많았어. 그 애의 의견은 황제가 내린 명령이나 다를 바가 없었던 거야. 따돌림은 점차 괴롭힘으로 변했지.

친구들은 샤오밍을 뒤에서 욕했지만 돌고 돌아 다 귀에 들어왔어. 가난뱅이가 열심히 살려고 애쓴다고도 했고, 누구는 샤오밍을 민폐 덩어리라고 부르기도 했어. 샤오밍은 학교에서 있었던 일은 집에 오면 잊으려고 했어. 집에서는 공부하는 데 집중해서 좋은 대학을 가야 한다고 다짐했지. 하지만 인간이 기계는 아니니까 잊고 싶다고 바로 잊을 수 있는 것도 아니잖아. 샤오밍의 성적은 점점 떨어졌고, 그게 또 반에서 웃음거리가 됐어. 하하하, 민폐 덩어리 꼴좋다. 이런 일들이 너는 전혀 기억나지 않아?"

천신한이 침을 삼켰다. 허칭옌의 말을 따라 눈앞에 흐릿한 장면이 떠올랐다. 얼굴이 벌겋게 달아오른 허칭옌이 두 손을 무릎 위에 올려두고 있었다. 이 장면에서 허칭옌을 보지 말고 허칭옌의 위치에서 보려고 시도한다면? 누구를 보게 될까? 천신한은 보았다. 그와 사이가 좋았던 친구 세 명이 얼굴에 비웃음을 걸고 허칭옌에게 손가락질을 하고 있었다. 그들은 허칭옌에게 무엇을 했을까? 무슨 말을 했을까? 허칭옌이 말한 것처럼 정말로 그 일들을 그가 주도했단 말인가?

바늘로 머리를 찌르는 것 같은 통증이 느껴졌다.

"천신한, 사실 너는 틀리지 않았어."

한숨을 쉰 허칭옌이 부드럽게 말했다.

"나는 나중에 그 사실을 깨달았지. 너는 틀리지 않았다는 것. 나는 옛날 부장님네 아이였던 거고, 너는 어린 시절 기고만장했 던 나였어.

노력이라는 게 소용 있나? 있지. 노력하지 않으면 부장님 가족은 아이를 보통 아이들이 다니는 학교에 보낼 수 없어. 나도 유명한 고등학교에 합격하지 못했겠지. 하지만 사람들은 노력의 효과를 너무 과대평가하는 것 같아. 우리는 많은 부분이 운명으로 정해진 세상에 사는 것 아닐까? 우리 엄마는 왜 내 뺨을 때렸을까? 내가 말을 잘못했으니까? 아니, 내가 하얀 거짓말을 하지 않고 시커먼 진실을 말했기 때문이야.

게임에서 어떤 사람이 재능은 두 배, 레벨 업에 필요한 경험치는 절반인 캐릭터를 만들었다면 어떨 것 같아? 계속 게임을 할 수 있겠어? 넌 처음에 이렇게 생각할지 모르지. 좋아, 그 사람이 매일 다섯 시간 플레이한다면 나는 열 시간 플레이해서 따라잡겠다. 많은 사람이 그런 식으로 생각해. 매일 꾸준히 노력하면 될 거라고 말이야. 그런데 한밤중에 이런 생각이 드는 거지. 만약 그 사람이 오늘 여섯 시간을 플레이했으면 어떡하지? 혹시 열 시간을 플레이했으면? 그래도 따라잡으려고 할 거야? 계속 따라잡으려고 하면 넌 매일 밤낮없이 목숨을 갈아 넣으며 게임을 해야 해. 평생 다른 사람을 따라잡기 위해 살아야 한다고. 슬프지 않아? 너만의 꿈은 없어? 따라잡으려는 시도를 포기하면 어떨까? 그 사람이 너를 남겨두고 멀리 날아가는 것을 지켜봐야 해. 괜찮아, 난 신경 안 써. 글쎄, 그걸 누가 믿어주겠어?

그보다 더 슬픈 건, 나와 부장님네 아이가 그랬듯 따라잡으려는 마음이 있어도 근본적으로 할 수 없는 일이라는 점이야. 부장님네 아이는 나를 따라잡을 수 없고, 나는 너를 따라잡을 수 없고. 1분 뒤처졌던 게 한 시간이 되고, 한 시간 뒤처졌던 게 하루가 되고, 하루는 다시 1년이 되지. 그러면 넌 당연히 '게임 안 해'라고 생각하지 않겠냐? 로그아웃하고 다른 게임을 시작하지 않겠냐고.

네가 이런 말을 한 적이 있지. 게임 설계의 정신은 '균형'이다. 균형은 곧 완벽함이다. 게임 설계에서 완벽하지 못하다는 것은 플레이어에 대한 불의(不義)다. 그러면 우리의 현실은 왜 균형이 무너졌을까? 불의한 현실에서 우리 같은 플레이어는 어떻게 살아가야 할까?"

"그동안 왜 나를 자주 찾아왔어? 나를 걱정하는 것처럼."

"사실을 듣고 싶어?"

"이런 상황까지 왔는데 말 못 할 게 뭐 있냐?"

"내 눈으로 네가 잘 지내지 못하는 것을 확인하고 싶었어. 병원에서 너에게 그 이야기를 듣고 나서 생각했지. 잘됐다, 이 자식이 미쳤구나. 뉴스에서 자주 보던 이야기잖아? 고등학교 때 공부 잘하던 학생이 좋은 대학에 간 후 자기보다 뛰어난 사람이 있다는 것을 깨닫고서 충격을 받아서 정신이상이 생기고 어쩌고 하는 이야기 말이야. 그때 나는 꽤 즐거웠어. 너에게도 이런 날이 온다는 게 좋았어. 나는 네 말을 믿는 척했지. 너는 감동이라도 받은 모양인지 자주 나에게 연락해서 시시콜콜 떠들었어. 고등학교 때가 생각나더라. 이번에는 네가 민폐 덩어리가 된 거야."

"그러니까 너는 내 말을 믿지 않았구나?"

"그래. 처음에는 안 믿었어. 그걸 왜 믿어? 믿느냐 혹은 믿지 않느냐는 그 사람에게 가진 감정에 따라 결정돼. 그때 나는 너에게 조금도 호감이 없었다고. 다만 의아하긴 했지. 넌 병원에서 나를 만나서 기뻐하는 것처럼 보였거든. 내가 몇 번이나 떠봤는데 넌 정말로 완전히 잊은 것 같았어. 교통사고 때문일 수도 있겠지. 사고 후에 확실히 잊어버린 일이 많았다고 했고. 아니면 고등학교 3학년 때 나를 힘들게 했던 일이 너에게는 기억할 만큼 중요하지 않았을 수도 있겠지."

"처음에는 안 믿었고, 나중에는 믿었어?"

"그래."

허칭옌이 부자연스럽게 시선을 피하며 말을 이었다.

"병원에서 봤다는 거야 내가 확인할 방법이 없었지. 대학에서 봤다는 교수와 선배 이야기도 우연이라고 생각할 수 있었어. 등산은 사고가 날 가능성이 큰 일이긴 하니까. 교수님의 죽음은 네가 말해주기 전에 신문에 부고 기사가 났으니까 믿지 않았고. 황위샹 때는 달랐어. 그때 처음으로 네가 진짜 뭘 보는 걸지도 모른다고 생각했지. 네가 나한테 황위샹이 죽기 한 시간 전에 문자를 보냈잖아."

"그렇게 늦게 믿었다고……."

"내가 말하지 않았어? 믿느냐 아니냐는 그 사람에게 가진 감정에 따라 결정된다고. 그 후에 우리 둘 사이의 지위는 바뀌었지. 너는 내가 되고, 나는 네가 되고. 또 재미있는 대목은 내가 마침내 네가 어떻게 느꼈을지를 이해했다는 거야. 다른 사람이 필요로 하는 인간이 되고 나니 나도 고등학교 때의 너처럼 변하더라. 귀찮아하고, 뒤에서 몰래 조롱하고. 인간은 우위를 점하면 저도 모르게 상대방을 멸시하게 되는 건가 봐."

"미안하다."

"뭐?"

"미안하다고."

"왜 나한테 미안한데?"

허칭옌이 주먹을 움켜쥐고 버럭거렸다.

"내가 그런 말을 듣고 싶은 줄 알아?"

"고등학교 때는 내가 너한테 확실히 심하게 굴었다. 그 일을 잊은 것도 잘못했어."

"인제 와서 미안하다고 하는 건 너무 늦지 않았을까?"

"그때는 정말로 몰랐어. 인생이 너무 잘 풀려서 그랬어. 주변을 보지 못했고, 봐야 한다는 생각조차 하지 못했어. 그동안 나하고 같이 시간을 보내줘서 고맙다. 네가 어떤 마음으로 그랬든, 지난 몇 년 동안 이 방에 들어온 건 너뿐이야. 가짜 마음이었어도,

적어도 나에게는 진짜처럼 느껴졌어."

"웃기지 마, 난 너랑 화해할 마음 없어."

"이건 내가 이사할 집 주소야. 오고 싶으면 언제든지 환영이다. 내가 바라는 건, 허칭엔, 그때는 네가 나의 적이 아니라 친구로서 집에 놀러 오는 거야."

6개월 후.

"그러니까, 안 한다고?"

왕전샹이 애원했다.

"그걸 어떻게 해요."

천신한이 왕전샹의 맞은편에 앉아서 눈을 흘겼다.

"하지만 네가 하고 싶다고만 하면 인지도가 확 올라갈 거야. 그러면 비슷한 능력을 갖춘 사람이 널 찾아올지도 모르잖아."

"그런 사람을 찾고 싶지도 않고요. 제가 진짜로 방송에 나가는 게 저한테 얼마나 큰 부담이 되는지 모르겠어요? 제 능력을 증명해야 할 텐데, 그 증명 과정의 윤리적인 문제는요?"

"사실 아직은 자세하게 기획을 준비한 것은 아니야. 일단 네의견을 물어봐야겠다고 생각했거든. 하지만 네 말을 들으니 그런 문제가 있긴 하겠구나. 그래도 딱 잘라 거절하지는 말라고. 내가 만들 프로그램은 영매 체질이거나 초능력이 있는 사람들을 모아서 찍을 건데, 벌써 한 사람은 좋다고 했어. 얼굴을 노출하는 게 싫으면 가리고 출연하는 방법도 있으니까."

"그 사람은 어떤 능력이 있어요?"

"되게 재미있는 능력이야. 너하고 비슷하기도 하고. 중병에 걸린 사람을 찾아낼 수 있대. 그것도 후각으로."

"그러면 프로그램에 출연하라고 권할 정도면 나를 완전히 믿기로 했다는 뜻이죠?"

"그걸 물어볼 줄 알았지. 완전히 믿는다고 하기는 좀 그렇지만 칠팔십 퍼센트는 믿어."

"최근에 루이안은 만났어요?"

"얜 만났고, 나는 아니야."

왕전샹이 옆에 앉아 차가운 눈으로 지켜보던 양양을 툭 쳤다.

"너도 참 이상하다. 같이 오겠다고 난리를 칠 땐 언제고, 여기 와서는 또 한마디도 안 하냐. 이럴 거면 왜 따라오겠다고 한 건데?"

"묻고 싶은 게 있어요."

양양이 천신한을 똑바로 바라보며 말했다.

"응, 물어봐."

"루이안하고 게임에서 잘 지낼 때 말이에요, 걔가 나를 어떻게 이야기했어요?"

'잘 지낼 때'라는 말을 듣자 천신한은 심장이 옥죄는 듯했다.

사건이 다 끝나고, 천신한은 루이안에게 메시지를 보냈다. 한

두 달이 지나서야 겨우 답장이 왔는데, 지금은 일단 평온한 생활로 돌아가고 싶으니 나중에 다시 연락하자는 내용이었다. 우수엔은 천신한에게 급한 마음을 다스리라고 충고했다. 루이안을 코마상태에서 막 깨어난 환자라고 여기라는 것이었다.

"루이안은 친구가 한 명뿐인데, 그게 너라고 했어."

"정말로?"

"내가 왜 거짓말을 하겠어."

"그러면 루이안이 왜 나를 미워한다고 말하는 거죠."

"쉽게 이해되지 않아?"

"어떻게요."

"좋아하면서 동시에 미워하는 경우가 많지 않나? 기본적인 수준의 좋아하는 마음도 없다면 미움이나 원망이나 그런 감정은 쌓일 것도 없겠지. 애증이라는 말이 왜 나왔겠어. 좋아하는 마음이 있어야 미움도 생기지."

"그거 인스타그램에서 본 거죠? 아니다, 오빠 나이면 페이스북이겠네요."

"네 말이 맞는 거 같아. 아마 페이스북에서 봤을 거야."

방금 한 말은 사실 허칭옌 덕분에 이해하게 됐다. 그날 그렇게 허칭옌과 헤어진 뒤, 천신한은 어느 날 밤 문득 허칭옌이 수학 문제집을 들고 쭈뼛거리며 그에게 말을 걸던 모습이 떠올랐다. 허칭옌이 숙였던 고개를 들었을 때, 받아들여지기를 그리고 인정받기를 갈망하는 표정이 그의 얼굴 위로 스쳐갔던 것도 생각났다.

왕전샹이 계산서를 들고 일어섰다. 오래 앉아 있어서 뻣뻣한 허리를 주무르며 계산대 쪽으로 슬렁슬렁 걸어가는 뒷모습을 보고 천신한이 양양에게 말을 걸었다.

"나도 물어보고 싶은 게 있어."

"물어보세요."

"그때 말이야, 넌 어째서 예민하게 문제를 알아차릴 수 있었던 걸까? 내 말은, 넌 아직 어린데……."

"제가 말했잖아요. 누군가를 진심으로 신경 쓰면 훨씬 많은 것들을 볼 수 있다고요. 오빠의 그 점쟁이 눈하고는 달리 눈만 제대로 뜨면 다 볼 수 있는 거예요. 현미경으로 세포를 관찰하려면 제대로 보일 때까지 배율과 초점을 계속 조절해야 하잖아요. 그런 거예요."

"점쟁이 눈은 아닌데."

"비유예요."

"사람마다 다 자기 현미경을 갖고 있을까?"

"저도 모르죠. 대부분은 있을 것 같아요. 다만 선명하게 보려고 하지 않는 거예요."

"아까 네가 했던 질문 말인데, 반대로 너라면 루이안을 어떻게 이야기했을 것 같아?"

"이 질문을 루이안이 했다면 사실대로 대답해줄 거예요. 아쉽게도 그렇지가 않네요."

"양양, 기숙사까지 데려다줄게."

왕전샹이 영수증과 할인권을 아무렇게나 지갑에 쑤셔 넣으며 말했다.

"천신한 씨, 잘 생각해보고 마음이 바뀌거나 고민이 되면 언제든지 연락해."

천신한은 양양과 왕전샹의 뒷모습을 한참 바라보았다.

그 순간 천신한은 외로움에도 여러 종류가 있다는 것을 느꼈다. 언젠가 그가 시리의 외로움을 이해할 날도 올지 모른다.

다만 양양의 외로움은 평생 가도 이해하지 못할 것 같았다.

천신한이 유리로 된 문을 밀고 사무실로 들어섰다. 안내 데스크에서 설명해준 대로 우수엔의 자리를 찾아갔다. 우수엔은 고개만 들고 그를 흘낏 보더니 곧바로 시선을 다시 모니터에 고정했다. 두 손이 로즈골드 색 키보드 위를 나는 듯이 움직였다.

"일단 앉아."

천신한은 앉았다. 호기심 어린 눈빛으로 고개를 빼꼼 내밀고는 플라스틱 파티션으로 구획을 나눠서 약간 벌집처럼 보이는 작은 공간들을 구경하기도 했다. 우수엔 역시 벌집 중 한 칸을 차지하고 근면 성실한 일벌처럼 일하는 중이었다. 이 거대한 기업의 생산 자원으로서 말이다.

에어컨 바람이 생각보다 세서 팔뚝의 솜털이 오소소 일어섰다. 천신한은 팔을 문지르며 솜털을 쓸어 넘겼다.

30분쯤 기다렸을까, 우수옌이 드디어 의자를 돌리고 출입증을 집어 들었다.

"괜찮으면 옥상으로 가자."

엘리베이터에서 내리자마자 우수옌이 주머니에서 담배를 꺼냈다. 곧 담배에 불이 붙었다.

"담배 피워?"

"응. 왜?"

우수옌이 손가락 사이에 길고 가느다란 담배를 끼우곤 천신한을 쳐다봤다.

"학교를 취재하는 건 잘 진행되고 있어?"

"얼굴 보자마자 머리 아픈 이야기를 해야 하는 걸까?"

"어, 알았어. 그러면…… 요즘 잘 지내?"

우수옌이 고개를 끄덕이며 말했다.

"그렇게 물으니까 좀 낫다."

그가 담배 연기를 가볍게 뿜어내고 나서 대답했다.

"그럭저럭."

"루이안은 이제 너희 집에서 지내지 않는 건가?"

"맞아. 황신뤄 씨가 남편한테 다 이야기했대. 루이안도 엄마하고 만나겠다고 하고. 황신뤄 씨는 루이안이 대학을 갔으면 좋겠대. 그래서 숙소가 제공되는 재수 학원에 등록시켰어. 거기서 루이안이 잘 적응하고 지내는 것 같아. 어제 통화했는데, 황신뤄

씨와 자주 백화점에 가서 저녁을 먹는대. 일주일에 두 번 정도. 대학 입학시험이 끝나면 루이안을 남편과 다른 아이들에게도 소개해줄 예정이래."

"쥐망이 어떻게 자기를 세뇌했는지는 말해주지 않았어?"

"아직. 몇 달 동안 나는 캥거루였고, 루이안은 캥거루 새끼였어. 내가 어딜 가든 따라오려고 했거든. 내가 회사에 오면 그 애도 따라와서 날 기다렸어. 내가 아무리 잘해줘도 쥐망에 대한 루이안의 충성도는 불가사의할 정도야."

"다른 단서는 없어? 네가 말한 세뇌에 대한 거나."

"없는 건 아니지만 아직은 애매해. 듣고 싶어?"

우수옌이 눈을 감고 담배를 깊게 빨았다. 입술이 복어처럼 톡 튀어나왔다.

그 순간 우수옌은 홀릴 것처럼 매력적이었다.

"당연히 듣고 싶지."

"반년 전에 내가 직감했던 건 쥐망이 인간 심리를 잘 안다는 거였지. 특히 열여섯, 열일곱 먹은 여자애들의 마음을 잘 아는 것 같더라. 허세를 부리고, 진심은 다른 건데 입으로는 못된 소리만 하고, 사랑받기를 갈망하면서 그 사실을 인정하지 않으려고 하는 그런 마음 말이야. 그런데 내가 최근에 가정 폭력 취재를 하고 있는데, 가정 폭력 피해자인 여성들을 여럿 만나고 나서 생각이 좀 바뀌었어. 쥐망이 소녀들의 심리를 잘 알고 이용한 것도 맞지만, 그 여자애들이 쥐망을 만나고 나서 변한 게 아니라 태어날 때부터 사회에서 끊임없이 그 애들에게 너희는 하자품이라는 걸 주입했다는 생각이 들었어. 하자품은 자기 힘으로는 더 좋아질 수 없다고."

천신한은 우수엔이 한 말을 제대로 이해하지 못했다. 다만 그의 옆모습과 형형하게 빛나는 두 눈을 보며 이 사람이 한 말은 완전히 믿을 수 있겠다고 생각했다.

"넌 어때, 아직도 집에 웅크리고 있어?"

"웅크리고 있는 건 아니야."

"질문에 대답이나 해."

"지금은 부모님 댁에서 나왔어. 작은 회사에서 일하고 있고."

"무슨 일을 하는 회사야?"

"클라우드 시스템을 관리해."

"전에 해봤던 일이야?"

"아니. 그래서 몇 주째 회사의 서비스 상품을 숙지하느라 죽을 맛이야. 다행히 종류가 열다섯 개라서 겨우 외웠어."

"전에는 시그널이 보여서 사회에 나오지 못했잖아?"

"그렇지."

"지금은 괜찮은 거야?"

"일단은 바깥세상이 어떻게 변했는지 보고 싶어졌어. 여행이라고 생각해. 원래 있던 곳이 지겨우니까 기분 전환하는 거지. 충분히 구경하고 나면 다시 방구석으로 돌아갈지도 몰라. 그리고 지금 다니는 회사의 부서장이 대학 때 동기야. 내가 대인기피증이 있다고 하니까 업무를 조정해서 내가 그 친구의 업무 지시만 처리할 수 있게 해줬어. 다른 회사 동료와는 거의 부딪히지 않고 일하니까 괜찮아."

"잘됐다. 차차 다음 스텝을 고민하면 되겠구나."

"자, 이제 학교 취재 건을 물어봐도 돼? 뭔가 알아낸 게 있어?"

"아니. 학교는 정말 빨리 변하는 조직이야. 내가 단서를 잡았다 싶으면 운영 방식이 철저히 바뀌는 게 몇 번째인지 모르겠어. 교우 중에는 이름을 수시로 바꾸는 놈들도 있어서 파일 정리도 쉽지 않아. 그런데 학교의 경영자가 바뀐 것 같아……. 교장은 전에 딱 한 번 말하는 것을 들었는데도 왠지 예전과는 말하는 방식이 달라진 것 같았어. 뭐, 내 개인적인 느낌일 뿐 증거는 하나도 없어. 내가 이렇게 느낌이라도 따라가지 않았으면 지금까지 버티지도 못했을 거야. 피해자의 얼굴을 이렇게 많이 모았는데 가해자의 모습은 그림자도 나온 게 없다니, 나의 업무 능력이 모욕당한 기분이야. 혹은 내가 아직 인간의 양심을 가지고 있는 것에 감사하기도 하고.

참, 펜리르와 쥐망이라는 두 이름 사이에 무슨 관련이 있는지 알겠어?"

"모르겠는데."

"그렇게 오래 위그드라실을 했는데, 조금만 더 생각해보면 답이 나올 거야."

우수옌이 담배를 비벼 껐다.

"이제 들어가봐야 해. 할 말 있으면 얼른 해."

"할 말은 따로 없어. 상사하고 같이 고객을 만나러 왔는데, 이 건물에 밍 미디어가 있다는 게 생각이 났을 뿐이야."

"아, 그런 거야? 그럼 내려가자."

우수옌이 옥상에서 계단으로 향하는 문간을 넘었다. 천신한이 뒤에서 그를 불렀다.

"가끔 놀러와도 돼?"

우수옌이 고개를 돌렸다. 올려 묶은 까만 머리카락이 말총처럼 허공에서 포물선을 그렸다.

천신한은 그 포물선에 마음이 붙잡힌 것 같다고 느꼈다.

"왜 그런 걸 물어봐?"

"안 되나?"

"안 될 게 뭐 있어. 그런데 미리 이야기는 하고 와. 내가 매일 사무실에 나오는 게 아니라서."

"고마워."

"고마울 것도 없어."

"그래."

"그럼 내려갈까?"

"잠깐만."

휴대전화가 진동했다. 천신한은 주머니에서 휴대전화를 꺼냈다. 업무와 관련된 알람이라고 생각했는데 허칭옌의 메시지였다.

그는 침을 꿀꺽 삼키고 손가락으로 화면을 터치했다.

모레 휴가를 냈어. 시간 돼?
최근에 테이크아웃 카페를 새로 뚫었는데, 그 집 홍차가 괜찮더라.

천신한은 눈을 껌뻑껌뻑했다. 믿기 어려웠다.

반년이나 흘렀다.

긴 시간은 아니지만 기다리는 처지에서는 세상이 뒤바뀔 만큼 긴 세월처럼 느껴졌다.

"뭔데?"

"아니야."

"이제 가도 돼?"

우수옌이 물었다. 경쾌한 목소리였다. 조금 더 기다릴 수 있다는 것처럼.

"어, 가도 돼."

"그럼 가자."

작가의 말

아주 보통의 어느 저녁, 나는 아무런 목적 없이 인터넷 세상을 산책하며 자료를 찾거나 고양이가 코를 고는 힐링 영상 같은 것을 보고 있었다. 화면 여기저기를 누르다가 보니 포르노 광고가 떴다. 포르노 광고가 뜨는 일이야 그리 드물지 않지만, 그날따라 마음에 걸렸던 건 광고 속 여성이 아무리 봐도 어린애였기 때문이다. '그냥 좀 어려 보이는 배우겠지?' 나는 그렇게 생각하며 광고를 클릭해 사이트로 들어갔고, 그 영상을 끝까지 봤다. 영상은 내가 방문한 적 있는 남아시아 국가에서 찍은 것이었다. 카메라를 든 사람은 백인 남성이었다. 그는 우쭐거리며 아이가 얼마나 어린지(열여섯 살도 되지 않았다), 돈을 얼마 내면 이런 아이를 살 수 있는지 설명했다. 나는 아이가 촬영에 동의했을 리 없다고 믿었다. 아이는 꾸며낸 미소를 지으며 카메라 렌즈를 피해 숨으려 했다. 이 영상이 내 머릿속에 깊이 각인되었다. 영상 아래에 달린 수십 개의 댓글을 읽었다. 대부분 남자에게 다른 영상을 더 올려달라고 요청했고, 어떤 사람은 동경하는 듯 물었다. "비행 편을 찾아 봤어. 내가 거기 가게 되면 가이드 좀 해줘." 단 하나의 댓글만이 내가 보고 싶던 내용이었다. "이건 범죄잖아. 미친, 아무도 그걸 신경 쓰지 않는 거야? 이런 걸 보면서 자위할 순 없어." 그날 이후 나는 이런 종류의 범죄에 관해 진지하게 찾아보기 시작했다.

그 과정에서 한국 'N번방' 사건의 뉴스를 접했지만, 선진국 국민이 다른 나라로 가서 현지의 약자를 성착취한 사건을 중심으로 조사했다. 나는 여러 차례 스스로 질문했다. 왜 이런 사건에 마음을 쓰는 걸까? 금방 답을 찾을 수 있었다. 성착취는 사람을 고통스럽게 한다. 만약 성착취의 과정이 영상으로 만들어져 인터넷에 업로드되고, 수천 명의 낯선 사람이 시청한다면 이는 의심할 여지 없이 느린 속도로 진행되는 영혼 살해일 것이다. 피해자는 평생 이런 그림자에서 벗어나기 어려울 것이다. 생각의 초점이 점차 지켜보는 사람에게로 옮겨갔다. 우리는 왜 이토록 당연하게 타인의 고통을 방관할까? 심지어 이런 데서 성적 쾌감을 얻으려 한다고? 사람이 이렇게까지 할 수 있다니.

내 소설이 타이완에서 출판된 후 '타이완판 N번방' 사건이라고 불리는 인터넷 비밀 포럼이 적발되었다. 이 포럼은 회원 등급제를 채택했고, 고급 회원 중에는 의사, 교사, 군인, 경찰 등의 직업을 가진 사람도 있었다. 전과가 많은 범죄자가 아니라 우리가 신뢰하고 의지하는 사람, 어쩌면 같은 엘리베이터를 타고 가벼운 인사를 주고받았을 수도 있는 사람인 것이다. 그렇다면 우리는 도대체 어떻게 해야 이런 범죄를 예방할 수 있을까?

얼마 지나지 않아서 타이완의 '미투(Me Too)' 운동이 시작되었다. 나 역시 예전에 나를 곤란하게 했던 '선배'를 지목하며 이 흐름에 휘말렸다. 예상치 못한 일은 그 후 같은 사람에게 괴롭힘을 당했다는 10여 명의 연락을 받았다는 사실이다. 그 밖에도 나는 꼬박 1년에 걸쳐 눈송이처럼 날아오는 메시지와 구조 요청을 받았다. 사람들은 전혀 알지 못하는 나에게 자신이 겪은 성폭력을 털어놓았다. 나는 디지털 성착취를 주제로 한 강연에서 이런 질문을 받은 적이 있다. "지금은 포르노 콘텐츠를 훨씬 쉽게 얻을 수 있는데도 왜 여전히 이런 일이 벌어질까요?" 법대를 나온 나는 즉각적으로 법학 수업에서 배운 것을 떠올렸다. 성폭력의 표층은 '성(性)'이지만 핵심은 더하지도 빼지도 않은 '권력' 그 자체라는 것이다. 포르노 콘텐츠는 성적 욕구를 충족시킬 수 있을 뿐 권력은 충분히 다루지 못한다. 쓸데없는 걱정이겠지만 다시 상기해야할 점은 포르노 콘텐츠와 성폭력은 '동의'라는 기본 점에서부터 완전히 다르며 둘을 혼동한다면 매우 위험하다는 것이다.

나는 여러 차례 스스로 질문했다. 어떻게 해야 '사람들'이 성착취의 방식으로 권력을 가졌다고 느끼는 것을 포기하게 할 수 있을까? 많은 사건을 조사하면서 서서히 답을 찾아냈다. 우리는 권력 구조를 완전히 역전시켜야 한다. 가해자가 얻는 것보다 잃는 것이 훨씬 더 많게 만들어야 한다. "미친, 아무도 그걸 신경 쓰지 않는 거야?"라고 했던 댓글처럼 '신경 쓰는' 사람이 더 늘어야 한다. 파란만장했던 1년간의 미투 운동을 거치며 대만의 여론은 방향을 틀었다. 피해자를 비난하는 사람이 줄고, 사람들은 점차 가해자를 비난하는 대열에 합류했다. 많은 가해자가 기존의 직책, 직위에서 물러나라는 요구를 받았다. 물론 이런 요구를 '추적해 죽이는 짓'이라고 표현하거나 피해자의 권력이 지나치게 커졌다고 말하는 사람도 적잖다. 나는 그런 말을 들으며 '무슨 멍청한 소리야' 하고 생각하는 한편, 권력이 바뀌는 과정에서 생기는 피할 수 없는 반동이라는 것을 알았다. 거듭되는 반격에서 자신의 입장을 공고하게 하려면 어떻게 해야 할까? 나는 몇 년 전 고 이용마 선생님의 책 《세상은 바꿀 수 있습니다》를 읽었다. 그 책은 언론의 자유를 말하고 있지만, 저자의 여러 신념에서 나와 공통적인 부분을 발견할 수 있었다. 우리는 세상이 더 좋아질 것이라고 믿어야 한다.

나는 종종 한국 문학에서 귀중한 생각의 자양분을 얻는다. 공지영, 조남주, 홍승희, 정세랑, 최은영, 김초엽, 김영하 등 여러 작가 선생님의 책을 읽었다. 이렇게 말하는 것은 약간 나의 짝사랑 같겠지만, 이들의 작품은 인간성에 대한 혼란과 의문에 맞닥뜨렸을 때 나를 외롭지 않다고 느끼게 해주었다. 이번 겨울에는 자주 감정적으로 가라앉곤 했는데, 그때마다 지드래곤의 MAMA 무대를 돌려 보거나 에스파의 노래를 들으며 에너지를 충전했다.

인간은 아름답기도 하고 추악하기도 하다. 내가 할 수 있는 일은 창작 활동을 통해 이런 아름다움과 추악함에 더욱 가까이 접근하는 것뿐이다. 이 책을 읽어주신 독자들께 진심으로 감사드린다. 나는 서울과 부산에서 아름다운 추억을 쌓았다. 가까운 미래에 다시 한국을 방문할 기회가 있기를 바란다.

2025년 1월

우샤오러

죽음의 로그인

초판 1쇄 인쇄 2025년 3월 12일
초판 1쇄 발행 2025년 3월 26일

지은이 우샤오러
옮긴이 강초아
펴낸이 최순영

출판2 본부장 박태근
스토리 팀장 김소연
편집 곽선희
디자인 윤정아

펴낸곳 ㈜위즈덤하우스   **출판등록** 2000년 5월 23일 제13-1071호
주소 서울특별시 마포구 양화로 19 합정오피스빌딩 17층
전화 02) 2179-5600   **홈페이지** www.wisdomhouse.co.kr

ISBN 979-11-7171-385-1 03820